"महाभारत भारतीय धर्म-दर्शन-संस्कृति का महाग्रन्थ है। आज की भाषा में इसे विश्वकोश भी कह सकते हैं। इसमें एक कथा भी चलती है जो भारत के प्राचीन इतिहास का एक महत्त्वपूर्ण अध्याय होने के साथ-साथ मानव चरित्र के ज़बरदस्त ऊँच-नीच को बड़े नाटकीय ढंग से प्रस्तुत करती है। मैंने जब-जब इसे पढ़ा, इससे कुछ नया ही प्राप्त किया।

रामायण की तरह सामान्य जन में महाभारत की लोकप्रियता न होने का एक कारण ग्रन्थ की विशालता है। एक लाख श्लोकों का ग्रन्थ है यह। गीता प्रेस, गोरखपुर ने विशेषांक के अतिरिक्त साल-भर तक इसे छापा, तब कहीं यह पूरा हुआ। इतना विशाल ग्रन्थ कौन पढ़े, कैसे पढ़े। मैंने इसे संक्षिप्त करने का यह प्रयास किया है। कितना सफल रहा हूँ, इसे पाठक ही बता सकेंगे। आशा करता हूँ कि इसे पढ़कर उन्हें पूरी कथा के साथ उसकी तत्त्व की बातें भी मिल जाएँगी। इसके बाद वे सम्पूर्ण पढ़ना चाहें तो पढ़ सकेंगे।"

–अमृतलाल नागर

महाभारत

अमृतलाल नागर

राजपाल

स्थापित 1912
100 वर्षों की
श्रेष्ठ प्रकाशन परम्परा
राजपाल

₹ 275

ISBN : 9789350642412

MAHABHARAT (Culture) by Amritlal Nagar

मुद्रक : जी.एच. प्रिन्ट्स प्रा. लि., नयी दिल्ली

राजपाल एण्ड सन्ज़

1590, मदरसा रोड, कश्मीरी गेट, दिल्ली-110006

फोन: 011-23869812, 23865483, 23867791

website : www.rajpalpublishing.com

e-mail : sales@rajpalpublishing.com

www.facebook.com/rajpalandsons

भूमिका

महाभारत भारतीय संस्कृति का परिचायक ग्रन्थ है। हर कोई इसे पढ़ना चाहता है। परन्तु एक लाख से अधिक श्लोकों वाले विशाल आकार और संस्कृत भाषा में होने के कारण आम जन के लिए इसे पढ़ पाना और सहेज कर रखना कठिन था। इसलिए हिन्दी के प्रख्यात साहित्यकार अमृतलाल नागर ने अपने अप्रतिम कौशल से बहुत ही सरल और प्रवाहपूर्ण भाषा में महाभारत कथा के रूप में इसे प्रस्तुत किया। साथ ही विशाल ग्रन्थ को संक्षिप्त आकर भी दिया। इस संदर्भ में सबसे महत्त्वपूर्ण बात यह है कि संक्षिप्त रूप में समाहित होने के बावजूद मूल कथा का कोई प्रसंग, कोई तथ्य छूटा नहीं है।

इस पुस्तक में कौरवों पांडवों में हुए धर्म युद्ध के वर्णन के साथ जीवन-मूल्यों को उद्घाटित करते रोचक और रोमांचक प्रसंग हैं। इसके अलावा युद्धक्षेत्र में लड़ने को तत्पर अपने ही बन्धु-बान्धवों और गुरुजनों को देखकर मोहग्रस्त हुए अर्जुन को श्रीकृष्ण द्वारा दिया गीता का उपदेश है जिसने न केवल अर्जुन का मार्गदर्शन किया वरन् यह आज भी उतना ही प्रासंगिक है जितना युगों पहले था।

—अमृतलाल नागर

क्रम

आज से कई हज़ार वर्ष पहले हस्तिनापुर में कुरुवंशी राजा राज करते थे। इस हस्तिनापुर में दुष्यन्त के बेटे प्रतापी महाराज भरत की राजधानी थी। लेकिन उन दिनों उस जगह का नाम हस्तिनापुर नहीं था, तब वह या तो आसन्द्रीव्रत कहलाती होगी या ब्रह्मस्थल। इस नगरी का हस्तिनापुर नाम तो महाराज भरत की छठी पीढ़ी में होने वाले प्रतापी महाराज हस्तिन ने रखा था। राजा हस्तिन की ननिहाल अवध के इक्ष्वाकु वंश वालों के यहाँ थी। इसलिए राजा हस्तिन को अपने दोनों प्रतापी वंशों का वैभव मिला था। इन्हीं महाराज हस्तिन की आगे आने वाली पीढ़ियों में एक घटना घटी, जो कि हज़ारों वर्ष से अब तक भुलाई न जा सकी और उस महान घटना का नाम है महाभारत युद्ध!

हस्तिनापुर में राजा प्रतीप का दरबार लगा हुआ है। राजा का दरबार पत्थर का अवश्य बना हुआ है पर बहुत ऊँचा और भव्य नहीं है, वह कलात्मक नहीं है। हाँ, उसकी छत में सोना मढ़ा हुआ है और खम्भे चाँदी से चमचमा रहे हैं। महाराज जिस सिंहासन पर विराजमान हैं वह ठोस सोने का है। सारे दरबारी, बड़े-बड़े सेठ-साहूकार और बड़े-बड़े सेनापति-सिपहसालार उस दरबार में बैठे हैं, जिधर देखो उधर केवल धोती और दुपट्टे ही प्रयोग में लाते हैं, पर सोने और मणि माणिक्यों से खूब लदे रहते हैं। दरबार में सिंहासन के नीचे ही तीन चौकियों पर राजा प्रतीप के तीन राजकुमार बैठे हैं। बड़े का नाम देवापि है, मँझले का बाल्हीक और तीसरे का शान्तनु। शान्तनु अपने दोनों बड़े भाइयों से छोटा है, चूँकि वह राजा प्रतीप के बुढ़ापे की सन्तान है और उनके जन्म से उनके मन को बड़ी शान्ति मिली थी, इसीलिए उनका शान्तनु नाम रखा गया है।

मन्त्री ने खड़े होकर कहा—महाराज, अपनी वृद्धावस्था पर विचार करके अब एक युवराज का चुनाव करना चाहते हैं। राजकुमारों में देवापि सबसे बड़े हैं।

मन्त्री अपनी बात पूरी भी न कर पाया था कि सभा में बैठा एक साधारण व्यक्ति सहसा बोल उठा—देवापि को हम अपना युवराज नहीं बनाएंगे। वह विद्वान हैं, सब तरह से भले हैं, परन्तु दुर्भाग्य से वह कोढ़ी हैं। हमें युवराज के चुनाव के मामले में शुभ-अशुभ विचार रखना ही होगा।

देवापि ने तुरन्त खड़े होकर पहले अपने पिता, फिर सभा के बड़े लोगों को हाथ जोड़कर कहा—मेरा मन भी राज-कर्मों से अधिक ऋषि-कर्मों में लगने लगा है, इसलिए मैं अपने मन से अपने छोटे भाइयों के लिए राजगद्दी का त्याग करता हूं। यह कहकर वे फिर अपने आसन पर बैठ गए।

मन्त्री के कुछ कहने से पहले ही इस बार राजकुमार बाल्हीक उठे और महाराज को हाथ जोड़कर सविनय बोले—महाराज, मैं भी यहाँ नहीं रहना चाहता। मैं सिन्धु नदी के पार उन देशों को जीतना चाहता हूँ जो कभी हमारे पुरखों की भूमि थी। मुझे महाराज ऐसा करने की आज्ञा दें।

अब अकेले एक शान्तनु ही जब बच गए, उन्हें युवराज चुन लिया गया। यही राजा शान्तनु महाभारत युद्ध के नायक युधिष्ठिर, दुर्योधन आदि के पड़बाबा थे।

राजा शान्तनु बड़े प्रतापी और बड़े ही योग्य शासक थे। उनके राजकाज में प्रजा को सब प्रकार से सुख मिला। एक बार राजा शान्तनु गंगा नदी के किनारे एक वन में शिकार खेलने के लिए गए। शिकार खेलना क्षत्रिय राजा का धर्म माना जाता था। इसका कारण यह था कि शिकार के बहाने राजा लोगों को निशानेबाजी और आक्रमण करने की कला का अभ्यास बढ़ाने के अवसर मिलते थे, इससे उनके शरीर में चुस्ती बनी रहती थी और उनका मनोरंजन भी होता था। राजा शान्तनु भी इसी तरह अपना मनोरंजन करते हुए जंगल में घूम रहे थे। गंगा नदी के तट पर उन्हें अनेक तपस्वी महात्माओं के आश्रम देखने को मिले। इससे उनका चित्त और भी प्रसन्न हुआ।

एक दिन जंगल में गंगा नदी के तट पर उन्हें एक बहुत ही सुन्दर स्त्री दिखलाई पड़ी। वह अच्छे-अच्छे गहने-कपड़े पहने हुए थी और उसका व्यवहार भी बड़ा ही मधुर था। राजा ने उससे पूछा—हे सुन्दरी! तुम कौन हो और यहाँ जंगल में अकेली क्यों भटक रही हो?

सुन्दरी ने कहा—हे राजन्! मेरा नाम गंगा है। मेरा निवास इसी जंगल में है। प्राचीन काल से ही हमारे समाज की ऐसी प्रथा रही है और हम इस पवित्र नदी के समान ही मुक्त जीवन बिताती हैं। सब लोग हमें गंगा स्वरूपा ही मानते हैं।

राजा बोले—हे सुन्दरी गंगा देवी, तुम्हें देखते ही मेरा मन प्रसन्न हो गया है।

मैं अब तुमको अपनी रानी बनाना चाहता हूँ, इसलिए तुमसे यह विनती करता हूँ, कि मेरी पत्नी बनकर तुम मेरे साथ महलों में चलो।

गंगा रुखाई से बोली—गंगा किसी की बँधुवा होकर नहीं रह सकती, वह सदा मुक्त बहती है।

राजा शान्तनु ने गंगा की बड़ी खुशामद की और कहा—हे सुन्दरी! अगर तुम मुझसे ब्याह नहीं करोगी तो मैं अपनी जान दे दूँगा, इससे तुमको बड़ा पाप लगेगा।

बहुत कहने-सुनने पर गंगा राजी हो गयी। उसने कहा—हे राजा, तुम्हारा प्रेम देखकर मेरा मन भी पसीजने लगा है। मैं तुमसे ब्याह करने को राजी हूँ, पर इसके पहले तुम्हें मुझे एक वचन देना होगा।

राजा शान्तनु—बोलो देवी, तुम मुझसे क्या वचन चाहती हो?

गंगा बोली—वचन दो कि मेरे किसी काम में तुम अड़चन नहीं डालोगे, मेरी मर्जी में जो आएगा वही मैं करूँगी। और अगर तुमने कभी बाधा डाली तो मैं तुरन्त तुम्हारा साथ छोड़कर चली जाऊँगी।

राजा शान्तनु तो गंगा से किसी प्रकार विवाह करना चाहते थे। वे शायद यह नहीं जानते थे कि ऐसी स्त्रियाँ अप्सरा कुल की होती हैं। अप्सरा शब्द का अर्थ होता है—पानी में विहार करने वाली स्त्री। गंगा, जमुना, नर्मदा अथवा किसी पवित्र पुष्कर आदि के तट पर इनका निवास होता है। प्राचीन काल में ऐसी अप्सराएँ राजा इन्द्र के दरबार में भी रहा करती थीं। इन्द्र की अप्सरा उर्वशी ने भी राजा पुरुरवा से इसी प्रकार एक वचन लेकर विवाह किया था। खैर, राजा शान्तनु गंगा को ब्याह कर उसे हस्तिनापुर ले आये। थोड़े दिनों बाद उनके एक बेटा हुआ। राजा बहुत ही प्रसन्न हुए, लेकिन गंगा ने निठुराई दिखलाई। एक दिन वह अपने बेटे को लेकर गंगा नदी के किनारे गयी और उस नन्हीं-सी जान को नदी में डुबो दिया। राजा शान्तनु बेचारे कलेजा पकड़कर रह गए, पर कुछ कह न सके।

समय आने पर उन्हें दूसरा बेटा हुआ। गंगा रानी उसे भी गंगा जी में डुबा आईं। इस प्रकार राजा शान्तनु के सात लड़के हुए और सातों को उस निष्ठुर माता ने नदी में डुबो दिया। राजा शान्तनु यों तो अपनी रानी को बहुत चाहते थे, पर उसकी निठुराई देख-देखकर उनका मन बहुत पक गया था। इसलिए जब आठवाँ बेटा हुआ और गंगा रानी उसे भी डुबाने के लिए चलीं तो राजा शान्तनु उसकी राह रोककर खड़े हो गए। उन्होंने कहा—हे रानी! तुम्हारी निठुराई देखकर अब मुझसे रहा नहीं जाता। इसलिए मैं अपना वचन भंग करके तुम्हें इस बच्चे को नदी में डुबोने से मना करता हूँ। गरीब-से-गरीब व्यक्ति भी सन्तान के लिए तरसता है, फिर मैं

तो राजा ठहरा। तुमने मेरे सात बेटे डुबो दिए, अब मैं इसे अपने पास रखूँगा। मेरे बाद यही हस्तिनापुर का राजा होगा।

गंगा बोली—अच्छा तुम्हारा मन रखने के लिए मैं इस बच्चे को नहीं डुबोऊँगी। लेकिन तुमने मुझे दिया हुआ वचन भंग किया है, इसलिए अब मैं चली जाऊँगी। चूँकि यह बच्चा अभी बहुत छोटा है, इसलिएं अभी इसे अपने साथ ले जाऊँगी और पाल-पोस कर बड़ा करके इसे मैं तुम्हारे पास ले आऊँगी। तुम इसका नाम गंगादत्त रखना।

यह कहकर गंगा रानी बेटे को लेकर चली गईं। उसने अपने बेटे को बहुत अच्छी तरह पाला। श्रेष्ठ ऋषियों से उसे शिक्षा दिलाई। परशुराम जी ने उसे धनुष-बाण आदि तरह-तरह के हथियार चलाना सिखाया। बालक जब हर तरह से लायक हो गया तो उसे लेकर वह राजा शान्तनु के पास पहुँची। ऐसे लायक और धीर, सुशील बालक को देखकर राजा शान्तनु बहुत ही प्रसन्न हुए। अपने मन्त्रियों और राज्य के प्रतिष्ठित लोगों से सलाह लेकर राजा शान्तनु ने गंगादत्त को अपना युवराज बना दिया। युवराज गंगादत्त अपनी प्रजा के सुख-दुःख का इतना ख्याल रखते थे कि उनके राज्य में छोटे-बड़े, अमीर-गरीब हर व्यक्ति को उनसे बड़ा प्रेम हो गया। गंगादत्त के प्रताप से चोरी-डकैती, लूट-पाट, मार-काट सब बन्द हो गया। रास्ते में कोई सोना उछालता हुआ चले तो उसे किसी बात का डर नहीं लगता था।

इस प्रकार युवराज गंगादत्त और हस्तिनापुर की प्रजा तो बहुत सुखी थी, पर राजा शान्तनु बेचारे बहुत उदास रहा करते थे। उनके महलों में कोई रानी ही नहीं थी, फिर उनका जी कैसे लगता। एक दिन ऐसे ही उदास मन से नदी किनारे टहल रहे थे कि उन्होंने मछुआरों के मुखिया की बेटी सत्यवती को देखा। सत्यवती बहुत ही सुन्दर थी। कहते हैं कि पहले उसके शरीर से मछली की बदबू आया करती थी, इसलिए बहुत सुन्दरी होने पर भी उसके पास कोई नहीं फटकता था। अपनी नौजवानी में एक बार महर्षि पाराशर जी सत्यवती की नाव पर गंगा पार कर रहे थे। वे सत्यवती पर प्रसन्न हो गए। उन्होंने अपने बुद्धि, तप और औषधि के बल से सत्यवती के शरीर से बदबू ही नहीं मिटाई, बल्कि ऐसा उपचार कर दिया कि वह जहाँ भी खड़ी हो जाती थी वहीं उसके चारों ओर सुगन्ध की लपटें-सी निकलने लगती थीं। उसी समय में सत्यवती को पाराशर जी से एक बेटा भी हुआ था। रूप से काला, और नदी के बीच में एक टापू पर जन्म लेने के कारण सत्यवती और पाराशर जी के उस बेटे का नाम कृष्ण द्वैपायन पड़ा। आगे चलकर यही बालक महर्षि वेदव्यास के नाम से प्रसिद्ध हुआ। खैर, राजा शान्तनु से सत्यवती की भेंट होने तक यह बात पुरानी पड़ चुकी थी। इसीलिए राजा ने सत्यवती से कहा कि तुम मेरी रानी बन जाओ।

सत्यवती राजा की यह बात सुनकर लजा गई। उसने उत्तर दिया—हे राजा! आप मेरे पिताजी को राजी कर लें। यदि वह हाँ कर देंगे तो मैं आपकी रानी बन जाऊँगी।

राजा शान्तनु ने सत्यवती के पिताजी से जाकर अपने जी की बात कही। मछुआरा बोला—हे महाराज! मेरे बड़े भाग्य कि आप मेरी बेटी से ब्याह करना चाहते हैं। पर मैं अपनी बेटी का ब्याह आपके साथ करने में बहुत सकुचा रहा हूँ। आप ठहरे राजा और यह बेचारी गरीब की बेटी है। चार दिन बाद जब आपका जी इससे भर जाएगा तो आप इसकी ओर से अपना मुँह मोड़ लेंगे। इसलिए मैं अपनी बेटी का ब्याह नहीं करना चाहता।

राजा शान्तनु बोले—मैं तुम्हें वचन देता हूँ कि तुम्हारी बेटी को सदा अपनी आँखों की पुतली बनाकर रखूँगा। मैं तुमको भी इतना धन दूँगा कि तुम सुखी जीवन बिताने लगोगे।

मछुआरे ने कहा—आपके यह वचन देने पर भी मेरा जी अभी नहीं भरा। आप इसे तो अवश्य सुखी रखेंगे, पर इससे पैदा होने वाले आपके बेटों को निश्चय ही बड़ा दुःख मिलेगा, क्योंकि आपके बाद राजगद्दी के हकदार गंगादत्त होंगे। सत्यवती के बेटों को उनकी गुलामी करनी होगी। इसलिए अगर आप मुझे यह वचन दें कि सत्यवती का बेटा ही आपके बाद राजा बनाया जाएगा तो मैं खुशी से अपनी बेटी का ब्याह आपके साथ कर दूँगा।

राजा बोले—मैं तुम्हें यह वचन नहीं दे सकता। अपने सुख के लिए मैं युवराज गंगादत्त का हक कभी नहीं छीनूँगा। यह कहकर राजा शान्तनु अपने महलों में लौट आए।

न्यायप्रिय राजा शान्तनु ने इस तरह अपने लायक बेटे का हक तो न छीना, पर वे दिन-रात दुःखी रहने लगे। राजा को दुःखी देखकर सारे मन्त्री, सेनापति और नौकर-चाकर भी दुःखी रहा करते थे। होते-करते गंगादत्त को अपने पिता के दुःख का कारण मन्त्री से मालूम हुआ। सुनते ही युवराज ने कहा—पिता के सुख के लिए अपने प्राणों का त्याग करना भी मेरे लिए बड़ी सरल-सी बात है, फिर राजपाट छोड़ने में भला मुझे क्या लगेगा? यह कहकर वे मछुआरे के पास गए और कहा कि अपनी बेटी का ब्याह आप मेरे पूज्य पिताजी से कर दीजिए। मैं प्रतिज्ञा करता हूँ कि हस्तिनापुर की राजगद्दी पर कभी नहीं बैठूँगा।

मछुआरा बोला—युवराज आप धन्य हैं, मगर मेरी चिन्ता अब भी मिट नहीं पाई है। आप तो राजगद्दी छोड़ देंगे, पर आपके बाल-बच्चे जलन के मारे मेरी बेटी

की सन्तानों से अवश्य ही लड़ाई-झगड़ा करेंगे। इसलिए यह सम्बन्ध करके मैं आने वाली पीढ़ियों को कष्ट नहीं देना चाहता।

गंगादत्त यह सुनकर एक पल तो खड़े-खड़े सोचते रहे, पर तुरन्त ही उन्होंने कहा—अपने पिता को सुखी देखने के लिए मैं बड़े-से-बड़ा त्याग भी कर सकता हूँ। देवताओं को साक्षी देकर मैं यह प्रतिज्ञा करता हूँ कि मैं आजन्म कुँवारा और ब्रह्मचारी रहूँगा। तुम्हारी बेटी से उत्पन्न होने वाले अपने छोटे भाइयों की रक्षा करूँगा और जब तक जीऊँगा तब तक उन्हें और उनकी सन्तानों को अपने प्राणों से अधिक प्यार करूँगा।

गंगादत्त की यह प्रतिज्ञा सुनकर चारों ओर जय-जयकार होने लगी। ऐसी अति कठिन प्रतिज्ञा करने के कारण ही उनको लोग भीष्म कहने लगे। और इस प्रकार सत्यवती तथा महाराज शान्तनु का विवाह सम्भव हो गया।

सत्यवती के बेटे

राजा शान्तनु के मछुआरिन सत्यवती से दो बेटे हुए। बड़े का नाम चित्रांगद और छोटे का नाम विचित्रवीर्य रखा गया। भीष्म अपने छोटे भाइयों को बहुत चाहते थे। उन्होंने छुटपन से ही चित्रांगद को उत्तम शिक्षा देना शुरू किया। बेचारा चित्रांगद अभी पूरी तरह से जवान भी न हो पाया था कि बूढ़े शान्तनु महाराज चल बसे। भीष्म ने प्रतिज्ञा के अनुसार चित्रांगद को हस्तिनापुर की गद्दी पर बैठाया और उसे बड़े मनोयोग के साथ राजनीति सिखाने लगे। राजा चित्रांगद बड़े ही नीतिकुशल, न्यायपरायण, धीर-वीर और गम्भीर पुरुष थे। अपने बड़े भाई भीष्म—गंगादत्त की सलाहों पर चलकर उन्होंने प्रजा को सुखी बनाने के लिए बड़ा चौकस प्रबन्ध किया। यही नहीं, उन्होंने दूर-दूर तक दुष्ट राजाओं का संहार किया और इस प्रकार चारों ओर उनके प्रताप की बड़ी महिमा फैल गई।

गन्धर्वों का एक राजा बड़ा प्रतापी था। वह मायावी युद्ध लड़ना जानता था। मायावी युद्ध उसे कहते हैं जो तरह-तरह के नये-नये चकमे देकर लड़ा जाता है। पुराने समय में असुर लोग तरह-तरह के बड़े चेहरे लगा लिया करते थे, जो देखने में बहुत ही भयानक लगते थे। कहीं पर उनकी सेना घास के बड़े-बड़े गट्ठों में अपने-आपको छुपाकर इस तरह से मोरचा बाँधकर बैठ जाती थी कि शत्रु समझने लगता कि यहाँ घास का जंगल है। जैसे ही सेना बेझिझक होकर उस जंगल के पास से गुज़रने लगती, वैसे ही यह लोग घास के गट्ठे फेंक-फेंककर उन पर अचानक आक्रमण कर देते थे। इस प्रकार माया-युद्ध लड़ने की बड़ी-बड़ी तरकीबें थीं। असुर, गन्धर्व, राक्षस आदि चूँकि आपस में रिश्तेदार भी हुआ करते थे, इसलिए अपनी नई-नई मायाओं को वे एक दूसरे को सिखाया भी करते थे। गन्धर्व राजा बहुत ही बड़ा मायावी था और बेचारे राजा चित्रांगद सीधे-साधे थे। फिर भी उन्होंने तीन वर्ष तक युद्ध करके गन्धर्व राजा के छक्के छुड़ा दिए। पर अन्त में वे बेचारे गन्धर्वों की माया के शिकार होकर मारे गए।

हस्तिनापुर के राजमहलों में कुहराम मच गया। बेचारी सत्यवती के ऊपर तो दुःख का पहाड़ ही टूट पड़ा। पर भीष्म ने उन्हें और सबको समझा-बुझाकर धीरज बँधाया तथा चित्रांगद के छोटे भाई विचित्रवीर्य को राजगद्दी दे दी।

राजा विचित्रवीर्य की आयु अभी कम थी और वे नासमझ भी थे। इसलिए भीष्म ही अपने छोटे भाई के राज-पाट की निगरानी करते थे। उन्होंने ही अपने छोटे भाई के लिए काशी के राजा की तीन लड़कियों को स्वयंवर में जीत लिया। काशीराज की बड़ी लड़की अम्बा ने कहा—हे राजकुमार भीष्म! मैं शाल्व से विवाह करना चाहती हूँ, इसलिए आप मुझे अपने छोटे भाई की बहू न बनाएँ। भीष्म ने उसको तो विदा कर दिया और उसकी दोनों बहनों—अम्बिका और अम्बालिका से अपने छोटे भाई राजा विचित्रवीर्य का ब्याह बड़ी धूम-धाम से किया। रानी सत्यवती अपनी दोनों बहुओं के साथ सुख से दिन बिताने लगी। राज-काज ऐसा अच्छा चल रहा था कि प्रजा हरदम जय-जयकार करती थी।

परन्तु रानी सत्यवती का यह सुख बहुत दिनों तक न रह सका। विधाता की करनी कुछ ऐसी हुई कि राजा विचित्रवीर्य को क्षयरोग हो गया। बड़े-बड़े इलाज हुए पर होनी होकर ही रही। रानी सत्यवती का दूसरा बेटा भी उन्हें बुढ़ापे में रोती-तड़पती छोड़कर चल बसा। परन्तु भीष्म बड़े ही समझदार और उदार हृदय के व्यक्ति थे। उन्होंने अपनी सौतेली माता को ढाढ़स बँधाया। रानी सत्यवती के पाराशर ऋषि से उत्पन्न बेटे श्री कृष्ण द्वैपायन अब बड़े तपस्वी हो गए थे। उन्होंने प्राचीन वेद की पवित्र ऋचाओं को चार खण्डों में संकलित किया था। इसलिए विद्वानों ने उन्हें महर्षि वेद-व्यास की उपाधि दी थी। दुःख के अवसर पर रानी सत्यवती ने अपने यशस्वी

और महान तपस्वी बेटे व्यास जी को बुलवाया और कहा—हे पुत्र! तुम्हारे रहते तुम्हारे छोटे भाई का वंश समाप्त नहीं होगा। मेरी बहुओं को कृपा करके सन्तानवती होने का वरदान दो।

व्यास जी ने अपनी माता की आज्ञा मानकर राजा विचित्रवीर्य के वंश को दो पुत्र प्रदान किए। महल की एक दासी भी रानियों के साथ व्यास जी की सेवा में गई थी। उसके भी एक बेटा हुआ।

लेकिन रानी सत्यवती के दुर्भाग्य ने यहाँ भी उनका पीछा न छोड़ा। उनका बड़ा पोता धृतराष्ट्र जन्म से ही अन्धा था और उनके छोटे पोते पाण्डु को भी पीलिया रोग हो गया था। लेकिन दासी के पुत्र विदुर सब तरह से सुन्दर, स्वस्थ और बुद्धिमान निकले।

भीष्म प्रतिज्ञा करने वाले महान गंगादत्त जी जैसे ताऊ की छत्रछाया में यह बच्चे भी पढ़-लिखकर बड़े हुए। धृतराष्ट का ब्याह गान्धर्व देश की राजकुमारी से हुआ। वह भी बड़ी सती और समझदार सिद्ध हुई। जैसे ही गान्धार से, जिसे आजकल कन्धार कहते हैं, वह हस्तिनापुर आई और उसे यह मालूम हुआ कि मेरे पति अन्धे हैं, वैसे ही उसने अपनी आँखों पर पट्टी बाँध ली।

पाण्डु का विवाह राजा कुन्तिभोज की पुत्री से हुआ। कुन्ती ने अपने कुँआरेपन में दुर्वासा ऋषि से एक ऐसा मन्त्र पाया था कि जिसके करने से स्त्री जिस देवता का ध्यान करती थी, उसी के अनुरूप उसकी सन्तान में भी गुण और सुन्दरता आ जाती थी। छोटी उम्र की नादानी में राजकुमारी कुन्ती ने सन्तान की कामना से सूर्य देवता का ध्यान किया, अतः उसने एक सन्तान पाई। बच्चा सचमुच सूर्य भगवान जैसा ही तेजस्वी और सुन्दर था। लेकिन कुँआरेपन में माँ बनने की बदनामी भी कुछ कम न थी। कुन्ती ने अपने बेटे को एक डलिया में रखकर अच्छी तरह गद्दी-तोशक लगाकर उसे नदी में बहा दिया। कुन्ती भले ही राजकुमारी रही हो, फिर भी कुंवारेपन में माँ बनने के कारण उसका थोड़ा-बहुत कलंक तो फैला होगा। शायद इसीलिए उसके पिता ने एक बीमार राजकुमार से उनका ब्याह रचाना स्वीकार किया हो।

पाण्डु का राज्याभिषेक

धृतराष्ट्र यों तो हर तरह से योग्य थे, बड़े बेटे भी थे, इसलिए राजगद्दी पर उनका हक बनता था। पर अन्धे होने के कारण उन्हें उसी प्रकार से राजगद्दी नहीं मिली जिस प्रकार कि उनके बड़े बाबा के बड़े भाई को चर्म रोग होने के कारण नहीं मिली थी। पाण्डु अपने पितामह राजा शान्तनु की तरह ही राजा घोषित हुए।

औषधियों और वैद्यों की करामातों के बल पर पाण्डु राजा यों चंगें भी रहते थे और राज-काज चलाने में बड़े निपुण भी थे। भीष्म जी की छत्रछाया में कुरुवंश के नये महाराज का वंश भी धीरे-धीरे वटवृक्ष के समान विशाल होने लगा। उन्होंने आज के तुर्किस्तान के आस-पास बसे मध्यीय देश की राजकन्या माद्री से ब्याह रचाया। उन दिनों मद्रों का जन-कबीला बड़ी दूर-दूर तक फैला हुआ था। मध्य एशिया से लेकर भारत और पंजाब तक, और केवल पंजाब ही नहीं दूर दक्षिण में मद्रास तक एक समय में फैल गया था। इसी मद्रास को अब मद्रास कहते हैं और इसका प्राचीन नाम द्रविड़ भाषा में सेनेपट्टनम था। इसी तरह जिस देश को हम आजकल मिस्र कहते हैं असली नाम उसका मद्र है। इस प्रकार मद्रों के प्रतापी जन-कबीले से अपना सम्बन्ध जोड़कर कुरुक्षेत्र के राजा पाण्डु ने बड़ा दबदबा बढ़ा लिया। मद्रों में यह अजब रिवाज था कि वे अपनी लड़की के लिए पैसा माँगते थे? भीष्म जी ने मिदिया के राजा को मुँह माँगी रकम देकर उसकी राजकुमारी खरीदी और इस तरह से कुरुक्षेत्र के राजा की हैसियत का सिक्का दूर-दूर तक जमा दिया।

कुन्ती यद्यपि निपट नादानी में अपने जीवन की एक बहुत बड़ी भूल कर बैठी थी तथापि उस भूल से उसने बड़ी समझ भी पाई थी। कुन्ती ने अपने पति से कुछ न छिपाया। राजा पाण्डु भी बड़े दिल वाले थे। उन्होंने अपनी पत्नी को क्षमा कर दिया और यह कहा कि मेरे लिए सन्तान को गर्भ में धारण करते समय तुम उस मन्त्र का प्रयोग करो जिससे कि भविष्य में देवापि, विचित्रवीर्य, धृतराष्ट्र और पाण्डु

जैसे बीमार बच्चे फिर न पैदा हों। पाण्डु राजा को कुन्ती से तीन सन्तान हुई। बड़े का नाम युधिष्ठिर था जिनमें मन्त्र के प्रभाव से धर्मराज के तेज और गुण दिखलाई पड़ते थे। भीम तो जन्म से ही ऐसे प्रबल थे कि एक बार कुन्ती रानी उन्हें गोद में लिये सैर करते हुए किसी पहाड़ी शिला पर बैठ गईं। अचानक ऐसा हुआ कि बच्चा माँ की गोद से नीचे चट्टान पर गिर पड़ा। बेचारी कुन्ती माँ का कलेजा तो धकधक हो गया कि हाय मेरा बेटा तो गया। पर नीचे उतरकर जब पास पहुँची तो देखा कि उनका बेटा अँगूठा चूस रहा था। मगर जिस चट्टान पर वह गिरा था वह उसके गिरने के धमाके से चिटक गई। भीम में मरुत देवता की शक्ति थी। वह आरम्भ से ही बहुत भारी और प्रोढ़े थे। कुन्ती का तीसरा बेटा अर्जुन देखने से ही इन्द्र देवता का अवतार लगता था। वैसा ही तेजस्वी, हट्टा-कट्टा और सबल।

लेकिन कुन्ती रानी स्वार्थिन न थी। उसने अपनी सौत माद्री रानी को भी वह मन्त्र सिखा दिया। माद्री ने अपने देश में बहु पूजित अश्विनी कुमारों का ध्यान करके मन्त्र जपते हुए अपने पति से दो जुड़वां बेटे प्राप्त किए। एक का नाम नकुल और दूसरे का सहदेव रखा गया। इस तरह पाँच बेटों के भाग्यशाली पिता और एक बड़े राज्य के राजा बनकर राजा पाण्डु ने बड़ी ख्याति पाई। रानी सत्यवती अपने यशस्वी बेटे और अपने ज्येष्ठ पौत्र धृतराष्ट्र और उनके बच्चों के साथ बड़े सुख का जीवन बिता रही थीं। तब तक धृतराष्ट्र के भी बहुत सारे बच्चे हो चुके थे। बड़े बेटे का नाम सुयोधन रखा गया। छोटे का नाम सुशासन रखा गया। लेकिन अपने पिता के ईर्ष्या के संस्कार इन बच्चों में भी धीरे-धीरे ऐसे पनपे कि लोग-बाग पीठ पीछे इनका नाम बिगाड़कर इन्हें दुर्योधन और दुःशासन कहने लगे। बड़ों की भूल के परिणाम बच्चों को भुगतने पड़ते हैं। धृतराष्ट्र अपने पितामह देवापि की तरह विद्वान और ऋषि न बन सके। उन्हें अपने ताऊ भीष्म (गंगादत्त) का महान व्यक्तित्व भी प्रभावित न कर सका। अन्धे होने के कारण वे भीतर से बेबस, घुन्ने और ईर्ष्यालु हो गए थे। खैर, यह सब गृहस्थी के छोटे-बड़े झगड़े होते हुए भी रानी सत्यवती की गृहस्थी बड़े सुख से चल रही थी। परन्तु दुर्भाग्य से उनका यह सुख बहुत दिन न चला। राजा पाण्डु बहुत बीमार हुए और मर गए। रानी माद्री ने कुन्ती रानी से कहा–जीजी, मैं पति के साथ सती हो जाऊँगी। मैं कहने-भर को ही नकुल, सहदेव की माँ हूँ। जैसे तुम अब तक अपने पाँचों बच्चों को सम्हालती हो वैसे आगे भी सम्हालोगी, इसलिए मुझे कोई चिन्ता नहीं है और न मेरी कोई ज़िम्मेदारी ही है। मैं पति के साथ जाती हूँ। माद्री सती हो गई। कुन्ती समान प्यार से पाँचों बेटों की देखभाल करने लग गई।

शिक्षा का प्रबन्ध

गान्धारी के सौ और कुन्ती के पाँच बेटे राजमहलों के आँगन में उपवन या नदी तट पर नौकरों की निगरानी में खेला करते थे। लेकिन इस खेल-ही-खेल में भविष्य की लड़ाई के बीज भी पड़ गए। बड़ों के मन की दुर्बलताएँ दुर्योधन, दुःशासन आदि भाइयों में अधिक उभरकर आई थीं। उन्हें हरदम यही कचोट रहती थी कि अगर हमारे पिता अन्धे न होते तो राज उन्हीं को मिलता और उनके बाद हमें मिलता। मगर अब चाचा के बाद चाचा के बेटे बड़े होकर हस्तिनापुर पर राज करेंगे और हम फिर छुटभइये हो जाएँगे। इस जलन में दुर्योधन वगैरह कौरव भाई अपने पाँच चचेरे भाइयों से सदा कुढ़ते ही रहते थे। खेल में भी अपना बैर ही अधिक निकालते थे।

पाण्डु के बड़े बेटे युधिष्ठिर शुरू से ही बड़े गम्भीर थे। मगर न भीम किसी से कम थे और न अर्जुन। भीम को कौरव मोटूराम-मोटूराम कहकर चिढ़ाते थे और भीम झपटकर दो-चार चचेरे भाइयों को पकड़कर ऐसी पटकनी देते कि उनसे बस पें-पें चिल्लाते ही बनता।

अर्जुन भी सेर का सवाया पड़ता था, और नकुल, सहदेव भी अपने भाइयों के समान ही बड़े हिम्मती और पैनी बुद्धि के थे। पाण्डु के पाँच बेटे मिलकर धृतराष्ट्र के सौ बेटों से हर बात में कुछ सवाये ही बैठते थे। जब बुद्धि या बल से बस न चला तो दुर्योधन ने युक्ति से काम लेना सीखा। उनके सारथी का बेटा कर्ण अर्जुन से किसी भी बात में कम नहीं था। इसीलिए दुर्योधन ने उससे दोस्ती कर ली। नौकर के बेटे से दोस्ती करना पुराने मत वाले लोगों की नज़र में तनिक भी सम्मानजनक बात नहीं मानी जाती थी। परन्तु दुर्योधन कहता कि हमारा मित्र कर्ण कोई सचमुच ही तो सारथी का बेटा है नहीं। हमारे सारथी ने तो उसे डलिया में लेटा हुआ और नदी में बहते हुए पाया था। यह किसी बड़े राजकुल का बेटा है और मैं इससे अवश्य मित्रता करूँगा। इस प्रकार कौरवों-पाण्डवों के साथ कुन्ती रानी के कुँआरेपन का बेटा कर्ण भी खेलने-कूदने

लगा। पाण्डव बेचारे यह नहीं जानते थे कि कर्ण उनका ही भाई है और कर्ण भी यह नहीं जानता था। अगर जानता होता तो भला उसे नीची हैसियत का क्षत्रिय माना जाता। बड़ों की भूल का बच्चों के जीवन पर भयानक प्रभाव पड़ता है।

एक दिन यह सब बच्चे गेंद खेल रहे थे। उनके समय में गेंद या तो कपड़े के होते थे या लकड़ी के। खेलते-खेलते एक खिलाड़ी का हाथ बहका और गेंद सामने न जाकर पीछे एक अन्धे कुएँ में गिर गया। बेचारे लड़कों का सारा मजा ही बिगड़ गया। कुएँ के आस-पास खड़े वे आपस में अकल लड़ा रहे थे, पर कुएँ से गेंद निकालने का कोई उपाय उन्हें सूझ नहीं रहा था। उस समय वहाँ से एक धनुर्धारी ब्राह्मण जा रहे थे। उन्होंने बच्चों से उनकी परेशानी का कारण पूछा। बच्चों ने बतलाया। उनकी परेशानी सुनकर ब्राह्मण हँसे। पूछा– तुम लोग किस वंश के राजकुमार हो। युधिष्ठिर ने आगे बढ़कर दुष्यन्त और भरत से लेकर अपने भीष्म पितामह तक के नाम बड़ी शान से सुनाए। सुनकर ब्राह्मण ने कहा–ऐसे श्रेष्ठ कुल में जन्म लेने वाले बच्चे इतना छोटा-सा काम भी नहीं कर सकते? देखो–मैं दिखलाता हूँ तुम्हें कि प्रतापी क्षत्रियों के बेटे किस युक्ति से गेंद निकालते हैं।

उन्होंने लड़कों को किनारे हटाया, कुएँ के पास खड़े होकर कन्धे से धनुष उतारा और बाण चढ़ाकर कुएँ में फेंका। तीर कपड़े के गेंद में जाकर धंस गया। अब उस तीर के दूसरे सिरे को निशाना बनाकर दूसरा तीर लगाया। तीर एक में एक बिंधते चले गए। और छठा-सातवाँ तीर तो बिल्कुल कुएँ की टूटी जगत से ही आ लगा। बस उन बाणों के डण्डे को खींचकर उठाते चले गए और गेंद बाहर निकल आया। सब बच्चे बड़े प्रसन्न हुए। उनमें से बहुतों ने उनसे धनुर्विद्या सीखने की इच्छा प्रकट की। भीष्म जी बड़े ही समझदार और महान पुरुष थे। वे विद्या और गुण का मान करना जानते थे। उसी समय उठकर वे उस ब्राह्मण को ढूँढ़ने के लिए निकल पड़े। वह ब्राह्मण पैदल नदी तट की ओर बढ़ रहा था। भीष्म पितामह उनके पास पहुँचे और हाथ जोड़कर पूछा–क्या आपने ही मेरे पोतों का गेंद अन्धे कुएँ से निकाला था।

ब्राह्मण ने कहा–हाँ महाराज! परन्तु वह मामूली-सा काम था। उसके लिए आप यदि मुझे पुरस्कार देने आए हो, तो साफ कह देता हूँ कि मैं उसे अपमान समझूँगा।

भीष्म पितामह हाथ जोड़कर बोले–मैं आपको कुछ देने नहीं, बल्कि आपसे एक भीख माँगने आया हूँ। देवता, मैं समझ गया कि आप ही सुख्यात द्रोण धनुर्धर हैं। आप मेरे बच्चों के आचार्य बनें। आपसे बढ़कर श्रेष्ठ गुरु उन्हें मिल ही नहीं सकता। परम प्रतापी और यशस्वी भीष्म पितामह का विनय देखकर द्रोणाचार्य सन्तुष्ट हो गए। उन्होंने भीष्म के पोतों का गुरुभार ग्रहण किया। उन्होंने बड़ी लगन से अपने चेलों को धनुर्विद्या सिखलाना आरम्भ किया।

द्रोणाचार्य अपनी धनुर्विद्या के लिए आस-पास के राजे-रजवाड़ों में प्रसिद्ध तो अवश्य हो चुके थे, पर किसी ने उनकी ओर अब तक ध्यान नहीं दिया था। उसका कारण यह था कि द्रोण जी बड़े ही स्वाभिमानी ब्राह्मण थे। परन्तु इसका नतीजा यह हुआ कि उनके दिन बड़े ही तंगी से कटने लगे। पैसे वाला या सरकारी दरबारी आदमी सदा तिकड़मी और खुशामद से आगे बढ़ने वालों को ही महत्त्व देता है। गुण को सराहने वाले बहुत कम लोग हुआ करते हैं। इसलिए द्रोणाचार्य के परिवार को बड़े कष्ट सहने पड़े। एक बार द्रोणाचार्य का बेटा अश्वत्थामा गली में अपने समान आयु के बच्चों के साथ खेल रहा था। बात इस पर चल पड़ी कि कौन-कौन से बच्चे दूध पीते हैं। सबमें एक बेचारा अश्वत्थामा ही ऐसा निकला जिसने दूध की शक्ल ही नहीं देखी थी। उसने घर आकर अपनी माँ से हठ किया कि तुमने अब तक मुझे दूध क्यों नहीं पिलाया, मैं आज दूध पिऊँगा। घर में न गाय न पैसे, जब नादान बेटा बहुत हठ करने लगा तो माता ने छिपाकर आटा घोला और कटोरे में भरकर ले आई कि बेटा पी ले। दूसरे दिन उसने अपने संगी-सथियों के बीच में दूध पीने की बात कही तो संगी-साथी हँस पड़े। सबने उसका मज़ाक उड़ाया।

बेटे की यह पीड़ा द्रोण जी से न सही गई। वे पांचाल के राजा द्रुपद के यहाँ जाने का विचार करके घर से निकले। यह पांचाल भूमि आजकल की बरेली और उसके आस-पास के इलाके की भूमि थी। द्रुपद जब साथ-साथ पढ़ते थे तो बड़ी दोस्ती थी। मगर अब जो द्रोण की फटेहाल सूरत देखी तो घमण्ड के मारे सीधे मुँह से बात तक न की। द्रोण ने कहा कि तुम हमारे मित्र हो। इस पर द्रुपद ने तड़ से रूखा जवाब दिया कि दोस्ती बराबर वालों में होती है। तब हम पढ़ते थे इसलिए बराबर थे। अब मैं राजा और तुम भिखारी हो, फिर हमारे बीच में दोस्ती कैसे? इस तरह अपमानित करके निकाल दिया। द्रोण ने उसी समय यह प्रतिज्ञा की थी कि इस द्रुपद को उसके घमण्ड का मजा चखा दूँगा। भगवान ने उन्हें बहुत अच्छा अवसर भी दे दिया। कुरुकुल के बेटे उन्हें शिष्यों के रूप में मिल गए। उन्होंने बड़ी लगन से कौरवों और पाँडवों को सभी हरवे-हथियार चलाने में निपुण कर दिया। धनुर्विद्या उन दिनों सबमें श्रेष्ठ मानी जाती थी। उसमें द्रोणाचार्य का एक शिष्य ऐसा चमत्कारी निशानेबाज हो गया था कि गुरुजी उस पर अपने भविष्य की आशायें टिकाने लगे। उस शिष्य का नाम अर्जुन था।

एक बार इन सबकी परीक्षा राज दरबार में हुई। प्रजा के सभी मानी-सम्मानी लोग बुलाए गए और राजकुमारों के करतब देखे गए। दुर्योधन और भीम गदा चलाने में बड़े ऊँचे माने गए। युधिष्ठिर आदि ने भी अपने-अपने कमाल दिखलाए। धनुष, तलवार, कुश्ती आदि तरह-तरह की परीक्षाएँ हुईं। धनुष की परीक्षा में द्रोणाचार्य जी ने एक मिट्टी की चिड़िया पेड़ पर पत्तों की आड़ में छिपाकर बँधवा दी थी। उसकी

रँगी हुई आँखें भी बनी हुई थीं। आचार्य ने सब राजकुमारों से कहा कि चिड़िया की आँख में तीर मारो। बहुत से राजकुमार तो ऐसे बुद्धू साबित हुए कि उन्हें पत्तों की आड़ में चिड़िया ही न दिखाई दी, परन्तु कई राजकुमारों ने चिड़िया को ताड़ भी लिया। आचार्य हर लड़के से पूछते तुम्हें क्या दिखलाई दे रहा है? और उत्तर में चिड़िया सुनते ही आचार्य जी लड़कों को फेल कर देते थे। होते-करते अर्जुन की बारी आई। आचार्य जी ने फिर वही प्रश्न किंया–चिड़िया कहां है?

–तीसरी शाखा की टहनी में कोने में हरे डोरे से बँधी–।

–और तुम्हें क्या दिखाई पड़ रहा है?

–गुरु जी अब तो मुझे केवल चिड़िया की आँख दिखाई दे रही है और कुछ भी नहीं दिखाई दे रहा है।

उत्तर सुनकर गुरु जी खिल उठे, तीर चलाने की आज्ञा दी और चिड़िया टूटकर नीचे आ गई। उस दिन से धनुष में अर्जुन की धाक बन गई।

एक दिन गुरु जी सब शिष्यों को लेकर उन्हें जंगल में शिकार खिलाने के लिए ले गए। कुछ शिकारी कुत्ते भी उनके साथ गए। वह मनुष्यों से कुछ पहले ही जंगल में घुस गए थे। थोड़ी देर बाद उन कुत्तों में से एक कुत्ता बड़ी दयनीय दशा में घबड़ाया हुआ लौट आया। किसी ने बाणों से बींधकर कुत्ते का मुँह बन्द कर दिया था। सब लड़कों को बड़ा अचरज हुआ। सबने सोचा कि जंगल में चलकर देखा जाए।

कुत्ता अर्जुन और द्रोणाचार्य के साथ अन्य राजकुमारों को उस स्थल पर ले गया, जहाँ एक उन्हीं की उमर का भील किशोर बाण चलाने का अभ्यास कर रहा था। द्रोणाचार्य ने पूछा–तुम कौन हो?

लड़के ने कहा–मैं जंगल का भील हूँ। मेरा नाम एकलव्य है।

द्रोणाचार्य–तुमने ऐसी कमाल की धनुर्विद्या किससे सीखी?

भील लड़के ने सिर तानकर कहा–मेरे गुरु द्रोणाचार्य जी हैं।

एकलव्य की यह बात सुनकर द्रोणाचार्य और अर्जुन दोनों ही चौंक पड़े।

द्रोणाचार्य ने पूछा–तुमने कभी उन्हें देखा है?

एकलव्य–मैंने सुना है कि आज के समय में वही श्रेष्ठ आचार्य हैं, इसलिए मैंने बड़ी भक्ति से उनकी मिट्टी की एक मूर्ति बनाई और उसी मूर्ति में सच्ची भक्ति रखकर मैं धनुष चलाना सीखने लगा। यह सब गुरु द्रोणाचार्य की भक्ति का ही प्रताप है।

द्रोणाचार्य ने एकलव्य से अपनी धनुर्विद्या के करतब दिखलाने को कहा और उसने ऐसे हुनर दिखलाए कि अर्जुन को एकलव्य से ईर्ष्या होने लगी।

द्रोणाचार्य जी बड़े चतुर दुनियादार थे। एक ओर वे जहाँ अपने में भक्ति रखने वाले भील बालक से प्रसन्न हुए वहीं दूसरी ओर उन्होंने यह भी ताड़ लिया कि राजकुमार अर्जुन को डाह होने लगी है। बड़ी गरीबी भोगने के बाद अब सुख से रहने वाले द्रोणाचार्य अपने राजकुमार चेले को अप्रसन्न न करना चाहते थे। इसलिए उन्होंने एकलव्य को अपना परिचय दिया। एकलव्य ने गद्‌गद होकर उन्हें प्रणाम किया। आचार्य बोले—एकलव्य, तुमने मुझसे विद्या सीखी, इसलिए तुम्हें गुरुदक्षिणा भी देनी होगी।

एकलव्य ने तुरन्त हाथ जोड़कर उनसे कहा कि मेरी हैसियत देख लें और उसके हिसाब से जो चाहें माँग लें।

गुरु जी ने कहा कि तुम हाथ का अँगूठा काटकर हमें दक्षिणा में दे दो। एकलव्य यह समझते हुए भी कि अपने राजकुमार चेले को प्रसन्न करने के लिए गुरु जी पक्षपातपूर्ण गुरु दक्षिणा माँग रहे हैं, हँसते-हँसते अपना अँगूठा काटकर गुरु जी के चरणों में रख दिया। उसने कहा—अँगूठा कट जाने से मेरी धुनर्विद्या में कमी नहीं पड़ेगी। गुरु जी, अगर आपमें मेरी भक्ति सच्ची रही तो मैं अब केवल चार अँगुलियों के बल पर ऊँचा धनुर्धर बन जाऊँगा। एकलव्य के समान निष्ठा रखने वाले बालक अपनी मनचाही शक्ति सिद्ध करके ही रह सकते हैं, उन्हें कोई शक्ति रोक नहीं सकती।

द्रुपद से युद्ध

द्रोणाचार्य के चेले जब हर तरह से कुशल योद्धा बन गए, तब आचार्य ने उनसे अपनी गुरु दक्षिणा माँगी। उनकी माँग यह थी कि मेरा अपमान करने

वाले पांचाल के घमण्डी राजा को बाँधकर मेरे सामने लाओ। भीष्म पितामह की आज्ञा लेकर सेना सहित राजकुमारों ने पांचाल देश पर चढ़ाई कर दी। अर्जुन की धनुर्विद्या के आगे द्रुपद राजा के वीरों ने घुटने टेक दिए। पांचाल सिपाही भय के मारे तितर-बितर होने लगे और अर्जुन ने आगे बढ़कर राजा द्रुपद को बाँध लिया। द्रुपद राजा बन्दी बनाकर द्रोणाचार्य के चरणों में ला पटके गए। इस विजय से पाण्डवों और विशेषकर अर्जुन को बड़ा लाभ मिला। पाण्डवों की यह उन्नति देखकर धृतराष्ट्र और उनके बेटे मन-ही-मन जल उठे।

शासन के मन्त्रियों में एक कणिक नाम का मन्त्री था। वह राजा धृतराष्ट्र के मन की व्यथा को भली-भाँति समझ गया था। एक दिन उसने थोड़ी देर इधर-उधर की ठकुर सुहाती बातें बनाकर धृतराष्ट्र से कहा—महाराज! बच्चा होने पर भी नाग आखिर नाग ही होता है। आपको अपने बच्चों का भविष्य देखना होगा। आपके बच्चे संख्या में अधिक हैं, पर भोले हैं। उन्हें ये पाण्डव लोग ठग लेते हैं। मेरी समझ में तो शत्रु को साम, दाम, दण्ड, भेद किसी भी उपाय में समाप्त कर देना ही उचित है। कणिक मन्त्री ने राजा धृतराष्ट्र और उनके पुत्रों के मन में एक ऐसी कुटिल इच्छा जगा दी कि उसे पूरा करने के लिए वे हर सम्भव या असम्भव काम करने को तैयार हो गए। उन्हें न धर्म की चिन्ता थी, न न्याय की परवाह थी। एकमात्र यही उद्देश्य उनके सामने था कि हस्तिनापुर की राजगद्दी किस प्रकार पाण्डवों के कानूनी अधिकार से निकलकर हमारे अधिकार में आ जाए।

दुर्योधन ने अपने मामा शकुनि, कर्ण और दुःशासन आदि के साथ यह सलाह की कि पाण्डवों को किस उपाय से यों समाप्त किया जाए कि साँप मर जाए पर लाठी न टूटे। शकुनि मामा की सलाह से यह निश्चय हुआ कि राजा धृतराष्ट्र को ऊँच-नीच समझाकर उनसे यह कहलाया जाए कि तुम लोगों को विश्राम की ज़रूरत है, इसलिए कुछ दिनों वारणावत नगर में जाकर सुख से रह आओ, फिर तुम्हारे राज-पाट सँभालने के सम्बन्ध में हम लोग विचार करेंगे।

पांचाल नरेश द्रुपद को पराजित करने का यश लेकर राजकुमार युधिष्ठिर ने धीरे-धीरे बड़ों के बीच यह बात भी छेड़नी आरम्भ की कि हम लोग बालिग हो गए हैं, इसलिए राज-काज का प्रबन्ध अब हमें फिर से सौंप देना चाहिए।

इन बातों से राजा धृतराष्ट्र बहुत चिन्तित तो थे ही, इसलिए दुर्योधन ने जब उन्हें यह सलाह दी कि पाण्डवों को कुछ दिन वारणावत नगर में आराम करने भेज दीजिए, इससे आगे की समस्या पर विचार करने के लिए हमें काफी समय मिल जाएगा, तो उन्हें यह सलाह बहुत पसन्द आई।

राजा धृतराष्ट्र ऊपर से तो बड़े धर्मात्मा और दयालु बनते थे, मगर मन-ही-मन

में वह यही चाहते थे कि किसी प्रकार से उनके यह पाण्डव भतीजे नष्ट हों तो राजगद्दी का अधिकार उनके बड़े बेटे दुर्योधन को मिले। धृतराष्ट्र ने युधिष्ठिर को बुलाकर कहा कि बेटा तुमको विश्राम की आवश्यकता है। मैंने वारणावत नगर में तुम्हारे ठहरने का प्रबन्ध कर दिया है। अपनी माता को लेकर तुम पाँचों भाई कुछ दिनों वहाँ की सैर कर आओ।

राजकुमार युधिष्ठिर अपने ताऊ जी की यह आज्ञा सुनकर मन-ही-मन चौंके, परन्तु बड़ों की आज्ञा मानना अपना धर्म समझकर उन्होंने आपत्ति न की। ताऊ जी से 'जो आज्ञा' कहकर वे चले आए।

विदुर की चतुराई

राज्य के मन्त्रियों में विदुर जी का बड़ा मान-सम्मान था। वे पढ़े-लिखे, गम्भीर और उदार पुरुष थे। उनका स्वभाव देखकर लोग उन्हें महात्मा कहते थे। पाण्डव लोग अपने चाचा के समान उनका आदर करते थे। इसीलिए महात्मा विदुर पाण्डवों से बहुत प्रसन्न थे। उन्हीं महात्मा विदुर को अपने जासूसों के द्वारा यह मालूम हुआ कि कुन्ती समेत पाँचों पाण्डवों को एक साथ समाप्त करने का षड्यन्त्र रचा जा रहा है। विदुर जी ने युधिष्ठिर को उस षड्यन्त्र की बात बताकर सचेत कर दिया। यही नहीं, विदुर जी ने खूब जतन करके यह पता भी लगा लिया कि लाख और दूसरे जलने वाले मशालों से एक धोखे का महल वारणावत नगर में बनाया जा रहा है। उसी में ये लोग ठहराए जाएँगे और रात में अचानक उस घर में आग लगाकर कुन्ती और उनके पाँचों बेटों को इस दुनिया से उठा दिया जाएगा। विदुर जी ने इस षड्यन्त्र योजना में काम करने वाले एक आदमी को किसी तरह रिश्वत आदि देकर फोड़ लिया। इसके द्वारा उन्होंने उस महल में एक सुरंग भी चुपचाप बनवा ली। विदुर जी ने यूनानी भाषा में युधिष्ठिर को उस गुप्त सुरंग का पता भी बता

दिया। उस समय भी हमारे देश में विदेशी भाषा लिखने-पढ़ने और बोलने वाले लोग हुआ करते थे। युधिष्ठिर और विदुर जी जैसे ऊँचे दर्जे के लोग अपनी मातृभाषा के अलावा और भी कई भाषाएँ जानते थे। इसीलिए यूनानी भाषा में भेजा गया सन्देश युधिष्ठिर को सुरक्षित रूप में मिल गया। युधिष्ठिर ने अपने भाइयों को भी दुर्योधन के षड्यन्त्र की सूचना दे दी। पाँचों भाई अपनी माता के साथ जब वारणावत नगर में पहुँचे तो राजकर्मचारियों ने उनकी आवभगत में कोई कसर न उठा रखी। दिन-भर वे लोग पाँचों भाइयों और कुन्ती माता का हुकुम ही बजाते रहे। इधर यह लोग भी सबसे मीठा व्यवहार करते रहे। कुन्ती माता ने बहुत सारा दान-पुण्य किया, गरीबों को भोजन कराया। इस बीच में युधिष्ठिर ने विदुर जी की बतलाई हुई सुरंग का पता भी लगा लिया और सब तरह से चौकस हो गए। रात के समय जैसे ही सब लोग सो गए, वैसे ही युधिष्ठिर, कुन्ती माता, अर्जुन और नकुल तथा सहदेव को लेकर सुरंग के बाहर चले गए और भीमसेन ने दुश्मन के आग लगाने से पहले ही स्वयं उस महल में आग लगा दी और सुरंग की राह अपने भाइयों और माता के समेत जंगल में निकल गए।

दूसरे दिन जले हुए महल में शव दिखलाई दिए। यह लाशें वास्तव में एक भिखारिन और उसके पाँचों बेटों की थीं, जो रात में भोजन करने के कारण महल के नीचे सो गए थे। उन लाशों को देखकर दुर्योधन के नौकरों को यह विश्वास हो गया कि पाण्डव अपनी माता समेत जलकर मर गए। उन्होंने हस्तिनापुर में यह शोक सूचना भेज दी।

राजा धृतराष्ट्र और दुर्योधन आदि अपनी चाची और भाइयों की अकाल मृत्यु पर नकली आँसू बहाने लगे। राजा की आज्ञा से उन सबका अन्त्येष्टि संस्कार किया गया और प्रजा ने भी बड़ा दुःख मनाया। तरह-तरह की शंकाएँ भी दबी जबान से लोग-बाग प्रगट कर दिया करते थे, परन्तु निर्लज्ज कौरव भाइयों को इसकी तनिक भी परवाह न थी। वह तो यह सोच-सोचकर सुखी हो रहे थे कि हमारे शत्रु अब हमारी राह के काँटे नहीं बन सकेंगे।

परन्तु उन्हें नहीं मालूम था कि पाँचों भाई और कुन्ती माता जंगल में सुरक्षित हैं। यह सच था कि जंगल के जीवन में राजरानी कुन्ती माता को बहुत ही कष्ट हो रहा था, फिर भी किसी तरह दिन तो बीत ही रहे थे। उस जंगल में हिडिम्ब नाम का एक राक्षस रहता था। राक्षस लोग इस देश के आदिवासी थे। उनके सचमुच के सींग नहीं हुआ करते थे, बल्कि बैलों या भैंसों की सींगदार खोपड़ियों की टोपियाँ पहनना उनके समाज का आम चलन था। राक्षसों में आमतौर से तो लोग असुरों और गन्धर्वों के पहरुए या सिपाही हुआ करते थे, पर बहुत से ऐसे भी थे जो जंगलों में अपना स्वतन्त्र जीवन बिताते थे। ऐसे जंगली राक्षसों में शत्रु को मारने के बाद

उसका मांस खाने का रिवाज था और वे नरमांस भी निस्संकोच खाया करते थे। हिडिम्ब राक्षस भी ऐसे ही नरभक्षी राक्षसों में से था। उसकी बहन हिडिम्बा भी वैसी ही क्रूर थी। भाई-बहन ने इन छह हट्टे-कट्टे जवानों का भोजन करने की योजना बनाई। सोचा गया कि रात में ही इन्हें मारने का मौका मिल सकेगा। हिडिम्बा पाण्डवों को मारने के लिए रात में चली। उस दिन भीम पहरा दे रहे थे और माता तथा दूसरे भाई सो रहे थे। भीम को देखकर हिडिम्बा का मन ललचा उठा। वह सोचने लगी कि यह सुन्दर और बलिष्ठ जवान यदि मेरा पति बन जाए तो मेरा जीवन बहुत सुख से बीतने लगे। यह सोचकर उसने जंगल से कुछ फूल चुने, तलैया के पानी से अपना मुँह धोया, चोटी-कपड़े ठीक किए और भीम को रिझाने चली।

हिडिम्बा काली अवश्य थी, पर देखने में शायद बुरी न थी। इसलिए भीम भी उसकी बातों से प्रसन्न होकर उस पर रीझ गए। तब हिडिम्बा ने सच-सच बात बतलाई और कहा कि इन सबको लेकर भाग चलो, नहीं तो मेरा भाई अभी आकर तुम सबको मार डालेगा।

भीम ने कहा—चिन्ता न करो। कहीं तुम्हारा भाई ही हमारे हाथों से चटनी न बन जाए।

सचमुच यही हुआ भी। जब हिडिम्बा को लौटने में देर लगी तो हिडिम्ब क्रोध में भरकर वहाँ आ पहुँचा। भीम ने उसे यों देखा जैसे शेर चूहे को देखता है। दोनों ही दहाड़ने लगे। करारी उठा-पटक हुई, पर हिडिम्ब राक्षस भीमसेन की शक्ति का मुकाबला न कर सका। भीमसेन ने उसे उठाकर इतनी ज़ोर से पटका कि हिडिम्ब के प्राण ही निकल गए।

पाण्डवों ने जंगल में कुछ दिन अच्छी तरह बिताए। हिडिम्बा गर्भवती हो गई। तब कुन्ती ने पाण्डवों को कहीं और चलने की आज्ञा दी। जंगल पार करने के बाद वे लोग एक दिन सन्ध्या के समय एकचक्रा नाम की नगरी में पहुँचे। वह नगर हर तरह से सुन्दर लग रहा था। परन्तु साँझ होते-होते वहाँ पर चारों ओर मुर्दनी-सी छा जाती थी। सड़कें सुनसान दिखाई पड़तीं और घरों के द्वार, जिस गली में जाओ वहीं बन्द मिलते। बेचारी कुन्ती माता से तो बहुत दूर चला नहीं जाता था, इसलिए जो घर पहुँचते ही पास दिखाई पड़ा, राजकुमार युधिष्ठिर ने उसी का कुण्डा खटखटाया। एक ब्राह्मणी ने द्वार खोला। कुन्ती ने ब्राह्मणी से अपने बेटों के वास्ते रात-भर के लिए जगह माँगी। बेचारी ब्राह्मणी भी किसी कारण से बहुत दुःखी दिखलाई देती थी। कुन्ती ने देखा कि घर में रहने वाले लोग तो अधिक नहीं हैं, पर ब्राह्मणी भट्टियों पर बड़े-बड़े देग और कढ़ाव चढ़ाकर मनों स्वादिष्ट भोजन सामग्री तैयार कर रही थी। होते-करते कुन्ती माता को पता चला कि इस नगरी के पास वाले जंगल में

वक जाति के क्रूर-कठोर और मध्य एशियाई असुरों का डेरा पड़ा है। यह वक शब्द ही अब बेक या बेग कहलाते हैं और यह शब्द अब कोरा जातिवाचक न रहकर समाजवाचक बन गया है। इसी वक जाति के मनुष्याहारी राक्षस सरदार ने एकचक्रा नगरी के राजा से यह समझौता किया था कि राजधानी के हर घर से बारी-बारी से रोज एक पुरुष और उसके साथ एक छकड़ा-भर स्वादिष्ट भोजन सामग्री अगर उसे प्रतिदिन न भेजी गई तो वह पूरी राजधानी को तहस-नहस कर डालेगा। उसी समझौते के कारण आज ब्राह्मणी के बेटे की बारी आई थी। कुन्ती ने यह सब सुना। उन्होंने अपने बेटों से सलाह की और फिर ब्राह्मणी से कहा कि तुम तनिक मत घबराओ। तुम्हारे केवल एक ही बेटा है और मेरे पाँच हैं। मैं अपने एक बेटे को तुम्हारे बेटे की जगह राक्षस के पास भेज दूँगी।

ब्राह्मणी ऐसी नीच नहीं थी कि अपने बेटे की जान बचाने के लिए दूसरे के बेटे की जान जाने देती। परन्तु तब रानी कुन्ती ने उसे अच्छी तरह समझाया और कहा कि ईश्वर ने चाहा तो मेरा भीमसेन उस राक्षस को मारकर ही घर लौटेगा, तुम तनिक भी चिन्ता न करो, तो ब्राह्मणी मान गई।

भीमसेन छकड़े पर पकवान लादकर जंगल की ओर चले और रास्ते-भर वे पकवान हड़पते हुए धीमी चाल से बड़ी देर से वहाँ पहुँचे जहाँ बकासुर उनकी प्रतीक्षा कर रहा था। एक तो वह भूख के मारे बावला हो रहा था, दूसरे यह देखकर तो उसे अपार क्रोध चढ़ा कि छकड़े पर आने वाला व्यक्ति छकड़े की भोजन सामग्री भी गपागप हड़प करता आ रहा है। उसने भीमसेन को ललकारा। भीमसेन ने एक पेड़ के तने की गदा बनाकर उस पर वार किया। बलवान पाण्डव भीम के आगे बकासुर और उसके रिश्तेदारों की दाल न गली। वे सब के सब मारे गए।

इस प्रकार राक्षसों को सुलाकर भीमसेन चुपचाप अपने घर आकर सो गए। दूसरे दिन राक्षसों के मरने की बड़ी चमत्कारी कथा नगर में फैली हुई थी। कुन्ती माता और पाण्डवों ने किसी को अपना भेद न बतलाया।

द्रोपदी स्वयंवर

एक दिन ब्राह्मणों की एक बहुत बड़ी टोली उस नगर से पांचाल देश की ओर जा रही थी। वहाँ द्रुपद राजा ने अपनी बेटी द्रोपदी का स्वयंवर रचाया था। यह समाचार सुनकर पाण्डवों ने भी वहीं चलने का निश्चय किया। ब्राह्मणों का वेश धारण करके ब्राह्मणों की टोली में घुले-मिले हुए वे द्रोपदी स्वयंवर में सम्मिलित होने के लिए चल दिए।

मार्ग में महर्षि वेदव्यास जी से भेंट हुई। व्यास जी अपने पोतों से मिलकर प्रसन्न हुए। बातें करते हुए उन्होंने समझा कि ये नवयुवक हर तरह से योग्य और नीतिवान हैं। इससे उन्हें खुशी हुई। कुन्ती माता ने वेदव्यास जी से पूछा कि क्या इन बच्चों का वहाँ जाना उचित होगा। व्यास जी ने कहा कि वारणावत नगर में अपने मरने की बात उड़ जाने के बाद सार्वजनिक रूप से तुम सबके प्रकट होने का यह श्रेष्ठ अवसर आया है, इसलिए तुम लोग अवश्य जाओ। भगवान तुम्हारे साथ हैं। सत्य की सदा जय होती है।

वेदव्यास जी से ऐसे शुभाशीर्वाद पाकर पाण्डव भाई अपनी माता के साथ दक्षिण पांचाल नगरी पहुँच गए। मार्ग में बहुत से मनोरम दृश्य, झीलें और छोटी-छोटी नदियां और हरियाली से भरा-पूरा दृश्यावलोकन होता रहा जिससे तनिक भी थकान अनुभव नहीं हुई।

इस समय तक अनेक देशों से राजे और राजकुमार राजा द्रुपद के यहाँ आ चुके थे। चारों तरफ तम्बू-ही-तम्बू लगे थे। स्वागत-सत्कार के लिए हज़ारों आदमी तैनात थे। सामान की कमी नहीं थी। एक-एक राजा के साथ उनके सैकड़ों नौकर-चाकर, सिपाही, हाथी, घोड़े होते थे। ऐसे न जाने कितने राजा-राजकुमारों की भीड़ वहाँ पर मौजूद थी। पाण्डवों को दो-चार हस्तिनापुरी चेहरों की झलक भी देखने

को मिल गई। हर तरह से सोच-समझकर उन्होंने राजा द्रुपद के किले के बाहर एक कुम्हार के घर में अपना डेरा डाला। हर दिन कोई-न-कोई भाई बाहर जाकर सब राजे-रजवाड़ों की टोह ले आया करता था। स्वयंवर मण्डप की सजावट और तड़क-भड़क की बातें तो चारों तरफ होती ही थीं, पर उस मछली की बड़ी प्रशंसा थी जो किसी कल के सहारे बराबर हवा में चकफेरियाँ लगाया करती थी। उस नाचती मछली के खम्भे के नीचे एक तेल भरा कड़ाह रखा जायगा, जिसमें नाचती हुई मछली की आँख जो व्यक्ति वेध देगा, वही द्रौपदी का पति चुना जाएगा।

होते-करते स्वयंवर का दिन आ गया। ऊँचे-ऊँचे मंचों पर भव्य सिंहासन रखे हुए थे। बड़े-बड़े यशस्वी-तेजस्वी राजा उन पर विराजमान थे। महकते फूलों के बन्दनवार लगे हुए थे। चन्दन का छिड़काव हो रहा था। चारों तरफ ऐसा तेज़ ही तेज फैल रहा था कि कहीं आँखें ठहर ही न पाती थीं। हर राजा और राजकुमार अपना बड़प्पन दिखलाने के लिए हीरे-मोतियों के गहने और सुनहरे कपड़ों से लदा हुआ था। मण्डप के एक ओर ब्राह्मण मण्डली भी विराजमान थी। स्वयंवर का तमाशा देखने के लिए भी दूर-दूर से लोग आए थे। राजा द्रुपद ने उन लोगों के बैठने के लिए भी उत्तम प्रबन्ध कराया था।

ब्राह्मणों ने मन्त्रोच्चार किया। फिर राजा द्रुपद के बेटे धृष्टद्युम्न ने अपनी बहन को सभामण्डप में लाकर सब राजाओं का परिचय उसे दिया। द्रौपदी साँवली अवश्य थी, पर उसकी सुन्दरता मन को खींचने वाली थी। उसे देखकर हर राजा और राजकुमार मन-ही-मन बावला हो गया। उनमें से हर व्यक्ति यही सोचने लगा कि यह राजकुमारी मेरी ही पत्नी बनेगी।

सभा में मंच पर खड़े होकर धृष्टद्युम्न ने ऊँचे स्वर में सब राजाओं से कहा कि जो इस नाचती हुई सोने की मछली की आँख वेध देगा, उस सत्कुल वाले वीर को मेरी बहन अपना पति मान लेगी।

बड़े-बड़े राजे वहाँ मौजूद थे। बंगाल नरेश, कलिंग नरेश, दक्षिण के पाण्डु राजा, दूर गान्धार वाल्हीक के पनव राजा, हस्तिनापुर के दुर्योधन, कर्ण और अश्वत्थामा जैसे वीर उस सभा में उपस्थित थे। सबसे पहले चेदि नरेश उठे। मछली के नीचे तेल कुण्ड के पास रखे धनुष को उठाकर वे जैसे ही उसकी डोरी चढ़ाने चले तो उसके झटके से दो पटकनियाँ खाईं। सिर झुकाकर चुपचाप चले आए। इसके बाद एक-एक करके कई राजा उठे, पर लक्ष्य वेध करने में कोई सफल नहीं हुआ। हस्तिनापुर के राजकुमार दुर्योधन दुर्गत बनवाकर लौट आए। जो हरेला राजकुमार लौटता, उसी की हँसी होती थी। दुर्योधन के बाद कर्ण उठे। उन्हें उठते देखकर ही द्रौपदी बोली—मैं सारथी के बेटे से ब्याह नहीं करूँगी।

यह सुनना था कि कर्ण का चेहरा लाल हो गया। क्रोध में सिर झुकाए वह चुपचाप आकर अपनी जगह पर बैठ गया। जब राजाओं में कोई भी ऐसा प्रतापी न निकला तो राजा द्रुपद ने सीता जी के पिता राजा जनक के समान ही निराशा प्रकट की कि शायद विधाता ने मेरी बेटी के भाग्य में विवाह ही नहीं लिखा।

यह सुनकर ब्राह्मणों की टोली में बैठे हुए युधिष्ठिर ने अर्जुन से आँखों-आँखों में कहा कि उठो, अब समय आ गया है। भाई की आज्ञा पाते ही उनके पैर छूकर अर्जुन उठे और लक्ष्य वेध करने के लिए आगे बढ़े। ब्राह्मणों की टोली में यह देखकर बहुत से लोग हँस पड़े। वे सोचते थे कि जो काम बड़े-बड़े क्षत्रिय वीरों से नहीं हुआ, वह भला एक ब्राह्मण कुमार कैसे कर पाएगा। बहुत से पण्डितों को यह चिन्ता हुई कि इस ब्राह्मण नवयुवक की ढिठाई के कारण राजे लोग क्रुद्ध होकर कहीं ब्राह्मणों को दान-दक्षिणा देना बन्द न कर दें। लेकिन बहुत से ऐसे समझदार ब्राह्मण भी थे जो कहते थे कि जिस काम को करने के लिए बड़े-बड़े लोग बुलाए गए थे और जब वे असफल हो गए हैं तो जो भी यह काम करके दिखलाए, उसकी सराहना हमें अवश्य करनी होगी।

यह सब बातें हो ही रही थीं कि तापस वेशधारी सुन्दर और बलवान अर्जुन लक्ष्य के पास जाकर खड़ा हो गया। उसने सहज भाव से खिलौने की तरह धनुष उठाया और खेल-ही-खेल में उसकी प्रत्यंचा भी चढ़ा दी। अब लोग-बाग आश्चर्य से अर्जुन की तरफ देखने लगे। अर्जुन ने धनुष के पास रखे हुए पाँचों बाण भी उठा लिये। फिर तेल-कुण्ड के पास खड़े होकर पल-भर नाचती मछली की परछाईं देखते रहे और एक साथ पाँचों बाण धनुष पर चढ़ाकर इस तरह छोड़े कि एक से मछली की आँख छिद गई और चार से वह चक्र ही टूट गया जिस पर मछली नाच रही थी।

चारों ओर जय-जयकार मच गया। दास-दासियाँ फूल बरसाने लगे। सूत-चारण स्तुतियाँ गाने लगे, बाजों पर बधावे बजने लगे और द्रोपदी ने प्रसन्न मन से अर्जुन के गले में जयमाला डाल दी।

यह देखकर बड़े-बड़े महाराजों के गर्व-गुमान भड़के। सबने मिलकर तय किया कि हम सब मिलकर द्रुपद और उनकी सेना को मारकर अपने अपमान का बदला लेंगे।

यह देखकर भीमसेन भी उठ खड़े हुए। सभा मण्डप के बाहर एक पेड़ उखाड़ कर उन्होंने बिगड़े हुए राजाओं के सिपाहियों को वह मार मारनी शुरू की कि सबको अपनी छठी का दूध याद आ गया। अर्जुन के बाणों की वर्षा ने सभी को चौकन्ना

कर दिया। सभी सोचने लगे कि भीम और अर्जुन के सिवाय ऐसे वीर भला और कौन हो सकते हैं।

यह प्रकट होने पर कि स्वयंवर जीतने वाला वीर स्वयं अर्जुन ही है, राजा द्रुपद बहुत प्रसन्न हुए। इसी अर्जुन के बूते पर द्रोणाचार्य ने उन्हें हराया था। वह वीर अब उनका दामाद हो गया है, यह जानकर उन्हें बड़ी ही प्रसन्नता हो रही थी।

राजा द्रुपद और द्रोपदी को सब बातें समझाकर पाण्डव लोग अपनी माता कुन्ती के पास आए। द्वार पर ही युधिष्ठिर ने कहा—माँ, हम भाई भीख में एक बहुत बड़ा अमूल्य रत्न पा गए हैं।

कुन्ती माँ ने भीतर ही से कह दिया कि अच्छा बेटा, पाँचों भाई उसमें हिस्सा लगा लेना। लेकिन द्वार खोलकर कुन्ती माता ने देखा कि वह रत्न मामूली नहीं बल्कि नारी-रत्न है तो बड़ी चिन्ता में पड़ गईं। बहुत सोच-विचार कर उन्होंने कहा—मेरे मुँह से निकली हुई बात को अब झुठलाया तो नहीं जा सकता। हमारे देश में यद्यपि स्त्री एक ही पति की पत्नी हुआ करती है, पर केवल यही चलन प्रचलित नहीं है। हमारे देश में ऐसी भी बहुत जातियाँ हैं जिनमें एक स्त्री कई भाइयों की पत्नी बनती है। जौनसार में, नेपाल और केरल आदि में यह चलन खूब प्रचलित है। राजकुल के लोग भी इसे बुरा नहीं मानते। इसलिए द्रोपदी का विवाह तुम पाँचों भाइयों से होगा। जब राजा द्रुपद ने कुन्ती माता का यह आदेश सुना तो उनको बड़ी चिन्ता हुई, पर संयोग से भगवान वेदव्यास जी वहाँ आ गए। उन्होंने द्रुपद से कहा कि कुन्ती रानी की बात मान लो और द्रोपदी का विवाह पाँचों भाइयों से कर दो। इस विवाह में मेरे रहने से तुम्हारी बदनामी नहीं होगी। ब्याह में कुन्ती माता ने अपने सगे-सम्बन्धियों में अपने भतीजे श्रीकृष्ण को बुलाना उचित समझा। वह जानती थीं कि पाण्डवों के जीने की सूचना पाकर उनके हस्तिनापुरी रिश्तेदारों को मानों साँप ही सूँघ जाएगा। इसलिए खुशी के अवसर पर ऐसे नातेदार को बुलाना ही उचित होगा जो खुश हो। ब्याह बड़ी धूमधाम से हुआ। राजा द्रुपद ने अपने हर दामाद को खूब साज-सामान दिया। सैकड़ों दास-दासियाँ, सोने, चाँदी के बर्तन, कपड़े सब कुछ दिया। राजा धृतराष्ट्र और दुर्योधन के यहाँ तो आठों पहर की पंचायत बैठ गई। अब क्या करें?

राजधानी का चुनाव

पाण्डव बच गए हैं तो अपना राज-पाट हमसे मागेंगे। भीष्म पितामह, द्रोणाचार्य और महात्मा विदुर जैसे लोगों ने राजा धृतराष्ट्र को यही सलाह दी कि अब ससम्मान पाण्डवों को हस्तिनापुर बुलाकर उन्हें आधा राज-पाट सौंप दो। इसी में सबकी भलाई है। इन सबकी सलाह से धृतराष्ट्र को मजबूर होकर अपने भतीजों को हस्तिनापुर बुलाना पड़ा। श्रीकृष्ण और अपने श्वसुर राजा द्रुपद की सलाह से भाइयों ने हस्तिनापुर आना स्वीकार किया। राजा धृतराष्ट्र ने उन्हें आधा राज्य देकर कहा कि खाण्डवप्रस्थ में अपनी राजधानी बनाकर तुम लोग रहो।

खाण्डवप्रस्थ एक बड़ा ही मामूली कस्बा था और उसके आस-पास एक बहुत बड़ा जंगल था। उसमें नाग जाति के कुछ बड़े ही पिछड़े लोगों की बस्ती थी। वे लोग जितने पिछड़े थे उतने ही कठिन लड़वइये भी थे। श्रीकृष्ण और अर्जुन ने मिलकर यह तय किया कि जंगल को चारों ओर से सेना द्वारा घेरकर फिर उसमें आग लगा दी जाए।

इस तरह छिपे हुए शत्रुओं और भयानक पशुओं को नष्ट करके पाण्डवों ने उस भूमि पर अपनी राजधानी बनवाना आरम्भ किया।

सबसे पहले महर्षि वेदव्यास जी विद्वान और पवित्र ब्राह्मणों की टोली के साथ वहाँ गए और उन्होंने शास्त्र की विधि से राजभवन की भूमि नापकर शान्ति पाठ किया। फिर उसके बाद राजधानी बनने का कार्य बड़ी तेजी से आरम्भ हो गया। दूर से सफेद बादलों जैसी दिखाई पड़ने वाली नगर की पक्की चहारदीवारी बनी। उसके चारों ओर खूब गहरी और चौड़ी खाई खोदी गई। नगर के ऊँचे-ऊँचे फाटक और फाटकों के ऊपर कलात्मक गोपुर, ऊँचे-ऊँचे महल, हाट-बाजार सब कुछ बहुत ही सुन्दर और बहुत तेजी से बन रहे थे। सम्पन्न नागरिकों ने अपनी-अपनी हवेलियाँ बनवानी आरम्भ कर दीं। नित नये-नये दुकानदार और व्यापारी दूर-दूर से आकर

राजधानी में अपने लिए भूमि माँगने लगे। तरह-तरह के धन्धों वाले कुशल कारीगर, मनोरंजन करने वाले नट-बाजीगर, नर्तक-नर्तकियाँ, बहुरूपिये आदि वहाँ आकर अपने-अपने डेरे डालने लगे। देखते-ही-देखते राजधानी का नगर तैयार हो गया। चारों ओर जगर-मगर हो रही थी। जगह-जगह बाग-बगीचे बने थे, फुहारे छूट रहे थे, कहीं चित्रशाला, कहीं काँच का महल, कहीं नकली पहाड़ और झरनों की छटा। राजधानी को देखकर हर एक के मुँह से बस यही एक बात निकलती थी कि वाह! पारस्य देश की सुप्रसिद्ध शुषा नगरी और महिमा मण्डित इन्द्रपुरी भी राजा युधिष्ठिर की राजधानी के आगे लजाती है। लोग-बाग कहते कि हस्तिनापुर भले ही पुराना बसा हुआ नगर हो, भले ही बहुत भव्य हो, पर राजा युधिष्ठिर की राजधानी के आगे वह अब फीका लगता है।

जब नगर अच्छी तरह से बन गया, किले पर शतघ्नि नाम की एक प्रकार की तोपें आदि चढ़ा ही गईं, चौकी-पहरे का प्रबन्ध हो गया तो पाण्डव लोग बाजे-गाजे के साथ वहाँ रहने के लिए आए। महाराज युधिष्ठिर ने नगर की सुन्दरता देखकर अपनी राजधानी का नाम इन्द्रप्रस्थ रखा। कुछ ही दिनों में पाण्डवों के राज-पाट और राजधानी की उन्नति इस प्रकार से होने लगी कि चारों ओर पाण्डवों की प्रशंसा सुनकर कौरवों के जी जल उठे।

सुन्द उपसुन्द की कथा

एक दिन नारद जी धर्मराज युधिष्ठिर के दरबार में पधारे। युधिष्ठिर जी ने उठकर उनका स्वागत-सत्कार किया। पाँचों भाई बड़े प्रेम और आदर-मान सहित नारद जी की सेवा करने लगे। दिन में भोजन इत्यादि करके जब पाँचों भाई नारद जी के पास आकर बैठे तो उन्होंने कहा—हे धर्मात्मा पाण्डव, तुम्हारी उन्नति देखकर बड़ा ही प्रसन्न हुआ हूँ। तुम्हारा भला करने के लिए मैं तुम्हें एक सुन्दर कथा सुनाऊँगा। तुम लोग ध्यान से सुन्द, उपसुन्द नामक दो भाइयों की कथा सुनो।

पुराने समय में प्रतापी असुर राजा हिरण्यकशिपु के वंश में निकुम्भ नामक एक बहुत प्रतापी और समझदार व्यक्ति हुआ था। वह असुरों का मुखिया था। सुन्द, उपसुन्द उसी निकुम्भ के बेटे थे।

उस समय मध्य एशिया से लेकर भरत खण्ड तक और मिस्र तथा अरब और आधुनिक यूरोप के कई देशों की एक ही जन-कबीले की अलग-अलग शाखाएँ फैली हुई थीं। वैसे जाति की दृष्टि से देव और असुर दोनों एक ही थे। रावण, जिसका ननिहाल हेतिकुल (आधुनिक उच्चारण में हित्ती, हिट्टी, हित्ताइत कही जाने वाली जाति) में थी, वह आर्य था, उसके पिता का वंश भी आर्य था। और राम का इक्ष्वाकु वंश भी आर्य ही था। इनमें आपस में दो धार्मिक वर्ग बन गए थे। एक असुर धर्मी था, दूसरा देव धर्मी। यज्ञ और तप दोनों ही करते थे। वेद भी दोनों के लिए ही पूज्य था, बस लड़ाई इस बात की थी कि एक वर्ण प्राण शक्ति यानी 'असु' को ही सर्वोच्च शक्ति मानता था। असुर प्रायः शिव यानी हर के उपासक थे। उनके लिए हर से ऊँचा और कोई नहीं था। उस समय कश्यप सागर यानी आधुनिक कैस्पियन सागर के पास आर्यों की एक मुख्य प्रशाखा हरिवंश की रहती थी। आधुनिक इतिहासकार इन्हें ही 'हर्री' कहते हैं और आर्य शब्द का विकास 'हर्री' या 'हरि' शब्द से ही मानते हैं। ये हरि लोग प्राण से दिव्य यानी आत्मा को बड़ा मानते थे। यह लोग सूर्य-विष्णु के उपासक थे। इन देवधर्मियों का संगठन भी कुछ कम नहीं था। सोने की खान वाले पहाड़, सुवर्ण मेरु, जिसे आजकल तुर्की भाषा में अल्लाई कहते हैं, कभी देवधर्मियों के अधिकार में हो जाते थे और कभी असुरधर्मियों के। असुर सुन्द, उपसुन्द दोनों भाइयों में चूँकि जबरदस्त एका और संगठन था इसलिए ये लोग इन दिनों देवधर्मियों से तगड़े पड़ रहे थे।

सुन्द, उपसुन्द दोनों भाइयों ने मिलकर ब्रह्मा जी की तपस्या की और अपने कठोर तप से यह समझ पाई कि जब तक हम दोनों भाई आपस में नहीं लड़ेंगे, तब तक हमें कोई मार नहीं सकेगा। अपनी एकता, बुद्धि और शक्ति के बल पर दोनों भाइयों ने आस-पास के बहुत से राज्यों को जीत लिया।

हीरे-मोती जवाहरात और सोना-चाँदी लूटने के लालच में दोनों भाइयों ने ऐसी सख्ती बरती कि दूर-दूर तक लोग-बाग उन दोनों भाइयों के नाम सुनकर ही थर्रा उठते थे। भाइयों में एका इतना प्रबल था कि उन दोनों के बीच किसी तीसरे की दाल गल ही नहीं सकती थी।

देवधर्मी लोगों ने सोचा कि इन भाइयों को और कोई तो हरा नहीं सकता। हाँ, अगर यह किसी तरह से आपस में ही लड़ मरें तो जनता का यह संकट समाप्त हो सकेगा। विचार करते-करते उन्होंने सोचा कि केवल कोई अद्भुत सुन्दरी इन भाइयों

के बीच में युद्ध का कारण बन सकती है। खोजते-खोजते उन्हें एक अपूर्व स्त्री मिल गई। वह जैसी सुन्दरी थी वैसी ही चतुर नाचने और गाने वाली भी थी। बातें ऐसी मीठी करती थी कि सुनने वाला मुग्ध हो जाता था। उस सुन्दरी युवती का नाम तिलोत्तमा था। देवता लोग उसे मनाकर, लोक-कल्याण की दुहाई देकर अपने साथ ले आए।

एक दिन जब सुन्द, उपसुन्द दोनों भाई अपनी किसी नयी जीत व नयी लूट से आए हुए अपार धन और कैद करके लाई हुई सुन्दर स्त्रियों को देखकर बहुत प्रसन्न हुए तो उन्होंने उस दिन खूब राग-रंग मनाने का निश्चय किया। दोनों भाई अपने सुरम्य बगीचे में चले गए। उनके महलों की चतुर दासियाँ और सुन्दर नर्तकियाँ भी कैद करके लाई गईं सुन्दरी स्त्रियों के साथ उस बाग में पहुँच गईं। दासियाँ दोनों भाइयों को बढ़िया मदिरा पिलाने लगीं और दोनों भाई मतवाले होकर उन कैदी सुन्दरियों को तंग करने लगे।

सुन्द, उपसुन्द के पास तिलोत्तमा को भेजने के लिए यही अवसर सबसे अच्छा था। तरकीब से तिलोत्तमा भी उस बगीचे में पहुँचा दी गई। तिलोत्तमा ने बहुत ही अच्छे-अच्छे गहने और कपड़े पहन रखे थे। वह बहुत चतुर और निडर भी थी। उसने पेड़ों की आड़ में खड़े होकर सामने आने का अवसर साधा। एक बेचारी भली-सी बन्दिनी इन दोनों भाइयों के हाथ जोड़-जोड़कर इनसे तंग न करने की प्रार्थना कर रही थी और दोनों भाई हँस-हँसकर मदिरा पीते हुए तंग करने की नयी तरकीब खोज रहे थे। अचानक घुँघरू झुनझुन करके बज उठे और दोनों भाइयों का ध्यान उधर गया। उन्होंने देखा कि उनसे थोड़ी ही दूर पर एक पेड़ की डाल से एक परी जैसी सुन्दरी धम्म से धरती पर कूदी और अलबेला नाच नाचने लगी। दोनों भाइयों ने जो यह दृश्य देखा तो बस देखते ही रह गए। ऐसी अपूर्व सुन्दरी और अद्भुत नर्तकी एक तो उन्होंने पहले कभी देखी नहीं थी दूसरे, शराब के नशे में वह उन्हें और भी सुन्दर, अधिक अलबेली दिखलाई पड़ने लगी। सुन्दरी तिलोत्तमा जैसा नाचती थी, वैसा ही गाती भी थी। उसका स्वर ऐसा मीठा था कि कोयल की कूक भी उसके आगे फीकी पड़ जाती थी। वह गाती और फिर नाचकर गीत के भाव को दर्शाती थी। जब तिलोत्तमा का नृत्य और गीत रुका तो दोनों भाई उसके प्रेम में दीवाने होकर तेजी से दौड़े। एक ने उसका दाहिना हाथ पकड़ा, दूसरे ने बायाँ। दोनों ही भाई तिलोत्तमा को अपनी ओर खींचने लगे। तिलोत्तमा बड़ी सफाई से इन दोनों मतवाले बलशालियों की पकड़ से अलग जा छिटकी और हाथ जोड़कर कहा कि मैं कुमारी कन्या हूँ। पहले आप दोनों भाई आपस में यह तय कर लीजिए कि मैं किसकी वधू बनूँ। तब मुझे आप दोनों में से किसी के पास भी आने में इनकार न होगा।

यह सुनते ही सुन्द अपने छोटे भाई उपसुन्द से बोला—देखो उपसुन्द, मैंने पहले इस सुन्दरी का हाथ पकड़ा है। इसलिए यह मेरी पत्नी और तुम्हारी भावज बनेगी। तुम झटपट घुटने टेककर और हाथ जोड़कर अपनी भाभी को प्रणाम करो।

उपसुन्द यह सुनकर एकदम चिढ़ गया। उसने कहा—आए बड़े भाभी बनाने वाले। मैंने पहले उसका हाथ पकड़ा है, इसलिए यह मेरी पत्नी है। इसके जेठ होने के नाते तुम इसे आशीर्वाद दो और तुरन्त यहाँ से चलते नज़र आओ। दोनों भाई फिर तिलोत्तमा की तरफ झपटे। वह घड़ी में इधर और घड़ी में उधर नाचती फिरी और फिर झट से पेड़ की डाल पकड़कर पेंग लेते हुए दूसरी डाल पर उचककर चढ़ गई और हँसकर कहा—सुन्द, उपसुन्द, तुम दोनों ही मुझे बड़े सुन्दर और प्यारे लगते हो। पर तुम दो हो और मैं एक हूँ। इसलिए या तो आपसी समझौते से अथवा आपस में युद्ध करके तुम दोनों यह तय करो कि मैं किस की बनूँ।

सुन्द गरजकर बोला—उपसुन्द, अन्तिम बार कहता हूँ कि मान जाओ।

उपसुन्द ताल ठोंककर बोला—मानने की बात ही नहीं उठती। समझौता केवल इसी बात पर हो सकता है कि तुम इसी समय यहाँ से टल जाओ। और यदि यह स्वीकार नहीं तो फिर आओ, गदा-युद्ध करके हम यह निर्णय करेंगे कि तिलोत्तमा किसकी स्त्री बनेगी।

बस, फिर क्या था दोनों भाइयों में गदा-युद्ध होने लगा। न यह कम न वह कम। सारी औरतें, नौकर-चाकर, सब दूर-दूर भागकर छिप गए। परन्तु तिलोत्तमा डाल पर टाँगें लटकाए बैठी कभी सुन्द को शाबाश कह देती तो कभी उपसुन्द को। लड़ाई जब तनिक ठण्डी पड़ने लगी तो तिलोत्तमा झम से कूदकर नीचे आ गई और ललकारने लगी—देखें, कौन वीर मुझे जीतता है। तिलोत्तमा की लालच भरी ललकार ने आग में घी का काम किया। दोनों भाई फिर ऐसे मतवाले होकर लड़े कि अन्त में कठिन गदा-प्रहारों ने दोनों की खोपड़ियाँ फूट की तरह खिला दीं।

यह कथा सुनाकर नारद जी बोले, हे धर्मात्मा पाण्डव! मैंने तुमको यह कथा इसलिए सुनाई है कि नारी के सम्बन्ध में तुम पाँचों भाई आपस में कभी मन-मुटाव मत करना। तुम्हारी माता ने तुम्हें हिमालय की तराई में बसने वाले लोगों की रीतिनीति के अनुसार एक पत्नी के पाँच पतियों का पद दिया है। जिन जातियों में साझे के विवाह का नियम चलता है उनमें समझौते के कुछ नियम भी पाले जाते हैं। पहला नियम यह है कि सब भाई बारी-बारी से उस पत्नी के पति बनते हैं। बारी पड़ने पर स्त्री जब बड़े भाई की पत्नी बनती है तो सब छोटे भाई उसे वैसा ही आदर देते हैं। इसी प्रकार जब वह क्रम से छोटे भाई की पत्नी बनती है तो बड़े भाई उसके

प्रति वैसा ही मर्यादा का भाव रखते हैं। तुम अगर इस नियम का पालन करोगे तो तुम्हारे बीच में द्रोपदी को लेकर कभी लड़ाई-झगड़ा नहीं होगा।

नारद जी की इस सलाह पर विचार करके धर्मराज युधिष्ठिर ने सब भाइयों की बारियाँ बाँध दीं और यह नियम भी बनाया कि जब द्रोपदी किसी एक भाई के साथ एकान्त में हो तो दूसरा भाई वहाँ कभी न जाए। अगर कोई ऐसा करेगा तो उसे 12 वर्ष का वनवास झेलना पड़ेगा।

अर्जुन का वनवास

नारद जी की सलाह पर राजा युधिष्ठिर का बनाया हुआ नियम पालन करके सब भाइयों ने अपनी एकता को अटूट रखा। द्रोपदी ने भी बड़ी सूझ-बूझ और निष्ठा के साथ इस नियम का पालन किया। सब काम ठीक चल रहा था कि एक दिन बानक ऐसे बने कि एक ब्राह्मण रोता-तड़पता पाण्डवों के महलों में आया। दोपहर में खा-पीकर विश्राम करने का समय था। सभी भाई अपने-अपने महलों में या बगीचे वाले घरों में चैन की झपकियाँ ले रहे थे या अपनी-अपनी रानियों से बातें कर रहे थे। चौकीदार ने ब्राह्मण को युधिष्ठिर महाराज के पास तो जाने न दिया, क्योंकि वह उस समय अस्त्रागार में सो रहे थे और स्वयं पटरानी द्रोपदी देवी उनके पैर दबा रही थीं। तब ब्राह्मण ने अर्जुन के महल पर गोहार लगाई। अर्जुन ने उसकी विपदा सुनी—कुछ चोरों ने सीनाजोरी दिखाकर गरीब ब्राह्मण को लूट लिया और आपके राज्य में कोई मेरी गुहार सुनने वाला भी नहीं। धिक्कार है आपकी वीरता को।

अर्जुन ने यह कहकर उसका क्रोध शान्त किया कि मैं स्वयं चलकर तुम्हारे चोरों को पकड़ूँगा। अर्जुन अपना गाण्डीव धुनष और तरकश लाने के लिए उस विशेष अस्त्रागार में गए जिनमें पाँचों भाइयों के हथियार और श्रेष्ठ बाणों, तलवारों आदि का भण्डार रहता था। द्वार पर चौकीदार ने हाथ जोड़कर रोका, कहा कि महाराज

और महारानी इस समय यहीं विश्राम कर रहे हैं। यह सुनकर अर्जुन बड़े धर्म-संकट में पड़े। युधिष्ठिर महाराज के जागने तक अगर रुकते हैं तो ब्राह्मण को दिया हुआ वचन खाली जाएगा। ऊँच-नीच विचार कर उन्होंने यही तय किया कि उन्हें कमरे में आवाज़ देकर घुस ही जाना चाहिए। एक बार द्वार पर कहा कि भाई, आपत्ति काल में मैं अपना गाण्डीव लेने आ रहा हूँ, पर कोई आहट न मिली। अर्जुन ने जान लिया कि वे लोग सो रहे हैं। उसने द्वार पर पड़ा मोटा परदा हटाया और दबे पाँव उनके धनुष-बाण, तलवार आदि जहाँ रखे थे वहाँ गए। उसने महाराज और महारानी की तरफ देखा भी नहीं। उसने अपने हथियार उठाए और जब लौट रहा था तो द्रोपदी रानी की आँख पड़ गई। उन्होंने खम्भों के पीछे अँधेरे में कोई परछाईं-सी जाती देखी। वह चौंक उठी, और पूछा कौन?

महारानी के आवाज़ देने से सोते हुए युधिष्ठिर की नींद खुल गई। अर्जुन ने बिना देखे अपना नाम और आने का कारण बतलाया, क्षमा माँगी और जल्दी से बाहर चला गया।

ब्राह्मण के चोरों को पकड़कर, उनसे उसका सारा माल-मता वसूल करके और चोरों को जेल भेजकर अर्जुन जब घर लौटे तो रास्ते-भर उनके मन में यह बात उठती रही कि मैंने आज महाराज के बनाए हुए नियम का उल्लंघन किया, इसलिए मैं दण्ड का भागी हूँ। मुझे वनवास के लिए जाना ही चाहिए। किले में पहुँचकर अर्जुन सीधे महाराज के खास दरबार में गए और उनसे अकेले में कहा कि मैं दण्ड भोगने को तैयार हूँ और आज ही 12 वर्ष का वनवास भोगने के लिए वन को जाता हूँ।

युधिष्ठिर ने बहुत समझाया, कहा—तुमने राज-धर्म की रक्षा के लिए जो किया वह बिल्कुल उचित था। असावधानी सचमुच मुझसे हुई कि मैंने विश्राम करने के लिए वह जगह चुनी। मैं यह भूल गया कि वीरों के घर में अस्त्रागार में आने-जाने की आवश्यकता किसी समय भी पड़ सकती है, इसलिए अपनी नादानी का दण्ड मुझे झेलना चाहिए। वनवास के लिए मैं जाऊँगा।

अर्जुन बोले—आप धर्मराज हैं, बहुत विचार करते हैं। मगर राजा की मर्जी पर किसी जगह कोई रोक-टोक नहीं होती। आपने जो किया सो ठीक किया, लेकिन मैं अपना वचन अवश्य निभाऊँगा। इससे चाहे और कोई लाभ हो या नहीं, मगर हम भाइयों के बीच एकता का नाता और अधिक घना होगा।

युधिष्ठिर समेत सब भाई अर्जुन को बहुत समझाने लगे, पर वे अपने से छल नहीं करना चाहते थे—मैंने अपराध किया है और उसके लिए जो दण्ड पहले से निश्चित हो चुका है, सादर मान्य करूँगा।

राजपाट छोड़कर सादे वेष में, किन्तु अपने हथियारों से लैस होकर बात और लक्ष्य के धनी महावीर अर्जुन वनवास के लिए निकल गए। घूमते-घामते, प्रकृति की शोभा देखते और तपोवनों में ऋषि-मुनियों की संगत में ज्ञान की बातें सुनते हुए वे हरद्वार में गंगा नदी के किनारे आए। उन दिनों उस क्षेत्र में बड़े ज्ञानी, योगी और तपस्वी महापुरुष रहते थे। ये लोग अधिकतर गंगा तट पर अपने आश्रम बनाकर रहते थे। लेकिन यह क्षेत्र उन दिनों विशेष रूप से मय जाति के लोगों का था। हरद्वार का नाम ही मायावती था। मेरठ भी मयराष्ट्र था। इस जाति ने नगर, गुफाएँ, खानें, नहरें और महल आदि बनाने की विद्या में अपने-आपको बड़ा माहिर किया था। लेकिन इन मयों को किसी पुराने समय में कश्मीर से आए हुए नाग जाति के लोगों ने परास्त किया। मय कबीले के बहुत से लोग तो उनकी मार से घबराकर भारत छोड़कर ही भाग गए और बाकी जो थे वे इन्हीं नागों में घुल-मिल गए। इन्हीं मयों की संगति से नागों ने भी मयों की विद्या को सिद्ध किया और श्रेष्ठ नगर बनाने लगे। तब तक मयराष्ट्र एकदम समाप्त नहीं हो गया था। उनके यहाँ बड़े-बड़े इंजीनियर थे। महाराज युधिष्ठिर ने अपना इन्द्रप्रस्थ नगर और किला मय से ही बनवाया था।

अस्तु, अर्जुन के समय में मायावती का क्षेत्र ऐरावत वंश के नागों के अधिकार में था। यह मय भी नाग जाति की एक शाखा थी। इस जाति के पास चूँकि पैसा बहुत अधिक हो गया था, इसलिए विलासिता भी बढ़ गई थी। राजकुमारी उलूपी अपने राजघाट पर नहा रही थी। वह तैरने में बड़ी कुशल थी। तैरते-तैरते वह पत्थर की उस दीवार से आगे निकल गई जो राजघाट से जनता का परदा रखने के लिए बनी थी। उलूपी ने देखा कि ऋषियों के घाट पर एक बड़ा ही बलिष्ठ और सुन्दर जवान नहा रहा है। वह उसे अच्छा लगा। उसने उसे कई बार देखा। नौजवानी की उमंग थी। तैरने का हुनर आता था। वह पानी के भीतर-ही-भीतर तैरती हुई वहाँ पहुँची जहाँ पाण्डव अर्जुन पानी में खड़े हुए अपनी देह मल रहे थे। उलूपी ने ऐसे झटके से उनकी टाँग खींची कि महाबली के पैर पानी में उखड़ गए। एक हाथ से उन्हें खींचती हुई और दूसरे से तैरती हुई वह राजघाट आ गई। और फिर तो दास-दासियाँ थीं, सब कुछ अपना था। हाथों-हाथ अर्जुन को पानी से निकालकर खड़ा किया गया। अर्जुन का चेहरा क्रोध से लाल हो रहा था। राजकुमारी उलूपी खट से उनके पैरों पर गिर पड़ी और कहा—आपको देखकर मैं अपना मन बस में न रख सकी। आपको यहाँ लाने का यही उपाय मुझे सूझा और मैं ले आई। मैंने अपनी इच्छा पूरी कर ली। अब आपका जी चाहे तो अपनी इस दासी को मारकर अपना बदला ले लें।

ये मीठे वचन और राजकुमारी का सुन्दर-सलोना रूप देखकर अर्जुन का क्रोध शान्त हुआ। उलूपी ने बतलाया कि मेरे पिता का नाम कौरव्य नाग है। हम लोग यज्ञ की अग्नि के उपासक हैं। अर्जुन ने सब तरह से सोच-समझकर उलूपी को अपना

परिचय दिया और कहा कि मैं बारह वर्ष तक वनवास में रहूँगा। तुम मेरे साथ कहाँ डोलोगी और मैं तुम्हारे नगर में रह नहीं सकता, क्योंकि मेरा प्रण टूट जाएगा। फिर भला मैं तुमसे विवाह क्यों करूँ। मुझसे विवाह करके तुमको भला क्या सुख मिलेगा।

नाग कन्या उलूपी बोली—वैसे तो हम नागों में विवाह के नियम कठोर नहीं हैं, पर मैं संस्कार से आर्य नियमों को मानती हूँ। मैंने अपने जीवन में पहली बार जिस पुरुष के चरण पकड़े हैं अब मैं उन्हीं की चरण दासी हो चुकी। आप पण्डित बुलाकर मुझसे अपने सात फेरे न फिरवाएँ, तब भी अपने मन से मैं आपकी पत्नी हो चुकी।

उलूपी का ऐसा प्रेम देखकर अर्जुन के मन में भी सच्चा भाव जागा। उन्होंने नाग कन्या उलूपी की इच्छा रखने के लिए उसी के राज्य के एक वन में निवास किया और फिर यह कहकर हरद्वार लौट आए कि उलूपी पता नहीं हम-तुम कब मिल सकें, परन्तु मेरी याद दिलाने के लिए तुम्हारी कोख से जो बेटा होगा वह महाप्रतापी होगा। हरद्वार से गंगा के किनारे घूमते हुए बंगाल और असम की यात्रा अर्जुन ने कर डाली।

उधर से कलिंग देश पार करके एक ऐसे नगर में पहुँचे जो समुद्र तट पर था और उसका नाम मणिपुर था। अर्जुन जैसा वीर भला वहाँ पहुँचे और लोगों की दृष्टि में न पड़े, यह असम्भव बात है। लेकिन यहाँ तो एक और उल्टी बात हो गई। सब महाबली अर्जुन को देखते थे। हाट में एक जगह राजकुमारी चित्रांगदा का सुन्दर रूप देखकर महाबली अर्जुन ऐसे मुग्ध हुए कि सीधे राजा चित्रवाहक के पास जाकर अपना परिचय दिया और कहा कि मैं आपकी कन्या से विवाह करना चाहता हूँ। छोटे-छोटे राजे लोग बड़े-बड़े राजा-महाराजाओं से किसी तरह अपना मेलजोल बढ़ाकर या सम्बन्ध जोड़कर स्वयं भी सम्पन्न और शक्तिशाली बना करते थे। राजा चित्रवाहन ने प्रसन्नतापूर्वक अर्जुन से अपनी बेटी चित्रांगदा का विवाह कर दिया। सम्पन्न ससुराल में कुछ दिनों सुख-चैन के दिन बिताकर चित्रांगदा जब गर्भवती हो गई तो अर्जुन ने कहा—हे प्रिय, पोता न होने पर दोहता ही अपने नाना की सम्पत्ति का अधिकारी होता है। मैं तुम्हारे पिता के राज्य का भावी उत्तराधिकारी तुम्हें देकर चला जाता हूँ। मणिपुर से विदा लेकर अर्जुन घूमते-घामते सीधे गुजरात प्रभास क्षेत्र में पहुँच गए।

मणिपुर से विदा होकर दक्षिणी समुद्र तट पर अनेक तीर्थों के दर्शन करते हुए वे पश्चिमी समुद्र तट की ओर मुड़ गए और केरल, कर्नाटक, गोमान्तक, रत्नागिरि, महाराष्ट्र वगैरह के तीर्थों में घूमते हुए गुजरात पहुँच गए। वहाँ प्रभास तीर्थ में वे स्नान करने और सन्तों के दर्शन करने के लिए गए। अर्जुन के आने की खबर तो चुटकी बजाते यों उड़ा करती थी। उनके वहाँ पहुँचने के कुछ ही दिनों में यह सूचना

उनके ममेरे भाई यादव गणतन्त्र के अध्यक्ष द्वारकाधीश श्रीकृष्ण वासुदेव को भी मिल गई। श्रीकृष्ण अपने समय के अनोखे व्यक्तित्वशाली महापुरुष थे। बहुत छुटपन ही से उनकी नेतृत्व शक्ति के प्रमाण मिलने लगे थे। वे श्रेष्ठ वीर, श्रेष्ठ विचारक और राजनीति के पण्डित थे। बहुत छोटे-छोटे रजवाड़ों के आपसी झगड़े नीति से सुलझाते रहने के कारण, स्वयं अपने अन्धक और विणु कुल के यादवों की आपसी पार्टी-बाजियों को भी अपनी चतुराई और सुनीति से गिराया करते थे।

वृष्णि वंशी कुल के नेता वसुदेव जी अर्जुन की माता कुन्ती के नाते में भाई थे और इस नाते के कारण ही श्रीकृष्ण तथा अर्जुन को छुटपन ही से मिलने के अवसर प्राप्त हो चुके थे। श्रीकृष्ण भाई तो थे ही, पर साथ अर्जुन के मन के मीत भी थे। फिर भला श्रीकृष्ण प्रभास में अर्जुन का आना सुनकर रुक ही कैसे सकते थे। वे तुरन्त वहाँ पहुँच गए। दोनो मित्र भाई बड़े ही प्रसन्न हुए। कृष्ण ने अर्जुन से वनवास का कारण पूछा और उन्होंने सब हाल बतलाया। प्रभास से अर्जुन को साथ लेकर कृष्ण द्वारका की ओर चले। रास्ते में रैवतक नाम का एक बड़ा ही मनोहर पहाड़ पड़ता था। श्रीकृष्ण ने द्वारका से चलते समय ही राज कर्मचारियों को वहाँ सब तरह का सुन्दर प्रबन्ध कर रखने की आज्ञा दे रखी थी। सो जैसे ही प्रभास से चलकर ये लोग रैवतक पर्वत पर पहुँचे तो वहाँ यादव गणतन्त्र के बड़े-बड़े सरकारी अफसर तैनात थे। अच्छे-अच्छे गायक, नर्तकों और नर्तकियों की टोलियाँ, नट, विश्व के उस्ताद कलाकार और नाटक करने वालों की टोली भी मौजूद थी। श्रीकृष्ण और अर्जुन दो-चार दिन वहीं रहे और एक दूसरे से अपने मन की सारी बातें कही-सुनी। इसके बाद श्रीकृष्ण और अर्जुन द्वारकापुरी की ओर चले।

रैवतक पर्वत पर दो-चार दिन रुकने के समय श्रीकृष्ण ने एक ढेले से दो शिकार किए थे। एक तो यह कि उन दोनों को वहाँ अकेले में अपने देश की राजनीतिक स्थिति पर बातें करने का अवसर मिल गया और बीच-बीच में हँसने-बोलने के भी खूब मौके मिले। इससे दोनों का मन भी बहला। उनके रुकने से सरकारी प्रबन्धकर्ताओं को इतना समय मिला कि दूर-दूर आस-पास के गाँवों में डुग्गी पिटवाकर लोगों को सूचना दे सकें कि अमुक-अमुक मार्गों से महाबली अर्जुन की सवारी निकलती हुई द्वारकापुरी जाएगी। योद्धाओं में भीम और अर्जुन का नाम सारे देश में प्रसिद्ध था। इसलिए रैवतक से द्वारकापुरी तक रास्ते में जगह-जगह सैकड़ों-हज़ारों लोगों की भीड़ खड़ी होकर अर्जुन की जय-जयकार करते हुए मिलती थी। जगह-जगह श्रीकृष्ण अर्जुन को निकट से देखने के लिए भीड़ ऐसा आग्रह करती थी कि रथ को रोककर दोनों भाइयों को जनता के प्रेम भरे सत्कार को स्वीकार करना पड़ता था।

द्वारकापुरी तो दुलहिन जैसी सजी थी। सड़क के दोनों किनारे ऊँचे-ऊँचे मकानों के झरोखे, और दरवाज़े दर्शनार्थियों से भरे पड़े थे। सेना ने नगर के फाटक पर सलामी

दी और नगर में प्रवेश करने पर तो खुले रथ पर खड़े अर्जुन और श्रीकृष्ण पर इतने फूल बरसे कि केवल अर्जुन और श्रीकृष्ण ही नहीं बल्कि उनका रथ, सारथी और घोड़े भी फूलों की पंखुड़ियों में रंग-बिरंगे हो उठे थे। यह स्वागत कृष्ण के ममेरे भाई का नहीं बल्कि हस्तिनापुर के श्रेष्ठ कुरुवंश के पाण्डव कुलभूषण महावीर अर्जुन का था। बहरहाल अर्जुन अपने बारह वर्षीय वनवास के इस अन्तिम दौर में द्वारका आकर इतने सन्तुष्ट हुए कि मन की सारी थकान उतर गई। वृष्णि, भोज और अन्धक, इन तीनों वंशों के यादवों ने अर्जुन को बड़ा ही मान और प्यार दिया। भोज तो कुन्ती माता के जाति बन्धु ही थे, अर्जुन को भला क्यों न सराहते। पर कृष्ण उन्हें उनसे भी अधिक मान दे रहे थे। उसका कारण श्रीकृष्ण और अर्जुन की मित्रता थी। कृष्ण के बड़े भाई बलराम और उनके बूढ़े पिता वसुदेव ने भी उन्हें वैसा ही मान दिया कि मानो सगी बहन का बेटा घर आया हो। अर्जुन ने श्रीकृष्ण की सलाह पर अपने वनवास के यह अन्तिम दो-डेढ़ वर्ष यहीं बिताने का निश्चय किया। कुछ ही दिनों बाद रैवतक पर्वत पर यादवों का वार्षिक उत्सव होने वाला था। वहाँ मेले-तमाशे और तरह-तरह के मनोरंजनों की मौज-बहार रहती थी। श्रीकृष्ण ने इस मेले का लालच दिया। फिर आस-पास की दो-एक और जगहों को घुमाने का प्रस्ताव किया। यहीं सब दोस्तों के आपसी मान-मनौवल की बातें हुईं और अर्जुन ने अपने वनवास का शेष समय वहीं बिताने का निश्चय किया।

सुभद्रा और अर्जुन का विवाह

रैवतक पर्वत पर अन्धक, भोज और वृष्णि-तीनों ही प्रकार के यादव प्रति वर्ष अपना जातीय मेला किया करते थे। इसलिए कुछ दिनों तक जंगल में मंगल होता था। बड़े-बड़े घरों के युवक सोने-जवाहरात के मढ़े हुए रथों पर इधर-उधर डोला करते थे। हर बड़े परिवार की वहाँ पर अपनी-अपनी कोठियाँ थीं। अनेक धर्मशालाएँ थीं। बड़ी भव्य हाट भी लगती थी। मेले, तमाशे, धार्मिक कथा-वार्ता, दान-धर्म, दान-व्रत

सभी कुछ वहाँ पर होता था। इस बार उनके बीच में अर्जुन थे, इसलिए उत्सवों में कुछ विशेष उमंग आ गई थी।

एक दिन मेले के बीच से गुजरते हुए एक जगह पर अर्जुन को एक ऐसी सुन्दर युवती दिखलाई दी कि वे उसके रूप और सौन्दर्य को मन्त्र मुग्ध दृष्टि से देखने लगे। श्रीकृष्ण अपने मित्र के मन की बात समझ गए। उन्होंने हँसकर कहा—व्याकुल मत हो, मित्र। इस युवती से तुम्हारे विवाह की बात चलाने में मैं तुम्हारी सहायता करूँगा। यह मेरी सौतेली बहन सुभद्रा है और मुझे विश्वास है कि अगर तुम मेरे पिताजी से प्रस्ताव करोगे तो वे बड़ी खुशी से तुम दोनों का विवाह करने की बात पर सहमत हो जाएँगे।

लेकिन यह कहने के साथ-ही-साथ श्रीकृष्ण ने एक नयी बात भी कही। उन्होंने कहा—तुम मेरी एक सलाह मानोगे, अर्जुन!

तुम्हारी सलाह मैंने भला कब नहीं मानी।

मेरी सलाह यह है कि तुम्हारे जैसे योद्धा को किसी से अपने लिए कन्या माँगनी नहीं चाहिए। पसन्द आई है तो उसे ले जाओ, क्षत्रिय का धर्म है। इस बहाने से मैं अपने यादवों को थोड़ा मानसिक झटका भी देना चाहता हूँ। इनके पास पैसा बहुत अधिक बढ़ गया है। चारों ओर से चैन-ही-चैन बरस रहा है। सो योद्धा जैसी चुस्ती की कमी यादवों के गणराज्य में इस समय बहुत फैली हुई है। तुम अगर सुभद्रा का हरण करोगे तो उनके अन्दर भी एक बार क्रोध का उबाल आएगा। यादवों के कल्याण के लिए मैं वह जातीय क्रोध इस समय जगाना भी चाहता हूँ। तुम्हारे बहाने से मेरी नीति अधिक सफल होगी।

अर्जुन बोले—भाई, यह बड़ी नीति का मामला है। इसमें मेरा स्वयं कोई निर्णय लेना उचित नहीं। तुम किसी चतुर सन्देशिया के द्वारा हमारे भाई धर्मराज युधिष्ठिर को सारा हाल कहला भेजो और उनसे मेरे लिए आज्ञा मँगा लो। तभी मैं इस कार्य में हाथ डालूँगा। यह मामला मेरे ननिहाल के नातेदारों का है। मैं बड़े भाई की आज्ञा के बिना कुछ भी नहीं करूँगा।

श्रीकृष्ण ने अर्जुन की बात का समर्थन किया और सारी बातें युधिष्ठिर महाराज को कहला भेजीं। धर्मराज युधिष्ठिर ने सब बातों पर विचार करके यह उत्तर दिया कि मैं सहमत हूँ। कृष्ण और अर्जुन हरणनीति का प्रयोग कर सकते हैं।

पुराने समय में द्वारका से आज की दिल्ली यानी उस समय के इन्द्रप्रस्थ तक एक मनुष्य के पहुँचने में पन्द्रह-बीस दिन लग सकते थे। मगर सन्देशों के आने-जाने में मुश्किल से आठ-दस दिन लगा करते थे। सन्देशिया रास्ते की नियत चौकियों

पर अपना घोड़ा बदलता और फिर अगली चौकी के लिए चल पड़ता। इस प्रकार उनकी गति में बड़ी तेजी आ जाती थी। लिखित सन्देश तो और भी जल्दी पहुँचते थे। एक हरकारा पूरी तेजी से एक कोस दौड़कर दूसरे हरकारे को चिट्ठी थमाता था और वह तुरन्त वहाँ से अगले कोस की दौड़ लगा देता था। यूँ कोस-कोस पर नये दौड़ने वालों का सहारा लेकर गुजरात की खबर दिल्ली तक चार दिन में पहुँच जाती थी। कृष्ण के सन्देशिये ने स्वयं पहुँचने में एक या दो-तीन दिन अधिक ले लिये। और इस प्रकार रैवतक का मेला रहते तक धर्मराज युधिष्ठिर की आज्ञा अर्जुन को मिल गई। एक दिन जब सुभद्रा रैवतक पर्वत पर देवी पूजा करने जाने वाली थीं तो कृष्ण ने अर्जुन को अपना रथ और सारथी दे दिया तथा सारथी को यह आज्ञा दे दी कि महाबली अर्जुन जो कहें सो करना। महाबली अर्जुन कृष्ण के रथ पर चढ़कर देवी के मन्दिर पहुँचे और सुभद्रा जैसे ही मन्दिर से दर्शन करके बाहर निकली कि अर्जुन ने उसे अपनी बाँहों में उठा लिया और रथ की ओर दौड़ पड़े। वहाँ सभी अर्जुन को जानते थे और उनसे ही ऐसा काम हुआ तो एक बार तो दास-दासियाँ, सारे लोग भौचक्के खड़े रह गए। पर अर्जुन जब वसुदेव की बड़ी दुलारी कन्या को रथ पर बैठाकर ले भागा तो उन्होंने हुल्लड़ मचाना आरम्भ किया। कुछ ही देर में इस दुर्घटना की खबर सारे यादवों के बीच में बिजली की तरह दौड़ गई। कृष्ण के सौतेले बड़े भाई बलराम तो एकदम क्रोध में आगबबूला हो उठे। जब यह पता चला कि अर्जुन सुभद्रा को श्रीकृष्ण के रथ पर हर ले गए हैं तो यादवों के बड़े-बड़े नेता श्रीकृष्ण के पास आए।

श्रीकृष्ण भोले बन गए और कहा—मैंने तो मित्र की माँग पर अपना रथ उसे दिया था। मुझे क्या मालूम था कि अर्जुन मेरे ही रथ पर मेरी बहन को उठा ले जाएगा।

बलराम बोले—मैं तो सदा से जानता था कि यह दुष्ट इतना आदर-सत्कार पाने योग्य नहीं है। कृष्ण इस मामले में हम तुम्हारी मित्रता का तनिक भी मान नहीं रखेंगे। एक श्रेष्ठ कुल की यादव कन्या का अपहरण करने वाले दुष्ट को हम निश्चय ही पकड़कर दण्ड देंगे।

वहाँ पर बैठे अन्य नेता भी ऐसी गरमागरम बातें करने लगे और श्रीकृष्ण बैठे चुपचाप सुनते रहे। जब सब नेता अपनी-अपनी स्पीचें झाड़ चुके तो श्रीकृष्ण ने ठण्डे स्वर में कहा—भाई, तुम सबके समान ही मुझे भी इस बात का बुरा लगा है कि मेरे एक घनिष्ठ मित्र ने मेरे साथ छल किया। मेरे ही रथ पर वह मेरी बहन का हरण करके ले गया। वह निश्चय ही दण्ड देने योग्य है। पर सबसे बड़ा सवाल यह है कि हममें से कौन इस योग्य है जो अर्जुन के बाणों के आगे ठहर सके। बलराम भैया हल और गदा से युद्ध करने में तो अद्वितीय हैं, पर दूर से आते हुए अर्जुन

के बाणों से वे भी नहीं लड़ सकते। हम लोगों ने आपस में लड़ना-भिड़ना और बड़ी-बड़ी डींगें हाँकना तो बहुत सीख लिया है, पर युद्ध-कला सीखने और अपनी शक्ति बढ़ाने की ओर से हम सब यादव लोग इस समय दुर्भाग्यवश एकदम ध्यान हटाए हुए हैं। मेले में इस बार जो हमारी जातीय प्रतियोगितायें हुईं उनका गिरा हुआ स्तर देखकर तो बलराम भैया को भी बड़ी लज्जा आई होगी। जब हमारी जाति की यह दुर्दशा हो गई तो निश्चय ही कोई शक्तिशाली हमारी कन्यायें भला क्यों न हर ले जाए। अस्तु, ऐसी परिस्थिति में मेरी सलाह यह है कि तुम लोग अर्जुन से समझौता करके इस समय अपनी लाज बचाओ। एक शक्तिशाली पुरुष को नातेदार बनाकर हम लोग लाभ में ही रहेंगे, कुछ घाटे में नहीं। जाओ, सब लोग अर्जुन को मना लाओ। हँसी-खुशी धूम-धाम से, प्रेम से सुभद्रा का ब्याह करो। और भविष्य के लिए सचेत होकर अपनी शक्ति को बढ़ाने के उपायों में लगो, जिससे आगे फिर कभी ऐसी कोई दुर्घटना न हो सके।

श्रीकृष्ण की बातें इतनी सुलझी हुई और इतनी साफ थीं कि उपस्थित लोगों में बहुमत उनके साथ हो गया। तेज हरकारे दौड़ाए गए कि अर्जुन का रथ रोक लें और कुछ प्रमुख लोग घोड़ों पर सवार होकर अर्जुन और सुभद्रा को लौटा लाने के लिए गए। उनसे हँसकर कहा कि अरे आप माँगते तो हम हँसी-खुशी से सुभद्रा का ब्याह आपके साथ कर देते, पर आपने वीरोचित नीति अपनाकर सुभद्रा का हरण किया। इसलिए हम आपको यह बतलाने आए हैं कि हमें आपसे यह सम्बन्ध करना पसन्द है। आप कृपया हमारी जाति की कन्या का अपहरण करके न ले जाएँ। हम बाजे-गाजे, दान-दहेज के साथ उसे आपको सौपेंगे।

अर्जुन और सुभद्रा द्वारका लौट आए। बड़े समारोह के साथ दोनों का विवाह हुआ। वसुदेव ने अपनी दुलारी बेटी को बहुत सारा दान दिया और वनवास का शेष एक वर्ष द्वारका में ही बिताने का आग्रह अपने दामाद अर्जुन से किया। अर्जुन ने अपने पूज्य श्वसुर की आज्ञा शिरोधार्य की। एक वर्ष के बाद वे अपनी ससुराल वालों से विदा लेकर अपनी पत्नी सुभद्रा के साथ इन्द्रप्रस्थ की ओर चले। श्रीकृष्ण भी अपने सब भाइयों और बूआ से मिलने के लिए उसके साथ हो लिये। इन सबके पहुँच जाने से 12 वर्ष बाद पाण्डव कुल में उत्सव मनने लगा। अर्जुन के न रहने से चारों भाई, द्रौपदी और कुन्ती माता दुःखी रहा करते थे। आज सबके लिए मंगल का दिन आया था।

राजसूय यज्ञ

इन बारह वर्षों में पाण्डवों की राजधानी इन्द्रप्रस्थ की महिमा बहुत बढ़ गई थी। युधिष्ठिर ने अपने आस-पास का बहुत बड़ा भू-भाग इस बीच में अपने प्रतापी भाइयों की बदौलत अपने अधिकार में कर लिया था। राजा युधिष्ठिर में एक बड़ी विशेषता यह थी कि जिस राज्य को अपने हाथ में लेते थे उसकी प्रजा को सुख बहुत मिलता था। राज-काज चलाने में धर्मराज युधिष्ठिर बड़े ही चौकस और चतुर थे। प्रजा को लूटने-खसोटने वाले उद्दण्ड राजाओं को वे सदा डर दिखाकर वश में रखते थे और दुर्बल तथा छोटे राजाओं की उनसे रक्षा करते थे, इसलिए बहुत से छोटे-छोटे राजे-रजवाड़े आप ही धर्मराज युधिष्ठिर की शरण में आ जाते थे और अपनी रक्षा के निमित्त वे उन्हें प्रतिवर्ष अपने राज्य की आमदनी का एक भाग भेंट-स्वरूप दिया करते थे। धर्मराज युधिष्ठिर का खजाना अब हीरे-मोती- जवाहरात और सोने-चाँदी से भर गया था। उन्होंने अपनी सेना की शक्ति भी अब इतनी बढ़ा ली थी कि हस्तिनापुर के कौरव लोग उन्हें सहसा किसी प्रकार का नुकसान पहुँचाने का साहस नहीं कर सकते थे। पाण्डव लोग भी उस समय तक उत्तर भारत के महत्त्वपूर्ण शक्तिशाली शासक माने जाते थे।

एक दिन अर्जुन, भीम, युधिष्ठिर आदि सब भाई बैठे हुए थे। राजा युधिष्ठिर ने कहा कि मेरा विचार अब राजसूय यज्ञ करने का है। भगवान ने जिसे भीम और अर्जुन के समान महान् योद्धा भाई दिए हों, उस राजा को राजसूय यज्ञ करना ही चाहिए।

भाइयों ने कहा कि आप बड़े हैं जैसा उचित समझें, करें। परन्तु हमारी सलाह यह है कि इस सम्बन्ध में कुशल मन्त्रियों एवं विज्ञ जनों से आपको मन्त्रणा कर लेनी चाहिए। संयोग से नारद जी पहुँच गए। प्राचीन काल में हमारे देश में नारद नाम के भिक्षुओं की एक जमात थी। इसी तरह चरक नाम के एक दूसरे प्रकार

के साधुओं की जमात थी। चरक साधु चलते-फिरते रहते थे। और रोगियों की दवा-दारू किया करते थे। नारदों का काम हरिभक्ति का प्रचार करना, लोगों को उचित सलाह देना, दुष्टों को द्वन्द्व के लिए उकसाना और साधुओं और सज्जन राजाओं को लड़ाई-भिड़ाई से दूर रहने की सलाह देना था। नारद सम्प्रदाय में प्रायः हँसोड़ और बुद्धिमान व्यक्ति ही भरती किए जाते थे। ऐसा लगता है कि इन नारदों की एक विशेषता यह भी होती थी कि ये दूर-दूर तक की सैर किया करते थे। अपने विस्तृत अनुभव से इन लोगों को समाज में बड़ी प्रतिष्ठा मिलती थी। बहरहाल नारद जी द्वार पर आए। महाराज धर्मराज को तुरन्त सूचना दी गई। उनका स्वागत करने के लिए महाराज स्वयं बाहर गए। बड़े आदर-सत्कार से उन्हें महल में लाकर ऊँचे आसन पर बिठलाया। सब तरह की बातों के बीच में धर्मराज युधिष्ठिर ने कहा—मेरी इच्छा होती है कि राजसूय यज्ञ सम्पन्न करूँ। मेरे भाइयों ने योग्य पुरुषों से सलाह लेने के लिए कहा है। आप सब तरह से योग्य हैं। आप मुझे सलाह दीजिए कि राजसूय यज्ञ अभी करूँ या न करूँ?

नारद जी गम्भीर होकर बोले—हे धर्मराज! सुना जाता है कि राजसूय यज्ञ में बड़े-बड़े विघ्न आते हैं। जब कोई राजसूय करता है तो क्षत्रियों में मारकाट मचती है। युद्धों से पृथ्वी मण्डल की बहुत-सी वस्तुएँ उजड़ जाती हैं। इसलिए हमारा विचार तो यह है कि तुम अभी और सोच लो, फिर करना। राजा युधिष्ठिर को नारद जी का यह उत्तर टाल-मटोल भरा लगा। उसके मन में यह यज्ञ करने की लगन लग गई थी, अतः उन्होंने मन्त्रियों से पूछताछ की। एक योग्य और बूढ़े मन्त्री ने कहा कि आप किसी और से सलाह न लें, सीधे अपने ममेरे भाई श्रीकृष्ण से जाकर पूछें। राजा युधिष्ठिर को इतनी उतावली थी कि उन्होंने उसी दिन अपना दूत द्वारकापुरी के लिए रवाना कर दिया। दूत श्रीकृष्ण को इन्द्रप्रस्थ लिवा लाने का आदेश लेकर गया था। श्रीकृष्णचन्द्र बड़े ही सुलझे हुए और शिष्टाचार कुशल पुरुष थे। बड़े भाई युधिष्ठिर के सन्देश में जैसी उतावली देखी वैसी ही फुर्ती उन्होंने द्वारका से इन्द्रप्रस्थ की ओर रवाना होने में दिखलाई। अपने राजपाट का काम उचित पदाधिकारियों को सौंपा और वायु के समान वेग वाले रथ पर बैठकर वे युधिष्ठिर की सेवा में चल दिए।

जब इन्द्रप्रस्थ पहुँचे तो नगर के द्वार पर ही धर्मराज युधिष्ठिर और महाबली भीम ने अपने छोटे भाई का स्वागत किया। शानदार स्वागत-सत्कार और सबसे मिलने-जुलने और आराम कर चुकने के बाद युधिष्ठिर ने एकान्त में श्रीकृष्ण से कहा—श्रीकृष्ण! मैं राजसूय यज्ञ करना चाहता हूँ, लेकिन चाहने से ही तो कोई काम हो नहीं जाता। राजसूय यज्ञ वही कर सकता है जो पृथ्वी मण्डल का चक्रवर्ती राजा हो। मैं क्या करूँ, क्या न करूँ? तुम्हीं मुझे उचित सलाह दे सकते हो।

श्रीकृष्ण सुनकर गम्भीर हो गए। ध्यान एकाग्र करते ही उनकी पैनी दृष्टि को एक उपाय सूझ ही गया। मुस्कराकर बोले—हे पूज्य भाई! कहावत है कि सुनार की सौ ठक-ठक से लुहार की एक घन चोट अधिक प्रभावशाली होती है। आप जगह-जगह पर राजसूय का घोड़ा फिरावेंगे, लड़ाइयाँ-भिड़ाइयाँ होंगी, व्यर्थ में बहुत से लोग मारे जाएँगे और आपको राजसूय यज्ञ करने में बहुत समय भी लग जाएगा। इसलिए मैं एक ऐसा उपाय बतलाता हूँ कि एक ही शत्रु को पराजित करके आप बिल्कुल चमत्कार की तरह सर्वश्रेष्ठ शक्तिशाली राजा मान लिए जाएँगे।

राजा युधिष्ठिर ने प्रसन्न होकर कहा—उस शत्रु का नाम बतलाओ कृष्ण, और उसके वध करने का उपाय भी मुझे बतलाओ।

श्रीकृष्ण बोले मगध का राजा जरासन्ध इस समय उत्तर भारत का सबसे प्रतापी सम्राट है। उसके मुकाबले में न आपका दबदबा है और न हस्तिनापुर के कौरवों का ही। उसके दामाद कंस को मारने के बाद उसी के डर से तो हम अन्धक, विष्णिओं और भोजों के अठारह कुरों को ब्रजभूमि छोड़कर द्वारका में बसना पड़ा। उसके कारण लोग मुझे आज तक 'रणछोर जी' कहकर बदनाम करते हैं। पर मैं क्या करता? उसकी असंख्य बर्बर सेना से मैं अपने आदमियों को कटवाने के लिए तैयार नहीं था, इसलिए युक्तिपूर्वक सबको भगा दिया और अन्तिम अवसर पर लड़ाई का मोर्चा छोड़कर हम लोग भी भाग खड़े हुए। तो इस जरासन्ध को अगर आप जीत लें तो चारों ओर आपकी जय-जयकार हो जाएगी।

यह सुनकर युधिष्ठिर गहरे सोच में पड़ गए, उन्होंने कहा—जरासन्ध की सेना अपार है। उत्तर-पश्चिम में हिमालय पार भगदत्त (बगदाद) का कलसी राजा जरासन्ध का पक्का मित्र है, दक्षिण के पाण्डु राजा तक उसके आगे सिर झुकाते हैं। तुमने शत्रु तो सचमुच ऐसा बतलाया कि यदि जीता जा सकेगा तो एक ही दिन में चारों ओर हमारा डंका बज जाएगा। पर कृष्ण जरासन्ध को हम आखिर किस उपाय से जीत सकते हैं।

श्रीकृष्ण बोले—उपाय न सूझता तो मैं आपको ऐसे शत्रु का नाम न बतलाता। जरासन्ध की सैन्य शक्ति से लड़ना हमारे वश की बात नहीं है। परन्तु दूसरा भी उपाय मैंने सोच रखा है। जरासन्ध नामी पहलवान है। कुश्ती में और गदा-युद्ध में उसकी टक्कर यदि कोई ले सकता है तो अपने भीम भाई ही हैं। जरासन्ध युक्तिपूर्वक कुश्ती के लिए ललकारा जाएगा। ईश्वर की कृपा से इसी उपाय से आपको अनन्त यश-लाभ हो जाएगा।

जरासन्ध एक ऐसा प्रबल शत्रु था जिसका पहले से ध्यान किए बिना ही उन्होंने अपनी राजसूय यज्ञ की महत्त्वाकांक्षा जगा ली थी। अब मन-ही-मन पछता रहे थे

और कुछ कह न पाते थे। भीम बड़े प्रबल हैं पर जरासन्ध एक तो स्वयं प्रबल, दूसरे अनेक राक्षसधर्मी राजाओं को भी अपना मित्र बना रखा है। वह अकेले द्वन्द्व युद्ध में अपने एक भाई का त्याग करने से कतराने लगे। उन्होंने बात को शान्तिपूर्ण भाव के उपदेश में बदलते हुए कहा कि जरासन्ध से टकराने की इच्छा हम तत्काल टाल जाएँ तो कुछ बुरा न होगा।

अर्जुन धर्मराज की टालमटोल मुद्रा से खौल उठा। उसने कहा—भैया आपकी शान्ति इत्यादि की बातें अच्छी हैं, परन्तु रोग के समान ही शत्रु भी बिना उपचार के नष्ट नहीं होते।

जरासन्ध ने सैकड़ों राजाओं को कैद कर रखा है। उनकी स्त्रियों को अपने महलों में बन्द कर रखा है। दक्षिण के पाण्डु राजा भीष्म, बेचारे इतने सज्जन और माननीय महापुरुष को भी जरासन्ध ने अपमानित किया। दुष्टता, अन्याय और क्रूरता को रोकना क्या अशान्ति फैलाना है? मैं समझता हूँ कि ऐसे दुष्ट को युद्ध में पराजित करना पाण्डवों के योग्य कार्य है।

महाबली भीम ने भी अपने ताल ठोंके। तब धर्मराज युधिष्ठिर, श्रीकृष्ण के प्रस्ताव को अस्वीकार न कर सके। उन्होंने कहा कि हे केशव! तुम इतने चतुर और विज्ञ हो कि जैसा चाहते हो वैसा ही होता है। यह कहकर उन्होंने श्रीकृष्ण, भीम, अर्जुन को गले लगाया। विजय-कामना के हेतु तिलकादि शुभ शकुन किए और तीनों भाई इन्द्रप्रस्थ से जरासन्ध की राजधानी के लिए चल पड़े। तीनों ने अपना वेश ब्राह्मणों जैसा बना रखा था। रास्ते-भर वे उसी प्रकार नियम-कर्म करते हुए चले गए। जरासन्ध की राजधानी में पहुँचकर उन्होंने राजा के महल पर जाकर कहा कि तीन तपस्वी ब्राह्मण आप से अभी मिलना चाहते हैं।

शत्रुओं के लिए जरासन्ध भले ही असुर हो, लेकिन तपस्वियों, साधु, संन्यासियों के लिए बड़ा ही विनम्र था। इनमें से अथवा पढ़ने वाले विद्यार्थियों में से कोई भी अपनी विपदा लेकर ऐन आधी रात में उसके पास आ सकता था। श्रीकृष्ण उसकी इस विशेषता को जानते थे। जरासन्ध से भेंट होने पर उन्होंने भीम और अर्जुन के सम्बन्ध में बतलाया कि ये दोनों तापस मौनव्रती हैं, इनका मौन आधी रात में टूटता है, अतः ये लोग अपनी माँग आपको उसी समय बता सकेंगे।

जरासन्ध बोला—अच्छा आप लोग यज्ञ शाला में ठहरिए। मैं आधी रात के समय ही इन तपस्वियों से बातें करने आऊँगा।

अपने वचन के अनुसार ही जरासन्ध आधी रात को यज्ञशाला में आया। दोनों भाइयों ने उसे अपने बीच में बिठालकर भीम ने उससे कहा—

हम दोनों तपस्वियों की केवल यही माँग है कि शिव जी को मुण्डों की माला अर्पित करने के लिए आपने जिन असंख्य छोटे-छोटे राजाओं को पकड़ रखा है उन्हें तुरन्त मुक्त करें। अपने अत्याचारों से जनता को अब अधिक पीड़ित न करें। और यदि आपको मेरी बात स्वीकार नहीं है तो मैं फिर आपको अपने साथ मल्ल-युद्ध या गदा-युद्ध लड़ने की चुनौती देता हूँ।

राजा जरासन्ध यह सुनकर चौंक गए। फिर कहा कि मैं आपकी दोनों ही माँगें स्वीकार नहीं कर सकता। मैं नहीं चाहता कि कोई तपस्वी ब्राह्मण मेरे हाथों से मारा जाए। भीम बोले—जब मैंने न्याय की बात कही, तब ब्राह्मण की तरह से सोच रहा था और जब मैंने अन्याय को चुनौती देने की बात कही, तब वह क्षत्री धर्म के अनुसार था। हर मनुष्य को दिन-भर अवसर के अनुकूल ब्राह्मण, क्षत्रिय, वैश्य और शूद्र इन चारों ही प्रकार के विवेक से काम लेना चाहिए। मेरी चुनौती आपको स्वीकार करनी ही होगी। दोनों में से एक-न-एक तो मारा ही जाएगा। भगवान यदि यह चाहते हैं कि आपका अत्याचार अभी और बढ़े तो मैं मारा जाऊँगा। परन्तु भगवान को यदि हज़ारों दीन-दुखियों की करुण पुकार के कारण आपको समाप्त करना होगा तो मेरे हाथों से आप मारे जाएँगे। युद्ध में तो यह सब होता ही है, तो चिन्ता क्यों?

युद्ध की चुनौती को कोई भी क्षत्री भले वह असुर या राक्षसधर्मी क्यों न हो कभी अस्वीकार नहीं कर सकता। जरासन्ध को भीम की बात माननी ही पड़ी। दंगल के लिए दूसरे दिन सबेरे का समय चुना। नियत समय पर भीम, अर्जुन और श्रीकृष्ण अखाड़े में पहुँच गए। जरासन्ध भी अपने पुरोहित से तिलक कराकर ताल ठोंकता हुआ आया। और दोनों में कुश्ती होने लगी। कुश्ती रात-दिन चौदह दिनों तक चलती रही। चौदहवें दिन की रात थी। जरासन्ध अपनी पकड़ में अब कुछ-कुछ थका हुआ लग रहा था। चतुर श्रीकृष्ण ने जो स्वयं भी अच्छे पहलवान थे, तुरन्त मौका ताड़कर भीम को ललकार कर बात-ही-बात में बड़ी ही सफाई से एक संकेत दिया। भीम कृष्ण की बात ले उड़े। उन्होंने जरासन्ध को साँस लेने का अवसर न देकर एक ऐसा दाव मारा कि वह पत्थर की चट्टान के समान धमाक से अखाड़े में गिरा। गिरते ही भीम ने पूरी शक्ति के साथ जरासन्ध को इतना रगड़ा कि उसकी जान ही निकल गई।

पाण्डवों की सेना भी चुपचाप मगध की सीमा पर पहुँच गई थी। जरासन्ध के मरने का समाचार पाते ही पाण्डव सेना ने ऐसे झपाटे के साथ मगध में प्रवेश किया कि जरासन्ध की घबराई हुई सेना ने आतंकित होकर आत्मसमर्पण कर दिया।

जरासन्ध को मारने के बाद भीम ने गरज-गरजकर ऐसी दहाड़ें मारीं कि कायरों के कलेजे दहल उठे।

इन भाइयों ने पहले नरबलि दिए जाने के कैदी बनाए गए उन सारे राजाओं को मुक्त किया। राजा युधिष्ठिर के नाम की डुग्गी पिटवाई। पाण्डवों तथा श्रीकृष्ण का आना सुनकर सभी लोग नये सिरे से इन महापुरुषों का दर्शन करने के लिए व्याकुल होने लगे। सभी दीन-दुखियों ने उनको बहुत कुछ अशीशा।

मगध जीतकर पाण्डव लोग सचमुच उत्तर भारत के सर्वश्रेष्ठ प्रतापी बन गए थे। उनकी धाक जमी, धन मिला, सेना बढ़ी और पाण्डव लोग दिग्विजय के लिए निकल पड़े। चारों भाइयों ने दूर-दूर तक विजय प्राप्त की। इस प्रकार कुछ ही वर्षों में इन्द्रप्रस्थ के राज-खजाने में अपार धन-सम्पदा जमा हो गई। अनेक राज्य पाण्डवों का लोहा मानने लगे। यूनानी, शक और मंगोलों तक को अर्जुन ने अपने वश में कर लिया।

इन देशों से अर्जुन बड़ी धन-सम्पदा ले आया। राजा के पास धन बढ़ने से राजधानी की प्रजा के पास भी सम्पदा बढ़ने लगी। चारों ओर खुशहाली देखकर धर्मराज ने अब राजसूय यज्ञ करने का निश्चय किया। बड़े-बड़े दूर के मित्र राजे-महाराजे न्यौते गए। हस्तिनापुर के कौरवों को बहुत आग्रह के साथ न्यौता गया। भीष्म पितामह, द्रोणाचार्य, अश्वत्थामा, विदुर और सभी कौरव भाई इस अवसर पर इन्द्रप्रस्थ पधारे। बड़े समारोह के साथ यज्ञ हुआ। ब्राह्मणों और गरीबों को नित्य ही दान दिए जाते थे। यज्ञ के अन्त में अवशेष दिवस आया। सत्कार के योग्य सारे महर्षि ब्राह्मण और राजा लोग सभा-मण्डप में बुलाए गए, जब सब लोग आदर सहित अपने-अपने स्थान पर विराजमान हो गए, तब यह विचार हुआ कि सभा में पहला तिलक किस श्रेष्ठ पुरुष को लगाया जाए। इस सम्बन्ध में युधिष्ठिर ने अपने कुल के बड़े-बूढ़े भीष्म पितामह से सलाह माँगी। भीष्म ने कहा कि इस सभा में यों तो एक-से-एक नररत्न बैठे हैं; परन्तु उनमें श्रीकृष्ण ही ऐसे महापुरुष हैं जिनमें सबसे अच्छे गुण तुम्हें एक साथ देखने को मिल जाते हैं, इसलिए तुम पहली पूजा श्रीकृष्ण की करो।

युधिष्ठिर के लिए इससे बढ़कर खुशी की दूसरी बात हो ही नहीं सकती थी। वह जैसे ही श्रीकृष्ण का अभिषेक करने के लिए आगे बढ़े तभी चेदि के राजा शिशुपाल क्रोध में भुनभुनाते उठ खड़े हुए। उन्होंने कहा—यह नीच कृष्ण पहली पूजा पाने के योग्य कदापि नहीं है। शिशुपाल ने क्रोध में आकर श्रीकृष्ण के विरुद्ध कहनी-न कहनी बातें आरम्भ कर दी। उन्होंने भीष्म पितामह को भी यह चुनाव करने के लिए बड़ी खरी-खोटी सुनाई। भीष्म ने ठण्डे स्वर में उन्हें समझाने का प्रयत्न किया। परन्तु शिशुपाल ने किसी की एक न सुनी। वह सभा मण्डप से उठकर वापस चला गया और थोड़ी-सी दौड़-धूप से उसने अनेक राजे-महाराजों को इस बात के लिए सहमत कर लिया कि यदि कृष्ण को पहली पूजा मिलेगी तो हम युद्ध करेंगे।

युधिष्ठिर ने अपने समारोह में यह विघ्न आया देखकर उसे शान्तिपूर्वक टालने का प्रयत्न किया, पर शिशुपाल की हठधर्मी अब अपनी जगह पर ऐसी जम चुकी थी कि उसे कोई न समझा सका। उसकी गालियों से दूसरों के कान पकने लगे और सबने श्रीकृष्ण की शान्त भाव से प्रशंसा की।

अपने को अकेला पाकर शिशुपाल क्रोध और कुण्ठा के मारे पागल हो गया। वह भीष्म-पितामह, भीमसेन, युधिष्ठिर और अर्जुन आदि को भी श्रीकृष्ण की निन्दा के साथ-साथ लपेट में लेने लगा। सभी उससे क्रुद्ध हो उठे। श्रीकृष्ण ने शान्त, गम्भीर स्वर में सब लोगों से कहा—हे नरपतियो! यह पापी हम यादवों का पुराना शत्रु है। हम यादवों ने इन चेदियों के साथ कभी कुछ बुराई नहीं की; पर यह अवसर पाते ही हमारा अनिष्ट करता है। जब हम प्राग ज्योतिषपुर (असम) गए हुए थे तब यह दुष्ट जाकर हमारी द्वारकापुरी को जला आया था। मेरे पिता के अश्वमेध यज्ञ के घोड़े को चुराकर इसने जला दिया था, उनके यज्ञ में विघ्न डाला था; इसने एक तपस्वी स्त्री का अपमान किया। करूष राजा का वेश बनाकर यह अपने मामा की लड़की को धोखे से उठा लाया। इसके पाप अनन्त हैं। इसका स्वभाव आप देख ही रहे हैं। अपनी बूआ का लड़का समझकर उनको दिए वचन के कारण मैं अब तक इसको बराबर क्षमा करता आया हूँ; पर अब मैं इस पापी को दण्ड देने का अधिकारी हूँ और मैं इसे दण्ड दूँगा। यह कहकर श्रीकृष्ण ने सब राजाओं के देखते-ही-देखते अपनी सधी उँगली से नचाकर ऐसा चक्र फेंका कि दूसरे ही क्षण शिशुपाल की गर्दन धड़ से कटकर अलग जा पड़ी। शिशुपाल की इस घटना से हँसी-खुशी के वातावरण में थोड़ी मलिनता अवश्य आ गई; पर शिशुपाल के मारे जाने से उसके नौकरों-चाकरों के सिवाय और कोई दुःखी न था। इस प्रकार धर्मराज युधिष्ठिर का राजसूय यज्ञ सम्पन्न हुआ।

युधिष्ठिर का व्यास जी की सलाह से राजसूय यज्ञ पूरा हो गया। बाहर से आए हुए सारे मेहमान विदा हुए, पर अभी निकट के नाते-गोते यहीं पर टिके हुए थे; उसी बीच में एक दिन व्यास जी आए, धर्मराज ने यथोचित रूप से उनका स्वागत किया। वे बोले, पुत्र तुम्हारे यज्ञ और वैभव को देखकर मैं बड़ा आनन्दित हूँ। तुम कुल रत्न हो। परन्तु एक बात कहे जाता हूँ कि एक की सफलता दूसरे कुछ लोगों के मन में ईर्ष्या बनकर समाती है और ईर्ष्या फिर जिस अन्तिम परिणाम बिन्दु को छूती है उस बिन्दु का नाम है विनाश। तुम इस बात पर विचार करना और यूँ ही अपनी उन्नति करते हुए भी सदा इस बात का ध्यान रखना कि तुम्हारी सेना के द्वारा अनावश्यक रक्त-पात न हो।

व्यास जी यह उपदेश देकर चले गए। अब भाइयों की पंचायत बैठी। व्यास

जी की बात का मतलब कुछ-कुछ तो साफ सामने दिखलाई पड़ रहा था। इस यज्ञ की सफलता से कौरव लोग जल-भुन गए हैं। भीष्म पितामह, द्रोणाचार्य तथा विदुर को छोड़कर हस्तिनापुर से आए हुए ये कौरव नातेदार सदा सीधी बातों का उत्तर भी जली-कटी तरह से दिया करते थे। युधिष्ठिर ने अपनी ओर से यहाँ तक बड़प्पन दिखलाया कि दक्षिणा देने के लिए सुयोधन को कोष का अधिकार तक सौंप दिया। एक-एक भाई की देखभाल करने के लिए नौकर, चाकर, दीवान, आदि नियुक्त कर दिए थे। किन्तु वह समारोह में जला-कटा ही बना रहा। कभी-कभी तो भीम और अर्जुन अपमान के घूँट पी-पीकर रह जाते थे। परन्तु युधिष्ठिर की आज्ञा थी कि घर आए मेहमान की कड़वी बातों को भी अमृत मानकर ग्रहण करो।

अब यह यज्ञ पूरा हो चुका था। बाहर का भीड़-भक्कड़ भी समाप्त हो चुका था। भीमसेन, अर्जुन, द्रोपदी आदि ने आपस में यह भी निश्चय कर रखा था कि बाद में किसी-न-किसी रूप में इसे नीचा अवश्य दिखलाया जाएगा। भाइयों की इस गुप्त योजना की भनक युधिष्ठिर के कानों में भी पड़ चुकी थी। इसलिए व्यास जी के उपदेश का सहारा लेकर उन्होंने यह सलाह दी कि जहाँ इतने दिन चुप रहे वहाँ कुछ दिन और धीरज धरो। चार दिन के मेहमान हैं, लौट के अपने-अपने घर चले जाएँगे। बेकार में रार क्यों उठाते हो?

सब भाई चुप थे, लेकिन उनके मन उबल रहे थे। भीमसेन ने कहा—देखिए हम आपकी बात भले ही मान जाएँ; पर द्रोपदी देवी जो सोच चुकी हैं वह तो उसे आज ही करके रहेंगी और अर्जुन तो अपनी पत्नी का समर्थन कर ही रहा है। मैं भी इस पक्ष में हूँ कि बात-बात में हमारी हर वस्तु को तुच्छ बतलाकर अपने बुद्धि और शौर्य की हेकड़ी बघारने वाले मूर्ख की बुद्धि आज नापी जाएगी। उसकी कोई गर्दन तो काटी नहीं जा रही है कि आप शान्ति-शान्ति का उपदेश देने लगे। और देवर-भाभी में सदा से हँसी-विनोद होता है। द्रोपदी सुयोधन के बीच में भला हम-आप क्यों पड़ें? युधिष्ठिर ने अपने सब भाइयों को जब इसी मत का पाया तो फिर कुछ न कहा।

चौथे पहर सुयोधन, सुशासन, भीम, अर्जुन, नकुल, सहदेव आदि महलों के भीतर अपने निजी बगीचे में सैर करने के लिए गए। यह बगीचा यों तो बड़ी भूमि घेरे हुए था, परन्तु उस समय के बड़े-बड़े बगीचों के समान बहुत बड़ा नहीं था। पर इस अन्तःपुर के बगीचे में रानियों के मनोविनोद के लिए बड़ी-बड़ी चमत्कारी चीज़ें बनी हुई हैं। बनावटी झरने, लुका-छिपी खेलने के लिए गुफाएँ हैं और सब ऐसी कलात्मक हैं कि देखते ही मन लुभा जाता है। कई भूल-भुलैया भी हैं। एक जगह चलते-चलते ऐसा लगता है कि अब रास्ते पर पानी आ गया और आगे भी

पानी-ही-पानी भरा है। मगर सचमुच वहाँ ऐसा कुछ नहीं था। मय दानव इंजीनियर के यहाँ ईरान के कुछ ऐसे हुनरमन्द कारीगर भी थे कि जो पालिस करते-करते पत्थर को पानी की तरह चमका देते थे। सारनाथ का सिंह स्तम्भ जो महाभारत के कई सौ वर्ष बाद बना था और जिस चतुर्मुखी स्तम्भ को हमारे आज के स्वतन्त्र देश की सरकार ने अपना राज्य-चिह्न बनाया है उस जमाने की पालिस का प्रमाण-पत्र देने के लिए आज भी मौजूद है। सो सुशासन, दुर्योधन एक जगह सबके साथ चलते-चलते एकाएक ठिठककर खड़े हो गए।

परन्तु दूसरे लोग आगे बढ़ने लगे। दुर्योधन बोला—अरे अरे! कहाँ पानी में जा रहे हो तुम लोग।

द्रोपदी हँस पड़ी। बोली—वाह! लाला जी बड़ी मोटी दृष्टि है तुम्हारी भी। कभी शायद ऐसे बगीचों में टहलने का अवसर तुम्हें पहले नहीं मिला।

दुर्योधन कुछ न बोल सका। मन-ही-मन कटकर रह गया। पत्थर की सड़क पार करके सब लोग कहीं घास के मैदान में आ गए थे। फूलों की क्यारियाँ सबका मन लुभा रही थीं, भाइयों ने एक-दूसरे को फूल तोड़-तोड़कर मारना शुरू किया और इसी तरह आगे बढ़ते हुए दूसरे सब तो दाहिनी ओर मुड़ गए, पर दुर्योधन जो औरों से कटकर अकेला चल रहा था, बराबर नाक की सीध में बढ़ता रहा। अचानक चलते-चलते वह गड़ाप से कमर तक पानी में गिर गया। दुर्योधन के सारे कपड़े लथपथ हो गए। भीम आदि जो दूर से उसकी यह दुर्दशा देख रहे थे हँस पड़े, उनमें भी भीम तो ऐसे ठठाकर हँसे थे कि दुर्योधन उस अपमान और अपनी दुर्दशा से जल-भुन गया। खैर, बाहर निकाले गए, उनकी धुलाई-पुछाई हुई, कपड़े बदलवाए गए। नकुल या सहदेव में से किसी भाई ने दुर्योधन से पूछा कि भाई साहब आप धरती की घास और पानी पर उगने वाली वनस्पति को पहचान न सके।

इस पर द्रोपदी ने ताना कसा—लाला जी बेचारे क्या करें, अन्धे का बेटा तो अन्धा ही होता है।

दुर्योधन को अपने अपमान में अब कोई कसर न लगी। वह ऊपर से तो कुछ न बोला, पर मन-ही-मन में अपनी ईर्ष्या से घुलता रहा। दो-चार दिनों बाद यह लोग भी हस्तिनापुर के लिए विदा हुए।

रास्ते में दुर्योधन के मामा शकुनि ने एक दिन एकान्त में पूछा—तुम इतने उदास क्यों हो भइया। लम्बी-लम्बी साँसें लेकर रह जाते हो, आखिर क्या बात है?

दुर्योधन ने कहा—मामा! युधिष्ठिर का भाग्य तो देखो, क्या था और क्या बन गया? अर्जुन ने दूर-दूर के राजाओं को झुकाकर उस मूर्ख युधिष्ठिर को धर्मराज बना

दिया। कैसा भव्य राजसूय यज्ञ युधिष्ठिर ने किया कि दूर-दूर तक उनका यश छा गया है। यही सब देख-देखकर मेरा जी आठो पहर धू-धू जलता रहता है। इतने दिन हम लोग वहाँ रहे तो बस यही देखा कि जो राजा आता, वह सम्राट युधिष्ठिर के सामने सोने, चाँदी, हीरे, मोतियों की बड़ी भेंट चढ़ाता। मैंने दान देने के बहाने इन दुष्टों का खजाना खाली करने का बड़ा जतन किया, परन्तु मैं जितनी राशि लुटाता था उससे अठगुनी-दसगुनी राशि और आ जाती थी। देवताओं के समान पूजे जाने वाले प्रतापी सम्राटों मनु, वेणु, पृथु, भगीरथ, ययाति, नहुष को भी इतना ऐश्वर्य नहीं मिला होगा जितना युधिष्ठिर को मिला। यही सब बातें सोच-सोचकर मैं दिनोंदिन दुबला और शोक से व्याकुल होता जा रहा हूँ। इस समय पाण्डवों के पास जैसी शक्ति है उसे देखते हुए तो हम लोग उन्हें जीतने की कल्पना भी नहीं कर सकते हैं। समझ में नहीं आता है कि मेरे जी की जलन कैसे मिटेगी।

शकुनि मामा बड़े चालाक थे। उन्होंने अपने भांजे से कहा—अरे बेटा! जब तक मैं बैठा हूँ, तब तक तुम्हें चिन्ता करने की क्या आवश्यकता है। युधिष्ठिर को चौसर खेलने का बहुत शौक है और इस खेल में मैं युधिष्ठिर को हराकर उनका राजपाट जीतकर तुम्हें सौंप सकता हूँ। दुर्योधन बोले—मामा! तुम मेरे बड़े ही हितकारी हो। वाह! क्या तरकीब निकाली। इसमें न भीम की गदा काम आ सकती है और अर्जुन का गाण्डीव। आपकी चतुराई के आगे युधिष्ठिर ठहर नहीं सकते। बस तो फिर हमें चटपट इस काम को कर डालना चाहिए।

शकुनि ने कहा—पहिले तुम अपने पिता जी को इस बात के लिए राजी कर लो। वह और भीष्म पितामह आदि हमारी योजना को खटाई में डाल सकते हैं। यदि तुम्हारे पिता सहमत हो जाएँ तो फिर भीष्म आदि हमारा कुछ नहीं बिगाड़ सकेंगे।

दुर्योधन बोला—पिता जी मुझे इतना चाहते हैं कि मैं उन्हें निःसन्देह इस प्रस्ताव के लिए राजी कर लूँगा।

दुर्योधन अपने पिता के पास गया और कहा कि आप हमारे प्रस्ताव को कृपया अस्वीकार न करें। धृतराष्ट्र यह जानते थे कि यह कार्य अच्छा नहीं है। उन्होंने अपने बेटे को समझाने की कोशिश भी की, परन्तु दुर्योधन की समझ में ऐसी बातें आ ही नहीं सकती थीं और दुर्योधन के हठ के आगे धृतराष्ट्र हार मान जाते थे। उन्होंने सोचा कि यदि मैंने इसको जुआ खेलने की आज्ञा नहीं दी तो यह निश्चय ही सोच के मारे घुल-घुलकर बीमार पड़ जाएगा। अपने बेटे के मोह में धृतराष्ट्र ने जुआ खेलने की आज्ञा दे दी। उन्होंने विदुर मन्त्री से कहा कि आप इन्द्रप्रस्थ जाकर युधिष्ठिर को न्यौता दे आइए। महात्मा विदुर ने राजा धृतराष्ट्र को बहुत समझाया कि बच्चों के दबाव में आकर आप गलत कार्य न करें, इसका नतीजा अच्छा नहीं होगा। धृतराष्ट्र

स्वयं ईर्ष्यालु थे, इसलिए महात्मा विदुर की सलाह उन्हें उचित नहीं लगी। वे कुछ-कुछ मुँह फुलाकर बोले—आप तो मेरे बच्चों को इतना बुरा समझते हैं कि उनके मनोरंजन में भी आपको कुटिलता दिखलाई देती है।

इस बात का उत्तर बेचारे विदुर क्या देते? चुप मारकर चल दिए। इन्द्रप्रस्थ पहुँचकर उन्होंने युधिष्ठिर को सारा हाल बतलाया। कहा कि गान्धार का राजा शकुनि और चित्रसेन सत्यव्रत आदि कुछ छटे हुए धूर्त सामन्त आपको जुए में हराकर तबाह करने पर तुले हैं। मेरी समझ में तो आपको वहाँ नहीं जाना चाहिए।

युधिष्ठिर बोले—न्यौता यदि दुर्योधन ने भेजा होता तो मैं निःसन्देह उसे टाल जाता, किन्तु जब स्वयं पूज्यनीय काका जी ने ही मुझे जुआ खेलने के लिए बुलाया है तो न जाना भी पाप होगा।

पाण्डव भाई हस्तिनापुर से आए हुए इस प्रस्ताव से बड़े चिन्तित थे; पर वे बेचारे कर ही क्या सकते थे? निमन्त्रण धृतराष्ट्र की ओर से था और युधिष्ठिर को कोई जाने से रोक नहीं सकता था। धर्मराज युधिष्ठिर, उनके चारों भाई और महारानी द्रौपदी हस्तिनापुर के लिए चल पड़े।

जुए में पराजय

हस्तिनापुर पहुँचने पर पहले तो सब भाइयों का खूब स्वागत-सत्कार हुआ, फिर दूसरे दिन जुए का दरबार लगा। भीष्म पितामह और द्रोणाचार्य और विदुर जैसे बड़े-बूढ़े लोग दुर्योधन और शकुनि के इस षड्यन्त्र से बड़े दुःखी थे। जब राजा ही अपने बेटों के मोह में पड़कर ऐसा अनुचित काम कर रहा हो तब कोई भला क्या कर सकता है? चौपड़ की बिसात बिछी। युधिष्ठिर महाराज अपने आसन पर बैठ गए, परन्तु जब उनके सामने दुर्योधन की जगह पर शकुनि मामा बैठे तो युधिष्ठिर ने कहा—मैं तो दुर्योधन के साथ चौपड़ खेलने आया हूँ, आप क्यों बैठते हैं?

दुर्योधन बोला—मामा मुझसे बढ़िया चौपड़ खेलते हैं, इसलिए वे ही मेरी ओर से खेल खेलेंगे।

युधिष्ठिर बोले—भाई, तुम्हारी बात उचित नहीं, जो खेलने के लिए बुलाए, वही खेले।

शकुनि बोला—खेल को कम समझने वाला अगर अपनी ओर किसी जानकार को साथ ले लेता है तो उसमें कोई दोष नहीं होता। तुम्हें यदि मुझसे खेलने में डर लगता हो तो साफ-साफ कहो?

युधिष्ठिर बोले—क्षत्रिय वीर किसी भी परिस्थिति में डरा नहीं करते। मैं आपकी चुनौती को स्वीकार करता हूँ, चलिए पाँसा फेंकिए। दाँव-पर-दाँव चलने लगे। शकुनि मामा बेईमानी से पाँसे पलटने की कला में भी बड़े पक्के थे। वह इतनी सफाई से पाँसा पलटते थे कि कोई भाँप नहीं पाता था, दाँव-पर-दाँव पड़ने लगे और युधिष्ठिर की हार होती चली गई। धन हारे, सारा राजपाट हारे, और दुर्योधन आदि दुष्टों के चुनौतियाँ देने पर वे एक-एक करके अपने भाइयों को भी हार गए।

अपने मुकुट और आभूषण उतारकर भी अर्जुन, नकुल और सहदेव ने एक-एक करके अपना आसन छोड़ा। मुकुट और आभूषण, कौरवों के द्वारा जीती हुई धनराशि के ढेर के पास रखे और धरती पर दासों की तरह सिर झुकाकर बैठ गए। प्रतापी राजकुमारों की यह दुर्गति देखकर सभा में बैठे हुए सभी भक्त लोगों को रोना आ गया। जिस भीम और अर्जुन के नाम से दुश्मनों के कलेजे थर-थर काँपते हैं, जो सदा अजेय सिद्ध हुए हैं वे महाबली इस समय जुए के दाँव पर हारे हुए पराजित दास बने बैठे हैं। सो भी घर में! कहाँ स्वयं अपने ही चाचा-बाबा के घर में। सत्यवादी मन्त्री विदुर जी यह देखकर चुप न बैठ सके। उन्होंने खड़े होकर महाराज से कहा—हे राजन्! जुआ सारे पापों की जड़ माना गया है। हम उसके बुरे परिणामों को इस समय प्रत्यक्ष अपनी आँखों से देख रहे हैं। क्या यह आपको अच्छा लगेगा कि आपके सगे भतीजे आपके घर में, अपने बाप-दादे, परदादों की राजधानी में इस तरह से दास होकर बैठें? हे महाराज! इस जुए को तुरन्त बन्द करने का आदेश दीजिए।

दुर्योधन यह सुनकर तड़प उठा, चोट खाए शेर की तरह वह उछलकर अपने आसन से उठा और बोला—हे विदुर! हम अब तुम्हारी बगुला भक्ति को अच्छी तरह से पहचान गए। तुम हमारा नमक खाते हो और हमीं को आँखें दिखा रहे हो! हम स्वयं धर्मराज युधिष्ठिर से पूछते हैं कि क्या वे अब भी हमारी इस जुए की चुनौती को स्वीकार करते हैं या कायर की तरह रण से भाग जाना चाहते हैं?

विदुर फिर बोल उठे—महाराज! किसी की सज्जनता का अनुचित लाभ उठाना

धार्मिक और न्यायिक पुरुषों का कार्य नहीं होता। यह जुआ मनोरंजन के लिए नहीं खेला जा रहा है। यह आपके बेटों के द्वारा द्वेषवश खेला जा रहा है। दुर्योधन चालाक शकुनि के सहारे युधिष्ठिर को दाँव प्रति दाँव हरा रहा है और आप सुन-सुन कर प्रसन्न हो रहे हैं। याद रखिए यह जुआ नहीं, विष-बीज है, इससे आपके कुल का नाश हो जाएगा।

जब विदुर इस प्रकार आवेश में बोल रहे थे तो काने शकुनि मामा के इशारे पर दुर्योधन और दुःशासन आदि कौरव भाई युधिष्ठिर को चुनौतियाँ देने लगे। कोई कहता—हार मान लो युधिष्ठिर भैया! धर्मराज को आड़ देने के लिए धर्मात्मा विदुर जी सामने आ गए हैं।

इस पर दूसरा भाई कहता—हाँ-हाँ, अब तुम्हारे पास धरा क्या है, हार मान लो न।

काने शकुनि मामा अपनी एक आँख नचाते हुए बोले—वाह-वाह! तुमने हमारे राजा युधिष्ठिर को कोई कंगाल समझ रखा है जो अभी से हार मान लें? अभी तो इनके पास एक अनमोल रत्न है द्रोपदी।

सुनते ही अर्जुन की बाँहें क्रोधवश फड़कने लगीं। भीम से तो बैठा नहीं रहा जा रहा था, ताव के मारे वह बार-बार ताल ठोंककर उठ-उठ पड़ते थे। तभी युधिष्ठिर बोले—हस्तिनापुर की यह प्रख्यात और प्राचीन राज-सभा नीति और अनीति दोनों ही के उदाहरण अपने इतिहास में रखे। जब स्वयं मामा शकुनि अपनी बहू को दाँव पर लगाने के लिए मुझे चुनौती दे रहे हैं तो उसे अस्वीकार करके मैं अपनी धर्मनीति से डिग जाऊँगा। यहाँ चाचा धृतराष्ट्र जी और स्वयं पितामह भीष्म जी विराजमान हैं, उनके सामने चुनौती स्वीकार न करके मैं कदाचित् उन्हें कलंकित करूँगा। इसलिए आओ मामा फेंको पाँसा, मैंने द्रोपदी को दाँव पर लगाया।

सुनते ही भीम और अर्जुन फिर भाई के अनुशासन के आगे सिर झुकाकर बैठ गए। पाँसा पड़ते ही राजकुमारों की सभा में शोर मच गया। युवा कौरव उन्मत्त होकर, सभा के सारे शिष्टाचार भूलकर नाच उठे। धर्मराज महारानी द्रोपदी को भी दाँव पर हार चुके थे।

दुर्योधन को तो सबसे अच्छा मौका मिल गया। उसके चेहरे पर शैतानी नाचने लगी। वह महाराज की तरह अपने भाई को आदेश देते हुए बोला दुःशासन, जाओ और दासी द्रोपदी को हमारे सामने लाकर उपस्थित करो।

दुःशासन बड़े भाई के सामने विनय से सिर झुकाकर उनकी आज्ञा पालन करने के लिए चला। बहुत संयम रखते हुए भी अनेक सभासदों के मुखों से ठण्डी आहें

हल्का चीत्कार-सा करती हुई निकल पड़ीं। विदुर बोले अब मुझसे देखा नहीं जाता है राजन्, मैं सभा को त्याग कर जाता हूँ। विदुर चले गए, किन्तु पितामह भीष्म सिर झुकाए चुपचाप बैठे रहे। सब लोग उनका मुँह देख रहे थे और वे सिर झुकाए मूर्ति से चुपचाप बैठे थे। कौरव पुत्रों को छोड़कर सभा में और सभी चुप थे। कौरव लोग अपनी बातों में बार-बार भीम, अर्जुन, द्रोपदी आदि को अपना दास कहकर चिढ़ाने का प्रयत्न कर रहे थे।

दुःशासन द्रोपदी की बाँह पकड़कर उसे खींचता हुआ ऊँची-नीची सीढ़ियों पर ला रहा था, सिसकती द्रोपदी को देखकर बहुतों ने अपनी आँखें नीची कर लीं। कौरवों ने उत्साह में आकर अपना छिछोरापन दिखलाना आरम्भ कर दिया। वे द्रोपदी को देखते ही बुरी-बुरी बातें कहने लगे। किसी ने आवाज़ कसी कि यह तो पाँच आदमियों की पत्नी है, हम इसे भरी सभा में नचाएँगे। स्वयं दुर्योधन ने हाथ उठाकर द्रोपदी से कहा—आओ, अब तुम अपना नृत्य दिखाकर हम सब का मनोविनोद करो।

बस अब हद हो गई थी। भीष्म पितामह ने अपने कुल की पूरी दुर्गति देख ली थी और अपनी उपस्थिति में अब वे किसी नारी का अपमान नहीं देख सकते थे। वे उठ खड़े हुए और तेजी से सभा को छोड़कर बाहर चले गए। भीष्म पितामह का अप्रसन्न होना अब कोई मामूली बात नहीं थी। मन्त्री ने महात्मा धृतराष्ट्र के कान में कहा—अब बन्द करवा दीजिए महाराज। बहुत हो गया। धृतराष्ट्र तुरन्त ही हड़बड़ाकर हाथ उठाकर कहने लगे—सावधान! सावधान! जुआ बन्द किया जाए, उसकी हार-जीत जो हुई, सो हो गई। पाण्डव अपना सब हारा हुआ धन भण्डार उठा ले जाएँ। घर के बच्चों में इस तरह से वैमनस्य नहीं बढ़ना चाहिए। द्रोपदी हमारी बहू है। उसके साथ जो अन्याय हुआ उसके लिए हमें दुःख है। अब जुए की सारी हार-जीत और उसका कड़वापन भूलकर पाण्डव अपनी पत्नी के साथ जाएँ और हमारे लड़के अपना राजपाट सम्हालें।

महाराज धृतराष्ट्र के यह कहते ही कौरव हाथ मलने और दाँत पीसने लगे। लेकिन द्रोपदी ने खड़े होकर भरी सभा में कहा—यह मेरे केश, जिन्हें खींचकर दुःशासन ने मुझे महल से उठाया था, अब, तब तक यों ही खुले रहेंगे जब तक इस दुष्ट के कलेजे के खून से यह धोए न जाएँगे।

द्रोपदी की इस प्रतिज्ञा को सुनकर भीम एकाएक गरज उठे, उन्होंने कहा—भरोसा रखो पांचाली! इस दुःशासन के लहू से तुम्हारे केश धुलेंगे और दुर्योधन ने जो तुम्हारा अपमान किया है, उसका भी बदला अवश्य लूँगा। मैं कौरवों की सभा में यह प्रतिज्ञा करके जाता हूँ।

सभा सन्न रह गई। किसी के मुँह से एक बोल तक न निकला। पाण्डव लोग

सकुशल सभामण्डप से बाहर चले आए और उसी दिन अपने आदमियों के साथ इन्द्रप्रस्थ लौट गए।

सभा के भंग होने पर दुर्योधन, दुःशासन, शकुनि मामा आदि जब अकेले में बैठे तो पछतावे के मारे आपस में अपने जी की जलन को नौ-नौ बाँस उछाल कर झलकाने लगे। हर कौरव को उस समय अपने पितामह पर बड़ा क्रोध आ रहा था। सभी अपने बाप को कोस रहे थे कि अन्धे को तनिक भी बुद्धि नहीं है और यह विदुर, भीष्म और द्रोणाचार्य जैसे बूढ़े खूसट लोग भी हमारा नमक खाकर हमारा ही विरोध करते हैं। शकुनि मामा बोले—अजी, इस भीष्म को मैं कुछ भी नहीं समझता, सारी मूर्खता की जड़ हमारे जीजा ही हैं। मैं ऐसी चालाकी से पाँसे पलट देता था कि किसी को पता तक न चल सका, पर वह सारी चालाकी धरी रह गई। किए-कराए पर पानी फिर गया।

पाण्डवों के इन्द्रप्रस्थ लौट जाने के बाद दुर्योधन दिनों-दिन दुबला और उदास होता गया। न वह ठीक तरह से खाता था, न सैर-शिकार में ठीक तरह से मन लगा पाता था और न उसका नाच, रंग, राज-पाट आदि में मन लगता था, सब लोग महाराज धृतराष्ट्र के पास जाकर कहते कि युवराज तो दिनों-दिन घुलते चले जा रहे हैं। उनकी दशा आँखों से नहीं देखी जाती। राजा सुनते-सुनते घबरा उठे। उन्हें दिन-रात यह भय सताने लगा कि कहीं मेरा बेटा यों ही दुःख में घुल-घुल कर मर न जाए। बेटे की ममता ने धृतराष्ट्र के मन की आँखें भी फोड़ दीं। उन्होंने दुर्योधन से पूछा—तुम चाहते क्या हो बेटे, मैं तुम्हारी इच्छा पूरी करूँगा। तुम अपनी यह उदासी छोड़कर मुझसे अपने मन की बात खोलकर कहो।

दुर्योधन ने कहा—मैं पाण्डवों की उन्नति देखकर जीता नहीं रह सकता। आपको मुझे फिर युधिष्ठिर से जुआ खेलने की आज्ञा देनी पड़ेगी। इस बार केवल उनके राज को ही दाँव पर लगाना होगा।

दुर्योधन की माता गान्धारी को जब यह पता चला कि दुर्योधन फिर दूसरी बार युधिष्ठिर को जुआ खेलने के लिए बुला रहा है तो वे स्वयं महाराज धृतराष्ट्र के पास गईं। उन्होंने कहा—हे स्वामी! आप अशिष्ट बालकों की सलाह मत मानिए। यह सारी कुचालें हैं। आज भले ही हार-जीत अच्छी लगे, पर इसका नतीजा अन्त में बहुत ही बुरा निकलेगा, यह मैं अभी से ही अपने विचारों में देखने लगी हूँ। आप फिर से जुआ खेलने की आज्ञा मत दीजिए। राजा धृतराष्ट्र ने अपनी बुद्धिमती पत्नी की इन बातों को सुनकर गान्धारी से कहा—प्रिये! मैं दुर्योधन की इच्छा अवश्य पूरी करूँगा। युधिष्ठिर एक बार फिर जुआ खेलने के लिए बुलाए जाएँगे। इसके परिणामस्वरूप यदि हमारे वंश का नाश होना ही बदा है तो फिर होनी को मैं कैसे रोक सकता हूँ।

गान्धारी निराश होकर लौट गई। हस्तिनापुर राज्य की ओर से महाराज धृतराष्ट्र ने इन्द्रप्रस्थ के महाराज, अपने भतीजे युधिष्ठिर को फिर से चौसर खेलने का न्यौता भेजा।

दूसरी बार भी छल-भरा न्यौता पाकर किसी भाई की राय नहीं थी कि यह न्यौता स्वीकार किया जाए। परन्तु युधिष्ठिर बोले—विधाता की प्रेरणा से ही सारे प्राणी भले-बुरे फल पाते हैं, उन्हें कोई टाल नहीं सकता। जब मेरे पूज्य चाचा जी ने मुझे फिर से जुआ खेलने के लिए बुलाया है तो उसके बुरे परिणाम को जानते हुए भी मैं उनकी आज्ञा टाल नहीं सकता। जो बुरा होगा, सो होगा। मैं चौसर खेलने के लिए फिर जाऊँगा।

भाई की आज्ञा के आगे सिर झुकाकर सब पाण्डव हस्तिनापुर गए। इस बार द्रोपदी रानी न आई। सभा में शकुनि मामा युधिष्ठिर से बोले—देखो, भइया इस बार हम राज-पाट, धन-दौलत, दासी, आदि दाँव पर नहीं लगाएँगे। बस एक दाँव पड़ेगा उसी में हार-जीत हो जाएगी। इस हार-जीत में केवल एक ही बात टेक पर रहेगी अर्थात् जो हारेगा उसे अपना सारा राजपाट छोड़कर, केवल मृगछाला धारण करके बारह वर्षों तक वनवास करना पड़ेगा और उसके बाद तेरहवाँ वर्ष अज्ञातवास में बिताना पड़ेगा। इस अज्ञातवास में हारने वाले को जीतने वालों ने अगर ढूँढ़ लिया तो उसे फिर से बारह वर्ष का वनवास बिताना पड़ेगा। बस, यही हार-जीत की शर्त होगी।

सभा में बैठे सयाने लोग शकुनि मामा की चालाकियों को जानते थे। वे नहीं चाहते थे कि महाराज युधिष्ठिर इस शर्त को स्वीकार करें। पर महाराज युधिष्ठिर तो धर्मराज थे। उन्होंने कहा—आइए पाँसा फेंकिए।

शकुनि मामा ने पाँसे फेंके, और फेंकते ही चिल्ला पड़े—मैं जीत गया, मैं जीत गया!

एक बड़े राज्य की हार-जीत का फैसला जुए के एक दाँव में ही हो गया। राजे-महाराजों की तरह से जो पाण्डव लाखों के रत्नाभूषण पहनकर आए थे, वे अब मृगछाला पहनकर वहाँ से बाहर जा रहे थे। उनको चलते देखकर दुःशासन ने बड़े घमण्ड से कहा—अब हमारे महाराज दुर्योधन ही इस पृथ्वी के चक्रवर्ती राजा हैं। जो लोग हमारी उन्नति में काँटे थे, वे भिखारी बनकर वनवास भोगने जा रहे हैं। बहुत दिनों के बाद अभिमानी पाण्डव दुःख और विपत्ति के नरक में ढकेले जा सके हैं। हाः हाः हाः।

जीत के गर्व में मतवाले दुर्योधन ने सिंहगति से जाने वाले भीमसेन की नकल

में उनके पीछे-पीछे मटककर चलना आरम्भ कर दिया। सब लोग हँस पड़े। भीम ने भी मुड़कर दुर्योधन का यह मटकना देखा। उन्होंने क्रोध में गरजकर कहा—घबरा मत दुर्योधन! एक दिन तेरे और तेरे साथियों की यह सारी चटक-मटक का अन्त मेरे ही हाथों से होगा।

अर्जुन अपने बड़े भाई को समझाते हुए बोले—भाई समय आने पर जो करना हो वह कीजिएगा, अभी तेरह वर्ष इन्हें गुलछर्रे उड़ा लेने दीजिए। चौदहवाँ वर्ष फिर हमारा होगा। पाण्डव लोग हस्तिनापुर से चलते समय अपने चाचा धृतराष्ट्र से विदा लेना न भूले। उन्होंने विदुर जी से भेंट की। विदुर जी ने उन्हें आशीर्वाद दिया और कहा—तुम्हारा भला हो। कुल देवता तुम्हें नीरोग रखें। हे युधिष्ठिर! आपत्ति आने पर धैर्यपूर्वक यदि अपने कर्तव्य पर विचार करोगे तो तुम्हें दुःख में भी अपार सुख मिलता रहेगा।

वनगमन

पाण्डव अपने महलों में आए। द्रोपदी से कहा कि राजपाट छूट गया, अब तुम भी तापसी का वेष धारण करो और महलवासिनी से वनवासिनी बनो। रानी द्रोपदी जब तपस्विनी का वेश धारण कर राजमाता कुन्ती और दूसरी बड़ी-बूढ़ियों से भेंट करने के लिए गईं तो राजमाता उन्हें देखकर शोक के मारे मूर्छित होकर गिर पड़ीं। सब स्त्रियाँ ज़ोर-ज़ोर से विलाप करने लगीं। किसी प्रकार कुन्ती माता को होश में लाया गया, समझाया-बुझाया गया। माता कुन्ती से आशीर्वाद लेकर पाण्डव लोग द्रोपदी से साथ वनवास को चले। अनेक दास-दासियाँ और स्वामिभक्त राजकर्मचारी लोग भी उनके पीछे हो लिये। प्रजा के लोग तो मानो दीवाने ही हो गए, वे कहते थे कि जहाँ हमारे धर्मराज जाएँगे, वहीं हम भी जाकर रहेंगे। हम दुर्योधन जैसे दुराचारी और पाप बुद्धि वाले राजा के अधीन कदापि नहीं रहेंगे।

प्रजा का यह विलाप देखकर पाण्डव लोग सचमुच बड़े ही दुःखी हुए। सच बात तो यह थी कि धृतराष्ट्र की धूर्तता को समझते हुए भी उनके जाल में फँसना स्वीकार करने से प्रजा के दुःख-सुख का ध्यान करना अधिक अच्छा होता। लेकिन अब तो जो होना था वह हो चुका था, महाराज युधिष्ठिर ने बहुत मीठे ढंग से अपनी प्रजा के लोगों को समझाया और कहा कि आप लोगों ने हम पर जो विश्वास प्रकट किया तथा जो प्रेम दिखलाया है, वह हमको बहुत ही सुखी कर रहा है। आप लोग सुख से रहें। नये राजा की आज्ञा मानें। अच्छा समय आने पर हम फिर आपकी सेवा करने के लिए यहाँ आ जाएँगे। प्रजा को भलीभाँति समझा-बुझा कर पाण्डवों ने वन की राह ली। एक प्रतापी वंश जो यदि मिलकर चलता तो दूर-दूर तक अपने सुशासन से मनुष्य जाति को सुख पहुँचा सकता था, परन्तु आपसी ईर्ष्या, द्वेष और जलन का यह परिणाम निकला कि केवल कौरव-पाण्डव ही नहीं वरन् हज़ारों लोगों को विनाश की होली खेलनी पड़ी। जो काम बिना विचारे किए जाते हैं, उनके परिणाम इतने ही भयंकर होते हैं।

सदा सुखों में पले पाण्डव अब कष्ट में अपने दिन बिता रहे थे। वे जंगल में लकड़ी काटकर लाते थे, कन्द-मूल, फल तथा जंगल में उत्पन्न होने वाली भोजन सामग्री का संग्रह करते थे और तपोवन के दूसरे बूढ़े ऋषि-मुनियों की सेवा भी बड़े प्रेम और जतन से किया करते थे। इस प्रकार पाण्डव भाइयों ने तो अपना मन किसी तरह बहला लिया था, किन्तु द्रोपदी रानी के मन का दुःख किसी तरह से भी हल्का नहीं होता था। पाण्डवों के फुफेरे भाई श्रीकृष्ण को जब पाण्डवों के वनवास की खबर मिली तो वे वन में पाण्डवों से मिलने के लिए आए। और भी अनेक राजे आए जिनकी पाण्डवों से या तो मित्रता थी या वे उनके नातेदार थे। रोज़-रोज़ कोई-न-कोई राजा या सामन्त पाण्डवों से मिलने के लिए जंगल में आया ही करता था। किन्तु श्रीकृष्ण के आने से पाण्डवों को अपार सुख मिला। द्रोपदी को तो मानो श्रीकृष्ण के रूप में सुखों की खान ही मिल गई थी। उन्होंने श्रीकृष्ण के आगे रो-रोकर अपना कलेजा हल्का किया। कहने लगी कि मेरे साथ तो महाबली पतियों ने भी कोई न्याय नहीं किया। मेरे लाख मना करने पर भी धर्मराज उन बेइमानों से जुआ खेलने के लिए गए और यह दुःख के दिन जान-बूझकर हमारे लिए लाए।

धर्मराज युधिष्ठिर पर द्रोपदी का क्रोध और राजपाट नष्ट होने के कारण उनका विलाप देखकर श्रीकृष्ण को बड़ी दया आई। उन्होंने तरह-तरह से द्रोपदी को समझाया। उन्होंने कहा—हे देवि! भगवान की महिमा अपरम्पार है। यह मत समझो कि दुःख और यह सारे संकट केवल तुम्हारे तथा तुम्हारे पतियों जैसे भले लोगों को ही घेर रहे हैं, तथा दुष्ट लोग सुख भोग रहे हैं। यह केवल थोड़े दिनों की हिलती-फिरती छाया भर है। छल से तुम्हारा राज-पाट छीनकर जो लोग आज तुम्हें सताकर प्रसन्न

हो रहे हैं, वे सच पूछो तो, अपनी आने वाली घनघोर विपत्तियों और कष्टों के दिनों को मानो हँस-हँसकर बुला रहे हैं। देवि! धैर्य रखो, अपने प्रतापी पतियों पर क्रोध मत करो। धर्मराज के धर्म का् फल तुम लोगों को अवश्य मिलेगा। इसी तरह दुर्योधन आदि कौरवों को उनके अधर्म का फल निश्चय ही मिलेगा।

श्रीकृष्ण के समझाने से द्रोपदी का शोक किसी तरह हल्का हुआ। श्रीकृष्ण ने पाण्डवों से कहा—मेरी इच्छा है कि मैं द्रोपदी तथा उसके बेटों और सुभद्रा तथा उसके बेटे अभिमन्यु को अपने साथ द्वारका ले जाऊँ।

द्रोपदी बोली—मुझे तथा मेरे बच्चों को ले जाने के लिए मेरा भाई धृष्टद्युम्न भी आया हुआ है। मैंने उससे अपने भांजों को ले जाने के लिए कह दिया है। हे मुरली मनोहर! तुम सुभद्रा और अभिमन्यु को अपने साथ द्वारकापुरी ले जाओ। मैं अपने पतियों को छोड़कर कहीं नहीं जाऊँगी।

द्रोपदी के इस निश्चय को कोई न टाल सका। श्रीकृष्ण अभिमन्यु और सुभद्रा को लेकर द्वारिकापुरी चले गए। धृष्टद्युम्न द्रोपदी के बेटों को लेकर पांचाल लौट आए। चेदि देश के राजा धृष्टकेतु अपनी बहन अर्थात नकुल की पत्नी को और केकय देश के राजा अपनी बहन अर्थात् सहदेव की पत्नी को विदा कराकर अपनी-अपनी राजधानियों की ओर लौट गए। जो थोड़े से नगरवासी और स्वामिभक्त राजकर्मचारी पाण्डवों के साथ अभी तक वन में रह रहे थे। उनसे धर्मराज युधिष्ठिर ने कहा—हे प्रजा जनो! आप लोग हमारे साथ यहाँ रहकर जो कष्ट भोग रहे हो, उससे मुझे बड़ी पीड़ा होती है। आप सबके यहाँ रहने से इस तपोवन के तपस्वियों और साधकों के काम में भी बाधा-विघ्न पड़ रहा है। उससे मुझे और भी अधिक पीड़ा हो रही है। आप लोगों से मेरी यह प्रार्थना है कि नगर में लौट जाएँ। हम लोग बारह वर्षों तक वनवास करने के लिए प्रणबद्ध हैं। कृपा करके हम लोगों को शान्तिपूर्वक अपना प्रण पालन करने दें। इस प्रकार तरह-तरह से लोगों को समझा कर पाण्डवों ने उन्हें काम्यक नामक तपोवन से विदा किया। यह काम्यक वन कुरु जंगल में ही था। युधिष्ठिर ने सोचा कि यहाँ रहने से हमारी प्रजा के लोग बार-बार हमारे पास आते रहेंगे। यह देखकर दुर्योधन का क्रोध बराबर भड़कता रहेगा। प्रजा के हित में यह अच्छी बात नहीं होगी। इन सब बातों पर विचार करके पाण्डवों ने कहीं दूर जाने का निश्चय किया। वे लोग द्वैत वन में जाकर रहने लगे। कुछ समय बीतने के बाद युधिष्ठिर ने अर्जुन को यह सलाह दी कि तुम इस बीच में विभिन्न देशों का भ्रमण करो। कोल, किरात, पिशाच आदि जंगली जातियों के लोगों को प्रसन्न करके अपने पक्ष में मिलाओ। हमारा धर्म राजधर्म है, राजपाट छूट जाने पर भी हमें अपना धर्म नहीं छोड़ना चाहिए।

धर्मराज की यह भली मन्त्रणा सुनकर अर्जुन यात्रा पर निकले। उन्होंने हिमालय तथा उत्तर-पश्चिम के अनेक देशों का भ्रमण किया। गुणी जनों से नये-नये हथियार और उन्हें चलाने की विद्या सीखी तथा इस प्रकार घूमते-घूमते वे मध्य एशिया में निवास करने वाली प्राचीन देवजाति के राजा इन्द्र की सभा में पहुँचे। देवजाति आर्य संघ के धर्मात्मा लोगों की मुखिया थी। इस प्रकार इन्द्र देवों और मनुष्य वंशी आर्यों का सर्वश्रेष्ठ व्यक्ति माना जाता था। इन्द्र के दरबार में अर्जुन की बड़ी आवभगत हुई। बूढ़े इन्द्र ने अर्जुन को अपने बेटे की तरह स्नेह और मान दिया।

देवराज इन्द्र के यहाँ महाबली अर्जुन पाँच वर्षों तक रहे। इन्द्र उन्हें बहुत चाहने लगे थे। उन्होंने अर्जुन को अस्त्र-शस्त्र चलाने की बहुत-सी गुप्त विद्यायें सीखने का मौका दिया। अर्जुन ने इस अवसर का अच्छा लाभ उठाया। इन्द्र बोले—हे अर्जुन, तुमने हमारी गुप्त अस्त्र-शस्त्र विद्याओं को तो सीख लिया, पर हमारी इच्छा है कि तुम संगीत और नृत्य कला का भी अभ्यास कर लो। अर्जुन नाच-गाना सीखने में कोई दिलचस्पी नहीं रखते थे।

परन्तु पिता के समान पूज्य देवराज इन्द्र की आज्ञा को टालना उनके लिए असम्भव था। वह चित्रसेन गन्धर्व से यह विद्या सीखा करते थे। चित्रसेन से अर्जुन की दोस्ती दिनोंदिन गहरी होने लगी। परन्तु वे नाच सीखने से अधिक उसके साथ गप्पें ही लगाया करते थे। मगर इन गप्पों के सहारे ही महाबुद्धिमान अर्जुन ने नृत्यशास्त्र की सारी बारीकियाँ समझ ली।

इन्द्र के दरबार की अप्सरायें नृत्य कला में बड़ी ही नामी थीं; मेनका, रम्भा, चित्रसेना, गोपाली, उर्वशी आदि एक-से-एक नामी नाचने वालियों का जमघट वहाँ सदा जुड़ा ही रहता था। अर्जुन ने नृत्य कला का अभ्यास तो कम किया, पर इन अप्सराओं की नृत्य कला को देख-देखकर वह ऐसी अच्छी आलोचना करने लगे कि इन्द्रपुरी के बड़े-बड़े उस्ताद भी उनकी आलोचना का दम भरने लगे। उर्वशी नाचने की कला में जितनी ही निपुण थी उतनी ही उसके शास्त्र की सिद्ध जानकार भी थी। अर्जुन की बातों से वह उन पर रीझ गई।

देवराज इन्द्र ने उर्वशी के मन का भेद भाँप लिया। वे भविष्यद्रष्टा थे, आगे आने वाली बातों को जानते थे। इसीलिए उनकी बड़ी इच्छा थी कि अर्जुन नृत्य कला सीख लें। उन्होंने चित्रसेन से कहा—चित्रसेन, तुम जानते हो कि मैं अर्जुन को अपने बेटे की तरह मानता हूँ। यह बड़ा वीर और बुद्धिमान है। भाग्य के फेर से इसे तथा इसके भाइयों को इस समय कष्ट झेलने पड़ रहे हैं और आगे भी इनके भाग्य में कुछ गम्भीर संकट बदे हैं। उन्हीं संकट के क्षणों को कुछ हल्का करने के लिए मैं चाहता था कि यह नृत्यकला सीख ले। यह लड़का तुम्हारे साथ रहकर नृत्यशास्त्र

का अच्छा जानकार अवश्य हो गया है, परन्तु नृत्य कला का अभ्यास करने से यह जी चुराता है।

बूढ़ा चित्रसेन बोला—अरे महाराज! जो पैदा होता है, उस पर दुःख-सुख तो पड़ा ही करते हैं; पर खून का असर भला थोड़े ही जा सकता है। अर्जुन महाबली है, पुराने और प्रतापी राजवंश के रत्न हैं, यह हम गन्धर्वों के बेटे-बेटियों की तरह नृत्यकला का अभ्यास करने में वैसा रस कभी नहीं ले सकते, जैसा कि आप चाहते हैं।

देवराज इन्द्र बड़े गम्भीर होकर दृढ़ स्वर में बोले—चित्रसेन मैं चाहता हूँ कि यह लड़का जैसा अपनी धनुर्विद्या के सम्बन्ध में प्रख्यात है, वैसा ही प्रख्यात नर्तक भी माना जाए। यदि एक नाम से यह महावीर जाना जाता है तो दूसरे नाम से यह महान् नर्तक भी माना जाए। मेरा विश्वास है कि जो काम तुम पुरुष होने के कारण नहीं कर सके, वह उर्वशी आसानी से पूर्ण कर लेगी। मैंने अक्सर देखा है कि उर्वशी अर्जुन की बहुत बड़ी समर्थक है। तुम उर्वशी और अर्जुन की दोस्ती करवा दो।

चित्रसेन बोला—महाराज! आपकी अप्सरायें भी अर्जुन को मुझसे अधिक नहीं सिखा पाएँगी। क्योंकि महाबली अर्जुन बड़े ही संस्कारी पुरुष हैं। यह अप्सरायें चूँकि आपकी चाकरी में हैं, इसलिए अर्जुन इन सबमें छोटी-से-छोटी अप्सरा तक से बड़े ही आदर से बातें करते हैं।

इन्द्र बोले—अरे तुम उर्वशी से इसकी जान-पहचान जरा करा तो दो। उर्वशी बड़ी चालाक औरत है। वह निश्चय ही अर्जुन का मन जीत लेगी।

गन्धर्वाचार्य चित्रसेन देवराज के बड़े मुँह लगे थे, कहने लगे कि वह चालाक औरत है। इसीलिए तो मैं डरता हूँ। महाराज, अगर अर्जुन ने उसकी इच्छा पूरी न की, तो वह अपना बदला लिये बिना मान नहीं सकती। यह आप अच्छी तरह से जानते हैं।

इन्द्र बोले—अरे भाई! उसके पास बदला लेने वाले जितने उपाय हैं, वह सब मैं जानता हूँ। अगर वह अर्जुन का बुरा भी करेगी तो भी मैं उसे भले में बदल दूँगा।

चित्रसेन हाथ जोड़कर बोला—देवराज सर्वज्ञ हैं। मैंने जो कुछ कहा वह दुनियादारी का विचार था। मैं आपसे क्षमा चाहता हूँ। उर्वशी और अर्जुन के मिलने की सुन्दर व्यवस्था मैं कर दूँगा।

एक दिन चित्रसेन के नन्दन कानन में एक बड़े ही मनोरम स्थल पर उर्वशी को अपना नाच दिखाने के लिए आमन्त्रित किया। उससे कह दिया कि मेरे और

अर्जुन के सिवाय वहाँ कोई और न होगा। उर्वशी इस समाचार से बड़ी प्रसन्न हुई, उसने गन्धर्वाचार्य का बड़ा उपकार माना।

चित्रसेन बोले—मैं केवल यही चाहता हूँ कि तुम उसे केवल नाच से रिझा लो, बल्कि यह चाहता हूँ कि तुम उसे अपनी कला से इतना रिझाओ कि वह तुम्हारे साथ-साथ नाचने के लिए तड़प उठे।

उर्वशी मुस्कराकर बोली—यह आपने मेरे ही स्वार्थ का सुझाव दिया है। अच्छी बात है, मैं आपको अपना यह कमाल भी दिखला दूँगी।

सचमुच, उर्वशी ने जो कहा था, वह कर दिखलाया। उसने पाण्डव अर्जुन को मीठी-मीठी चुनौतियाँ दी। उसने कहा—राजकुमार! आप तो मनुष्य लोक से लेकर हमारे इस देवलोक तक की कलाओं के पारखी हैं, देवराज की सभा में दो-एक बार आपने मेरा नृत्य देखा भी है, इसीलिए आप ही बतलाइए कि आप जो कठिन-से-कठिन और सुन्दर-से-सुन्दर नृत्य समझते हो वह मुझे बतलाइए, मैं आपको वही नाच दिखाऊँगी। उर्वशी मुस्कराई, फिर बोली—नाचती हुई मछली की आँख भेदने वाले निशानेबाज अर्जुन की मैंने बड़ी प्रशंसा सुन रखी है, आज आप उर्वशी के घुँघरुओं की भी वैसी ही परीक्षा लीजिए।

अर्जुन इस चुनौती के चक्कर में फँस गए। उन्होंने बड़े कठिन-कठिन भाव बतलाए और उर्वशी ने वे सब नाचकर दिखला दिए। होते-होते अर्जुन के मन में उर्वशी की कला के लिए बड़ा ही आदर, प्रशंसा और प्रेमपूर्ण भाव उदित हुआ। उसने कहा—उर्वशी देवी! मैंने आपको जो भाव बतलाए वह कोई भी स्त्री नाच कर नहीं दिखला सकती। आपने तो अपने शरीर के हर अंग को मोम बना लिया है जिस अंग को जैसा चाहती हैं, वैसी गति दे लेती हैं। उर्वशी हाथ जोड़कर बोली—राजकुमार! आपने जो भाव बतलाए, मैं उससे भी कठिन भावों पर नाच सकती हूँ।

अर्जुन मुग्ध होकर बोला—तब फिर श्रृंगार भाव को इसी समय दिखलाने की कृपा कीजिए।

उर्वशी बोली—मैं अवश्य दिखलाऊँगी, पर मेरी भी एक शर्त है।

शर्त यह है कि कठिन परीक्षा ले लेने के बाद अपने शरीर को विश्राम देने के लिए मुझे कुछ ललित नृत्य भी नाचने ही पड़ेंगे। आपको भी उन नृत्यों में नाचना पड़ेगा। अगर आपने मेरी यह चुनौती स्वीकार नहीं की तो मैं आपको फिर अपनी कला नहीं दिखलाऊँगी।

अर्जुन हँसकर बोले—आपके समान महान् कलाकार को मैं इतनी-सी बात के

लिए रुष्ट नहीं करूँगा। आप मुझे अपने कठिन नृत्य दिखलाएँ, मैं फिर आपके साथ अवश्य नाचूँगा।

उर्वशी ने बूढ़े मृदंगाचार्य को अपने पैरों में मालिश के लिए नन्दन वन की एक विशेष जड़ी-बूटी तोड़कर लाने की प्रार्थना की। चित्रसेन चला गया। उर्वशी ने अर्जुन से मृदंग बजाने को कहा और फिर कुछ ऐसे कठिन भाव नाचकर दिखलाए जो कला की दृष्टि से तो सचमुच ही बड़े कठिन और उच्च कोटि के प्रदर्शन थे। मगर साथ-ही-साथ वे मनुष्य को एकदम मुग्ध भी कर सकते थे।

परन्तु महाबली अर्जुन बड़े अनुशासन वाले संयमी युवक थे। जब उन्होंने यह निश्चय कर लिया कि देवगण की नौकरी में रहने वाली अप्सरायें उनके लिए आदरणीया हैं, तो फिर बड़े-से-बड़ा लालच भी उनके मन को छू नहीं सकता था, इसलिए उन्होंने केवल उर्वशी की कला की ही तारीफ की। उसके बाद उर्वशी के साथ उन्होंने कुछ नाच के टुकड़े सीखे भी। यों ही अभ्यास चल रहा था कि चित्रसेन जड़ी-बूटी लेकर आ गए। उर्वशी ने प्रसन्न होकर कहा—आप ठीक समय से आए गुरु जी, लीजिए मृदंग सँभालिए और मेरे साथ महान् नर्तक अर्जुन का नृत्य देखिए।

इस प्रकार चुनौतियाँ दे-देकर उर्वशी ने अर्जुन को अपने बस में कर लिया। जो काम गन्धर्व गुरु चित्रसेन नहीं कर पाए थे, वह उर्वशी ने कर दिखलाया; परन्तु नृत्य कला सिखलाने के अलावा उर्वशी अर्जुन पर अपना रंग न जमा सकी। उर्वशी को विश्वास था कि जिस अर्जुन को उसने अपना गहरा दोस्त बना लिया है, वह अवश्य ही उसका प्रेमी भी बन जाएगा। परन्तु ऐसा न हुआ।

एक दिन चित्रसेन ने देवराज इन्द्र से कहा—महाराज! उर्वशी अर्जुन को नृत्य तो अवश्य सिखला सकी! किन्तु अर्जुन को अपना प्रेमी बनाने में उसे निराशा ही हाथ लगेगी। अर्जुन बहुत ही संस्कारी युवक है। आप ही कृपा करके उर्वशी को समझा-बुझाकर अर्जुन से उसे दूर हटा लें नहीं तो उर्वशी क्रोध में आकर किसी दिन अर्जुन का कोई भयंकर अपकार कर देगी और आप दुःखी होंगे।

इन्द्र बोले—चित्रसेन! मैं भूत, भविष्य और वर्तमान, तीनों ही बातों का अच्छी तरह से विचार करके ही कोई काम करता हूँ। अगर उर्वशी अर्जुन की कोई बुराई करेगी तो मैं उसे सँभाल लूँगा।

चित्रसेन और इन्द्र देव दोनों की बातें सच सिद्ध हुईं, उर्वशी एक दिन अर्जुन से गिड़गिड़ाकर बोली—हे अर्जुन! मैं तुम्हारी इतनी सेवा करती हूँ। तुमको खुश करने के लिए सदा उपाय किया करती हूँ फिर भी तुम मुझसे रूठे हुए हो। यह अच्छी बात नहीं है।

अर्जुन बोला—मैं आपका बड़ा उपकार मानता हूँ। आपने मुझे बहला- बहलाकर नृत्य कला सिखला दी, इसके लिए भी मैं आपका उपकार मानता हूँ। इसके बाद भी आप कहती हैं कि मैं आपसे रूठा हुआ हूँ। मेरी समझ में नहीं आता है कि आप ऐसी बात क्यों कहती हैं?

उर्वशी बोली—हे अर्जुन, मैं तुमसे प्रेम करती हूँ, अतः मैं चाहती हूँ कि तुम मुझसे प्रेम करो।

मैं आपसे उसी तरह प्रेम करता हूँ; जैसे बच्चा अपनी माँ को चाहता है।

उर्वशी नाराज़ हो गई, कहने लगी—मैं क्या बूढ़ी हो गई हूँ जो तुम अपनी माँ कहते हो?

अर्जुन ने शान्त भाव से उत्तर दिया—आप देवराज की प्रिय अप्सरा हैं और मैं उन्हें पिता के समान मानता हूँ।

अप्सरा किसी की पत्नी नहीं होती अर्जुन, वह सदा मुक्त रहती है। तुम इस बात की तनिक भी चिन्ता न करो कि मैं देवराज की नौकर हूँ, तुम निर्भय होकर मुझसे प्रेम करो।

अर्जुन बोला—मैं क्षत्रिय का बेटा हूँ, मैंने अपने गुरुजनों से उत्तम शिक्षा पाई है। मैं, आपको केवल उसी दृष्टि से देख सकता हूँ जिस दृष्टि से मैं देवि कुन्ती, माद्री, और इन्द्राणी को देखता हूँ। आप इस सम्बन्ध में कृपा करके अब और कुछ न कहें। मुझे पुत्र की तरह अपनी रक्षा प्रदान करें।

अर्जुन के यह वचन सुनकर उर्वशी क्रोध के मारे लाल हो उठी। उसका सुन्दर शरीर गुस्से की बेबसी में काँपने लगा। फिर एकाएक जाने क्या सोचकर वह शान्त हो गई। उसके चेहरे से क्रोध की रेखायें मिट गईं और होंठों पर मुस्कराहट आ गई। वह बोली—अच्छा भूलो इस बात को। आओ, थोड़ी देर बैठकर हँसे, बोलें, ठहरो; मैं तुम्हारे लिए कुछ खाने-पीने का सामान ले आऊँ।

उर्वशी कमरे से बाहर गई और थोड़ी देर में शरबत, और नाश्ते का सामान स्वयं अपने ही हाथों से लेकर आई। उसने बड़े आग्रह से अर्जुन को वह शर्बत पिलाया। अर्जुन ने जब गिलास खाली कर दिया, तब उर्वशी मुस्कराई और कहा—हे अर्जुन, मैं बड़े दिल से अपनी प्रेम चाहना लेकर तुम्हारे पास आई थी। मैंने तुम्हें यह भी बतलाया था कि अप्सरा से प्रेम करने में कोई दोष नहीं होता। फिर भी तुमने कायर की तरह मेरा प्रेम अस्वीकार किया। मुझ जवान स्त्री को तुमने अपनी माँ कहकर मेरा सबसे बड़ा अपमान किया है, इस अपमान का बदला लिये बिना मैं तुम्हें छोड़ नहीं सकती थी। अब मेरे शाप से तुम पुरुष नहीं रहोगे। श्रेष्ठ संस्कारों का दावा

करने वाले मूर्ख अर्जुन मेरे शाप से अब तू हिजड़ों की टोली में मिलकर दूसरों के बेटे होने की खुशी में नाचने लायक हो गया है। यह कहकर उर्वशी घृणापूर्वक हँस पड़ी।

अर्जुन यह समझ गया कि उसके साथ कोई चालबाजी चली जा चुकी है। उसे मन-ही-मन में तो बड़ा क्रोध आया, पर ऊपर से यह सोचकर वह शान्त रहा कि पराई जगह में क्रोध करने से लाभ के बजाय हानि ही अधिक हो सकती है। अर्जुन ने सोचा कि यह अप्सरा देवराज के पास जाकर कोई नया झूठ-सच न जड़े, इसलिए वह सीधे इन्द्र के पास गए और सारा हाल सच-सच बतला दिया। इन्द्र सुनकर इतने प्रसन्न हुए कि उन्होंने उठकर अर्जुन को अपने कलेजे से लगा लिया। वे बोले—पुत्र! मैं तुमसे बहुत प्रसन्न हूँ, तुमने अपने वंश का नाम ऊँचा किया, तुम उर्वशी के शरबती शाप से तनिक भी चिन्तित न हो। ईश्वर जो करता है वह अच्छे के लिए ही करता है। कुछ महीनों बाद तुम लोगों का अज्ञातवास का तेरहवाँ वर्ष आरम्भ होगा, उस समय उर्वशी का शाप तुम्हारे लिए वरदान सिद्ध होगा और उसके बाद मैं तुम्हें विश्वास दिलाता हूँ कि मैं तुम्हें उर्वशी की दुष्ट दवा के प्रभाव से एकदम मुक्त कर दूँगा। इन अप्सराओं के सारे नुस्खे मैं जानता हूँ और उनकी काट की औषधियाँ मेरे पास हैं। जो दवा उर्वशी ने तुम्हारा सारा जीवन बर्बाद करने के लिए तुम्हें पिलाई है उसका प्रभाव मेरी औषधि केवल एक ही वर्ष में दूर कर देगी। यही नहीं, बल्कि उसके प्रभाव से तुम्हारी खोई हुई शक्ति दुगुनी होकर तुम्हें वापस मिलेगी।

अर्जुन यह बातें सुनकर निश्चिन्त हो गए। उनकी बड़ी इच्छा थी कि वे अब फिर से अपने भाइयों के पास लौट जाएँ, परन्तु इन्द्र ने उन्हें स्वर्ग में ही रोके रखा। वे इन्हें तरह-तरह की गुप्त विद्यायें सिखलाते थे। बूढ़ा पिता जिस भाव से अपनी सन्तान को उन्नति करने के लिए प्रयत्न करता है, उसी तरह इन्द्र भी अर्जुन की उन्नति के लिए तरह-तरह के उपाय बराबर करते रहे। भारत से लेकर स्वर्ग तक अनेक ऋषि-मुनि प्रायः आते-जाते रहा करते थे। ऐसे तपस्वियों में एक लोमश ऋषि देवराज इन्द्र से मिलने के लिए स्वर्ग पधारे। वे भारतवर्ष में वनवासी पाण्डवों से मिल चुके थे। उन्होंने बतलाया कि पाण्डव लोग इस समय पूरे भारतवर्ष के तीर्थों में घूम-घूमकर ऋषि-मुनियों की संगति से ज्ञान लाभ कर रहे हैं। उन्होंने यह भी बतलाया कि कौरवों के जासूस बराबर पाण्डवों का पीछा कर रहे हैं। अर्जुन के समाचार न मिल पाने से कौरव लोग कुछ-कुछ चिन्तित भी हैं। अब यह निश्चय नहीं कर पा रहे हैं कि अर्जुन जीते हैं या मर गए।

लोमश ऋषि से यह बातें सुनकर देवराज इन्द्र ने अपनी नीति निर्धारित कर ली। उन्होंने अपने कुछ खास आदमियों को हस्तिनापुर भेजकर जनता में यह प्रचार

करवाना आरम्भ कर दिया कि अर्जुन मरा नहीं, जीवित है। वह अब ऐसा शक्तिशाली हो गया है कि कौरवों का नाम-निशान तक मिटा देगा।

अर्जुन के सम्बन्ध में यह चमत्कारी समाचार धृतराष्ट्र को भी मिले। वह सुनकर बड़े चिन्तित हुए। उनके जासूस बराबर यह समाचार लाते थे कि भीम बदला लेने के लिए अपनी शक्ति बढ़ा रहे हैं। श्रीकृष्ण कौरवों का नाश करने के लिए दृढ़ प्रतिज्ञ हैं। अज्ञातवास में पाण्डवों को ऐसी जगह रखा जाएगा कि कौरव उन्हें ढूँढ न सकेंगे, और अज्ञातवास का 13वां वर्ष बीतते ही कौरवों पर वज्रपात होगा।

अन्धे धृतराष्ट्र यह सब बातें सुन-सुनकर बड़े ही चिन्तित रहा करते थे। अब अर्जुन की नयी सफलताओं की अफवाहें सुनकर वे मन-ही-मन दहल उठे। उन्हें यह विश्वास हो गया कि उनके भतीजे उनके बेटों को मिट्टी में मिलाने में कोई कसर नहीं छोड़ेंगे। उन्होंने बड़े-बड़े राजाओं से अपने राजनीतिक सम्बन्ध बढ़ाने पर बड़ा ज़ोर दिया। उन्होंने अर्जुन की तलाश में अपने कुछ चतुर जासूस लगाए। लेकिन धृतराष्ट्र तथा दुर्योधन के सारे प्रबन्ध बेकार हो गए। वनवास का बारहवाँ वर्ष जब बीतने लगा तो उन्हें यह सूचना मिली कि पाँचों पाण्डव और द्रोपदी अब एक साथ मिल गए हैं।

और वे इस समय द्वैतवन में हैं। पाण्डवों की बढ़ती हुई तपस्या देखकर आस-पास के इलाके के लोग उनकी बहुत प्रशंसा किया करते थे। द्वैतवन के पास ही कौरवों की गोशाला भी थी, इसलिए उनके आदमी पाण्डवों के सम्बन्ध में समय-समय पर अपने मालिकों को सूचनायें दिया करते थे। कौरवों ने सुना कि भीम ने गन्धर्वों को हराकर उन्हें अपने वश में कर लिया है। उन्होंने यह भी सुना कि अर्जुन ने निवात, कवच और पौलोभ आदि अनेक जाति के दुष्टों को हराकर दीन-दुखियों में बड़ा नाम पैदा किया है।

यह सब खबरें कौरवों के लिए बड़ी ही दुखदाई थीं। दुर्योधन को इन समाचारों को सुनकर यह लगता कि पाण्डवों को इतने कष्ट में डालने पर भी वह उनका तेज नष्ट नहीं कर सका। दुर्योधन मन में दिन-रात तड़पा करता था, उसने कई बार यह योजना बनाई कि द्वैतवन में जाकर पाण्डवों को चुपचाप समाप्त कर दिया जाए। परन्तु महाराज धृतराष्ट्र दुर्योधन को उधर जाने की आज्ञा ही नहीं देते थे। उन्हें भय लगता था कि तपस्वी पाण्डवों को यदि अब और सताया गया तो भगवान निश्चय ही उनके पुत्रों का अमंगल करेंगे। परन्तु दुर्योधन तथा दूसरे कौरव भाइयों का यह ख्याल था कि वहाँ जाने के लिए अनुमति न देकर उनके पिता इनका अधिक अमंगल कर रहे हैं। काने शकुनि मामा ने उन्हें एक तरकीब बतलाई। उन्होंने दुर्योधन से कहा–अरे भाई अन्धे पिता को बहलाने के लिए तुम्हारे पास भला बहानों की कमी

है? तुम्हारी गायें भी तो वहीं रहती हैं उनकी देखभाल करना तुम्हारा कर्तव्य है। तुम्हें अपने गोधन को बढ़ाना भी चाहिए। इसके लिए तुम्हें अपने पिता से आज्ञा मिल जाएगी। वहाँ जाकर तुम फिर जो चाहो सो कर सकते हो। महाराज फिर तुम्हारे मनचाहे कार्यक्रम पूरा करने में कोई बाधा न डाल सकेंगे।

यह सुनकर दुर्योधन फड़क उठा। उसने अपने पिता से जाकर कहा—पिताजी! हमारे घोसी बराबर यह खबरें ला रहे हैं कि दुष्ट लोग हमारी गायों को चुराकर ले जा रहे हैं। इस समाचार से मुझे बड़ी चिन्ता हो रही है, आप आज्ञा दें तो एक बार वहाँ जाकर हम उनका उचित प्रबन्ध कर आएँ। इसके साथ ही कुछ दिन रहकर हम लोग अपना कुछ मनोरंजन भी कर लेंगे। धृतराष्ट्र ने दुर्योधन को उसके लिए आज्ञा दे दी। दुर्योधन प्रसन्न होकर अपने भाइयों के साथ द्वैतवन की ओर चल पड़ा। रास्ते-भर कौरव भाई अपने मन के गुलगुले पकाते रहे कि पाण्डवों को हम लोग यों घेरेंगे और यों मारेंगे, परन्तु जंगल में पहुँचने के बाद उन्हें ठीक तरह से इस बात का पता न चल सका कि पाण्डव लोग किधर रहते हैं। पाण्डवों की खोज करते हुए कौरव लोग गन्धर्वों के इलाके में घुस गए। गन्धर्व सिपाहियों ने उन्हें रोका, परन्तु घमण्डी कौरवों ने उन सिपाहियों को मारकर भगा दिया और अपने आदमियों को उस जगह एक क्रीड़ा भवन बनाने की आज्ञा दे दी।

गन्धर्वों का राजा चित्रसेन यह सूचना पाकर बहुत क्रुद्ध हुआ। उसने अपनी सेना को आज्ञा दी कि घमण्डी कौरवों को मार-मारकर भगा दो। कौरवों और गन्धर्वों की सेनायें आपस में टकराने लगीं। दुर्योधन, दुःशासन, कर्ण, शकुनि आदि बड़े-बड़े महारथी गन्धर्वों की सेना पर टूट पड़े। पहले हमले में कौरवों की जीत हुई, गन्धर्वों को कुछ नुकसान उठाना पड़ा, परन्तु चित्रसेन ने शायद यही चालाकी की थी कि एक बार कौरव उनके बीच में अच्छी तरह से फँस जाएँ और उन्हें अपनी जीत का थोड़ा-बहुत घमण्ड हो जाए, तब फिर उनको ठिकाने लगाना आसान होगा। गन्धर्व राजा चित्रसेन अपनी इस रणनीति में पूरी तरह से सफल रहा और कौरव लोग चूहों की तरह से मानो गन्धर्वों की बनाई हुई चूहेदानी में फँस गए। दुर्योधन गन्धर्वों के द्वारा पकड़ लिया गया।

अब तो कौरवों की सेना में हाहाकार मच गया, उन्होंने करारी मात खाई थी।

कौरवों के हारने का समाचार महाराज युधिष्ठिर ने पाया। उन्होंने अपने भाई से कहा—इस समय आपसी बैर-भाव भुलाकर अपने भाइयों की रक्षा करना हमारा धर्म है। तुम लोग जाकर दुर्योधन को गन्धर्वों की कैद से मुक्त करो। इच्छा न होने पर भी अर्जुन को अपने बड़े भाई की आज्ञा माननी पड़ी। कौरवों की बची-खुची सेना को संगठित करके अर्जुन ने गन्धर्वों पर आक्रमण किया। अर्जुन सब प्रकार

की रण-नीतियों का अब जानकार हो चुका था, इसलिए उसने अपनी सेना की मोर्चेबन्दी इस प्रकार से की कि मायावी युद्ध करने वाले चतुर, बाँके योद्धा गन्धर्व लोग अर्जुन से पार न पा सकें। अर्जुन ने गन्धर्व के राजा चित्रसेन को बड़ी कुशलता से घेरकर बन्दी बना लिया। चित्रसेन ने तुरन्त ही अर्जुन से क्षमा माँगी और उसे अपना मित्र बनाकर दुर्योधन आदि कौरवों को अपनी कैद से मुक्त कर दिया। दुर्योधन आदि कौरव भाई और उनके साथी बड़ी अकड़ से पाण्डवों को मारने गए थे, वे ही अब बुरी तरह से पिटे। पाण्डवों की कृपा से ही हस्तिनापुर लौट रहे दुर्योधन मन-ही-मन में ईर्ष्या से जला जा रहा था। अगर कोई भला आदमी किसी बुरे आदमी का उपकार करता है तो बुरा आदमी उपकार मानने के बजाय उससे और भी डाह करने लगता है। दुर्योधन भी इस समय ऐसी ही मनःस्थिति में था। जब यह लोग हस्तिनापुर पहुँचे तो बड़े-बूढ़ों ने दुर्योधन आदि भाइयों को बहुत डाँटा। परन्तु इस डाँट का नतीजा भी उल्टा ही हुआ।

उधर बारह वर्ष पूरे होने वाले थे और अज्ञातवास का तेरहवाँ वर्ष बिताने की चिन्ता पाण्डवों को हो रही थी। वे ऐसी जगह रहना चाहते थे कि जहाँ कौरव लोग उनकी परछाई भी न छू सकें। पाण्डव इन सब बातों पर विचार कर ही रहे थे कि वन में एक दुर्घटना और हो गई। सिन्धु देश का राजा जयद्रथ अपनी सेना के साथ उस वन से गुजर रहा था। जयद्रथ दुर्योधन का साला भी था। वन से जाते समय मार्ग में संयोग से पाण्डवों की कुटिया भी दिखाई दी। द्रोपदी बाहर खड़ी थी। राजा जयद्रथ की दृष्टि उस पर गई। अनुपम सुन्दरी द्रोपदी को देखकर जयद्रथ दीवाना हो गया। वह तुरन्त ही अपने रथ से उतरकर द्रोपदी के पास पहुँचा और उसने द्रोपदी से कहा कि मेरे साथ चलो। मैं तुम्हें अपनी रानी बनाऊँगा। द्रोपदी बोली—तुम भला मुझे क्या रानी बनाओगे। अपनी राह जाओ, यह मत भूलो कि तुम पाण्डव पत्नी द्रोपदी से बातें कर रहे हो।

द्रोपदी का परिचय पाकर दुष्ट जयद्रथ और भी हेकड़ी में आ गया। उसने द्रोपदी को ज़बरदस्ती अपने रथ पर बिठा लिया और चल पड़ा।

पाण्डव लोग जंगल में शिकार खेलने गए थे, उनकी कुटिया के आस-पास रहने वालों ने दौड़कर उन्हें यह सूचना दी कि द्रोपदी को कोई राजा अपने रथ पर भगाए लिये जा रहा है। यह सुनते ही पाँचों भाई दौड़े। उन्होंने सेना को जाते देखा।

एक बड़ी सेना के सामने पाण्डव केवल पाँच ही थे, पर वे अपनी कुशल रणनीति के जानकार होने के कारण इतनी बड़ी सेना को तितर-बितर करने में बड़ी जल्दी सफल हो गए। एक ओर से अर्जुन के तीखे बाणों की वर्षा हो रही थी, दूसरी ओर भीम ने ऐसा हमला बोला कि जयद्रथ की सेना तितर-बितर होकर भागी। नकुल,

सहदेव और युधिष्ठिर भी अपनी रणचातुरी से जयद्रथ की सेना को छकाने लगे। थोड़ी देर में जयद्रथ पाण्डवों से घिर गया। अर्जुन ने उसको रथ से घसीट लिया। द्रोपदी रोकर बोली—इस दुष्ट ने मेरे बाल पकड़कर मुझे खींचा था, तुम इस नराधम के झोंटे पकड़कर इसकी गर्दन उड़ा दो।

जयद्रथ ने कहा—मुझे क्षमा कर दो, मैं तुम्हारा दास हूँ। इस पर युधिष्ठिर ने भीम से कहा—भैया, यह दुष्ट मारने के योग्य होकर भी हमारे लिए अवध्य है, यह हमारा रिश्तेदार है, हमारे एक भाई का बहनोई है।

युधिष्ठिर की सिफारिश से जयद्रथ के प्राण छूटे। उसके जाने के बाद पाण्डवों ने आपस में विचार किया। अब इस जंगल में एक क्षण के लिए भी रुकना अच्छा न होगा। उन्होंने आपस में योजना बनाई और वहाँ से चल दिए।

विराट नगर में पाण्डव

अपनी योजना के अनुसार पाण्डव लोग यमुना नदी के दक्षिण तट पर पहुँचे। वहाँ से उन्होंने जंगल में भटक जाने की ऐसी तरकीब निकाली कि कौरवों के जासूस उस जगह के बाद उनका पता न पा सकें। वे कभी पहाड़ों और कभी जंगलों में शिकार करते हुए उनके रमणीय स्थानों में घूमते हुए पांचाल देश के दक्षिणी भाग से यकृल्लोम और शूरसेन प्रदेशों के बीच से होकर मत्स्यों के राज्य की राजधानी की ओर बढ़े। इस चक्करदार मार्ग से जाते हुए बेचारी द्रोपदी अक्सर थक-थक जाती थी। युधिष्ठिर की आज्ञा से अर्जुन द्रोपदी को अपने कन्धे पर बिठाकर चलते थे। चिन्ता और अनेक कष्ट सहने के कारण पाण्डवों के चेहरे फीके पड़ गए थे, उनके बाल और दाढ़ियाँ भी बढ़ गई थीं। इस तरह देखने में ये राजकुमारों से अधिक जंगली शिकारी ही लगते थे। अपने-आपको छिपाए रखने के लिए इनकी यह वेश-भूषा और दशा उनके लिए इस समय वरदान साबित हुई। सारे रास्ते में उन्हें कोई पहचान

न पाया। कौरवों के जासूस अब उनकी हवा भी नहीं पा सकते थे। दुर्योधन, दुःशासन आदि लाख अपने भेदियों पर चिल्लाए पर पाण्डवों की चतुराई के आगे उनकी दाल न गली।

विराट नगर पहुँचते-पहुँचते शाम हो गई। संयोग से वे नगर के शमशान की ओर पहुँचे। युधिष्ठिर ने अपने भाइयों से कहा—हथियार लेकर नगर में जाना ठीक नहीं होगा। अर्जुन भले ही इस समय देखने में जंगली शिकारी लगते हों, पर उनका गाण्डीव धनुष देखते ही लोगों को उन पर शक हो जाएगा। इसी तरह भीम की गदा भी किसी से छिपी नहीं रह सकती। मैं चाहता हूँ कि यहाँ एकान्त में हम लोग अपने हथियारों को पहले किसी सुरक्षित स्थान पर रख दें तब नगर में प्रवेश करें। अपने धनुष, तरकस, गदा, तलवार आदि हथियार उन्होंने कपड़ों में इस तरह से बाँधे कि देखने में वह कफन से लिपटी हुई लाश की तरह लगते थे। नकुल ने आस-पास के वृक्षों की खोह में हथियार छिपाने के लिए उचित जगह की तलाश की। संयोग से एक शमी वृक्ष की ऊपरी डाल पर उन्हें खोखली जगह मिल गई, पाण्डवों ने उसी खोखली डाल में अपने हथियारों को रखने का निश्चय किया। जब वे लोग बाँध रहे थे, तब शमशान के पास रहने वाले कुछ आदिवासी लोग अचानक उधर आ गए। उन्हें आते देखकर पाण्डवों ने झटपट रोने और विलाप करने का ढोंग आरम्भ कर दिया। उन्होंने उन लोगों को यह बतलाया कि हमारी बुढ़िया माँ मर गई है और अपने रिवाज के अनुसार हम उसका शव पेड़ पर बाँध रहे हैं। भोले-भोले जंगलियों ने पाण्डवों की बात को सच माना और उन लोगों के प्रति सहानुभूति प्रकट की और आगे बढ़ गए। पाण्डवों ने वह रात इस भयानक शमशान में ही सोकर बिताई। सवेरे उठकर वे लोग नहाए-धोए, पूजा-पाठ किया और उसके बाद युधिष्ठिर बोले—अब मैं राजा विराट की सभा में जाता हूँ। तुम लोग भी बारी-बारी से वहीं नौकरी माँगने के लिए आना। यह कहकर युधिष्ठिर ब्राह्मण का वेश बनाए हुए राजा विराट की सभा में पहुँचे। युधिष्ठिर भले ही बहुत थक गए थे, दीन-मलिन भी लगते थे, पर यह होने पर भी इनकी चाल-ढाल और चेहरे का तेज देखकर लोग यही सोचते थे कि यह कोई मुसीबत में पड़ा हुआ बड़ा आदमी है। राजा विराट की सेवा में पहुँचकर युधिष्ठिर ने कहा—हे महाराज! मैं दीन ब्राह्मण हूँ। मेरा नाम कंक है, मैं पहले महाराज युधिष्ठिर के दरबार में नौकरी करता था, वे मेरे साथ चौसर खेला करते थे; जब से उनके दुर्भाग्य के दिन आरम्भ हुए तब से मेरी भी नौकरी छूटी। पिछले बारह वर्षों से अनेक जगहों पर भटक कर बड़े-बड़े कष्ट झेलते हुए मैं आपकी शरण में आया हूँ।

राजा विराट ने युधिष्ठिर से और भी बहुत-सी बातें पूछीं। उनके उत्तर सुनकर

वह बहुत सन्तुष्ट हुए। उन्होंने कहा—हे ब्राह्मण! आज से आपके दुःख के दिन बीत गए। मैं आपको उसी तरह से रखूँगा जैसे धर्मराज युधिष्ठिर रखते थे। यह कहकर राजा विराट ने अपने मन्त्री को आज्ञा दी कि कंक ब्राह्मण को रहने के लिए उत्तम जगह दी जाए तथा उन्हें पहनने के लिए उत्तम वस्त्र और आभूषण भी दिए जाएँ।

युधिष्ठिर के बाद भीमसेन दरबार में पहुँचे। उनके पास एक बड़ी-सी कलछी, चिमटा और तलवार थी। उन्होंने भी जाकर राजा विराट से कहा—मैं शूद्र वर्ण का हूँ। मेरा नाम बल्लव है। मैं महाराज युधिष्ठिर के यहाँ रसोइये का कार्य करता था और उनके अन्न भण्डार की देखभाल की ज़िम्मेदारी भी मैं ही सँभालता था।

राजा विराट बोले—हे बल्लव! तुम तो देखने में रसोइये से अधिक पहलवान लगते हो।

भीम ने कहा—हाँ महाराज! मैंने पहलवानी में भी बड़ा नाम कमाया है। महाराज युधिष्ठिर मुझे बहुत मानते थे। दुष्ट दुर्योधन ने मेरी कदर नहीं की। दूसरा कोई राजा मुझे भर पेट खाना न खिला सका, इसलिए मैं भटकते-भटकते अब आपकी शरण में आया हूँ।

राजा बोले—हे बल्लव! तुम चिन्ता न करो, मेरे पास इतनी गायें हैं कि तुम्हें दूध, दही और मक्खन की तनिक भी कमी न पड़ेगी। जितना चाहोगे उतना भोजन तुम्हें मिला करेगा। और यदि रसोइये के रूप में तुमने अपनी पाक कला से मुझे सन्तुष्ट कर दिया तो मैं तुम्हें और भी सुविधा दे दूँगा। इस तरह भीम भी नौकरी पा गए।

भीम के साथ-ही-साथ द्रोपदी भी दासी के वेश में राजमहलों में पहुँची। उसने राजा विराट की रानी से कहा—मेरा नाम सैरन्ध्री है। मेरे पति गन्धर्व हैं। वे आजकल बड़ी मुसीबतों में पड़े हुए हैं, इसलिए अपने पतिदेव की आज्ञा से मैं आपकी शरण में आई हूँ। आप जो भी आज्ञा देंगी मैं उसका पालन करूँगी। मैं पहले श्रीकृष्ण की रानी सत्यभामा की सेवा करती थी। मेरी शृंगार कला से प्रसन्न होकर द्रोपदी रानी ने मुझे सत्यभामा से माँग लिया था। मैंने उनकी सेवा में रहकर बड़ा सुख पाया। दुर्भाग्य से जब उनके बुरे दिन आए तो मेरा कहीं ठिकाना न रहा। रानी सुदेषणा द्रोपदी की बातों से बहुत प्रभावित हुईं। उन्होंने कहा—जिस सैरन्ध्री ने रानी सत्यभामा और रानी द्रोपदी का शृंगार किया है, उसे मैं अपनी सेवा में सहर्ष नियुक्त करती हूँ।

द्रोपदी बोली—हे महारानी! मेरी यह प्रार्थना है कि आप मुझे महाराज या किसी भी पुरुष की सेवा में कभी न भेजें। मेरे गन्धर्व पति जो छिपकर मेरी रक्षा करते

रहते हैं, यदि मुझे किसी पर-पुरुष की सेवा करते देखेंगे तो निश्चय ही उसे मार डालेंगे।

रानी बोली—मैं तुम्हारी इच्छा का सदा आदर करूँगी।

इस तरह द्रोपदी भी नौकरी पा गई। उसके बाद सहदेव और नकुल भी गायों और घोड़ों के रखवाले बनकर राजा विराट के दरबार में नौकर हो गए। द्रोपदी तथा अपने चारों भाइयों की नौकरी लग जाने के बाद अर्जुन हिजड़ों की तरह जनानी वेशभूषा में महलों में जा पहुँचे। उन्होंने अपना नाम बृहन्नला बतलाया और कहा—मैं बहुत अच्छा नाच-गाना सिखा सकती हूँ। राजा विराट की बेटी उत्तरा ने बृहन्नला का नाच देखकर उससे नृत्य-कला सीखने की अपनी इच्छा प्रकट की। इस पर राजा विराट ने बृहन्नला की शारीरिक जाँच करवाई। उर्वशी की औषधि के प्रभाव से अर्जुन पुरुष तो रह ही नहीं गए थे, इसलिए स्त्रियों के साथ रहने योग्य ठहराए गए और उन्हें नौकरी मिल गई। इस प्रकार उर्वशी का शाप उस समय अर्जुन के लिए वरदान सिद्ध हुआ। पाँचों भाई और द्रोपदी राजा विराट के यहाँ नौकरी पाकर अपने सुख-दुःख भरे दिन बिताने लगे। सभी भाइयों ने अपने स्वभाव और कार्य-कुशलता से राजा, रानी तथा महलों के अन्य लोगों को सन्तुष्ट कर लिया था, इसलिए नौकरी करते हुए भी वे लोग एक हद तक बड़े सुखी थे।

अज्ञात वर्ष का तेरहवाँ वर्ष आरम्भ हो जाने से कौरवों ने पाण्डवों की खोज बड़ी लगन से आरम्भ की। इस अज्ञातवास के वर्ष में पाण्डव अगर पकड़ में आ जाएँ तो शर्त के अनुसार उन्हें फिर बारह वर्षों तक वनवास भोगना पड़ेगा। इसी लालच में दुर्योधन ने पाण्डवों की बड़ी खोज करवाई, परन्तु उन्हें निराशा ही हाथ लगी। कोई कल्पना भी नहीं कर सकता था कि महाबली पाण्डव जो किसी समय स्वयं चक्रवर्ती राजा थे, वे अब एक मामूली राजा के यहाँ नौकरी कर रहे हैं।

धीरे-धीरे दिन बीतने लगे। युधिष्ठिर राजा विराट के बड़े ही प्रिय पात्र बन गए। उनकी मन्त्रणा से राजा विराट को अपना राज-काज चलाने में बड़ी सहायता मिलती थी। इसके अतिरिक्त अपने पाँसों के खेल से उन्होंने राजा को रिझा लिया था, वे प्रायः राजा विराट को खेल में जिता दिया करते थे, किन्तु कभी-कभी वे जो धन जीतते उसे अपने भाइयों को दे दिया करते थे। भीम ने भी अपनी रसोई बनाने की कला का अच्छा परिचय दिया था। खासतौर से मांस पकाने में वे बड़े ही कुशल थे। वे कभी अपने भाइयों को अच्छी-अच्छी भोजन-सामग्री खिलाया करते थे। गोपवेश धारी सहदेव दूध, दही, घी आदि वस्तु अपने भाइयों को दिया करते थे। अर्जुन, नकुल, द्रोपदी आदि सभी एक-दूसरे की सहायता करते और छिपकर एक-दूसरे से बराबर मिलते रहते थे। उन्होंने अपनी यह भेंट इतनी गुप्त रखी कि महलों में भी किसी

को उनके आपसी रिश्ते का पता न लग पाया। इस तरह से अज्ञातवास के चार महीने सकुशल बीत गए।

उन दिनों मत्स्य देश की राजधानी विराट नगर का मेला बड़ा ही प्रसिद्ध था। वहाँ की प्रजा इस मेले में बड़ी रुचि से भाग लेती थी। इस मेले में ब्रह्मा जी और शंकर भगवान का दरबार लगाया जाता था। दोनों ओर कलाकारों, नटों, गवैयों और पहलवानों के जमघट जुड़ते थे। फिर उनके दंगल होते थे। जनता इन दंगलों में बड़ा रस लिया करती थी। इस मेले में अब की बार जीमूत नाम का एक पहलवान आया था। उसने बड़े-बड़े नामी पहलवानों को इस तरह से चुटकी बजाकर हराया कि फिर इससे किसी की हिम्मत लड़ने की न हुई। जीमूत ललकारने लगा—मालूम पड़ता है कि इस विराट नगर के सारे पहलवान चूहों जैसे हैं। यहाँ कोई शेर नहीं है। राजा विराट जीमूत पहलवान की इस गर्व-भरी बात को सुनकर तप उठे। उन्होंने अपने पहलवानों से कहा—क्या तुम लोग इस पहलवान की चुनौती स्वीकार करने का साहस नहीं रखते? यह सुनकर भी कोई पहलवान जीमूत से लड़ने का साहस न कर सका। यह देखकर राजा को बड़ा ताव आया। उन्होंने कहा—तुम लोग नहीं लड़ोगे तो न लड़ो, मैं अपने रसोइये को बुलवाकर इस घमण्डी पहलवान का सिर उससे अभी नीचा करवाता हूँ।

बल्लव आया। राजा ने कहा—मेरी राजधानी की लाज तुम्हारे हाथ में है, क्या तुम इस पहलवान को हरा सकोगे?

बल्लवधारी भीम ने एक बार नज़र उठाकर जीमूत को ऐसे देखा जैसे शेर चूहे को देखता है। परन्तु उसे भय लगा कि यदि मेरी कुश्ती देखकर किसी ने मुझे पहचान लिया तो बड़ी आफत आ जाएगी। वे यह सोच ही रहे थे कि युधिष्ठिर ने भीम को लड़ने का संकेत दिया। बड़े भाई की आज्ञा पाकर बब्बर शेर के समान रोबीले और ऐरावत हाथी की तरह मस्त भीमसेन अखाड़े में लँगोट बाँधकर कूद पड़े। जीमूत हेकड़ी में था। उसने कहा—अरे राजा के रसोइये, तू भला मुझसे क्या लड़ेगा? देखने में तू ज़रूर भैंसे जैसा है, पर मैं तुझे अभी पल-भर में चूहा बना दूँगा।

भीम ने जीमूत की बात का जवाब ताल ठोंककर दिया। दोनों वीर गरज-गरज कर बड़े उत्साह से आपस में भिड़ गए; वे एक-दूसरे को कभी हाथ मारते, कभी घूसे की चोट करते, कभी एक-दूसरे को ढकेलते, तगड़ी मारते। इस तरह दाव-पेचों की लड़ाई चलने लगी। यों जीमूत भी कम वीर नहीं था, पर भीमसेन यदि चाहते तो उसे पल-भर में ही हरा सकते थे। लेकिन सहसा अपना पूरा बल प्रदर्शित करना उन्होंने उचित न समझा। थोड़ी देर तक वे कुश्ती के दाव-पेंच दिखलाकर जनता का मन रिझाते रहे। फिर एकाएक ज़ोर से गरजकर उन्होंने जीमूत को अपने दोनों

हाथों से उठा लिया। वे जीमूत को उछालकर अपने दोनों हाथों से ऐसे पकड़ लेते थे जैसे बच्चा गेंद उछालकर पकड़ता है। सारा मेला यह देखकर वाह-वाह कर उठा। जीमूत जब बुरी तरह से थक गया, तब उन्होंने उसे धरती पर पटककर रगड़ मारा। राजा विराट भीम से बड़े ही प्रसन्न हुए। उन्होंने उसे खूब पुरस्कार दिया।

धीरे-धीरे दस महीने बीत गए। पाण्डव-बन्धु जब आपस में मिलते तो कहते कि भगवान की दया से किसी तरह दो महीने और सकुशल बीत जाएँ तो हम लोगों का यह संकट टले। लेकिन संकट के दिन भला कहीं इतनी आसानी से कटते हैं। एक दिन रानी सुदेषणा का भाई कीचक जब अपनी बहन से मिलने के लिए रनिवास में आया तो द्रोपदी को देखकर उसका मन ललचा उठा। कीचक ने अपनी बहन से कहा—तुम्हारी यह दासी मुझे बहुत पसन्द है तुम इसे मेरी सेवा में भेज दो।

रानी सुदेषणा यह सुनकर सहम गई। वह जानती थी कि द्रोपदी सती स्त्री है, फिर उसने रानी से यह वचन भी ले रखा था कि वह उसे किसी पर-पुरुष की सेवा में कभी नहीं भेजे। परन्तु रानी को अपने भाई कीचक से यह बात कहने की हिम्मत न पड़ी। कीचक, विराट नरेश का सेनापति था। उसी के प्रताप से राजा विराट सकुशल राज्य करते थे। रानी ने अपने भाई से कहा—भैया! तुम स्वयं ही सैरन्ध्री से मिलकर उसे मना लो।

कीचक ने अकेले में सैरन्ध्री को घेरा और उसे बड़े-बड़े लालच दिए। सैरन्ध्री बोली—हे सेनापति! मैं पराई स्त्री हूँ, मुझसे ऐसी बात मत कीजिए। मेरे पति महाबली गन्धर्व हैं। वे सदा छिपकर मेरी रक्षा किया करते हैं, अगर वे आपकी यह नीति सुन लेंगे तो आपका अमंगल होगा। लेकिन कीचक न माना। द्रोपदी किसी तरह उसे चकमा देकर भाग आई। क्रोध में आकर कीचक ने तुरन्त अपनी बहन को कहलाया कि अपनी सैरन्ध्री को तुरन्त मेरी सेवा में भेजें, नहीं तो मैं इस राज्य को मिट्टी में मिला दूँगा। रानी बेचारी डर गई। उसने द्रोपदी को कीचक के पास मदिरा की सुराही लेकर जाने की आज्ञा दी। द्रोपदी बेचारी बहुत घबरा गई। उसने रानी की बड़ी-बड़ी चिरौरियाँ कीं, परन्तु रानी ने हुकूमत जताकर उससे कहा—तुम्हें जाना ही पड़ेगा। द्रोपदी बेचारी क्या करती। वह कीचक के महल में मदिरा पात्र पहुँचाने के लिए गई। कीचक उसे देखकर बड़ा प्रसन्न हुआ, परन्तु जैसे ही वह उसे पकड़ने के लिए लपका वैसे ही वह वहाँ से भागी। द्रोपदी ने सोचा, मैं यदि राजा विराट की सेवा में पहुँचकर शरण मागूँगी तो वह मुझे इस संकट से उबार लेंगे। द्रोपदी राजा के कक्ष में भागकर जा पहुँची। क्रोध के मारे कीचक भी उसके पीछे-पीछे राजा के कमरे में जा पहुँचा और द्रोपदी के झोंटे पकड़कर उसे सभा में ही गिरा दिया तथा एक लात मारी। इस समय राजा के पास युधिष्ठिर भी बैठे हुए थे। उनकी

आँखों में खून उतर आया, परन्तु उन्होंने बड़े ही संयम से काम लिया। बेचारी द्रोपदी रो-रोकर राजा से सहायता माँगने लगी। राजा बेचारा खुद कीचक से डरता था, वह क्या बोलता, लेकिन राजा के पास बैठे हुए दूसरे लोगों ने कहा कि वह स्त्री दासी होकर भी कोई शाप भ्रष्टा देवी-सी मालूम पड़ती है, कीचक को इसके साथ इस प्रकार का व्यवहार नहीं करना चाहिए था। युधिष्ठिर ने बहुत समझदारी से काम लेकर इस तरह से समझाया कि राजा विराट भी यह कह उठे कि मैं सोच-समझकर इस बात का फैसला करूँगा, तुम इस समय महल में जाओ। उन्होंने कीचक से कहा—कीचक, इस समय तुम भी जाओ और अपने को शान्त करो। मैं न तुम्हारे साथ अन्याय करूँगा और न सैरन्ध्री के साथ।

लेकिन राज़ा के पास बैठे हुए सभी लोगों को यह विश्वास था कि राजा कीचक की इच्छा के विपरीत कुछ भी नहीं कर सकते, इसी कारण से सब लोग मन-ही-मन में बहुत दुःखी थे। द्रोपदी भी चोट और अपमान से मन-ही-मन तिलमिला रही थी। वह राजा के कमरे से लौटते समय छिपकर रसोई घर में जा पहुँची। उसने भीम को अलग बुलाकर सारा हाल सुनाया। भीम बोले—चिन्ता मत करो, मैं कीचक से तुम्हारा बदला ले लूँगा। तुम एक काम करो—कीचक से जाकर यह कह दो कि कल रात महल की नाट्यशाला में तुम उसे मिलोगी। उसके बाद बाकी काम मैं कर लूँगा।

द्रोपदी ने ऐसा ही किया। द्रोपदी की बात सुनकर कीचक बड़ा ही प्रसन्न हुआ। उसने कहा—मैं कल रात ठीक समय नाट्यशाला में पहुँच जाऊँगा। तुम मुझे अवश्य मिलना।

दूसरे दिन रात में भीमसेन जनानी साड़ी लपेटकर नाट्यशाला में जाकर लेट गए। कीचक शराब पीकर बड़ी मस्ती में झूमता हुआ नाट्यशाला में पहुँचा। उसने अँधेरे में चौकी पर भीमसेन को लेटे देखकर यही समझा कि सैरन्ध्री सोई हुई है। उसने उसे जगाते हुए कहा—प्रिये उठो। तुम सो क्यों रही हो?

भीमसेन धीमे-धीमे खुर्राटे मारते रहे। कीचक ने फिर जगाया, कहा—अरे, मेरी तो जान जा रही है और तुम्हें नींद आ रही है। इस पर जनानी आवाज़ बनाकर भीम बोले—हे प्यारे! तुम्हारी जान अभी कहाँ गई है, वह तो अब जाएगी। यह देखो।

यह कहकर भीम ने कीचक के बाल पकड़कर खूब झंझोड़ा और दनादन लातें मारने लगे। कीचक को चीखने तक का मौका उन्होंने न दिया। उसके हाथ-पैर मरोड़कर तोड़ डाले और उसकी छाती पर इतने मुक्के मारे कि उसकी आँखें निकल पड़ीं और वह मर गया।

दूसरे दिन नाट्यशाला में कीचक की लाश देखकर सब लोग सहम गए। कीचक

के साथियों ने क्रोधित होकर कहा कि सैरन्ध्री के कारण हमारे नेता की जान गई है, इसलिए हम उसे भी कीचक के साथ-ही-साथ चिता पर जला देंगे। लोग सैरन्ध्री को पकड़ने के लिए गए। रानी के महल से उसे खींचकर निकाल ले चले। द्रोपदी बड़ी ज़ोर से चीख रही थी। भीमसेन उसकी चीख सुनकर रुक न सके। उन्होंने शमशान तक तो द्रोपदी को बन्धन में जाने दिया, क्योंकि शहर वालों को वे यह नहीं जतलाना चाहते थे कि वे द्रोपदी की रक्षा करने जा रहे हैं। जब केवल दुष्ट साथी ही रह गए तब उन्होंने एक मोटा-सा पेड़ उखाड़ कर इन दुष्टों पर हमला कर दिया। कीचक के सारे साथी भीम के हाथों मारे गए। भीम ने द्रोपदी के बन्धन खोल दिए और उसे महलों में सकुशल पहुँचाकर आप रसोईघर में चले गए।

कीचक के साथियों का वध सुनकर राजा और प्रजा सबके कलेजे दहल उठे। अब द्रोपदी सबके लिए भय की वस्तु बन गई। हर आदमी उसके गन्धर्व पतियों से घबराने लगा। इस तरह अज्ञातवास के ग्यारह महीने बीत गए।

राजा विराट के साले कीचक और उसके बलवान साथियों की हत्या का समाचार बड़े चमत्कारिक वर्णनों के साथ चारों तरफ फैल गया। त्रिगर्त के राजा सुशर्मा ने कीचक-वध का समाचार पाकर राजा विराट से अपने पुराने बैर का बदला लेने का निश्चय किया। राजा सुशर्मा दुर्योधन के पास आया। उसने दुर्योधन से कहा—महाराज! आप तो जानते हैं कि अपने प्रतापी सेनापति कीचक के बूते पर मत्स्य नरेश विराट ने मुझे कई बार हराया था। अब मैं अपनी पुरानी पराजयों का बदला लेना चाहता हूँ। मैं आपका निष्कपट मित्र और शरणागत रहा हूँ। कौरवगण यदि इस समय मेरी मदद कर दें तो मैं विराट से अपने अपमानों का बदला चुका लूँगा। विराट को हराकर उसके खजाने को हम लोग लूट लेंगे। आपकी धन-सम्पदा बढ़ जाएगी और मैं बदला लेकर शान्ति पा जाऊँगा।

जिस समय यह बातें हो रही थीं, उस समय कर्ण और दुःशासन भी वहीं बैठे हुए थे। राजा सुशर्मा की बात सुनकर कर्ण ने कहा—मित्र सुयोधन! त्रिगर्त नरेश की बात मुझे भाती है। पाण्डवों के न मिलने के कारण हम यह नहीं जानते कि उन्होंने हमसे बदला लेने के लिए अब तक कौन-कौन से साधन जुटा लिये हैं। जो हो, पर यह निश्चित है कि पाण्डव हमसे लड़ने की पूरी तैयारी कर रहे होंगे। इसलिए हमें भी अपनी शक्ति को संगठित करना चाहिए। हमारा राजकोष भी समृद्ध होना चाहिए, जिससे कि हम आवश्यकता पड़ने पर बहुत दिनों तक युद्ध लड़ सकें। मैं समझता हूँ कि भीष्म पितामह, द्रोणाचार्य और महाराज से इस सम्बन्ध में राय लेना उचित होगा।

कर्ण की सलाह को पसन्द करके दुर्योधन ने अपने भाई दुःशासन को भीष्म

आदि गुरुजनों की आज्ञा लेने के लिए भेजा। उन्हें आज्ञा मिल भी गई। दुर्योधन ने अपनी सेना संगठित की और त्रिगर्त नरेश सुशर्मा से कहा कि कृष्ण पक्ष की सप्तमी को तुम पूर्व-दक्षिण दिशा कोणों से विराट के राज्य में प्रवेश करो। अष्टमी के दिन हम लोग भी वहाँ पहुँच जाएँगे।

राजा सुशर्मा ने ऐसा ही किया। उसने राजा विराट के गोपालों और सिपाहियों को अचानक धावा बोलकर मार डाला और विराट की हज़ारों गायें लूट ले गए।

राज्य कर्मचारियों ने राजा विराट की सेवा में जाकर यह सूचना दी।

विराट ने अपने दोनों छोटे भाइयों शतानीक और मदिराक्ष के साथ हाथी, घोड़े, रथ और पैदल सिपाहियों की चतुरंगिणी सेना सुशर्मा से अपनी गायें छीन लाने के लिए भेज दीं। विराट और सुशर्मा की सेनाओं की मुठभेड़ हुई, खूब घमासान लड़ाई लड़ी गई, दोनों ओर के सैकड़ों योद्धा कट गए। लड़ाई में अपना पक्ष कमज़ोर पाते देखकर स्वयं राजा विराट भी अपनी बची-खुची सेना को लेकर युद्ध क्षेत्र में आ पहुँचे। इस दूसरे दिन की लड़ाई में भी सैकड़ों लोग मारे गए, किन्तु आज के युद्ध में भी विराट की सेना को ही भारी मात खानी पड़ी। सबसे कठिन प्रहार तो यह हुआ कि राजा विराट राजा सुशर्मा की पकड़ाई में आ गया।

युधिष्ठिर को यह देखकर बड़ी ही चिन्ता हुई। वे सोचने लगे कि अगर हम लोगों के रहते राजा विराट यूँ अपमानित होंगे तो बहुत बुरा होगा। उन्होंने हिसाब लगाकर देखा उस दिन उनका अज्ञात वर्ष पूरा हो चुका था। यह हिसाब लगाकर युधिष्ठिर निश्चिन्त हो गए। उन्होंने भीम को बुलवाया और कहा—भैया! जिस राजा के राज में हमारे वनवास का कठिनतम समय सकुशल बीता है, उस राजा को बन्दी बनाकर सुशर्मा अपनी राजधानी में न ले जा सके। तुम रास्ते में ही सुशर्मा की सेना को घेर लो।

भीम बोले—अभी लीजिए महाराज, मैं इनकी सेना के छक्के छुड़ाकर अभी राजा विराट को लिये आता हूँ। यह कहकर वे तुरन्त ही सामने लगे एक पेड़ को जड़ समेत उखाड़ने लगे, युधिष्ठिर ने कहा—नहीं भीम अपना यह तमाशा मत दिखलाओ। यह ठीक है कि हमारे अज्ञातवास का समय बीत चुका है, फिर भी शत्रुओं को एकाएक अपना परिचय देना उचित न होगा। धनुष, फरसा, तलवार आदि हथियारों से ही काम लो।

भीम ने ऐसा ही किया। भीम के नेतृत्व में विराट की बची-खुची सेना राजा सुशर्मा से लड़ने के लिए दौड़ पड़ी। भीम ने सुशर्मा की सेना पर एक ओर से हल्ला बोल दिया, फिर मारकाट मचने लगी, परन्तु इस बार विराट की सेना का पलड़ा

भारी था। सुशर्मा का छोटा भाई मारा गया। बहुत से हाथी, घोड़े, रथ और सिपाही तहस-नहस हो गए। सुशर्मा ने देखा कि अरे, हम तो अब जीती बाजी हार रहे हैं तो वह पूरे जोश से भीम पर आक्रमण करने के लिए पलट पड़ा। भीम तो आक्रमण की बाट ही ताक रहे थे। उन्होंने सुशर्मा को पलटते देखकर उसके ऊपर एकदम से हल्ला बोल दिया। सुशर्मा की अंगरक्षक सेना देखते-ही-देखते तहस-नहस हो गई। यही नहीं सुशर्मा का रथ भी टूट गया।

सहदेव और नकुल के साथ विराट के कुँवर भी जोश में आकर युधिष्ठिर की आज्ञा से भीम की सहायता के लिए आगे बढ़े। इस प्रकार विराट सेना अब कुशल सेनापतियों की निगरानी में लड़ती हुई धीरे-धीरे अति प्रबल हो उठी। त्रिगर्त की सेना भेड़-बकरियों की तरह से कटने लगी। इधर भीम ने सीधे जाकर सुशर्मा का ही मुकाबला किया। उसके घोड़ों तथा रथ के सारथी को मार गिराया। राजा विराट सुशर्मा के रथ पर ही बैठे थे। जब उन्होंने अपने पक्ष को प्रबल पड़ते देखा तो उछलकर उसके रथ से कूद पड़े। और सुशर्मा की ही गदा उठाकर वे युद्ध करने लगे।

राजा सुशर्मा घबराकर भागा। भीमसेन ने उसे ललकार कर लौटाया। दोनों में घमासान युद्ध होने लगा, लेकिन भीम के आगे सुशर्मा अधिक देर टिक न सका। भीम के मुक्कों की मार खाकर वह बेहोश हो गया। भीम राजा विराट और सारी गायों को घेरकर ले आए। साथ में वे सुशर्मा को भी बन्दी बनाकर बाँध लाए।

राजा विराट बहुत ही प्रसन्न थे। उन्होंने युधिष्ठिर से कहा—हे ब्राह्मण श्रेष्ठ! आपकी रीति-नीति से ही यह बल्लव, तन्तिपाल आदि वीर योद्धा पहुँच गए और मैं अपनी हारी हुई बाजी जीत गया। मैं आपके प्रति बड़ा ऋणी हूँ। चलिए मैं आपको इसी समय मत्स्य देश का राजा बना दूँ। युधिष्ठिर बोले—हे मत्स्यराज! आपके इन मधुर वचनों से ही मैं सन्तुष्ट हो गया। आप ही अपना राजपाट भोगिए। आपकी छत्र-छाया में हम लोगों ने बड़ा सुख पाया। हम आपका बहुत उपकार मानते हैं। आप अब कृपा करके हरकारों को राजधानी की ओर दौड़ाकर अपनी जीत की शुभ सूचना भिजवा दीजिए। नगर में प्रवेश के समय आपका भव्य स्वागत होना चाहिए। विराट ने ऐसा ही किया। राजधानी में खुशी की लहर दौड़ गई।

कौरवों का आक्रमण

राजा विराट की खुशी अधिक दिनों तक टिक न सकी। योजना के अनुसार कौरव सेना ने भी मत्स्य देश पर आक्रमण कर दिया। वे लोग विराट की 60,000 गायें लूटकर ले गए। विराट नगर में कौरवों के आक्रमण से एकाएक बड़ी हलचल मच गई। त्रिगर्त राजा तो मामूली राजा न था, मगर कौरवों के पराक्रम से सभी घबराते थे। फिर जब यह सुना गया कि कौरवों की सेना के साथ भीष्म, द्रोणाचार्य और कर्ण जैसे महारथी आए हैं तो स्वयं राजा विराट के मन में भी बड़ी खलबली मच गई।

युधिष्ठिर बोले—महाराज! भयभीत न हों। आपके राजकुमार उत्तर ने सुशर्मा के साथ युद्ध करते समय बड़ा हौसला दिखलाया था, इस बार उन्हें ही अपनी सेना का नायक बनाकर भेजें। राजकुमार उत्तर अपनी प्रशंसा सुनकर फूल गए। उसने शेखी में आकर अपने पिता से कहा—हाँ, पिताजी मुझे रणक्षेत्र में जाने की आज्ञा दीजिए। मैं कौरवों का संहार कर डालूँगा। राजा विराट ने आज्ञा दे दी। राजकुमार ने महलों में जाकर अपनी शेखी बघारना आरम्भ कर दिया। राजकुमारी के नृत्य गुरु बृहन्नला ने भी यह बातें सुनीं। उत्तर के मुख से जब उन्होंने यह सुना कि कंक अर्थात युधिष्ठिर ने ही राजा को यह सलाह दी थी तो वे सारी बात का मतलब तुरन्त समझ गए थे। द्रोपदी के पास गए और उससे कहा—वह राजकुमार से बृहन्नला को अपना सारथी बनाकर ले जाने की सिफारिश करे। द्रोपदी ने राजकुमार उत्तर से जाकर बृहन्नला को अपना सारथी बनाने की प्रार्थना की। उत्तर बोला—अरे सैरन्ध्री! यह नचनिया भला मेरी क्या सहायता करेगा। सैरन्ध्री अर्थात द्रोपदी बोली—राजकुमार! इस बृहन्नला ने महाबली अर्जुन के साथ काम किया है। खाण्डव वन पर आक्रमण करते समय अर्जुन ने इस बृहन्नला को अपना सारथी बनाया था। आप इसको कोरा नचनिया न समझिए, अपनी बहन राजकुमारी से कहिए कि किसी तरह से वह बृहन्नला को आपका सारथी बनाने के लिए राजी करा लें।

उत्तर के कहने से बहिन अपने नृत्यगुरु को बुला लाई। पहले तो अर्जुन अपनी ज़बानी लटक-झटक ही दिखलाते रहे, पर जब बहिन ने यह कहा कि मुझे मालूम है कि आपने ही अर्जुन को खाण्डव वन में विजय दिलाई थी, तो वे गम्भीर हो गए। उन्होंने राजकुमार उत्तर का सारथी बनना स्वीकार कर लिया। दूसरे दिन जब राजकुमार युद्ध-क्षेत्र में जाने लगे तो बहन ने तिलक करके उनसे कहा—भैया शत्रुओं के रंगारंग कपड़े मेरे लिए अवश्य लाइएगा, मैं भीष्म, द्रोण, कर्ण, और दुर्योधन जैसे महारथियों के कपड़ों से अपनी गुड़िया बनाऊँगी।

उत्तर ने हँसकर ऐसा करना स्वीकार किया, परन्तु वह रथ पर चढ़कर युद्ध-क्षेत्र में पहुँचा तो बड़े-बड़े महारथियों को देखकर उसे जूड़ी-सी चढ़ आई। वह रथ से कूदकर भागने लगा। उसने कहा—मैं इन महारथियों से नहीं लड़ सकता। मुझे बहुत डर लग रहा है। मैं जाता हूँ। बृहन्नला ने जब राजकुमार को यों भागते देखा तो रथ से उतरकर राजकुमार उत्तर को पकड़ लिया। उर्वशी की दवा का असर उतर चुका था, अर्जुन अब अपने पुराने तेज को पा चुके थे, इसलिए उनके झपटकर उतरने को देख बहुत से कौरवों को शक हो गया कि हो न हो यह सारथी वेशधारी पुरुष शायद अर्जुन ही है।

इधर राजकुमार उत्तर ऐसा घबरा गया था कि अर्जुन के रोके भी न रुक सका। वह बिलख-बिलखकर रोने लगा। अर्जुन ने यह देखकर कहा—अच्छा, मैं तुम्हें लौटाए लिए चलता हूँ। राजकुमार उत्तर को रथ पर बैठाकर अर्जुन सीधे उस शमशान में पहुँचे, जहाँ कि पाण्डवों के हथियार छिपे हुए रखे थे। अर्जुन ने उत्तर से पेड़ पर चढ़कर अपने हथियार उतारने के लिए कहा—अपने हथियारों और गाण्डीव धनुष से सजकर अब कोई और ही पुरुष लगता था। राजकुमार उत्तर ने हाथ जोड़कर कहा—आप मुझे अपना असली परिचय दें। हथियारों से लैस होते हुए अर्जुन ने उत्तर को अपना तथा अपने भाइयों व द्रोपदी का असली परिचय दिया। अर्जुन का नाम सुनते ही उत्तर ने उनके आगे अपना सिर झुका दिया। अब उसे कौरवों का कोई डर नहीं रह गया था।

हथियारों से लैस होकर अर्जुन युद्ध के मैदान में आए। इस समय राजकुमार उत्तर उनका रथ चला रहा था। अर्जुन ने अपना शंख ज़ोर से फूँका। शंख की आवाज़ सुनकर कौरवों को पता चल गया कि विराट की ओर से महाबली अर्जुन ही हमसे लड़ने आए हैं। सारे कौरव खुशी से नाचने लगे और उन्होंने कहा—पाण्डवों का अज्ञातवास खण्डित हो गया। हम उन्हें अब फिर 12 वर्षों के लिए वनवास भेज सकते हैं। यह सुनकर भीष्म पितामह बोले—तुम लोग गलती पर हो, अर्जुन तेरहवें वर्ष में नहीं चौदहवें वर्ष में तुम्हारे सामने आया है, तुम अब पाण्डवों का कुछ भी

नहीं बिगाड़ सकते हो। जाओ युद्ध की तैयारी करो। कर्ण बोला—मैं वर्षों से इस दिन की प्रतीक्षा कर रहा था। आज अर्जुन को लोहे के चने चबाने पड़ेंगे।

भयानक युद्ध छिड़ गया। अर्जुन के गाण्डीव की टनकार सुनकर कौरव-सेना के कलेजे दहल-दहल उठते थे। अर्जुन के बाणों ने शत्रुओं की सेना में हाहाकार मचा दिया था। कर्ण हारकर भागा। द्रोणाचार्य, भीष्म आदि के सारथी और घोड़े अर्जुन के बाणों से तहस-नहस हुए। कृपाचार्य, द्रोणाचार्य, दुःशासन एक-एक करके सभी मैदान छोड़कर भाग निकले। अपनी सेना के हौसले को पस्त होते देखकर सब महारथियों ने मिलकर अर्जुन से यह युद्ध किया, परन्तु उसमें भी उन्हें करारी मात खानी पड़ी। अर्जुन अपने दादा, गुरु, और भाइयों को मारना नहीं चाहता था। वह उन्हें बन्दी बनाकर विराट राजा के दरबार में भी नहीं ले जाना चाहता था, इसलिए अर्जुन ने अपने गाण्डीव पर चढ़ाकर बेहोश करने वाले अनोखे तीरों की वर्षा आरम्भ कर दी। बाणों की सम्मोहन फलक से खुलकर कोई औषधि हवा में मिल जाती थी और लोग बेहोश हो जाते थे। सारी कौरव सेना बेहोश हो गई। अर्जुन ने उत्तर से कहा—जाओ और कौरवों के कपड़े उतार लाओ। लेकिन खबरदार भीष्म पितामह, द्रोणाचार्य, कृपाचार्य आदि के शरीर पर हाथ न लगाना, वे लोग मेरे पूज्य हैं।

राजकुमार उत्तर की इस विजय के समाचार राजधानी में पहुँच गए। सब लोग खुशियाँ मनाने लगे। राजा विराट युधिष्ठिर के साथ बैठे हुए चौसर खेल रहे थे। उन्होंने खेलते-खेलते बड़े गर्व से कहा—देखा कंक, मेरे बेटे ने आज प्रतापी कौरवों को हरा दिया।

युधिष्ठिर बोले—महाराज! बृहन्नला की चतुराई से ही यह युद्ध जीता गया।

राजा विराट को यह सुनकर बुरा लगा। उन्होंने फिर अपनी बात दोहराई। युधिष्ठिर ने फिर कहा कि बृहन्नला की कला से ही यह युद्ध जीता गया। बार-बार यह बात सुनकर राजा विराट को क्रोध आ गया। उन्होंने—अपने हाथ का पाँसा उठाकर युधिष्ठिर के मुँह पर खींच मारा। युधिष्ठिर की नाक से खून बहने लगा द्रोपदी संयोग से उस समय महाराज को यह सूचना देने आई थी कि राजकुमार उत्तर और बृहन्नला द्वार पर आ गए हैं। परन्तु द्रोपदी ने जब युधिष्ठिर की नाक से खून बहते देखा तो झट से एक कटोरा लेकर इस लहू को धरती पर गिरने से रोक लिया। वह विराट से बोली—महाराज! बृहन्नला इनका लहू बहता देख न पाएँ, नहीं तो क्रोध में आकर वे आपका अमंगल कर डालेंगे। युधिष्ठिर ने भी झटपट अपनी नाक का लहू साफ कर लिया। इतने में ही राजकुमार भी बृहन्नला के साथ दरबार में आ गए। राजकुमार से सारी बातें सुनकर तथा पाण्डवों का असली परिचय पाकर राजा विराट अचम्भे में आ गए। उन्होंने युधिष्ठिर से क्षमा माँगी। युधिष्ठिर बोले—हम लोग आपके उपकारों

को भुला नहीं सकते। आपने जो अपराध किया, वह अनजाने में किया है।

विराट बोले—मैं इसका प्रायश्चित करना चाहता हूँ। धर्मराज मैं चाहता हूँ कि अपनी बेटी का विवाह महाबली अर्जुन के साथ कर दूँ।

अर्जुन बोले—नहीं महाराज! उत्तरा मेरी बेटी के बराबर है।

युधिष्ठिर ने कहा—अर्जुन ठीक कहते हैं मत्स्य नरेश, पर हम आपके इस उत्तम प्रस्ताव को अवश्य स्वीकार करेंगे। हम दोनों के कुलों को घनिष्ट सम्बन्ध में बँधना चाहिए, यह मैं भी मानता हूँ। मैं अर्जुन के बेटे अभिमन्यु के लिए आपकी बेटी उत्तरा का सम्बन्ध स्वीकार करता हूँ।

इस प्रकार पाण्डवों के लिए हँसी-खुशी के दिन आ गए। श्रीकृष्ण को सूचना दी गई कि सुभद्रा अभिमन्यु के साथ विराट नगर पहुँचकर पाण्डवों से मिलें। और विराट नगर की प्रजा तो यह जानकर खुशी से बावली हो उठी कि प्रतापी पाण्डवों ने अज्ञातवास का वर्ष उनके साथ बिताया था। सारा विराट नगर नाच-रंग और अभिमन्यु-उत्तरा के विवाह की तैयारियों में मगन हो गया।

अभिमन्यु का विवाह

विराट नगर में उत्तरा-अभिमन्यु का विवाह हो रहा है। मुख्य मण्डप में समधी लोग बैठे हैं। द्वारका से अभिमन्यु के मामा श्रीकृष्ण और बलदेव जी पधारे हैं। यों तो अभिमन्यु के नाना वसुदेव जी हैं, पर शायद वे बुढ़ापे के कारण लम्बी यात्रा नहीं कर सकते इसलिए नहीं आए। खैर वे न सही परन्तु अभिमन्यु की सौतेली माँ द्रोपदी के पिता महाराज द्रुपद भी अभिमन्यु के सगे नाना के समान ही थे, और घर के बड़े-बूढ़े की तरह वे यहाँ मौजूद हैं। बड़ी खातिरदारियाँ हो रही हैं और सब लोग सब तरह से बड़े सुख में बैठे हुए आपस में बात कर रहे हैं। धर्मराज युधिष्ठिर बोले—अभिमन्यु के ननिहाली लोग तो यहाँ सब मौजूद हैं, लेकिन दादा के घर के

लोग नहीं आए, इसका मुझे बड़ा दुःख है। भगवान की दया से अभिमन्यु के परदादा, हमारे भीष्म पितामह जीवित हैं, विदुर जी हैं, हमारे धृतराष्ट्र चाचा और कौरव भाई लोग हैं, मगर आपसी वैर-फूट के कारण आज उनमें से यहाँ कोई उपस्थित नहीं है।

जब यह बात छिड़ी तो फिर आगे-पीछे की सभी बातें सामने आने लगीं। महाराज द्रुपद ने अपने दामाद युधिष्ठिर जी से पूछा—अज्ञातवास का वर्ष भी पूरा हो गया, धर्मराज अब आगे के लिए आप लोगों का क्या विचार है? कहाँ रहेंगे, राजपाट कैसे पाएँगे, इन सब बातों पर आप लोगों ने कुछ-न-कुछ विचार तो किया ही होगा।

युधिष्ठिर बोले—मान्यवर, हमने कुछ सोचा तो अवश्य है, पर अभी कोई निर्णय नहीं ले सके। हम यह चाहते हैं कि अपनी बात कहने से पहले एक दिन आप लोगों के विचार सुनें। ब्याह के बहाने सभी सगे-सम्बन्धी मित्र राजे-महाराजे यहाँ आए हुए हैं। सबसे बड़ी बात यह है कि आप और श्रीकृष्ण जी यहाँ मौजूद हैं, इसलिए मेरा निवेदन यह है कि आप भाई कृष्ण से सलाह करके कल किसी समय एक गुप्त विचार गोष्ठी कर लें। आप लोगों की बातों में हम पाण्डव भाइयों के मनों की सभी बातें निश्चयपूर्वक आ जाएँगी, और यदि कोई रह गई, तो उसे मैं विचार करने के लिए आप लोगों के सम्मुख कह दूँगा।

महाराज द्रुपद ने श्रीकृष्ण से धीरे-धीरे बातें कीं और उनकी सहमति से दूसरे दिन दोपहर बाद राजा विराट के महल में किसी सुरक्षित स्थान पर बैठकर वह गुप्त गोष्ठी करने की बात पक्की हो गई।

ब्याह के बाद बड़ी भारी जेवनार हुई। समधियों को सोने के थालों और हीरे-जवाहरात जड़ी कटोरियों में छप्पन भोग परोसे गए। जो लोग मांस खाने वाले थे, उनके लिए तरह-तरह के मांसाहारी भोजन थे और जो लोग शाकाहारी थे, उनके लिए भी तरह-तरह की स्वादिष्ट सामग्रियाँ बनी थीं। पुराने लोग खाने में बड़े धाकड़ होते थे। सबने खूब डटकर भोजन किया, लेकिन सबसे ज़्यादा मज़ा तो अभिमन्यु के मँझले ताऊ महाबली भीम के खाने में आया। अपने दुःख के दिनों में चूँकि वे अपने समधी के महलों में रसोइये का काम कर चुके थे, इसलिए पहले तो वह संकोच करते रहे, लेकिन जब श्रीकृष्ण, बलदेव, सात्यकि आदि सब भाई-बन्धु हँसी-हँसी में ललकारने लगे तब उन्हें भी जोश आ गया। श्रीकृष्ण ने कहा—भीम भैय्या बड़े पेटू बनते हो, ज़रा समधी के यहाँ अपनी करामात दिखाओ तो हम लोग भी देखें।

सुनकर सब लोग हँस पड़े। राजा विराट तुरन्त भीम के पास जा पहुँचे और हाथ जोड़कर कहा—समधी जी, आपके भाइयों ने तो आपको भोजन करते देखा है पर मुझे कभी ऐसा मौका नहीं मिला। मैंने यह भी सुना है कि कुछ राक्षसों के लिए

बनाया गया छकड़ा-भर भोजन आप अकेले ही चटकर गए थे। हमको यह बात सुनकर विश्वास नहीं हुआ था। क्या सचमुच आप इतना भोजन कर सकते हैं?

सुनकर भीम अपनी कमर का फेंटा ढीला करके तनकर बैठ गए और कहा कि लाइए, क्या-क्या माल खिलाना चाहते हैं मुझे? लड्डू, कचौड़ियों और माल-पुआ के डले-के-डले आने लगे और भीम दनादन उन्हें अपने पेट के खजाने में डालने लगे। दूसरे लोगों की भूख तो उनका खाना देखकर ही मिट गई। खूब हँसी-मजाक रहा।

दूसरे दिन महाराज विराट के गुप्त मन्त्रणा गृह में आठ-दस बड़े-बड़े राजे-महाराजे इकट्ठे हुए। कमरे के चारों ओर कड़ा पहरा लगा दिया गया जिससे कि कोई बाहर वाला उनकी बातें सुनने के लिए आस-पास छिपकर खड़ा न हो सके। श्रीकृष्ण ने सबसे कहा—भाइयो, हमने यह माना कि धर्मराज से जुआ खेलने की चूक हुई थी, परन्तु उसके लिए उन्होंने अपने भाइयों और द्रोपदी के साथ बहुत दुःख भोग लिये। बारह वर्ष जंगलों में भटकते हुए बिताए। तेरहवें वर्ष में अज्ञातवास की शर्त भी उन्होंने सफलतापूर्वक पूरी की। अब हम समझते हैं कि हस्तिनापुर वालों से यह कहा जाए कि कम-से-कम इनका आधा राजपाट वे लौटा दें। आपस का मामला है, दोनों ही अपने सगे-सम्बन्धी हैं, इसलिए हम सबको मिलकर अब इस झगड़े को समाप्त करा ही देना चाहिए।

बलदेव जी बोले—मैं कृष्ण की बातों से सहमत हूँ। मैं समझता हूँ कि किसी बुद्धिमान और नीति कुशल आदमी को हस्तिनापुर के दरबार में भेजकर हमें भीष्म जी तथा महाराज धृतराष्ट्र को यह सन्देश भेजना चाहिए कि युधिष्ठिर से बड़ी चूक हुई। वह जुआ खेलने में कच्चे थे, फिर भी शकुनि जैसे धूर्त के साथ खेलने बैठ गए, मगर उनकी इस नादानी को बड़े लोग क्षमा करें और अपना प्रभाव डालकर सुयोधन से युधिष्ठिर का राज्य इन्हें दिलवा दें।

सात्यकि यह सुनकर तप गए। बोले—आप लोग युधिष्ठिर महाराज को अपराधी क्यों सिद्ध कर रहे हैं? इस तरह गिड़गिड़ाने की आवश्यकता ही क्या है। धर्मराज युधिष्ठिर ने कोई अपराध नहीं किया। लड़ाई और जुए के लिए बुलावा पाने पर जाना क्षत्रियों का धर्म है। दुष्टता तो शकुनि और दुर्योधन आदि ने की है। उन्होंने दो-दो बार न्यौते भेजकर पाण्डवों को अपने घर बुलवाया और इन बेचारों को छल-कपट करके लूट लिया। मेरा प्रस्ताव है कि हमें सीधे-सीधे यह धमकी देनी चाहिए कि यदि हस्तिनापुर के दरबार से पाण्डवों को न्याय न मिला तो हम, उनके सगे-सम्बन्धी लोग मिलकर उन्हें न्याय दिलाने के लिए लोहे से लोहा बजाने को हर समय तैयार हैं।

श्रीकृष्ण गर्मागर्मी का वातावरण अभी तैयार नहीं करना चाहते थे। उन्होंने कहा–मैं समझता हूँ कि हमें अभी तनाव की स्थिति उत्पन्न नहीं करनी चाहिए। महाराज द्रुपद हम सबमें बड़े और हमारे पिता के समान पूज्य हैं। वे ही सब बातों का विचार करके कोई निर्णय ले लें तो उचित होगा। अभिमन्यु के विवाह के बहाने हम सब लोग यहाँ इकट्ठे हुए। दुःख और चिन्ता के बुरे दिनों के बाद यह सुख का दिन पाया जो हमने बहाने से बैठकर यह आवश्यक बात भी यहाँ पर छेड़ ली। आज की सभा का मतलब केवल इतना ही है कि हम लोग अब इस दिशा में अपना मन तैयार करना आरम्भ करें। लोहे से लोहा बजाने का हौसला रखना अच्छी बात है, लेकिन उसके लिए अनुकूल अवसर पर ही हमें आगे कदम बढ़ाना चाहिए। इस बात पर, मैं समझता हूँ कि हम सभी एक मत होंगे।

श्रीकृष्ण की बात सबने मानी। एकाएक युद्ध की चुनौती देना किसी को भी उचित नहीं लगा। परन्तु नौजवान सात्यकि यादव अपनी इस बात पर अड़ा ही रहा कि हस्तिनापुर जाने वाले दूत को महाराज युधिष्ठिर का दोष नहीं दर्शाना चाहिए। जब सात्यकि फिर से तेज पड़ने लगे तो श्रीकृष्ण ने कहा–हे सात्यकि, पहले यह बात समझ लो कि हस्तिनापुर के दरबार में इस काम के लिए न तो यादवों की ओर से ही दूत भेजना उचित होगा, और न पाण्डवों या राजा विराट की ओर से ही। राजा विराट से उनकी अभी ही लड़ाई हो चुकी है और पाण्डवों की बात वे सुनेंगे नहीं। हमारे लिए भी दूत भेजना कठिन है, क्योंकि दुर्योधन कहेगा कि यादव लोग जैसे पाण्डवों के सम्बन्धी हैं वैसे ही हमारे भी हैं, फिर वे हमारे बीच में एक का पक्ष लेकर क्यों कूदते हैं। इसलिए मेरी राय में महाराज द्रुपद को ही दूत भेजना चाहिए। द्रोणाचार्य जी इनके सहपाठी रहे हैं। कृपाचार्य जी इन्हें बहुत मानते हैं। भीष्म पितामह के मन में समधी के नाते द्रुपद महाराज के लिए प्रेम और आदर भाव है। इनकी बातों का प्रभाव कुछ दूसरा ही पड़ेगा।

सबने श्रीकृष्ण की बातों को सराहा। महाराज द्रुपद बोले–आप सबकी राय से मैं सहमत हूँ। यहाँ से जाने के बाद उचित समय देखकर पुरोहित जी को हस्तिनापुर भेजूँगा।

बात पक्की हो गई। समधी के घर से विदा लेकर लोग-बाग अपने-अपने घरों को चले गए। महाराज द्रुपद भी बहू को विदा कराके अपने दामादों और संग-संगातियों को लेकर अपनी राजधानी गए और वहाँ सबको बड़ी खातिरदारी से रखा। उन्होंने चतुर राजनीतिज्ञ की तरह हस्तिनापुर दरबार में अपने पुरोहित जी को भेजने से पहले अपने सुयोग्य और नीति कुशल मन्त्रियों के साथ बैठकर विचार किया। यह तय किया कि पहले देश-विदेश के मित्र राजों का मनोबल अपने हित में संगठित करके,

फिर अपनी शक्ति तौलकर हस्तिनापुर दरबार में अपना दूत भेजना चाहिए। इसी नीति के अनुसार दूसरे राजा-महाराजाओं के यहाँ सहायता पाने के लिए चतुर दूतों को रवाना किया गया। जब चारों ओर से हौसला मिलने लगा तो महाराज द्रुपद ने अपने पुरोहित जी को बुलाकर कहा—पूज्यवर, अच्छा मुहूर्त देखकर अब आप हस्तिनापुर जाएँ। किन्तु आप राजा धृतराष्ट्र से मिलने जाने के पहले महात्मा विदुर, द्रोणाचार्य, भीष्म पितामह और कौरवकुल के दूसरे बड़े-बूढ़ों से मिलें। पहले उन्हें अपने मत में मिलाइए बाद में राजा के सामने दरबार में यह बात कहें।

महाराज द्रुपद ने सब तरह से सोच-विचार कर अपनी चालें चलीं। उन्होंने अर्जुन से कहा कि यों तो श्रीकृष्ण आदि यादवगण हमारे साथ हैं पर तुम्हें स्वयं जाकर उनकी सहायता माँगनी चाहिए। अर्जुन उनकी बात मानकर द्वारका की ओर चल दिए।

जब पाण्डवों की ओर से यह राजनीतिक चालें चली जा रही थीं, तब दुर्योधन भी चुप नहीं बैठा था। उसने भी दूर-दूर के राजे-महाराजों के पास सहायता पाने के लिए अपने भाइयों और चतुर मन्त्रियों को भेजना आरम्भ किया। उन दिनों आर्य और शक राजे-महाराजों की सीमा आज के भारतवर्ष के नक्शे से कहीं अधिक दूर ठेठ ईरान, इराक, तुर्किस्तान, अजरबैजान आदि देशों तक फैली हुई थी। बगदाद शहर उन दिनों भगदात या भगदत्त कहलाता था। अफगानिस्तान की आधुनिक स्वात नदी के आस-पास फैला हुआ सुवास्तु देश कहलाता था। आधुनिक कम्बोह पुराना काम्बोज था। आधुनिक बल्ख पुराना बाल्हीक देश, सीस्तान यानी पुराना शकस्थान आदि मध्य एशिया का बहुत बड़ा क्षेत्र व्यावसायिक और धार्मिक रूप से हमारे साथ ही जुड़ा हुआ था। आधुनिक कन्दहार पुराना गान्धार अर्थात् दुर्योधन के नाना का देश था। इसलिए दुर्योधन ने गान्धार, बाल्हीक, शक-स्थान, सुवास्तु, भगदत्त और यवन द्वीप आदि के राजे-महाराजों के पास अपने दूत भेजे। वे उनके लिए बड़ी मूल्यवान भेंट भी अपने साथ ले गए। कौरव और पाण्डव दूर-दूर के राजे-महाराजों को अपने-अपने पक्ष में करने के लिए जी-जान से दौड़-धूप करने लगे। दोनों ओर के चतुर जासूस इस बात की टोह में लगे थे कि कौन किसकी सहायता लेने जा रहा है। दुर्योधन को जब यह पता चला कि अर्जुन द्वारका जा रहे हैं तो वह भी चटपट तेज घोड़े पर सवार होकर द्वारका के लिए चल दिया। दोनों ही लगभग साथ-साथ वहाँ पहुँचे। बल्कि सच तो यह है कि दुर्योधन अर्जुन से कुछ पहले द्वारका पहुँच गया। श्रीकृष्ण को भी अपने जासूसों से दोनों के आने की बात पहले ही मालूम हो गई थी। जब उन्होंने सुना कि दुर्योधन पहले पहुँच रहा है तो उन्होंने चट से अपनी नीति विचार ली। दोपहर का समय था, वे सोने चले गए। नौकरों से कहा कि दुर्योधन अगर आते ही उनसे मिलने का हठ करे तो मेरे कमरे में ले आना और मेरे सिरहाने के पास कुर्सी रखकर उन्हें बैठा देना। नौकरों ने ऐसा ही किया। दुर्योधन

सिरहाने के पास बैठ गए और श्रीकृष्ण जी के जागने की प्रतीक्षा करने लगे। इतने ही में अर्जुन भी वहाँ पहुँच गए। नौकर लोग जब तक उनके लिए कुर्सी लाएँ तब तक वह श्रीकृष्ण के पलँग पर पैताने की ओर चुपके से बैठ गए। श्रीकृष्ण ने अपना राजनीतिक नाटक पूरा करके अब आँखें खोलीं। पहले अर्जुन ही दिखाई दिए। श्रीकृष्ण मुस्कराकर बोले—कहो भाई कैसे आए?

दुर्योधन ने सोचा कि अर्जुन कहीं अपनी बात कहना आरम्भ न कर दे, इसलिए हड़बड़ाकर बोल पड़ा—हे कृष्ण, मैं भी यहाँ बैठा हूँ, बल्कि मैं पहले ही तुमसे सहायता माँगने के लिए यहाँ आ पहुँचा था।

दुर्योधन श्रीकृष्ण से बड़े थे, इसलिए उन्होंने हाथ जोड़कर कहा—क्षमा कीजिएगा भाई साहब, मैंने आपको नहीं देखा था। खैर अब मैं जान गया, आप दोनों मेरे पास सहायता माँगने के लिए आए हैं। मैं आप दोनों को सहायता दूँगा। मेरे पास दो चीज़ें हैं एक तो मेरी शक्तिशाली नारायणी सेना है और दूसरे मैं स्वयं हूँ। मेरी सेना जिसके साथ जाएगी उसी की होकर लड़ेगी, मगर मैं जिस पक्ष में जाऊँगा उसके लिए और चाहे जो काम करूँ पर हथियार नहीं उठाऊँगा। अब आप दोनों आपस में यह तय कर लें कि किसे क्या चाहिए। अर्जुन चूँकि आपसे आयु में छोटा है और चूँकि पहले उसी पर मेरी दृष्टि गई, इसलिए मैं अर्जुन से ही पूछूँगा कि उन्हें क्या चाहिए?

दुर्योधन का दिल धड़धड़ा उठा कि अर्जुन कहीं सेना न माँग ले। मगर अर्जुन दुर्योधन से अधिक चतुर था। उसने कहा—हे केशव, मैं तुम्हें चाहता हूँ। तुम भले निहत्थे रहो, पर मेरे सारथी बन जाना।

अर्जुन की माँग सुनकर दुर्योधन बहुत प्रसन्न हुआ। यादवों की नारायणी सेना परम शक्तिशाली थी। उसे पाकर दुर्योधन को लगा कि उसकी जीत अब निश्चित हो गई है। वह बेचारा यह नहीं जानता था कि जिस पक्ष में धर्म और श्रीकृष्ण होते हैं, जीत उसी की होती है।

शल्य का स्वागत

नकुल और सहदेव के मामा शल्य अपने बड़े भांजे युधिष्ठिर का सन्देशा पाकर उनसे मिलने के लिए चल पड़े। दुर्योधन ने सुना कि मद्रराज शल्य अपने भांजे युधिष्ठिर की सहायता के लिए आ रहे हैं। दुर्योधन ने सोचा कि इन्हें किसी तरह से अपने पक्ष में करना चाहिए। आर्यों की मद्र शाखा का प्रताप दुर्योधन भली-भाँति जानता था। मद्रों ने एक समय में मध्य एशिया के अनेक राज्यों, तुर्किस्तान, ईरान से लेकर अरब, सिन्धु, पंजाब, दक्षिणावर्त आदि देशों को जीत लिया था। आधुनिक मिस्र देश का सही नाम भी मद्र देश ही है। यह भी कहा जाता है कि प्रसिद्ध सुलेमान पर्वत का असली नाम शल्यमान पर्वत है।

ऐसे प्रतापी मद्रराज शल्य को अपनी ओर मिलाने के लिए छली दुर्योधन भला क्यों न प्रयत्न करता। उसने एक तरकीब की, महाराज शल्य के आने वाले रास्ते में उसने जगह-जगह खातिरदारी की बड़ी उत्तम व्यवस्था की। राजा शल्य जैसे ही किसी पड़ाव पर पहुँचते वैसे ही उनका भव्य स्वागत होने लगता। नाच-गाने, बढ़िया-बढ़िया भोजन, तरह-तरह के मनोरंजक खेल-तमाशों आदि की बड़ी ही अच्छी व्यवस्था की गई थी। मद्र नरेश इस खातिरदारी से बहुत प्रसन्न हुए। उनका यही अनुमान था कि सारा प्रबन्ध पाण्डवों की ओर से हो रहा है। कुरुक्षेत्र की सीमा में जब वह पहुँचे तब उनकी खातिरदारियों में और अधिक वृद्धि हो गई। खुद दुर्योधन भी वहाँ छिपकर पहुँच गया था। ऐसी सेवाओं से प्रसन्न होकर महाराज शल्य ने व्यवस्थापक से कहा—मेरे भांजे युधिष्ठिर को कहला दो कि मैं उनकी व्यवस्था से बहुत ही सन्तुष्ट हुआ हूँ।

व्यवस्थापक हाथ जोड़कर बोला—धर्मावतार, आपकी सेवा के लिए यह व्यवस्था युवराज दुर्योधन की ओर से हुई है, और वह स्वयं भी आपकी सेवा में उपस्थित हैं। यह सुनकर शल्य को लगा कि वह ठग लिये गए। पर जो बात मुख से निकल

गई सो निकल गई। उन्होंने दुर्योधन को बुलाकर कहा—हे दुर्योधन, तुमने मेरे नीतिवान भांजों को बहुत सताया है। मैं तो तुम्हें दण्ड देने के लिए यहाँ आया था। पर तुमने बड़ी चालाकी से मुझे सन्तुष्ट कर लिया है। मैं अब तुम्हारा अनिष्ट नहीं कर सकता। बोलो तुम क्या चाहते हो।

दुर्योधन हाथ जोड़कर बड़े ही मीठे ढंग से बोला—हे मामा! आप जैसे पाण्डवों के मामा हैं, वैसे ही हमारे भी हैं। भाइयों-भाइयों का झगड़ा है। इसलिए आपको चाहिए कि आप कौरवों और पाण्डवों को समान दृष्टि से देखें। यदि आप प्रसन्न हैं तो मुझे यह वर दें कि आप अपनी सेना के साथ मेरे पक्ष में रहकर पाण्डवों से लड़ेंगे।

बेचारे मद्रराज शल्य क्या करते। वे वचन हार चुके थे। उन्होंने कहा—हे दुर्योधन! जैसा तुम कहते हो वैसा ही होगा, किन्तु तुम्हारे यहाँ आने के पहले मैं एक बार पाण्डवों से मिलने के लिए अवश्य जाऊँगा।

महाराज शल्य दुर्योधन को वचन देकर पाण्डवों से मिलने के लिए गए। जासूसों ने धर्मराज को पहले ही सूचना भेज दी थी। धर्मराज ने अपने सौतेले मामा की अगवानी करके तथा तरह-तरह से उनकी खातिरदारी करके पूछा—रास्ते में आपको कोई कष्ट तो नहीं हुआ मामा?

हाँ, एक कष्ट अवश्य हुआ। मैं तुम्हारा प्रिय करने के लिए यहाँ आ रहा था, किन्तु दुर्योधन ने अनायास ही मेरा मन जीत लिया और मैंने उसे अपने सहयोग का वचन भी दे दिया है। मुझे बस इसी बात का बड़ा दुःख है। पर क्या करता। दिया हुआ वचन तो लौटा नहीं सकता था।

युधिष्ठिर बोले—खैर, मामा, जो हो गया सो हो गया, अब आगे की सुधि लीजिए। आप अभी हमारे लिए बड़े उपयोगी सिद्ध हो सकते हैं।

मैं किस प्रकार से उपयोगी हो सकता हूँ?

युधिष्ठिर बोले—जब कर्ण और अर्जुन का युद्ध हो तो आप कर्ण के सारथी बनकर मैदान में आइएगा। उस समय जहाँ तक बने आप कर्ण को बराबर निस्तेज करते रहिएगा। यदि आपने हम पर इतनी कृपा कर दी तो अर्जुन निश्चय ही आपके इस सहयोग से जय-लाभ करेंगे। शल्य ने युधिष्ठिर को ऐसा करने के लिए वचन दे दिया।

युद्ध की तैयारियाँ ज़ोर-शोर से होने लगीं। दोनों ओर सहायता करने के लिए इतनी सेनाएँ आ गई थीं कि करीब-करीब पूरा उत्तर भारत उनसे घिर गया। आधुनिक पंजाब, काँगड़ा और राजस्थान तक की भूमि दोनों पक्षों के लिए आई हुई सेनाओं

से पट गईं। हस्तिनापुर के कुरुक्षेत्र या पानीपत नामक मैदान में तो एक राजा की भी सेना नहीं खड़ी हो सकती थी। इसलिए जिस महाभारत युद्ध को जो केवल कुरुक्षेत्र में हुआ माना जाता है वह एक तरह से गलत है। कुरुक्षेत्र तो केवल एक युद्धभूमि थी। पंजाब, कुरुजांगल यानी आधुनिक खुर्जा, रोहतक बन यानी आधुनिक रोहतक, अहिछत्र अर्थात् बरेली, कालकूट अर्थात् देहरादून और मरुभूमि यानी राजस्थान तक जगह-जगह युद्ध के मोर्चे बँधने लगे।

जब यहाँ तक तैयारी हो गई तो द्रुपद राजा के पुरोहित महाराज हस्तिनापुर आ पहुँचे। उन्होंने एक-एक करके विदुर, द्रोणाचार्य, भीष्म पितामह आदि से बातें कीं। सबने अपने-अपने शब्दों में एक ही बात कही कि हठी दुर्योधन युद्ध किए बिना नहीं मानेगा। जब किसी का विनाश काल आ जाता है तो उसकी बुद्धि भी विपरीत हो जाती है।

हस्तिनापुर में आए दिन गली-गली में युद्ध ही की बातें हुआ करती थीं। राजा के भय से गरीब प्रजा-जन, उजागर में भले ही कुछ न कहते हों, पर आपस में गुप-चुप ढंग से सब लोग दुर्योधन आदि की निन्दा ही किया करते थे। जैसे-जैसे नयी सेनाओं के आगमन की सूचना मिलती चलती थी वैसे-वैसे ही लोगों का भय भी क्रमशः बढ़ता जा रहा था। द्रुपद महाराज के नीति कुशल पुरोहित ने जब कौरव दरबार के बड़े-बूढ़ों की सहानुभूति पाण्डवों के प्रति भलीभाँति जगा ली तब उन्होंने धृतराष्ट्र महाराज से मिलने की योजना बनाई। महाराज धृतराष्ट्र तब तक अपने दरबार के अनेक प्रतिष्ठित पुरुषों से यह सलाह पा चुके थे कि इस युद्ध को किसी प्रकार से रोकना चाहिए। परन्तु वे विवश थे। दुर्योधन उनकी एक नहीं सुन रहा था। पुरोहित जी ने धृतराष्ट्र से कहा—हे महाराज, घर की फूट से बढ़कर बुरी बात और कुछ भी नहीं होती। जिस प्रकार आपकी आज्ञा लेकर दुर्योधन ने पाण्डवों को दो बार जुआ खेलने के लिए बुलाया, महारानी द्रोपदी का अपमान किया और शकुनि से जालसाजी कराके युधिष्ठिर को जुए में हराया, उससे वैर और फूट के सिवाय और कोई भावना उत्पन्न ही नहीं हो सकती थी। हे महाराज! पिछले तेरह वर्षों में पाण्डवों ने बड़े-बड़े कष्ट सहे हैं। इससे आपके राजकुमारों के प्रति उनमें, विशेष रूप से भीम और अर्जुन के मनों में बड़ी कटुता उत्पन्न हो गई है। अपने इन दोनों भतीजों के क्रोध और पराक्रम को आप अच्छी तरह से जानते हैं। इसलिए मेरी यह प्रार्थना है कि सब बातों का विचार करके आप पाण्डवों को कम-से-कम उनका आधा राज्य दिलवा दें। यदि ऐसा न किया गया तो फिर महानाश के सिवाय और कोई दूसरा रास्ता ही नहीं बचेगा।

महाराज धृतराष्ट्र भीम और अर्जुन के पराक्रम को जानते थे। वे यह भी जानते

थे कि उनके लड़कों में एक भी ऐसा नहीं है जो भीम और अर्जुन से टक्कर ले सके। यह सब सोचकर वे घबरा उठे। महाराज धृतराष्ट्र के मन में घबराहट तो अवश्य उत्पन्न हो गई थी, किन्तु एक जगह पर उनका मन बेटों के समान ही ओछा था। उन्हें रह-रहकर यही डाह पैदा होती थी कि अगर मैं अन्धा न होता तो मेरे छोटे भाई स्व. पाण्डु को कभी राजा न बनाया जाता और मेरे बाद मेरा बेटा दुर्योधन ही हस्तिनापुर का राजा होता। इस तरह से सोचते हुए वे अपने मन में एक जगह यह विश्वास करने लगे थे कि दुर्योधन ने चाहे जैसे भी पाण्डवों का राज्य ले लिया हो दरअसल, वह न्याय ही है। मेरे छोटे भाई के लड़कों को अलग से कोई राज्य नहीं मिलना चाहिए, लेकिन ऊपर से वह यह बातें कह नहीं पाते थे।

गान्धारी अपने पति को समझाने आई। पत्नी की बातें सुनकर महाराज धृतराष्ट्र मुँह फुलाकर बोले—मुझसे क्यों कहती हो, अपने बेटों से कहो। अपने पति का यह रुख देखकर गान्धारी बेचारी क्या कहती, चुप ही रही। इतने में ही महर्षि वेदव्यास जी के आने की सूचना मिली। सुनकर महाराज भीतर-ही-भीतर कुड़मुड़ा उठे, सोचने लगे कि यह बूढ़ा ऋषि भी आकर मेरे बेटों की ही निन्दा करेगा। उन्हें लगता था कि भीष्म, विदुर तथा व्यास जी जैसे सारे भले और पूज्य लोगों ने उनके प्यारे बेटों के लिए मानो एक षड्यन्त्र रच लिया है। ऐसी उल्टी मति की बातें सोच-सोचकर धृतराष्ट्र मन-ही-मन में सबसे कुढ़ रहे थे। व्यास जी आए तो जैसी धृतराष्ट्र को आशंका थी वैसी ही बातें हुईं। धृतराष्ट्र ने मुख में राम बगल में छुरी, वाली नीति अपनाकर व्यास जी से कहा—महर्षि, मैं अन्धा-लाचार भला कर ही क्या सकता हूँ। लड़के मेरा कहना नहीं मान रहे हैं। उन्हें आप ही समझाकर देखिए।

व्यास जी गान्धारी और धृतराष्ट्र के सामने ही दुर्योधन को बुलाकर तरह-तरह से समझाया, किन्तु वह न माना। उसने कहा—हार-जीत का फैसला चाहे लड़ाई के मैदान में हो चाहे जुए के फड़ पर, बात एक ही है। युधिष्ठिर अपना राज-पाट हार चुके हैं, वह अब मेरा है। उस राज्य को जो मुझसे माँगता है वह अन्यायी है और मैं अन्यायियों से किसी प्रकार भी समझौता करने के लिए तैयार नहीं हूँ।

इस तरह समझौते की बात समाप्त हो गई। महाराज द्रुपद के पुरोहित निराश और असफल होकर लौट गए। हाँ, एक यह सफलता उन्होंने अवश्य पाई थी कि महाराज धृतराष्ट्र के मन में वे प्रतापी पाण्डवों—विशेष रूप से भीम और अर्जुन के पराक्रम का आतंक जमा गए थे। अन्धे महाराज को नींद में भी भयानक सपने आया करते थे। उन्हें लगता था कि भीम उनके सारे बेटों को मार डालेगा। इस आशंका से वे बेहद सहम उठे। अन्त में उन्होंने अपने एक मन्त्री संजय को पाण्डवों के पास समझाने के लिए भेजा।

युद्ध की ओर

संजय धर्मराज युधिष्ठिर से मिलने गए। धर्मराज ने बहुविधि स्वागत-सत्कार करके आने का कारण पूछा। संजय बोले—हे धर्मराज! अपने महाराज की बात कहने से पहले मैं आपको एक छोटी-सी कथा सुनाता हूँ। एक बार एक बहेलिए ने चिड़िया पकड़ने के लिए जंगल में जाल फैलाया। थोड़ी देर बाद चिड़ियों का एक झुण्ड आकर उसमें फँस गया। बहेलिया प्रसन्न होकर जब अपना जाल समेटने के लिए बढ़ा तो आत्मरक्षा के लिए जाल में फँसी सारी चिड़ियाँ आपस में संगठित हो गईं। उन्होंने चूँ-चूँ करके आपस में एक-दूसरे से कहा कि कोई चिड़िया हिम्मत न हारो। सब मिलकर एक साथ ज़ोर लगाओ और जाल समेत उड़ चलो, बहेलिया हमारा कुछ भी नहीं बिगाड़ सकेगा। चिड़ियों ने ऐसा ही किया और वे जाल समेत उड़ चलीं। बहेलिया उनके साथ-ही-साथ दौड़ता चला। आगे एक मुनि मिले। दृश्य देखकर उन्होंने बहेलिए से कहा—अरे मूर्ख, यह चिड़िया तो तेरा जाल लेकर आकाश में उड़ रही हैं, तू धरती पर दौड़-दौड़कर बेकार में अपने को क्यों थका रहा है?

बहेलिया बोला—हे मुनि यह चिड़िया मूर्ख जाति की हैं। उस समय आत्मरक्षा के भय से यह अवश्य संगठित हो गईं, पर मूर्ख कभी अधिक देर तक संगठित होकर नहीं रह सकता। इसलिए जब यह आपस में लड़कर नीचे गिरने लगेंगी तब मैं इन्हें पकड़ लूँगा। थोड़ी देर बाद ऐसा ही हुआ और आपसी वैर के कारण चिड़िया बहेलिए की पकड़ाई में आ गईं। हे धर्मराज! इसी तरह यदि आप दोनों भाई आपस में लड़ेंगे तो कोई तीसरा आदमी आप दोनों को समाप्त करके आपका राज्य हड़प ले जाएगा।

युधिष्ठिर बोले—संजय जी, हम आपके विचारों का आदर करते हैं। हम भी घर की फूट को बहुत बुरा मानते हैं, पर सुयोधन आदि हमारे भाई जब अन्याय करने पर तुल ही गए हैं तब आप ही बतलाइए हम आखिर कब तक चुप रहें। और जहाँ तक विनाश का सम्बन्ध है मैं आपको विश्वास दिलाता हूँ कि यदि दुर्भाग्यवश

यह युद्ध हुआ तो इसमें कौरव ही मारे जाएँगे। हम पाण्डवों का कोई कुछ भी न बिगाड़ सकेगा। जिधर धर्म है, उधर ही जय है।

संजय मन्त्री निराश होकर लौट गए और धृतराष्ट्र से सारी बातें कहीं। संजय ने यह भी बतलाया कि पाण्डवों के यहाँ युद्ध की जबरदस्त तैयारियाँ हो रही हैं। जितने राजे-महाराजे आपके बेटों का साथ देने आए हैं उतने ही पाण्डवों के साथ भी हैं, बल्कि अर्जुन और भीम के पराक्रम पर विश्वास करके उनके यहाँ और भी अधिक सैनिक सहायता पहुँचने वाली है।

संजय की बातें सुनकर धृतराष्ट्र का मन भय और लोभ से जड़ हो गया। भय यह था कि लड़ाई में पाण्डव उनके बेटों को कहीं हरा न दें और लोभ यह था कि हमारे बेटों का पाण्डव भतीजों के राज-पाट पर अधिकार बना रहे। मन का लालच ज्ञानी मनुष्य को भी अज्ञानी बना देता है। मोह के मारे वह सही बात सोच नहीं पाता। संजय की बातें सुनकर तथा भीम और अर्जुन के पराक्रम का ध्यान करके जैसे-जैसे उनकी घबराहट और भय में बढ़ोत्तरी होती चलती थी वैसे-वैसे ही उनका मन अपने पाण्डव-भतीजों के लिए घृणा और क्रोध से कसता भी जाता था। वे यह चाहते थे कि लड़ाई न हो, साथ-ही-साथ पाण्डवों को राज-पाट भी न लौटाना पड़े, परन्तु किसी के मन की ऐसी उल्टी-सीधी बातें भला कभी फल सकती हैं। धृतराष्ट्र ऊपरी तौर पर तो अन्धे थे ही, पर गलत किस्म के लालच और मोह में पड़कर उनकी बुद्धि भी अन्धी हो गई थी।

सारा उत्तर भारत एक विशाल युद्ध-क्षेत्र बना हुआ था। तनातनी बराबर बढ़ती ही जा रही थी। तमिलनाडु के पाण्ड्य राजाओं से लेकर बल्ख और बगदाद तक के आर्य तथा शक राजे इस युद्ध में भाग ले रहे थे। चीन और किरात देशों की सेनाएँ भी कौरवों की ओर से लड़ने के लिए आई थीं। एक तरह से देखा जाए तो कौरव-पाण्डवों के इस युद्ध में केवल भारत ही नहीं बल्कि आधा एशिया महाद्वीप भी इन दोनों भाइयों के साथ-साथ नथा हुआ था। राजनीति में दोस्ती केवल दोस्ती के लिए ही नहीं हुआ करती। इसमें देशों के आपसी स्वार्थ भी काम करते हैं। भारतवर्ष के व्यापार सम्बन्ध इन सभी देशों से घनिष्ठ थे। दूसरी बात यह थी कि जिन सूर्य और चन्द्रवंशी आर्य राजाओं की सत्ता हमारे देश पर थी उन्हीं कुलों की दूसरी शाखायें इन देशों पर भी राज्य किया करती थीं। सूर्यवंशी राजे आज के अरब, इराक, मिस्र, यूनान और कश्यप सागर से लेकर जापान तक राज्य करते थे। इराक की सूर्यवंशी शाखा के सम्राट सागर या सरगोंन ने सूर्यास्त के द्वीप यानी आधुनिक ब्रिटेन और आयरलैण्ड तक को जीता था। इराक में इसके प्राचीन लिखित प्रमाण मिले हैं। एक अँग्रेज़ विद्वान ने तो यहाँ तक सिद्ध किया है कि ब्रिटेन का शुद्ध नाम भरत है और

उनकी सिंह त्रिशूल धारणी ब्रिटानियाँ देवी और कोई नहीं है, बल्कि हमारी भारतीय दुर्गा ही हैं। इससे यह भी सिद्ध होता है कि राजे सम्राट अपने राज्य के व्यापार वृद्धि के लिए आपसी संगठन और समझौते चाहा करते थे। छोटे राजे-महाराजे सदा किसी बड़े शक्तिशाली सम्राट के साथ जुड़कर अपने राज्य और व्यापार की रक्षा करते थे। हस्तिनापुर का कौरव वंश ऐसे शक्तिशाली संगठन का काम कई पीढ़ियों से कर रहा था। जब वही वंश आपस में वैर साधकर फूटा तो उस सारे भूखण्ड में जिससे उनका सम्बन्ध था खलबली मच गई। श्रीकृष्ण इन बातों को खूब समझते थे। वे बड़े दिल और बड़े दिमाग वाले थे। उन्होंने सोचा कि अगर यह युद्ध हुआ तो बहुत बड़ा महानाश होगा। यह युद्ध सारे उत्तर भारत में फैलेगा, सैकड़ों मोर्चों पर लड़ाइयाँ छिड़ेंगी। अशान्ति में न तो खेती-पाँती हो सकेगी और न वनज व्यौपार ही। न अमीर सुरक्षित रहेंगे और न गरीब। इस युद्ध में हार-जीत चाहे किसी पक्ष की हो, पर दुनिया बहुत मरेगी। शोक और बीमारियाँ बढ़ेंगी। श्रीकृष्ण ने सोचा कि एक बार कोशिश करके अवश्य ही देखना चाहिए, यदि यह युद्ध रुक सके तो भली बात होगी और यदि न रुके तो कम-से-कम इस तरह से संचालित हो कि अन्त में पाण्डव ही जीतें। उनकी नीतियों पर चलकर ही सुखद संसार का निर्माण हो सकता है।

धृतराष्ट्र और पाण्डु के बेटों की राजनीति में अन्तर यह था कि कौरव बड़े तानाशाहों के साथ मिलकर छोटे-छोटे गणतन्त्रों और राज्यों को कुचलते थे। इसके विपरीत पाण्डव लोग उनकी रक्षा करते थे। पाण्डव अपनी शक्ति से दुष्ट राजाओं और लुटेरों का दमन करते थे। श्रीकृष्ण भी यही चाहते थे कि युद्ध हो तो उसके परिणाम बहुजन के लिए सुखद भी सिद्ध हों; पर जहाँ तक हो सके वहाँ तक इस युद्ध को होने से रोका जाए। हर तरह से संसार का कल्याण विचार कर श्रीकृष्ण द्वारिका से चले।

जगह-जगह श्रीकृष्ण का स्वागत होता था। यों कहने को तो वे एक शक्तिशाली गणतन्त्र के मुखिया-भर ही थे; पर अपने जीवन-काल में ही उनका मान-सम्मान ऐसा बढ़ गया था कि सब लोग देवता की तरह उन्हें मान देने लगे थे। जिन राज्यों से श्रीकृष्ण का रथ निकलता था उनके राजे-महाराजे या गण-प्रमुख अपने-अपने सैकड़ों प्रजाजनों के साथ उनका स्वागत करते थे। ऐसे स्वागत-समारोहों के साथ श्रीकृष्ण अपने फुफेरे भाई पाण्डवों के यहाँ पहुँचे। युधिष्ठिर, भीम, अर्जुन आदि से उन्होंने जी खोलकर बातें कीं। युधिष्ठिर ने कहा—भइया कृष्ण, तुम यह जानते हो कि व्यर्थ की लड़ाई-भिड़ाई में मुझे कोई सुख नहीं मिल सकता। दुर्योधन की हठधर्मिता ही यह महाविनाश ला रही है। हस्तिनापुर से जो समझौते के प्रस्ताव आए वह नकली

थे। ऐसा लगता है कि धृतराष्ट्र चाचा भी मन से यही चाहते हैं कि हम लोग मिट जाएँ, हो सके तो तुम एक प्रयत्न करके देख लो।

कृष्ण बोले—मैं भी यही सोच रहा हूँ। असल में हस्तिनापुर जाने से पहले मैं आपसे सलाह कर लेना चाहता था, इसीलिए पहले यहाँ आया।

श्रीकृष्ण हस्तिनापुर के लिए रवाना हुए। हस्तिनापुर नगर के पास उपलब्य नगर में जब उनकी सवारी पहुँची तो हज़ारों लोग उनका नाम सुन-सुनकर उनके दर्शन के लिए उमड़ पड़े। हस्तिनापुर तक बच्चे-बच्चे की ज़बान पर बस यही सुनाई पड़ता था कि वासुदेव श्रीकृष्ण समझौता कराने के लिए आ रहे हैं। उपलब्य नगर से वे अब बृकस्थल पहुँच गए हैं। रात में वहीं उनका पड़ाव पड़ेगा। उपलब्य नगर से बृकस्थल तक ही सारी आबादी श्रीकृष्ण के दर्शन करने के लिए उमड़ पड़ी। उनके लिए भेंटों-पर-भेंटें चली आ रही हैं। सारा आकाश उनकी जय-जयकारों से गूँज रहा है।

धृतराष्ट्र के दूतों ने जब यह सूचना दी तो उनके सारे शरीर में रोमांच हो गया। उन्होंने दुर्योधन को बुलाकर कहा—बेटा, तुमने सुना ही होगा कि श्रीकृष्ण पाण्डवों की ओर से समझौते का प्रस्ताव लेकर हमारे यहाँ आ रहे हैं। उनके स्वागत का शानदार प्रबन्ध करो। वे इतने लोक पूज्य व्यक्ति हैं कि ज़रा-सी चूक होने से ही दुनिया हमारा नाम धरने लगेगी। देखो, मैं तुम्हें बार-बार चेताए देता हूँ श्रीकृष्ण के प्रति तुम तनिक भी असावधानी न बरतना।

दुर्योधन तपकर बोला—कृष्ण मेरा क्या बिगाड़ सकता है? उनकी सेना मेरे ताबे में है। वह दुष्ट अर्जुन का गहरा मित्र है और दोनों आपस में मिलकर हमारे नाश की तरकीबें सोचते हैं। मुझे तो कृष्ण फूटी आँखों नहीं सुहाता पिताजी!

बेटे की यह बात सुनकर धृतराष्ट्र घबड़ा उठे। उन्होंने बिगड़कर कहा—देख दुर्योधन, तेरे मन में चाहे जो कुछ हो पर तूने यदि मेरी इच्छा के विपरीत काम किया तो उसका परिणाम अच्छा न होगा।

दुर्योधन को समझा-बुझाकर धृतराष्ट्र ने तुरन्त ही विदुर मन्त्री को बुलवाया। उन्होंने कहा—हे विदुर, मैं श्रीकृष्ण की पूजा बड़े ठाठ-बाट से करना चाहता हूँ। तुम सोने मढ़े सोलह सुन्दर रथ जिनमें बाल्हीक देश के एक-से-एक डील-डौल वाले चार-चार घोड़े जुते हों, श्रीकृष्ण की सेवा में भेंट करो। आठ उत्तम हाथी, सौ सुन्दरी दासियाँ और सौ दास, अठारह हज़ार पहाड़ी मेढ़े और चीन देश के हज़ार घोड़े अर्पित करूँगा। इनके साथ-ही-साथ उत्तम हीरे-जवाहरात भी उन्हें भेंट में देने की इच्छा है। आप तुरन्त इन सब वस्तुओं का प्रबन्ध कीजिए। मेरे सब बेटे-पोते, पोती-नाती उत्तम रथों

पर बैठकर श्रीकृष्ण की अगवानी के लिए जाएँ। सारी सड़कें झण्डियों और बन्दनवारों से सजाई जाएँ। नगर की सारी वेश्यायें नाचती-गाती हुई उनका स्वागत करने जाएँ। बाजे-गाजे और समारोह के साथ जनता-जनार्दन वासुदेव को नगर में लाइए। प्रबन्ध में किसी भी प्रकार की चूक न रहने पाए।

विदुर ने धृतराष्ट्र के मन की बात समझ ली। वे मुस्कराए, फिर कहा–महाराज, आप यदि बुरा न मानें तो एक बात कहूँ। इस शानदार स्वागत और बहुमूल्य भेंट देकर आप श्रीकृष्ण को अपनी ओर फोड़ न सकेंगे। मेरे भेदियों ने द्वारिका से लेकर बृकस्थल तक श्रीकृष्ण के सम्मान में होने वाले स्वागत-समारोहों के जो ब्यौरे भेजे हैं उनसे तो यह पता चलता है कि सारे राजे-महाराजे, उनकी सेनाएँ और प्रजाजन श्रीकृष्ण के साथ हैं। जिस व्यक्ति को लाखों-करोड़ों मनुष्यों का विश्वास प्राप्त हो, वह मनुष्य थोड़ी-सी भेंटों के लालच से अपना मन छोटा नहीं कर सकता। आप यह सोचिए कि श्रीकृष्ण के द्वारा लाए गए समझौते के प्रस्ताव को आप स्वीकार कर सकेंगे या नहीं।

धृतराष्ट्र बोले–यदि मेरे बेटों को उस प्रस्ताव से कोई हानि न पहुँचेगी तो मैं उसे स्वीकार कर लूँगा।

विदुर बोले–महाराज, आपके पुत्रों का सच्चा लाभ केवल इसी बात में है कि आप पाण्डवों का राज-पाट उन्हें लौटा दें। सुनकर महाराज धृतराष्ट्र चिढ़ गए, उन्होंने मुँह फुलाकर कहा–जैसा आपसे कहा गया वैसा ही कीजिए। आगे की बातों का विचार आगे होगा।

विदुर यह जान गए कि अन्धे धृतराष्ट्र की मति मारी गई है। इसीलिए वे बिना कुछ कहे चुपचाप चले आए।

दुर्योधन ने श्रीकृष्ण के स्वागत प्रबन्ध को अपनी आज्ञा से रद्द कर दिया। राजा धृतराष्ट्र की एक न चली। यह सुनकर भीष्म पितामह ने अपने भतीजे धृतराष्ट्र और पोते दुर्योधन से मिलने की इच्छा व्यक्त की। उन्होंने धृतराष्ट्र के सामने दुर्योधन से कहा–बेटा, श्रीकृष्ण लोक पूज्य हैं। तुम्हारे पिता ने उनके स्वागत-सत्कार के लिए जो आदेश दिया था, वह सही था। तुमने उसे रद्द क्यों कर दिया?

दुर्योधन बोला–मैं यह नहीं चाहता कि कृष्ण या कोई और यह समझे कि मैंने डर के मारे उनका ऐसा भव्य स्वागत किया। वैसे भी मैं पाण्डवों के कट्टर पक्षधर का शानदार स्वागत करने के पक्ष में नहीं हूँ। उनके समझौते के प्रस्ताव में ढोंग के सिवाय और कुछ न होगा। उनकी पूजा करना बेकार है।

उद्धत दुर्योधन की यह बात सुनकर फिर भीष्म ने उससे तो कुछ नहीं कहा पर धृतराष्ट्र से बोले—वत्स, श्रीकृष्ण किसी के आदर-सत्कार के भूखे नहीं हैं। वे इतने ओछे दिल के भी नहीं हैं कि अपना सत्कार न किए जाने पर बुरा मान जाएँ। इसलिए उनका स्वागत करना या न करना उनकी दृष्टि से बेकार हैं, पर हमारी दृष्टि से इसका नतीजा अच्छा न निकलेगा। मैं तुमसे फिर कहता हूँ कि कृष्ण का अनादर न होने देना। उनको बीच में डालकर यदि अपने और पाण्डव बेटों में उचित समझौता करा लोगे तो केवल तुम्हारा ही नहीं बल्कि संसार का एक महान् संकट टल जाएगा।

दुर्योधन चिढ़कर बोला—पितामह, चाहे सूर्य पूर्व के बजाय पश्चिम से उदय होने लगे, चाहे सारी पृथ्वी इधर से उधर पलट जाए, परन्तु मैं पाण्डवों के साथ मिलकर इस धरती का राज-पाट कदापि नहीं भोगूँगा। मैं अब इस सन्धि के प्रस्तावों से ऊब चुका हूँ। मैं आपको यह भी बतलाए देता हूँ कि कृष्ण ने यदि हमारे सामने ऐड़ी-बेड़ी बात निकाली तो मैं उन्हें कैद कर लूँगा।

धृतराष्ट्र भय और क्रोध के मारे काँप उठे। उन्होंने अपने बेटे को डाँटा और कहा—खबरदार ऐसा कोई काम न करना। तुम्हें लज्जा नहीं आती कि श्रीकृष्ण ने तुम्हारे माँग करते ही अपनी सारी नारायणी सेना तुम्हें सौंप दी। ऐसे व्यक्ति को बन्दी बनाने का मतलब भी समझते हो? मैं तुम्हें चेताए देता हूँ, इस तरह की कोई गड़बड़ मत करना।

भीष्म बोले—"धृतराष्ट्र, तुम्हारा यह लड़का बड़ा ही मूर्ख है। यदि तुम इसके ऊपर कड़ा अनुशासन नहीं लगाओगे तो तुम्हें बहुत दुःखद परिणाम भुगतना पड़ेगा।

सुनकर दुर्योधन गुस्से में पैर पटकता हुआ चला गया। श्रीकृष्ण का स्वागत-सत्कार धृतराष्ट्र की आज्ञानुसार ही हुआ। विदुर जी भी उनका स्वागत करने गए थे। कौरव कुमारों से मिलने से पहले श्रीकृष्ण बड़े प्रेम और आदर के साथ महात्मा विदुर से मिले। बहाने से उन्होंने विदुर जी के कान में कहा—महात्मा, मैं महाराज धृतराष्ट्र से मिलकर फिर राजमहलों में नहीं ठहरूँगा। मेरे ठहरने का प्रबन्ध आपके यहाँ होगा।

हस्तिनापुर नगर में श्रीकृष्ण का भव्य स्वागत हुआ। वे पहले सीधे धृतराष्ट्र से मिलने गए। राज दरबार में उनका विधिवत् सत्कार हुआ, फिर वे अपनी बूआ कुन्ती के दर्शन करने गए। कुन्ती माता उन्हें देखते ही विकल होकर रो पड़ीं। अपने बेटों से बिछुड़े हुए उन्हें तेरह वर्ष हो गए थे। वे बहुत दुःखी थीं, कहने लगीं—मेरे समान अभागी स्त्री और कोई नहीं। छोटे-छोटे बच्चे छोड़कर पति मरे और फिर इन बच्चों को जो कष्ट झेलने पड़े उन्हें देख-देखकर अब तो मैं यह सोचती हूँ कि भगवान

शायद नहीं है। यदि ईश्वर होता तो क्या हर बार पापियों को ही जय मिला करती। आज की दुनिया में जो भला और पुण्यात्मा है वही कष्ट भोग रहा है, जो दुष्ट और दुरात्मा है, वह गुलछर्रे उड़ाता है। ईश्वर का न्याय कुछ समझ में नहीं आता।

श्रीकृष्ण बोले—बूआ, तुम चिन्ता मत करो। दुष्टों का नाश अवश्य होगा। तुमसे बढ़कर सौभाग्यशाली स्त्री और कौन है! जिसके बेटों के सामने बड़े-बड़े योद्धा भी विनय से सिर झुकाते हों, उस सौभाग्यशालिनी माता पर सच पूछो तो कभी दुःख की छाया पड़ ही नहीं सकती बूआ जी! रहे यह संघर्ष के दिन, सो वह भी अब जल्दी बीतने वाले हैं। तुम किसी भी प्रकार से अपने-आपको हताश मत करो।

बूआ को समझा-बुझाकर जब वे उसके कमरे से निकलने लगे तो महल के कर्मचारियों ने उनसे उस महल में चलने की प्रार्थना की जहाँ उनके ठहरने की व्यवस्था की गई थी। श्रीकृष्ण बहुत चतुर थे। वे जानते थे कि दुर्योधन कुछ गड़बड़ कर सकता है। उन्होंने बड़े मीठे ढंग से कहा—महात्मा विदुर मेरे पुराने परिचित और प्रेमी हैं, मैं इस बार उन्हीं का आतिथ्य ग्रहण करूँगा। जिस शान्ति प्रस्ताव को लेकर मैं यहाँ आया हूँ, उसके सम्मान की रक्षा के लिए मुझे राजमहल में नहीं ठहरना चाहिए। कहकर वे अपने रथ पर बैठ गए और विदुर के घर की ओर चल दिए। दुर्योधन ने जब यह सुना तो जल-भुनकर कलाबत्तू हो गया। उसने भीष्म और धृतराष्ट्र के मना करने पर भी अपने दुष्ट बुद्धि वाले भाइयों के साथ मिलकर श्रीकृष्ण को डरा-धमकाकर उनसे मनमानी सन्धि कराने का जो षड्यन्त्र रचाया था, वह मिट्टी में मिल गया।

दूसरे दिन श्रीकृष्ण ने दुर्योधन से भेंट करने की इच्छा प्रकट की। दुर्योधन ने उन्हें मिलने के लिए अपने महलों में बुलाया। श्रीकृष्ण जब वहाँ पहुँचे तो शकुनि, कर्ण और दुःशासन आदि दुर्योधन के पास ही बैठे थे। दोनों ओर से शिष्टाचार पूरे होने के बाद दुर्योधन ने कहा—हे कृष्ण! तुम जैसे पाण्डवों के भाई हो, वैसे हमारे भी हो। पर तुम यहाँ आकर हमारे घर ठहरने के बजाय हमारे एक नौकर के घर ठहरे। यह तुमने अच्छा नहीं किया। न तो तुमने हमारे यहाँ खाया न पिया, यह भला सगे-सम्बन्धियों के योग्य व्यवहार है।

कृष्ण बोले—दुर्योधन भाई, मैं इस समय नातेदार के रूप में नहीं बल्कि एक दूत के रूप में आया हूँ। दूत जब काम कर लेता है तभी सत्कार ग्रहण करता है।

दुर्योधन बोला—तुम भला हमारा क्या काम करोगे कृष्ण, तुम मेरे साथ तो न्याय करने आए ही नहीं हो। मैं तो तुम्हें तभी अपना मानूँगा, जब मेरे साथ भोजन करो। नहीं तो मैं समझूँगा कि तुम्हें मुझसे द्वेष है।

श्रीकृष्ण मुस्कराए, बोले—भाई, तुम बार-बार मुझसे भोजन कर लेने का आग्रह अवश्य कर रहे हो, वह आग्रह प्रेम भरा नहीं, द्वेष भरा है। तुमने अवश्य ही मुझे भोजन कराने के पीछे किसी षड्यन्त्र की योजना बनाई होगी। मैं प्रेम का भूखा हूँ भाई, तुम्हारे छप्पन भोगों का नहीं। तुम मुझे पहले यह बताओ कि पाण्डवों को उनका आधा राज्य लौटाने की शर्त पर उनसे समझौता करने पर राजी हो?

नहीं, आधा राज्य देना तो बहुत बड़ी शर्त है, केशव, मैं सूई की नोक पर जितनी मिट्टी चढ़ सकती है, अपने राज्य की उतनी मिट्टी भी बिना युद्ध के पाण्डवों को कदापि नहीं दूँगा।

तब तो बात ही समाप्त हो गई। अब तुम्हें जैसा सूझ पड़े वैसा करना। मुझे तो यह दिखलाई पड़ रहा है कि तुम सब मृत्यु के मुख में पहुँच चुके हो। कहकर वे तेजी से बाहर निकल आए।

दूसरे दिन राजसभा में उन्होंने अपना शान्ति प्रस्ताव औपचारिक रूप से रखा। दुर्योधन और उसके गुट के लोग यह नहीं चाहते थे कि श्रीकृष्ण के प्रस्ताव पर सभा में विचार हो। उन्हें भय था कि भीष्म, विदुर आदि के प्रभाव में आकर धृतराष्ट्र कहीं श्रीकृष्ण का प्रस्ताव मान न लें। इसलिए वे लोग झूठमूठ की गर्मागर्मी बरतने लगे। श्रीकृष्ण ने तब कौरवों को भरी सभा में खूब खरी-खोटी सुनाई। उन्होंने धृतराष्ट्र को सचेत किया—यदि वे अपने पुत्रों को सही ढंग से नहीं चलाएँगे तो निश्चय ही कौरव कुल का नाश हो जाएगा।

दुर्योधन ने तड़पकर अपने सेवकों को आज्ञा दी कि श्रीकृष्ण को कैद कर लिया जाए। सभा में हंगामा मच गया। लेकिन जान पड़ता है विदुर और श्रीकृष्ण इस प्रकार की दुर्घटना के लिए पहले से ही तैयार होकर आए थे। राजसभा में ऐसा चमत्कारिक उलट-फेर हुआ कि सिपाही श्रीकृष्ण के धोखे में जिस-तिस को पकड़ते रह गए और श्रीकृष्ण दरबार से साफ निकल आए।

राजसभा से लौटकर श्रीकृष्ण ने हस्तिनापुर से कायर की तरह जाना उचित नहीं समझा। वे वहाँ से सीधे अपनी बूआ के पास पहुँचे, उन्हें हर प्रकार से ढाढ़स बँधाया।

कुन्ती से बिदा लेकर श्रीकृष्ण जब महल के बाहर निकल रहे थे, तब राज सभा से बहुत से सामन्त और सभासद भी लौट रहे थे। श्रीकृष्ण को देखकर सब लोग अचम्भे में रह गए। उन्हें कैद करने की असफलता पर कौरवों ने अपने दाँत पीस लिये। पर अब वे उनका कुछ बिगाड़ नहीं सकते थे, क्योंकि षड्यन्त्र की असफलता के बाद महाराज ने सब कर्मचारियों को यह कड़ा आदेश दे दिया था कि श्रीकृष्ण

के साथ उनकी राज्य सीमा में कोई छेड़-छाड़ न की जाए। लेकिन श्रीकृष्ण छेड़-छाड़ करने से न चूके। उन्होंने कर्ण को अपने रथ की ओर जाते देखा तो चट से आगे बढ़कर उनका हाथ पकड़ लिया और अपने रथ की ओर उन्हें ले गए। रास्ते में उन्होंने कर्ण से कहा—भाई क्या आप जानते हैं कि आप मेरे बड़े फुफेरे भाई हैं?

कर्ण आश्चर्य से कृष्ण का मुँह ताकने लगे। तब कृष्ण ने उन्हें उनके जन्म की सारी कथा सुनाई। कर्ण यह सब सुनकर गहरे विचारों में डूब गए। फिर कहा—हे कृष्ण जब तुम कह रहे हो तो बात सच्ची ही होगी, परन्तु मैं अब लाचार हूँ। मैंने माना कि कुन्ती देवी मेरी माता हैं और युधिष्ठिर, भीम, अर्जुन आदि सगे छोटे भाई हैं। पर यह भी तो सोचो कि अपनी माँ को मैं माँ क्यों कर मानूँ। अपनी ओर से तो उन्होंने मुझे जन्म से ही मार डाला था। सूत अधिरथ जी ने यदि न बचाया होता तो आज मेरा कहीं पता भी न होता। माता के दुर्व्यवहार के कारण ही श्रेष्ठ क्षत्रिय कुल में जन्म लेकर भी मैं सूत पुत्र कहलाता हूँ। मुझे जीवन-भर घोर अपमान सहना पड़ा है। यदि दुर्योधन ने मेरी सहायता न की होती तो आज मैं कौड़ी का तीन होता। हे कृष्ण! तुम्हारे प्रति, कुन्ती माता और अपने सब भाइयों के प्रति मेरे मन में इस समय बड़ा प्रेम-भाव जाग रहा है। परन्तु मैं अपने धर्म से कदापि विमुख नहीं होऊँगा। जिसने मुझे सहारा दिया है, उसका साथ कदापि नहीं छोड़ूँगा।

कर्ण के इस कथन से श्रीकृष्ण के मन में उनके प्रति आदर-भाव जागा। वे यह समझ गए कि कर्ण के समान महापुरुष को किसी भी लालच से अपनी ओर फोड़ लेना कठिन है। फिर भी घर आकर उन्होंने विदुर को यह संकेत दिया कि वे कुन्ती माता को एक बार कर्ण से मिलने के लिए प्रेरित करें। विदुर से बात होने पर कुन्ती ने कर्ण से मिलने का निश्चय किया।

दूसरे दिन प्रातःकाल कुन्ती माता गंगा के तट पर उस जगह गईं जहाँ कर्ण पूजा किया करते थे। माता ने देखा कि उनका बेटा सूर्य भगवान को अर्घ्य दे रहा है। कुमारावस्था में पैदा होने वाले इस बेटे से कुन्ती माँ ने आज तक कभी एक बात भी नहीं की थी; किन्तु आज एकान्त में देखकर माता का हृदय भर आया। सूर्य को अर्घ्य देने के बाद कर्ण जब पलटा तो देखा कि सामने माँ खड़ी थी। श्रीकृष्ण से सच्ची बात जान लेने के कारण ही आज पहली बार कर्ण कुन्ती को देखकर धक्क से रह गया। वह जानता था कि माँ उससे कुछ माँगने आई है। उसने अपने मन को कस लिया, हाथ जोड़कर कहा—हे देवि! राधा और अधिरथ का पुत्र कर्ण तुम्हें प्रणाम करता है।

यह सुनकर कुन्ती देवी रो पड़ीं। उसका हाथ पकड़कर कहा—मेरे लाल! तेरी माता राधा नहीं मैं हूँ।

कर्ण ने रुखाई से कहा—जानता हूँ, अम्ब, कि आपने ही मुझे जन्म दिया, परन्तु जन्म देकर आपने मुझे मारना भी चाहा था। इसलिए जिसने मुझे बचाया और पाला अब तो वही मेरी माता है।

कुन्ती बोली—बेटा, स्त्री की मजबूरी को तो तू नहीं समझ सकता। अपना बस चलते कोई भी माँ अपने बच्चे को त्याग नहीं सकती। जो हुआ उसे भूल जाओ।

भूल कैसे जाऊँ माँ? और यदि भूलना भी चाहूँ तो परिस्थितियाँ मुझे भूलने न देंगी।

तो क्या परिस्थितियों के कारण तू अपने सगे छोटे भाइयों से लड़ेगा?

मेरे भाई अब दुर्योधन आदि हैं, उन्होंने ही मुझे सहारा देकर आज सब तरह से लायक बनाया है। यदि उनका साथ छोड़ दूँ तो क्या मैं, विश्वासघाती न कहलाऊँगा माँ?

कर्ण का उत्तर सुनकर कुन्ती एक क्षण के लिए मौन हो गई, फिर कहा—खैर, इस बात को जाने दो। मैंने सुना है कि तुम जैसे शूरवीर हो वैसे दानवीर भी हो। तुम्हारे यहाँ से कोई भी निराश होकर नहीं लौटता। क्या तुम मुझे अपने भाइयों का प्राणदान दोगे?

कर्ण विचार में पड़ गया। कुछ सोचकर बोला—मैं तुम्हें वचन देता हूँ माँ कि अर्जुन को छोड़कर मैं और किसी से भी नहीं लड़ूँगा। युद्ध में यदि मैं मारा गया तो कोई बात ही नहीं, किन्तु यदि अर्जुन मारा गया तो भी तुम्हारी विशेष हानि न होगी। तुम्हारे पाँच बेटे तब भी बने ही रहेंगे।

बेटा, मैं चाहती हूँ कि मेरे ज्येष्ठ पुत्र की हैसियत से तू ही राजगद्दी पर बैठे। युधिष्ठिर दुर्योधन की तरह स्वार्थी नहीं है। जब वह सत्य को जान लेगा तब स्वयं ही वह तुझसे राजमुकुट पहनने का आग्रह करेगा।

परन्तु मैं युधिष्ठिर का वह अधिकार नहीं छीनना चाहता, जो उसे अब तक प्राप्त है। मेरे ऐसा करने पर लोक को मेरी माँ की पाप-कथा भी मालूम हो जाएगी। नहीं माँ, इन सब प्रलोभनों से तुम मेरा मन नहीं बदल सकोगी।

कुन्ती माता निराश होकर लौट आईं। वे इस बात को भली-भाँति जान गईं कि कर्ण को उसके धर्म से डिगाना असम्भव है।

महानाश की तैयारी

हस्तिनापुर से लौटकर श्रीकृष्ण ने जब पाण्डवों को वहाँ का हाल सुनाया तो युधिष्ठिर गम्भीर हो गए, बोले—लगता है कि हमारे कुल का दुर्भाग्य अपने चरम बिन्दु तक पहुँचे बिना अब मानेगा नहीं। ऐसा लगता है कि दुर्योधन युद्ध के लिए वैसे ही मचल उठा है जैसे अबोध बच्चा दहकते अंगारों से आकर्षित होकर उनसे खेलने के लिए मचल उठता है। आप जलेगा और सारे घर को जलाएगा। हे कृष्ण! मैं बड़ा दुःखी हूँ, मेरे मन में इस समय जहाँ न्याय और कर्तव्य की पुकार उठ रही है, वहीं इस महानाश की गहरी आशंकाओं से भरकर मेरा जी यह भी चाहता है कि वैराग्य धारण करके कहीं तप करने चला जाऊँ और इस कुलघात के पाप से बचूँ।

कृष्ण बोले, भाई! आप जैसे उदार हृदय वाले मनुष्य के मन में इस तरह का ऊहापोह होना स्वाभाविक ही है, परन्तु बुद्धिमान मनुष्य ऐसे अवसरों पर जो काम करते हैं वही आप भी कीजिए, यही मेरी सलाह है।

युधिष्ठिर गहरे विचार में पड़ गए। फिर बोले—तुम ठीक ही कहते हो केशव, बुद्धिमान मनुष्य ऐसे कठिन अवसर पर हाथ-पर-हाथ धरे बैठे रहना पसन्द नहीं करता। वह कर्तव्य करता है। हे देवकीनन्दन! मैं अपना मन सब तरह से पोढ़ा कर चुका हूँ। यह युद्ध केवल मेरे राज-पाट जीतने के लिए ही नहीं हो रहा है, वरन् एक ऐसी शासन-पद्धति के लिए हो रहा है, जिसमें लोग अधिक सुखी, सम्पन्न और सुरक्षित हो सकते हैं। हमारे सामने महानाश तो अवश्य आने वाला है, पर हमें यह भी न भूलना चाहिए कि उसके बाद निर्माण का एक महान युग भी आ सकता है। हे केशव! इस युद्ध को यदि हम अपने लिए न लड़कर नये भारत के निर्माण के लिए लड़ेंगे तो मेरा विश्वास है कि जीत हमारी होगी। कृष्ण से यह कहकर युधिष्ठिर अर्जुन की ओर देखकर बोले—अर्जुन मैं चाहता हूँ कि कुरुक्षेत्र के मैदान में युद्ध के मोर्चे

बाँधना आरम्भ कर दो। इस बात का ध्यान रखना कि जिस जगह मोर्चे बाँधें जाएँ और हमारी सेनाओं के पड़ाव पड़ें, वह जगह न तो किसी मन्दिर या पूजा स्थान के पास हो और न किसी मसान के पास हो। इस बात का भी ध्यान रखना कि तुम्हारी सेनाएँ शत्रुओं के आक्रमणों से अपना बचाव करते हुए उन्हें मारने के अधिक अवसर पा सकें।

धर्मराज युधिष्ठिर के आज्ञा देते ही सेनाओं में जोश उमड़ने लगा। जासूसों और सन्देशियों के पैरों में मानो बिजली लग गई। सारे उत्तर भारत में फैली हुई अपने पक्ष की सेनाओं को युद्ध की मोर्चेबन्दी करने के लिए आदेश भेजे गए। अपने-अपने सेना नायकों के आदेशानुसार ढोल-ढमाके बजाते हुए और जय-जयकार बोलते हुए लाव-लश्कर चल पड़े। जब हाथी चलते थे तो धरती धमक उठती थी, घोड़ों की खबड़-खबड़ से ऐसा लगता था कि मानो शिवजी के ताण्डव नृत्य का मृदंग बज रहा है।

सेनाओं के पीछे हज़ारों नौकर-चाकर भी थे, घसकटे, घोड़े-हाथियों को मलने-दलने वाले, सिपाहियों के लिए रसोई बनाने वाले, लोगों की आवश्यकताओं का सामान बेचने वाले, बाजरिए तम्बू लगाने वाले और ऐसे ही हज़ारों सेवकों का कोलाहल आकाश को गुंजाने लगा। इसके अतिरिक्त करोड़ों तीरों, गदा, मुगदर, तलवारों आदि का भण्डार लेकर चलने वाले लोग भी सैकड़ों की संख्या में थे। युद्ध-क्षेत्र के आस-पास का दृश्य देखकर यही लगता था कि जैसे सारी दुनिया ही लड़ाकू बनकर वहाँ सिमट आई है।

जब पाण्डवों की इन तैयारियों का समाचार कौरवों के यहाँ पहुँचा तो उन्होंने भी अपनी गर्मा-गर्मी दिखलानी आरम्भ कर दी। लेकिन कौरवों और पाण्डवों के पक्ष में एक बड़ा अन्तर यह था कि पाण्डव जहाँ अपने-आप में एकमत थे, वहीं कौरवों में बड़े मतभेद चल रहे थे। दुर्योधन, दुःशासन आदि कौरव भाई उनके शकुनि मामा, उनके मित्र कर्ण आदि नौजवान लोग अपने दल के बड़े-बूढ़ों के प्रति तनिक भी विश्वास नहीं रखते थे। विशेष रूप से भीष्म पितामह और द्रोणाचार्य के लिए मन में बड़ी आशंकाएँ थीं। द्रोणाचार्य अर्जुन को मन-ही-मन बहुत प्यार करते थे। इससे कर्ण और दुर्योधन को बड़ी जलन होती थी। उन्हें डर था कि द्रोणाचार्य, पाण्डवों को मारने के बजाय उनसे बच-बचकर लड़ेंगे। कौरवों के लिए ऐसी लड़ाई घातक सिद्ध होगी। इसी तरह वह यह भी समझते थे कि भीष्म पितामह अपने पाण्डवों को तो नहीं मारेंगे। उन्हें लगता था कि वह बुड्ढे बेमन से लड़कर हमारा खेल बिगाड़ देंगे। इसलिए दुर्योधन ने कर्ण को अपना मुख्य सेनापति बनाना चाहा। जासूस ने यह खबर दी थी कि पाण्डवों ने द्रोपदी के भाई धृष्टद्युम्न को अपना प्रधान सेनापति बनाया है।

इसलिए टक्कर में कर्ण को ही अपना सेनापति बनाना उन्होंने तय किया। दुर्योधन ने कर्ण को बुलाया और कहा कि तुम हमारे सेनापति बन जाओ।

कर्ण बोला—मेरा कहा न तो पितामह मानेंगे और न अर्जुन के गुरु आचार्य द्रोण। तुम पहले बुड्ढों को बस में करो तो मैं आगे कदम उठाऊँ। क्योंकि इन बुड्ढों के कारण कोई भी श्रेष्ठ कुल का क्षत्रिय सरदार मेरी बातें न मानेगा।

जब यह खींचतान चल रही थी तभी पाण्डव पक्ष से यह खबर आई कि अर्जुन ने मोह और कर्तव्य की लड़ाई में कर्तव्य की जीत साबित करने के लिए निर्मम भाव से भीष्म पितामह तक का वध करने की प्रतिज्ञा कर ली है। यह सुनकर दुर्योधन ने सोचा कि भीष्म पितामह को सेनापति बनने के लिए राजी करने का यह उपयुक्त अवसर आ गया। यह सोचकर दुर्योधन अपने भाइयों और कर्ण आदि के साथ पितामह के पास पहुँचे और उन्हें अर्जुन की प्रतिज्ञा सुनाकर कहा—हे पितामह! इस युद्ध का पहला सेनापति पाण्डव ने अपने साले को बनाया है और हम यह चाहते हैं कि कुरु वंश के वयोवृद्ध और सबसे अधिक पूज्य हमारे पितामह अर्थात आप ही हमारे सेनापति बनें।

सुनकर भीष्म ने एक क्षण तक अपने मन में विचार किया फिर बोले—ठीक है, मैं तुम्हारे प्रस्ताव को स्वीकार करता हूँ। यह कहकर अपने मातहत सेनापतियों का चुनाव करना आरम्भ कर दिया और इस चुनाव में उन्होंने कर्ण का दर्जा ऊँचा न माना।

कर्ण इससे तप उठा, बोला—पितामह आप बिना किसी कारण के ही मुझसे द्वेष रखते हैं, जब होता है तभी आप मेरे ऊपर व्यंग्य-बाण बरसाते हैं। आपने मुझे छोटा दर्जा दिया है, इसलिए अब हमारी सेना के सब लोग मुझे उसी हैसियत का योद्धा समझेंगे। हे पितामह! मैं आपकी कुटिल चालों को खूब समझता हूँ। मैं जानता हूँ कि आप मेरे मित्र दुर्योधन के साथ छल कर रहे हैं। आप दुर्योधन के शत्रु हैं और पाण्डवों को प्यार करते हैं। सब जानते हैं कि मैं अकेला ही पाण्डवों की सारी सेना को तहस-नहस करके उनके पाँचों भाइयों का नाश कर सकता हूँ। इसलिए आपने जान-बूझकर मुझे लड़वइयों की पिछली पंक्ति में रखा है। पितामह से यह कहकर कर्ण दुर्योधन की ओर घूमा और बोला—हे मित्र! हर तरह से तुम्हारा भला चाहने पर भी मैं तुम्हारे पितामह की मातहती में कदापि नहीं लड़ूँगा। पहले इन बुड्ढों की पोल खुल जाने दो। भीष्म पितामह जब युद्ध में मारे जाएँगे तब मैं यह दिखला दूँगा कि तुम्हारा मित्र और शुभचिन्तक यह कर्ण कितना शक्तिशाली है।

कर्ण की इन जली-कटी बातों से भीष्म पितामह को बड़ा क्रोध आ गया। उन्होंने कर्ण को खूब फटकारा। बात बिगड़ती देखकर दुर्योधन विनयपूर्वक बोला—"हे

पितामह! इस महासंकट के अवसर पर आप इन बातों को भूल जाएँ। मेरा भला सोचो। आप दोनों ही महावीर हैं, आप दोनों ही मेरा कार्यसिद्ध करने में हर तरह से समर्थ हैं। इसलिए मेरी प्रार्थना स्वीकार करके आप इस आपसी झगड़े को शान्त कीजिए। बीच में केवल एक ही रात बाकी है। कल सबेरे से युद्ध छिड़ जाएगा। ऐसे कठिन समय में घर की फूट हमारे लिए अकल्याणकारी साबित होगी।"

दुर्योधन के इस विनय से पितामह का क्रोध शान्त हुआ। असल बात यह थी कि पितामह को कर्ण के पैदा होने का सारा हाल मालूम था। अपनी एक भतीज-बहू के कुँवारेपन की सन्तान को वह सह नहीं पाते थे। कर्ण जबकि उनके पोते अर्जुन से द्वेष रखता था इसलिए वे उसे सह नहीं पाते थे। अर्जुन उनका पोता था और कर्ण एक पाप की सन्तान। मन की यह बात ही उन्हें कर्ण के विरुद्ध बनाती थी। उनका यह भी ख्याल था कि अगर दुर्योधन को कर्ण न मिला होता तो वह शायद पाण्डवों से लड़ने में घबड़ाता। भीष्म पितामह महापुरुष होते हुए भी न्याय और मोह की खींचातान में फँस गए। यही हाल द्रोणाचार्य का भी था।

जब सारी तैयारियाँ हो गईं तो दुर्योधन ने उलूक नामक एक बुद्धू किस्म के नौकर को शान्ति दूत बनाकर पाण्डवों के पड़ाव में भेजा। उलूक ने जाकर युधिष्ठिर से कहा कि हमारे महाराज दुर्योधन बड़े उदार हैं, उन्होंने कहलाया है कि आप लोग उनसे लड़ाई का विचार छोड़ दें। उन्होंने कहा है कि हमारे वीरों के सामने आपके सिपाही भुट्टों की तरह भुन जाएँगे और आप पाँचों भाइयों की बोटियाँ-बोटियाँ काट डाली जाएँगी।

युधिष्ठिर ने यह सुना और मुस्करा उठे, उन्होंने भी उलूक को ऐसा ढोंग भरा उत्तर दिया, कहा—हे उलूक, तुम जाकर अपने मालिकों से कहो कि पाण्डवों को अपने कौरव भाइयों की बड़ी चिन्ता है। जैसे भड़भूँजे के भाड़ में लइया, चने भूँजे जाते हैं वैसे ही हमसे लड़कर हमारे कौरव भाई भुन जाएँगे। हे उलूक! तुम दुर्योधन से यह भी कहना कि शान्ति का यह बगुला भक्ति वाला प्रस्ताव लेकर उन्होंने तुम्हें क्यों भेजा, आप ही यहाँ चले आते। तुम तो केवल नाम के ही उलूक हो पर दुर्योधन के तो हर काम से उल्लूपन साबित होता है।

उलूक से यह बातें सुनकर दुर्योधन और उसके भाई तप उठे। फिर उन्होंने लड़ाई के लिए कुछ नियम बनाए, जिस पर दोनों पक्षों ने विचार करके समझौता किया। शर्तों में सबसे बड़ी बात यह थी—हर दिन सूर्यास्त के बाद लड़ाई समाप्त हो जाया करेगी और उसके बाद रात-भर दोनों पक्षों के लोग आपस में दोस्ती और भाईचारे का नाता निबाहेंगे।

युद्ध का आरम्भ

सबेरा हुआ दोनों पक्षों में देवताओं की पूजा हुई और दुर्गा भवानी को विजय देने के लिए मनाया गया। आमने-सामने मैदान में सेनाएँ डट गईं। हज़ारों शंख, दमामे, तुरहियाँ बजने लगीं। मारू बाजे सुनकर हाथी चिंग्घाड़ उठे और दोनों पक्षों के सिपाहियों ने हज़ारों कण्ठों से जय-जयकारें करके आकाश गुंजा दिया। हर सैनिक टुकड़ी के सेनानायक अपने-अपने शब्दों से सैनिकों को जोशीला बढ़ावा दे रहे थे। सेनापति भीष्म और सेनापति धृष्टद्युम्न अपनी-अपनी सेनाओं का निरीक्षण कर रहे थे। इसी समय अर्जुन ने श्रीकृष्ण से कहा—हे सखा! जब तक यह प्रारम्भिक तैयारियाँ चल रही हैं, तब तक आओ हम लोग दोनों सेनाओं के बीच में खड़े होकर दोनों ओर की तैयारियों का निरीक्षण करें। तुम मेरे रथ को दोनों सेनाओं के बीच में ले चलो।

सारथि श्रीकृष्ण ने वैसा ही किया। रथ पर खड़े होकर अर्जुन अपने चारों ओर का दृश्य देखने लगे, उनके चारों ओर आदमियों, हाथियों, घोड़ों और रथों का जंगल खड़ा हुआ था। जय-जयकारों और ढोल-दमामों की आवाज़ों के सामने, कान पड़ी बात तक न सुनाई देती थी। अर्जुन ने देखा कि कुछ दूरी पर सफेद दाढ़ी लहराते हुए भीष्म खड़े हैं, और एक ओर द्रोणाचार्य जी रथ पर चले आ रहे हैं, न जाने कितने प्रिय और परिचित चेहरे शत्रुओं के पक्ष में दिखाई दे रहे हैं। लड़ने वालों में बाबा, चाचा, भाई-भतीजे सभी थे। देखकर अर्जुन का मन उदास हो गया। वे रथ पर बैठ गए और दुःखी होकर बोले—हे कृष्ण! मैं अपने प्यारों को भला अपने हाथ से क्योंकर मार सकूँगा। नहीं-नहीं यह पाप मुझसे कदापि न होगा, आदमी राज-पाट, सुख-वैभव आखिर किसके लिए चाहता है, अपने प्रिय जनों के लिए ही न? फिर उन्हें मारकर अपना राज-पाट पा लेने पर मुझे सुख कैसे मिल सकेगा। हे कृष्ण! मेरे मन में यह सभी बातें कई दिनों से चल रही थीं, किन्तु आज मेरा मन पोढ़ा हो गया है। मैंने यह निश्चय कर लिया है कि मैं नहीं लड़ूँगा।

अर्जुन की यह दशा देखकर श्रीकृष्ण बड़े हैरान हुए, उन्होंने मीठे ढंग से झिड़कते हुए कहा—हे अर्जुन! तुम्हें यह क्या पागलपन सवार हुआ है? ऐन युद्ध के अवसर पर तुम कायरता दिखा रहे हो। हे अर्जुन! यह युद्ध किसी एक के स्वार्थ के लिए नहीं हो रहा है, यह दो सिद्धान्तों की लड़ाई है। जब सिद्धान्तों पर लड़ाई होती है तब केवल कर्तव्य का ही ध्यान रखा जाता है। तुम समझते हो कि यह तुम्हारे हाथों मारे जाएँगे, परन्तु सोचने का यह दृष्टिकोण गलत है। याद रखो जिसका सिद्धान्त ऊँचा होता है, उसका कर्तव्य भी श्रेष्ठ होता है। चाहे भीष्म हों, या कौरव पक्ष का कोई और हो, जो भी तुम्हारे हाथों से मरेगा वह सच पूछो तो पहले ही मर चुका है। यह लोग झूठ का साथ दे रहे हैं इसलिए सिद्धान्तहीन हैं। सिद्धान्तहीनों और गलत सिद्धान्त वालों का नाश हुए बिना सच्चे सिद्धान्तों की प्रतिष्ठा कभी नहीं हो सकती। इसलिए हे अर्जुन! व्यर्थ की चिन्ताएँ छोड़ो और अपने कर्तव्य का पालन करो। कर्तव्य का पालन करते समय मनुष्य को राग, द्वेष, माया, मोह से दूर रहना चाहिए। कर्म करो अर्जुन, उसके फल की चिन्ता न करो, उठो! और अपना शंख घोष करो। तुम्हारे शंख फूँकते ही तुम्हारी सेना में प्राणों की लहर दौड़ जावेगी।

श्रीकृष्ण के विचारपूर्ण उत्तेजक उपदेश सुनकर अर्जुन का मन सावधान हुआ।

भीष्म-युधिष्ठिर की भेंट

कृष्ण जब अर्जुन को अपने सुन्दर उपदेशों से प्रेरित कर रहे थे, तभी उन्होंने देखा कि धर्मराज युधिष्ठिर अपने अस्त्र-शस्त्र, कवच आदि उतारकर पाँव पैदल कौरवों की सेना की ओर चले जा रहे हैं। भीम, नकुल, सहदेव आदि भाई और दूसरे सामन्त लोग आश्चर्य से तमाशा देखने लगे। सभी को यह हैरानी हो रही थी कि धर्मराज को आखिर यह क्या पागलपन सूझ रहा है। भीम आदि भाइयों ने धर्मराज से पूछा भी, पर उन्होंने कोई उत्तर नहीं दिया। वे आगे आए तो अर्जुन ने भी आश्चर्य

से अपने बड़े भाई को कौरव पक्ष की ओर जाते हुए देखा। वे एकाएक कह उठे—"धर्मराज को यह क्या हो गया, ऐसे दीन भाव से वे कहाँ जा रहे हैं!"

सुनकर श्रीकृष्ण हँसने लगे। उन्होंने कहा—"अर्जुन इतने वर्षों तक साथ-साथ रहकर भी तुमने अपने बड़े भाई का मन नहीं पहचाना। वे श्रेष्ठ संस्कृति के पुजारी हैं, कोई भी शुभ काम करने के पहले वे भला अपने पूज्य बड़े-बूढ़ों के चरण छूकर उनसे आशीर्वाद पाए बिना क्योंकर आगे बढ़ सकते हैं। युद्ध की गर्मा-गर्मी में भी शुद्ध संस्कारों का विनयपूर्वक पालन करना कोई हमारे बड़े भाई धर्मराज युधिष्ठिर से सीखे।"

युधिष्ठिर को अपनी ओर दीन-भाव से आते देखकर कौरव सेना भी अचम्भे से बँध गई। बहुत से मूर्ख यह कहकर खुशी मनाने लगे कि हमारे बल को देखकर धर्मराज की अकल ठिकाने लग गई है। वह देखो दाँतों में तिनका दबाए हुए वे हमारी शरण में चले आ रहे हैं।

युधिष्ठिर सीधे भीष्म पितामह के पास पहुँचे। उन्होंने बड़ी श्रद्धापूर्वक उनके पैर छूकर अपने हाथ जोड़े; फिर कहा—"महाबली पितामह, हम लोग आपसे युद्ध करने जा रहे हैं, मैं इसके लिए आपकी आज्ञा और आशीर्वाद माँगने आया हूँ।"

यह सुनकर पितामह गद्‌गद हो गए, उन्होंने युधिष्ठिर को कलेजे से लगा लिया और कहा—"बेटा युधिष्ठिर, तुम्हारा धर्मभाव देखकर मैं बहुत प्रसन्न हूँ। यदि तुम न आते तो मैं तुम्हें अवश्य शाप देता, पर अब मैं तुम्हें हृदय से आशीर्वाद देता हूँ और युद्ध करने के लिए आज्ञा भी देता हूँ। मैं कौरव दरबार का एक सेवक होने के नाते अनुशासन में बँधकर भले ही उनके लिए लड़ूँ, पर मैं यह जानता हूँ कि न्याय तुम्हारे साथ है। मेरा आशीर्वाद है, तुम्हारी जय हो।"

भीष्म पितामह से आशीर्वाद लेकर युधिष्ठिर फिर गुरु द्रोण और कृपाचार्य के पैर छूने गए, दोनों ने उन्हें शुभाशीर्वाद दिए। द्रोणाचार्य ने कहा—"हे युधिष्ठिर! मैं कौरव दरबार का नमक खाता हूँ, इसलिए युद्ध-क्षेत्र में तुम लोग मुझे कट्टर शत्रुओं के समान ही दिखलाई दोगे। परन्तु युद्ध के बाद हर शाम को मैं ईश्वर से तुम्हारी ही जय मनाऊँगा। जाओ और अपने पक्ष में खड़े होकर पूरे सैनिक भेष में युद्ध का शंख बजाओ।"

शंख घोष होते ही दोनों ओर से लाखों तीर सनसना उठे, रथों से रथ टकराने लगे और हाथियों से हाथी। तलवारें ऐसी चल रही थीं कि मानो बिजलियाँ कौंध रही हों। एक-दूसरे के खून के प्यासे शत्रु आपस में ऐसे जूझ रहे थे कि मानो मनुष्य के पैदा होने का मुख्य उद्देश्य मारना और मरना ही हो। किसी का हाथ कटा तो

किसी का सिर, लहू के फव्वारे छोड़ते हुए धड़ कटकर नीचे गिरने लगे। लड़ाई के जोश में सिपाही लोग घायलों और मरे हुए सैनिकों की लाशों को रौंदते हुए, आगे बढ़ते थे। आकाश में चीलों, कौवों के झुण्ड-के-झुण्ड मँडरा रहे थे। मौका पाते ही धरती की ओर झपटते और किसी का मांस, किसी की अँतड़ी नोचकर और भी भयंकर दृश्य उत्पन्न कर देते थे। उनके लिए कौरव और पाण्डव पक्ष के सैनिकों का मांस एक समान था। मनुष्य अपनी जाति का संहार कर रहा था और पक्षी उनके आपसी वैर-फूट का लाभ उठाकर दावतें उड़ा रहे थे।

लड़ते हुए भीष्म पितामह और अर्जुन के रथ आमने-सामने आ गए। पितामह के रथ के आगे धरती पर पाँच बाण छोड़कर अर्जुन ने उन्हें प्रणाम किया। आशीर्वाद देते हुए भीष्म ने कहा—"बेटा अर्जुन, युद्ध-क्षेत्र में आज दादा और पोते की लड़ाई होगी। तू जवान और महाबली है फिर भी अपने बूढ़े बाबा से लड़ते समय तुझे छठी का दूध याद आ जावेगा। फिर भी मैं हृदय से यही मानता हूँ कि अपने पोते के हाथों ही मेरी मृत्यु हो और तेरी जय हो।" यह कहकर पितामह ने अपना धनुष सम्हाल लिया। दोनों ओर से बाणों की बरसात होने लगी, जब तक दोनों आमने-सामने रहे कोई एक-दूसरे को झुका न सका। युद्ध की आवश्यकतानुसार जब मोर्चे बदले तभी वे एक-दूसरे से उस दिन के लिए अलग हुए।

अर्जुन का बेटा नौजवान अभिमन्यु, श्री रामचन्द्र के वंशज अवध नरेश राजा बृहदनल से टक्कर ले रहा था। राजा बृहदनल ने सामना होते ही ऐसी बाण वर्षा की कि अभिमन्यु के रथ का झण्डा कटकर गिर गया, साथ ही उसका सारथि भी मारा गया। जब अभिमन्यु ने यह देखा तो तप कर ऐसी घनघोर बाण बरसा की कि बृहदनल का सारथि मारा गया और वह बुरी तरह से घायल होकर खुद ही अपना रथ हाँककर आगे बढ़ गया।

एक मोर्चे पर भीम और दुर्योधन में ठन गई। दूसरे मोर्चे पर नकुल और दुःशासन आपस में तलवारबाजी करने लगे। चारों ओर जय-जयकार और हाहाकार ही मच रहा था। दोनों पक्षों के सैनिकों के लिए नौकर लोग पानी और शकर-पूड़ियाँ लिये हुए डोल रहे थे। सैनिक लड़ते-लड़ते पीछे आते नौकर उन्हें शकर-पूड़ी खिलाते, पानी पाण्डे पानी पिलाते और इस तरह ताजे होकर सैनिक मैदान में फिर डट जाते थे। युद्ध की भूमि में सैनिकों का भोजन ऐसे ही होता है। सूर्योदय से सूर्यास्त तक खूब घमासान युद्ध मचा, सैकड़ों मरे, हज़ारों घायल हुए। इस तरह भारत युद्ध का पहला दिन बीत गया।

दूसरे दिन और भी घमासान लड़ाई हुई। पाण्डवों की सेना ने पराक्रम तो बहुत दिखलाया, लेकिन भीष्म पितामह के हाथों से उनकी सेना का नाश बहुत हुआ। अर्जुन

किसी और मोर्चे पर युद्ध कर रहे थे। जिधर अर्जुन लड़ रहे थे उधर कौरव सेनाओं का सफाया हो रहा था। तीसरे दिन भीष्म ने पाण्डवों की सेना का बड़ा नाश किया। सबसे दुःख की बात यह हुई कि विराट का बेटा राजकुमार उत्तर उस दिन घमासान युद्ध करने के बाद भीष्म पितामह के हाथों मारा गया। अपने साले की मृत्यु होने के कारण वीर अभिमन्यु को हार्दिक दुःख हुआ, साथ-ही-साथ विराट के दूसरे पुत्र श्वेत को भी बहुत गुस्सा चढ़ आया। इन दोनों नौजवानों ने और इसके साथ-ही-साथ भीम के राक्षस बेटे घटोत्कच ने यह प्रतिज्ञा की कि अगले दिन वे मिलकर कौरव सेना के वीरों से ऐसी घमासान लड़ाई लड़ेंगे कि उन्हें छठी का दूध याद आ जाएगा। अगले दिन का युद्ध बड़ा ही भीषण हुआ।

सबेरा होते ही रण के बाजे और वीरों के शंख बजने लगे। हर वीर दूसरे वीर के शंख से अपना शंख अधिक ज़ोर से फूँकता था। इस तरह शंख और मारू बाजे बजा-बजाकर दोनों पक्ष के वीर अपने-आपको हौसला देते हुए आपस में भिड़ गए। कहीं भीम और दुर्योधन में लड़ाई हो रही थी तो कहीं नकुल और दुःशासन लोहे-से-लोहा टकरा रहे थे। युधिष्ठिर की लड़ाई अपने मामा मद्रराज शल्य से हो रही थी। लेकिन सबसे अधिक घमासान लड़ाई तो उस दिन पाण्डव पक्ष के नौजवान बहादुर ही लड़ रहे थे। भीम के बेटे घटोत्कच ने राक्षसराज अलम्बुष को घेर लिया। वह बड़ा क्रूर सैनिक था। पाण्डवों की सेना उससे बहुत परेशान थी। अब घटोत्कच के रूप में अलम्बुष को सेर का सवा सेर मिल गया। दोनों वीर एक-दूसरे को देख-देखकर हुंकारने लगे। ऐसी कठिन लड़ाई हुई कि अलम्बुष की आधी से अधिक सेना काट डाली गई। अलम्बुष उस दिन लड़ते-लड़ते खीझ गया। घटोत्कच उसे छोड़ता ही न था। यह देखकर राक्षसराज को बड़ा क्रोध आया। उसने झुँझलाकर घटोत्कच पर भयंकर बाण बरसाने आरम्भ कर दिए। इससे घटोत्कच घबड़ाया नहीं वरन् और भी अधिक जोश में आ गया। उसने इतनी फुर्ती से बाण बरसाए कि राक्षसराज अलम्बुष का सारा शरीर विंध गया। उसका रथ टूटा, घोड़े और सारथि मारे गए तब वह लहू-लुहान होकर भाग गया।

राजकुमार श्वेत ने सबसे प्रबल युद्ध किया। वह जिधर भी पहुँच जाता उधर ही कौरव सेना गाजर-मूलियों की तरह कटने लगती थी। एक नौजवान ने बड़े-बड़ों के छक्के छुड़ा दिए। यह देखकर स्वयं भीष्म पितामह को उससे लड़ने के लिए आना पड़ा। राजकुमार श्वेत ने भीष्म के रथ के पास पहुँचने तक ऐसे बाण मारे कि पितामह के रथ का झण्डा कटकर गिर गया। भीष्म झुँझला उठे। उन्होंने प्रबल बाण बरसाने शुरू कर दिए। लेकिन श्वेत नौजवान होने पर भी कच्चा खिलाड़ी न था। निशाना साधकर उसने एक बाण छोड़ा, भीष्म पितामह का धनुष कटकर बेकार हो गया। और इसी बीच में श्वेत ने फुर्ती दिखलाकर पितामह के सारथि को भी मार डाला।

पितामह क्रोध में आ गए, उन्होंने तुरन्त ही दूसरा धनुष उठाकर बाण वर्षा आरम्भ कर दी, परन्तु नौजवान श्वेत उस दिन बूढ़े महारथी को मानो यह जतलाना चाहता था कि नये खून में बड़ा जोश होता है। उसने थोड़ी ही देर में भीष्म का रथ भी तहस-नहस कर डाला। भीष्म पितामह तुरन्त रथ से कूद पड़े और हाथ में तलवार लेकर झपटे। श्वेत भी कूदकर मैदान में आ गया। वह बड़ी ही बहादुरी से लड़ा। उसकी फुर्ती और बहादुरी देखकर लोग-बाग दाँतों तले अँगुली दबाने लगे। लेकिन भीष्म जैसे योद्धा के सामने श्वेत बेचारा बहुत देर तक ठहर न सका। भीष्म पितामह के हाथों उसने वीरगति पाई।

राजकुमार श्वेत के मरने से पाण्डव पक्ष में बड़ी उदासी छा गई। राजा विराट के दो-दो बेटे युद्ध में मारे गए थे। वैसे आज की लड़ाई में पाण्डव पक्ष के बहादुर जवानों ने बड़ी वीरता दिखलाई थी, लेकिन पिछले दो-तीन दिनों में भीष्म ने पाण्डव सेनाओं को बड़ा नुकसान पहुँचाया था। पाण्डव लोग उदास और चिन्तित थे। भीम ने कहा—"पितामह के मरे बिना हमारी जीत न होगी। अगर यही हाल रहा तो दो ही चार दिनों में हमारी सेनाओं का मनोबल टूटने लगेगा। हमें अर्जुन को बुलाकर पितामह को युद्ध से हटाने का प्रबन्ध करना चाहिए।"

युधिष्ठिर बोले—"भीम, पितामह को मारना, तुम्हारे और अर्जुन के लिए भी आसान नहीं है भाई! वे बूढ़े हुए तो क्या, वे ब्रह्मचारी हैं। उन्होंने परशुराम के आश्रम में धनुर्विद्या सीखी है। हाँ, भीष्म पितामह द्रोपदी के भाई शिखण्डी से कभी नहीं लड़ेंगे। शिखण्डी नपुंसक है, वे उसका मुँह देखना भी पाप समझते हैं।"

"तो ठीक है, अर्जुन के रथ पर शिखण्डी को भी बैठा दीजिएगा। आप अर्जुन को इसी ओर बुलवाइए, उसके सिवाय हममें से ऐसा कोई नहीं जो भीष्म पितामह के रण-कौशल का उचित उत्तर दे सके।"

कृष्ण और अर्जुन आए। सारा हाल सुना। दूसरे दिन उन्होंने कृष्ण से कहा कि मेरा रथ आप पितामह के रथ के पास ले चलिए। उन्हें सामने देखकर अर्जुन ने उनके रथ के आगे पाँच बाण धरती पर छोड़कर प्रणाम किया। भीष्म ने आशीर्वाद देते हुए उनसे कहा—"तुम्हारी जय हो बेटा! आ अब हम बाबा-पोते एक-दूसरे को अपना रण-कौशल दिखलाएँ।"

भीष्म-अर्जुन की लड़ाई ऐसी अद्‌भुत हुई कि देखने वाले अपने दाँतों तले अँगुली दबा लेते थे। ऐसा लगता था कि मानो बिजलियाँ आपस में टकरा रही हैं। जब अर्जुन बाण चलाते थे तब पितामह बड़ी फुर्ती से उसके वार बचा लेते थे, किन्तु भीष्म के वार अर्जुन न बचा पाते थे। उन्हें कई बार घायल होना पड़ा। लड़ते-लड़ते भीष्म ने ऐसी प्रबल बाण वर्षा की कि अर्जुन का रथ ही टूट गया। यह देखकर

श्रीकृष्ण को क्रोध आ गया, वे टूटे हुए रथ के एक पहिए को चक्र की तरह घुमाते हुए भीष्म की ओर झपटे। भीष्म ने तुरन्त ही हाथ जोड़ दिए, कहा–"हे यदुनन्दन! आपने युद्ध में न लड़ने की प्रतिज्ञा की थी और आप इस समय ऐसे आवेश में आ गए हैं कि रथ के पहिए को उठाकर मुझ पर झपट पड़े हैं। आपके इस क्रोध से मेरा गौरव बढ़ता है। आखिरकार मेरे जैसे बूढ़े ने योगेश्वर श्रीकृष्ण को अपनी प्रतिज्ञा भूलने के लिए विवश कर दिया। इसे मैं अपना अहोभाग्य मानता हूँ।"

भीष्म पितामह के इन मृदुल वचनों को सुनकर श्रीकृष्ण का क्रोध शान्त हो गया और उस दिन का युद्ध भी समाप्त हो गया। दूसरे दिनों के बजाय उस दिन इतना लाभ तो अवश्य हुआ कि भीष्म पितामह सारे दिन अर्जुन से ही जूझते रहे। जिससे पाण्डव पक्ष की सेनाओं का अधिक नुकसान न हो सका।

अगले दिन फिर मरने वाले वीरों के लहू से युद्धभूमि लाल होने लगी। भीम ने अर्जुन को समझाया कि अपने साथ-साथ शिखण्डी को भी रथ पर बिठा ले जाओ, परन्तु वे राजी न हुए। उन्होंने कहा–"मैं यह पाप नहीं करूँगा। मैं या पितामह एक-दूसरे से लड़ते हुए यदि वीरगति पाएँ तब तो कोई बात नहीं, परन्तु इस प्रकार धोखा देकर मैं उनसे कदापि नहीं लड़ूँगा।"

श्रीकृष्ण ने अर्जुन की बात सुनकर भीम को आँखों से यह इशारा किया कि मेरा संकेत पाते ही शिखण्डी को रथ पर भेज देना।

सुनते हैं कि भीष्म पितामह भी अपने जीवन से ऊब गए थे। उन्होंने पाण्डवों के यहाँ संकेत के रूप में यह बात पहुँचाई थी कि शिखण्डी की आड़ लेने पर मैं युद्ध नहीं करूँगा। अर्जुन उस समय मुझ पर प्रहार कर सकता है। भीम और कृष्ण तो इस छल-युद्ध के लिए राजी थे, क्योंकि स्वयं पितामह की भी ऐसी इच्छा थी, किन्तु अर्जुन जैसा महावीर ऐसे छल-युद्ध को कभी पसन्द ही नहीं कर सकता था। विशेष रूप से अपने पूज्य पितामह के साथ ऐसा छल-कपट करना तो उसकी शान के खिलाफ बात थी। मगर श्रीकृष्ण ने जो ठान लिया था, वह होना ही था। दूसरे दिन भी सारे दिन पितामह भीष्म और महावीर अर्जुन एक-दूसरे से युद्ध में गुथे रहे। दिन ढलने को आया, मगर दोनों ओर से किसी का बल घटता नहीं दिखलाई पड़ता था। सच तो यह है कि भीष्म उस दिन भी अर्जुन से प्रबल पड़ रहे थे। देखते-देखते एकाएक शिखण्डी का रथ सामने आ गया। भीष्म पितामह ने उसे देखते ही अपने धनुष-बाण रथ पर रख दिए। उन्होंने कहा–"मैं मर्दों से लड़ता हूँ नपुंसक से नहीं।" शिखण्डी जानता था कि भीष्म उसकी हत्या कभी नहीं करेंगे, इसलिए वह बढ़-बढ़कर उन्हें अपमानजनक बातें सुनाने लगा। यह देखकर श्रीकृष्ण ने अर्जुन से कहा–"मित्र, देखते क्या हो यही अवसर है बाण चलाओ।"

अर्जुन हिचककर बोला—"नहीं यह छल होगा।"

"युद्ध में सब कुछ चलता है मित्र! चूको मत, निशाना लगाओ।" श्रीकृष्ण ने इस तरह से अर्जुन को अपनी बातों से घेरा कि वह न नहीं कर सके। उनका बाण छूटा और सीधा जाकर पितामह की छाती में विंध गया। पितामह भीष्म गिर पड़े। कौरव, पाण्डव दोनों ही की सेनाओं में तहलका मच गया। पितामह दोनों ही के पितामह थे। कौरव पक्ष में घनघोर निराशा छा गई। दुर्योधन का एक प्रबल सहारा ही टूट गया था।

अर्जुन ने तुरन्त अपने रथ से उतरकर अपने पितामह को उठाया और उनका सिर अपनी गोद में रखकर बैठ गए। जैसे ही उन्हें होश आया वैसे ही अर्जुन ने हाथ जोड़कर कहा—"हे पितामह! मैं बड़ा लज्जित हूँ कि मेरे हाथों आपकी यह दशा हुई है।"

"नहीं बेटे, मैं तो इस बात से सुखी हूँ कि तुम्हारे हाथों से मैंने वीरगति पाई है। अगर उल्टी बात होती, तो मैं जीते जी ही मर जाता। बेटा, मैं बहुत जी चुका। अब मेरी इच्छा भी अधिक जीने की नहीं रही थी, किन्तु मेरी मृत्यु मेरी इच्छा के अनुसार ही आएगी। मैं जन्म-भर ब्रह्मचारी और सत्यनिष्ठ रहा हूँ। इसलिए मैं तभी मरूँगा जब अपने लिए मृत्यु का सुदिन आया समझ लूँगा। सूर्य के उत्तरायण में आने के पहले वह दिन कदापि नहीं आ सकता। बच्चो! मेरे लिए श्रेष्ठ शैया बिछाओ।" दुर्योधन ने नौकरों को पड़ाव से सोने का पलँग लाने की आज्ञा दी। भीष्म बोले—"सोने की सेज नहीं मुझे वीरों की सेज चाहिए।" पितामह की बात कोई और न समझा—केवल अर्जुन ही उसे समझ पाया। उसने तुरन्त ही धरती पर बाण मार-मारकर शर-शैया तैयार कर दी। देखकर भीष्म बहुत प्रसन्न होकर बोले—"मेरे पौत्रों में अर्जुन ही मेरे मन की बातों को समझ सकता है। हे अर्जुन! तुम मुझे अपने हाथों से उठाकर इसी शैया पर लिटा दो।"

अर्जुन ने पितामह की आज्ञा का तुरन्त पालन किया। भीष्म बोले—"मेरा सिर नीचे झुका हुआ है बेटे, उसे एक तकिया दो।"

अर्जुन ने तीन बाण मारकर उनके सिर को टेक दे दिया।

"ठीक है, अब मैं सुख से मृत्यु का अन्तिम क्षण आने तक हरिभजन करता हुआ पड़ा रहूँगा। तुम सब लोग जाओ। दुर्योधन, हो सके तो अब यह युद्ध बन्द करवा दो। जन को महानाश से बचाओ, मैं अन्तिम बार यह तुमसे कहता हूँ जैसी इच्छा हो वैसा ही करना।"

कहकर पितामह मौन हो गए।

लेकिन दुर्योधन और उसके भाइयों के सिरों पर विनाश का भूत नाच रहा था। वे भला कोई सही बात सुन या मान सकते थे।

द्रोणाचार्य का पराक्रम

जिस समय अर्जुन और भीष्म पितामह का भीषण युद्ध हो रहा था, उसी समय एक दूसरे मोर्चे पर द्रोणाचार्य और धृष्टद्युम्न भी आपस में कटाजुज्झ करते हुए बड़ी महनामथ मचा रहे थे। धृष्टद्युम्न महाराज द्रुपद का बेटा था और द्रुपद तथा द्रोणाचार्य एक साथ पढ़े थे। इस प्रकार नाते में चाचा-भतीजे दोनों इस समय एक-दूसरे के परम शत्रु होकर मार-काट मचा रहे थे। सामना होते ही द्रोणाचार्य ने पाण्डवों के महा सेनापति धृष्टद्युम्न के रथ पर तीर बरसाने आरम्भ किए। पहले रथ की ध्वजा काटी, सारथि और घोड़ों को मार गिराया और धृष्टद्युम्न को भी घायल किया। इस भीषण प्रहार से तपकर धृष्टद्युम्न भी बड़े जोश में आ गया। द्रोणाचार्य अपने मित्र के बेटे को मारना नहीं चाहते थे, इसलिए उसे घायल करके उनका रथ आगे बढ़ने लगा। धृष्टद्युम्न ने वैसे ही बड़े दर्प के साथ ललकारा–"ठहरिए आचार्य, भागिए मत, जो पाठ आपने पढ़ाया है उसे सुनते भी जाइए।" कहकर धृष्टद्युम्न के फुर्तीले हाथों ने एक साथ कई बाण धनुष पर चढ़ाकर मारे। धृष्टद्युम्न के बाण क्या बरसे कि मानो सावन-भादों की झड़ी लग गई। द्रोणाचार्य का रथ धृष्टद्युम्न के बाणों से ढक गया और वह घायल भी हो गए। ऐसे भीषण प्रहार से तड़पकर बूढ़े आचार्य की बाँहों में भी नौजवानी की बिजली समा गई। उन्होंने भी धृष्टद्युम्न के दूसरे रथ पर चढ़ते समय भयानक बाण वर्षा की। उन्होंने एक साथ इतने तीर छोड़े कि धृष्टद्युम्न के लिए निशाना साधना तक मुश्किल हो गया। ऐसे भ्रमजाल में फँसाकर द्रोणाचार्य जी ने एक महा भयंकर बाण धृष्टद्युम्न को मारने के लिए अपने धनुष पर चढ़ाया। पाण्डवों के महासेनापति के आस-पास लड़ने वाले प्यादे सैनिक जिनकी आपसी लड़ाई दो महान् योद्धाओं के भयंकर युद्ध को देखने के लिए थम गयी थी, द्रोणाचार्य के इस भयंकर बाण को धनुष पर चढ़ा हुआ देखकर भय के

मारे बड़ी जोर से चिल्ला उठे। धृष्टद्युम्न के लिए प्यादों की यह चिल्लाहट मानो वरदान बन गई। उन्होंने द्रोणाचार्य के छोड़े हुए तीर की काट के लिए स्वयं भी एक बड़ा शक्तिशाली तीर छोड़ा। आचार्य का तीर बीच ही में कट गया। पाण्डवों और पांचालों की सेनाएँ जोश में जय-जयकार कर उठीं। अब दोनों महाबली एक-दूसरे पर भयंकर बाण वर्षा करने लगे। आचार्य ने एक तीर द्वारा धृष्टद्युम्न का धुनष ही काट डाला, तब धृष्टद्युम्न ने बड़े ज़ोर से अपनी गदा फेंकी, लेकिन आचार्य के छोड़े हुए तीन बाण धृष्टद्युम्न के लोहे के कवच को भेदते हुए उसके शरीर में घुस गए। लहू बह चला, धृष्टद्युम्न ने भी आचार्य को घायल किया। दो घायल महायोद्धाओं का चमत्कारी युद्ध बड़ी देर तक चलता रहा। इनकी लड़ाई का हाल सुनकर भीमसेन धृष्टद्युम्न की सहायता करने के लिए अपने रथ पर दौड़े। उधर से दुर्योधन ने भी कलिंगराज को आचार्य की सहायता के लिए भेजा। दो नये महारथियों के आमने-सामने आ जाने से लड़ाई का नया दौर शुरू हुआ और घायल महावीरों के सारथी उन्हें इलाज के लिए हटा ले गए।

भीमसेन का युद्ध-चमत्कार

कलिंगराज के साथ रथों की सेना थी। उसी समय निषदराज केतुमान अपनी हाथियों की सेना लेकर पहुँच गए। दोनों ने भीमसेन को घेर लिया। कलिंगराज को तीर-कमान चलाने में कमाल हासिल था। उसका बेटा शक्रदेव भी बड़ा बहादुर था। दोनों बाप-बेटों ने भीम को तीरों से ढक दिया। भीम धनुष विद्या में किसी से कम नहीं थे, मगर उनका असली हथियार गदा ही था। जब वे तीरों से घिर गए तो सुनार की सौ चोटों पर लोहार की एक घन चोट के समान ही उन्होंने अपनी गदा खींच मारी। कलिंगराज का बेटा शक्रदेव उस चोट के धक्के से स्वर्ग सिधार गया।

अब तो कलिंगराज काले नाग-सा फुफकार उठा। भीमसेन अब अपनी पर आ गया। उन्होंने कलिंगराज को भी दूसरी गदा फेंककर ढेर कर दिया। इन मरने

वाले बाप-बेटों की बाण वर्षा ने भीमसेन का रथ निकम्मा कर डाला था, इसलिए वे गदा लेकर मैदान में कूद पड़े। दस हजार हाथियों के घेराव में दस हजार हाथियों की शक्ति वाले महाबली भीम टक्कर लेने के लिए अपनी गदा का कमाल दिखलाने लगे। अपनी गदा लेकर वे चारों ओर ऐसा निशाना साध-साधकर झपट रहे थे कि घड़ों शराब पिलाकर लाए हुए मस्त हाथियों का नशा उनकी मार से हिरन होने लगा। ऐसा लगता था कि मानो मेरु पर्वत हाथियों का सागर मथ रहा हो। निषदराज की गज सेना बड़ी अनोखी बलशाली मानी जाती थी, लेकिन एक पाण्डव महागजराज रूपी भीम ने उनकी ऐसी धर-पटक मचाई कि उसकी चीं बोल गई। चिंघाड़ मारते हुए हाथी चूहों की तरह भागे। डर के मारे बौखलाए हुए वे हाथी कौरव दल की सेनाओं को कुचलते हुए जहाँ-तहाँ भाग चले। कौरवों के लिए वह दिन बहुत बुरा साबित हुआ। एक ओर भीम के हाथों उनकी बड़ी दुर्गति हुई थी, दूसरी ओर शिखण्डी की आड़ में भीष्म को बुरी तरह घायल कर दिया गया था। उस दिन रात में दुर्योधन आदि भाइयों के चेहरे उड़े हुए थे।

दधीचि का अस्थिदान

अफगानिस्तान की सरस्वती या आजकल की बोलचाल में हंसवती नदी के किनारे आज से लगभग दस-बारह हज़ार वर्ष पहले एक बड़े महात्मा रहते थे। उस ज़माने में आदमी पत्थरों और हड्डियों के बने हुए हथियारों से लड़ता था। मजबूत पसलियों के ढाँचे को नुकीला करके उससे वज्र बनाया जाता था। उसे ज़ोर से अगर किसी की छाती में फँसा दिया जाए तो वह उसकी पसलियों को कड़कड़ाकर तोड़ डालता था। आगे चलकर यही वज्र फिर ताँबे, पीतल और लोहे के भी बनने लगे। खैर, हम जिस समय की कथा सुना रहे हैं उस समय हड्डियों और पत्थरों के औज़ार ही बना करते थे। अफगानिस्तान के आस-पास ही वृत्रासुर नाम का एक शक्तिशाली

राजा भी रहता था, उसने अफगानिस्तान की नदियों से लेकर सिन्धु नदी तक की कई नदियों को अपने स्वार्थ के लिए घेर रखा था।

वृत्र के माने घेराव भी है। पत्थर और मिट्टी के बाँधों से नदियों की धाराओं को अपने राज्य की सीमा की ओर मोड़ ले जाने वाला कोई बड़ा प्रतापी और दुष्ट राजा ही वृत्रासुर के नाम से जाना जाता है। वह दुष्ट अपने असली नाम को अमर न कर सका। जिस तरकीब से उसने अन्य दुर्बल लोगों की भूमियों को पानी रहित करके सुखा दिया और अपने राज की भूमि को सिंचाई से हरा-भरा बनाया, उसी घेराव की तरकीब से उसका नाम भी कलंकित बन गया। देव कबीलों के आर्यों के मुखिया इन्द्र ने जब यह देखा तो उन्होंने इस अन्याय के विरुद्ध लड़ने का निश्चय किया। लेकिन इन्द्र वृत्रासुर को जीत न पाया। वह अपनी प्रजा के उन किसानों की सेना लेकर लड़ता था जिन्हें कि इन नदियों के घेराव से लाभ पहुँचता था। इन्द्र ने सोचा कि इस दुष्ट सेना का मनोबल तोड़ने के लिए उन्हें वृत्रासुर को मारना चाहिए। परन्तु वह बड़ा शक्तिशाली पुरुष था। उसकी छाती छेदने लायक वज्र इन्द्र के पास नहीं था। इतनी मजबूत पसलियाँ स्वयं इन्द्र की ही हो सकती थीं जिनसे कि वज्र बनाया जा सके, पर अपनी पसलियों का वज्र वह भला क्योंकर बना सकता था। उसे बतलाया गया कि महान् तपस्वी दधीचि की हड्डियाँ बहुत मजबूत हैं। अगर उनका वज्र बनाया जाए तो बलशाली वृत्रासुर की पसलियाँ अवश्य टूट जाएँगी। इन्द्र उनसे मिलने के लिए सरस्वती नदी के उस पार दधीचि आश्रम में पहुँचे। अनेक प्रकार के वृक्षों और लताओं से वह तपोवन घिरा हुआ था और बड़ा ही सुन्दर लगता था और भौंरे फूलों के आस-पास ऐसे गुंजार करते हुए डोल रहे थे कि लगता कि सैकड़ों ब्रह्मचारी मानो सामवेद का गान कर रहे हों। तपोवन के आस-पास के जंगल में भयानक पशु सुअर, हाथी और बाघ आदि रहते थे; मगर तपोवन को वे किसी भी प्रकार का नुकसान नहीं पहुँचाते थे। मनुष्य का मन जब तप कर शान्त और शुद्ध हो जाता है तब कोई भी जीव उससे शत्रुता नहीं रख पाता। दधीचि के दर्शन करके इन्द्र को बड़ी खुशी हुई।

दधीचि ने इन्द्र से पूछा—"हे देवराज! आपने यहाँ आने का कष्ट क्यों उठाया?"

देवराज इन्द्र बोले—"महातपस्विन्! देवताओं के हित के लिए मैं आपसे एक भिक्षा माँगने आया हूँ। आशा है आप हमारा उपकार करेंगे।"

दधीचि बोले—"हे इन्द्र! मैं हर प्रकार से देवों की भलाई करना चाहता हूँ। आप निःसंकोच होकर बतलावें कि मुझसे क्या चाहते हैं?"

इन्द्र ने अपने आने का कारण जब बतलाया तो महर्षि बोले—"हे देवराज! आपने मुझे यह बतलाकर प्रसन्न कर दिया कि मेरी हड्डियाँ किसी बड़े काम के लिए उपयोगी हो सकती हैं। देव हित में मैं खुशी से आत्मदान करूँगा।" यह कहकर

महर्षि तुरन्त ही अपने प्राण छोड़ने के लिए तैयार हो गए। दधीचि ने अपने त्याग से एक बहुत बड़ा उदाहरण समाज के सामने रखा।

दधीचि ने कहा कि "हे देवराज! मुझे देवताओं के उपकार के लिए अपनी हड्डियाँ समर्पित करने में कोई आपत्ति नहीं है, परन्तु मैं चाहता हूँ कि मरने से पहले मैं भारत की सब नदियों का स्नान कर लूँ।"

दधीचि की यह इच्छा सुनकर देवराज इन्द्र बहुत घबराए। तब तक तो वृत्रासुर और उनके साथी दुष्ट राजे-महाराजे देवों का कचूमर ही निकाल देते। इसलिए इन्द्र ने कहा–"हे महात्मा, हम आपकी इस इच्छा को अभी पूरा करते हैं।" और यह कहकर उन्होंने सब नदियों को आज्ञा दी कि इस कुण्ड में अपने-अपने जल का थोड़ा अंश डाल दो। नदियाँ चूँकि देवियाँ थीं, इसलिए देवराज की यह आज्ञा मानकर उन्होंने अपना जल कुण्ड में छोड़ दिया। केवल तीर्थराज प्रयाग ने अपनी गंगा न भेजी। तीर्थराज के इस घमण्ड से महर्षि और देवता लोग बड़े नाराज़ हुए। उन्होंने कहा कि तीर्थराज को बड़ा घमण्ड हो गया है। दधीचि जैसे आत्मदानी महर्षि और देवों का उपकार करने में भी उसे आनाकानी करने का साहस है। तीर्थराज को इस घमण्ड का फल भोगना पड़ेगा। हमारे शाप से वहाँ की गंगा के जल में कीड़े पड़ जाएँगे। इस तरह शाप देकर दधीचि जी कुण्ड में नहाए और फिर यह कहकर ब्रह्म समाधि में लीन हो गए कि अब तुम मेरी हड्डियों का वज्र बना लेना। मेरे आशीर्वाद से देवों की विजय होगी और वृत्रासुर अवश्य मारा जाएगा।

भीष्म की शर-शय्या

इस तरह दधीचि के त्याग और पुराणकार ऋषि-मुनियों की उदारता का ध्यान करके अब बाणों की शय्या पर लेटे हुए परम वीर और धर्मात्मा भीष्म पितामह के त्याग और उदारता का ध्यान करो। तनिक सोचो तो सही कि जिसके पोते और

सगे-सम्बन्धी युद्ध-क्षेत्र में शत्रु बनकर आपस में ही मार-काट मचा रहे हों उस आदमी के मन पर भला क्या बीत रही होगी? माता सत्यवती से पैदा होने वाले अपने भाइयों और उनके बाल-बच्चों को राज-पाट देने के लिए ही भीष्म पितामह ने आजन्म कुँवारे रहने की कठिन प्रतिज्ञा की थी। जिनके लिए उन्होंने महात्याग किया वही आपस में लड़कर अपना सत्यानाश कर रहे थे।

सारे उत्तर भारत में जगह-जगह पर घमासान युद्ध मचा हुआ है। अभी-अभी महाबली भीमसेन ने कलिंगराज श्रुतायु, राजकुमार केतुमान, शक्र देव आदि बड़े-बड़े वीरों को परास्त किया है। अपने नेताओं के मारे जाने से कलिंग सेना कायरों की तरह से इधर-उधर भाग रही है और भीमसेन उस सेना के हाथियों और घोड़ों को मार-मारकर उनमें ऐसी घबराहट भर रहे हैं कि वे सब चीखते-चिंघाड़ते हुए अपनी ही सेना के भगोड़े सिपाहियों को कुचल रहे हैं। एक ओर का युद्ध समाप्त हो रहा है और दूसरी दिशा में गरमा रहा है। यह देखो, द्रौपदी के भाई महा-सेनापति, धृष्टद्युम्न अकेले ही तीन-तीन महारथियों से मोर्चा ले रहे हैं। द्रोणाचार्य के बेटे महावीर अश्वत्थामा, उनके मामा कृपाचार्य और नकुल-सहदेव के मामा मद्रराज शल्य अपनी-अपनी युद्ध-कला का कमाल दिखला रहे हैं। जहाँ इन तीनों में किसी एक से भी मोर्चा लेना कठिन था, वहाँ प्रतापी धृष्टद्युम्न उनसे एक साथ लड़ रहे हैं।

अश्वत्थामा के रथ में बड़े ही नायाब घोड़े जुते हुए थे। वे ऐसे सुशिक्षित और चतुर थे कि अपनी चपल गति से वे अपने मालिक पर किए गए दुश्मनों के निशानों को चुकवा दिया करते थे, इसीलिए अश्वत्थामा के घोड़ों की बड़ी ख्याति थी। चतुर धृष्टद्युम्न ने इसलिए सबसे पहले उन घोड़ों को ही अपने तीरों का निशाना बनाया। घोड़े मारे गए लेकिन अश्वत्थामा भी कुछ कम चालाक नहीं थे। रथ के निकम्मा होने पर वे झपटकर महाराज शल्य के रथ पर जा बैठे और महाक्रोध में भरकर उन्होंने धृष्टद्युम्न पर बाण बरसाने शुरू किए। धृष्टद्युम्न का रथ महारथी वीरों की बाण-वर्षा के घेराव में आ गया। अर्जुन के पुत्र वीर अभिमन्यु यह देखकर अपने मामा की सहायता के लिए रथ पर तेजी से इस ओर बढ़े। दुर्योधन का बेटा लक्ष्मण भी अभिमन्यु से लड़ने के लिए आ धमका। लक्ष्मण ने निशाना साधकर अभिमन्यु का धनुष काट डाला, लेकिन उस वीर नौजवान ने इतनी फुर्ती से दूसरा धनुष उठाकर बाण चलाने आरम्भ कर दिए थे कि लगता था मानो उसका धनुष टूटा ही न हो। अभिमन्यु का धावा बड़ा ही प्रबल सिद्ध हुआ। उसके सामने लक्ष्मण की वैसी हालत हुई जैसी कि साँप पकड़ने की कला कम जानने वाले की काले नाग की बाँबी में हाथ डालने पर होती है। लक्ष्मण बेचारा मुसीबत में पड़ गया। जब दुर्योधन को यह खबर मिली, तब वह अपने बेटे की सहायता के लिए लपका। द्रोणाचार्य भी अपने राजा की सहायता

के लिए उधर ही बढ़े।

कई महारथियों के द्वारा अपने बेटे के घेराव की सूचना पाकर महाबली अर्जुन भी उधर ही चल पड़े। इतने महावीरों के एक जगह जुट जाने से भयानक मार-काट मचने लगी। हाथी, घोड़ों और पैदल सेनाओं की इधर-उधर होने वाली दौड़ से लड़ाई के मैदान में इतनी धूल उड़ी कि शत्रु एक-दूसरे को भली-भाँति देख नहीं पाते थे। वे लोग अन्धाधुन्ध बाण-वर्षा कर रहे थे। मरने वालों की चीख-कराह, घायल हाथी-घोड़ों का आर्तनाद, मारो-मारो, हाय-हाय का शोर और दोनों पक्षों के मारू बाजों का कोलाहल मिलकर ऐसा समा बाँध रहे थे कि लड़ाई के दृश्य से कोसों दूर गाँव वालों के कलेजे दहल-दहल उठते थे। कृष्ण जी बड़े ही कुशल सारथी भी थे। वे इस सफाई से अपने रथ को इधर-उधर बढ़ाते थे कि दुश्मन की सेना उनकी गति को भाँप नहीं पाती थी। अर्जुन के तीर और कृष्ण का रथ ऐसे सुरताल में बँधे हुए बढ़ते थे कि जैसे गवैये और शाजिन्दों का साथ हो। अभी इधर दिखलाई दे रहे हैं और अभी उधर। ऐसा लगता था मानो एक नहीं अनेक अर्जुन मोर्चों पर एक साथ लड़ रहे हों।

हाथियों पर हाथी मर-कटकर गिर रहे थे। उनकी लाशों के पहाड़ खड़े हो रहे थे। वीरों के कण्ठों और बाहुओं में सजे हुए मूल्यवान हीरे-मोतियों के गहने इधर-उधर बिखर रहे थे। रथों पर चढ़ी हुई शानदार रंग-बिरंगी पताकायें अर्जुन के बाणों से कट-कटकर धरती पर गिरने लगीं। गदा, खड्ग, तीर, तरकस, तोमर, ढाल, ध्वजा, आदि टूटे हथियारों से सारी समर भूमि पटी पड़ी थी। अर्जुन, अभिमन्यु और धृष्टद्युम्न के सामने कौरव वीर टिक नहीं पा रहे थे। द्रोणाचार्य की युद्ध-कला अपने चेले के सामने फीकी पड़ रही थी। युद्ध छोड़कर भागें तो कायर कहलाएँ और डटे रहें तो आखिर कब तक? इसी चक्कर में कौरवों के वीर-पर-वीर एक के बाद एक गिरते चले गए। उस दिन सूर्यास्त होते-होते कौरव सेना की अच्छी-खासी मरम्मत हो चुकी थी।

लड़ाई की निराशाजनक खबरें पाकर राजा धृतराष्ट्र बड़े उदास हुए। उनकी समझ में ही नहीं आ रहा था कि पाण्डव आखिर तगड़े क्यों पड़ रहे हैं? युद्ध की खबरें लाने वाले अपने मन्त्री संजय से बड़े दुःखी स्वर में कहने लगे—"हे संजय! हमारी सेना पाण्डव सेना से अधिक बड़ी है। हमारे योद्धा बड़ी बहादुरी से लड़ रहे हैं और बड़े ही स्वामिभक्त भी हैं। उनमें से किसी ने तलवार चलाने में, किसी ने धनुष चलाने में और किसी ने मुक्केबाजी में अद्वितीय योग्यता प्राप्त कर रखी है। हमारी सेनाओं को कसरत कवायद भी बहुत अच्छी तरह से सिखाई गई है। द्रोणाचार्य, अश्वत्थामा, कर्ण, कृपाचार्य और शल्य जैसे बड़े-बड़े लोग हमारे साथ हैं। फिर भी भाग्य हमारा साथ नहीं दे रहा है। जान पड़ता है कि देवता ही पाण्डवों को जिताना

चाहते हैं। हाय, मैंने भीष्म, काका और विदुर जी की सलाह न मानकर बहुत बुरा किया। अब न जाने क्या होगा?"

संजय बोले–"महाराज, अब यह चिन्ता करना बेकार है। युद्ध छिड़ने से पहले समझौता हो भी सकता था, परन्तु अब असम्भव है। मैंने सुना है कि कल भीमसेन प्रलय मचाएँगे। हमारे सेनापतियों को अभी से ही कल की मोर्चेबन्दी पर विचार करना चाहिए।"

भीमसेन और द्रोणाचार्य का पराक्रम

दूसरे दिन कौरव सेना ने कठिन मोर्चा बाँधा। भीमसेन युद्धक्षेत्र में जब पहुँचे तो उनके लड़वैयों ने कहा–"हे महाबली! आज तो कौरवों ने बड़ी ही कठिन व्यूह-रचना की है। इनके व्यूह को तोड़ने में ही आज का दिन व्यतीत हो जाएगा।"

वह घबराहट भरी बातें भला भीमसेन को क्या डरा सकती थीं, उन्होंने डपटकर कहा–"तुम लोग कायरों की तरह से बकवास क्यों कर रहे हो? मैं जैसे कहता हूँ वैसे करो। मैं उनके ऊपर इस प्रकार से टूटूँगा, जैसे हिरणों के वन में शेर झपटता है।" भीमसेन यह कहकर शत्रु के व्यूह पर झपट पड़े। और ऐसा घमासान मचाया कि शत्रुओं की पहली रक्षापंक्ति टूट गई। उन्होंने व्यूह भेदकर जब भीतर प्रवेश किया, तो उन्हें कर्ण, सुकर्ण, दुःशासन आदि बहुत से योद्धा एक साथ दिखलाई दिए। आज अनेक वीरों ने आपस में मिलकर यह योजना बना रखी थी कि भीम को चारों ओर से घेरकर मार डाला जाएगा, परन्तु भीम भला ऐसी योजनाओं की चिन्ता थोड़े ही करते थे। उन्होंने कौरव सेना को तहस-नहस करना आरम्भ कर दिया। भीम में इतना बल और साहस था कि कोई उनके आगे टिक ही नहीं पाता था। उन्होंने भयंकर नरसंहार किया। कौरवों के छक्के छूटने लगे।

अपनी सेना की दुर्दशा होते देखकर गुरु द्रोणाचार्य स्वयं लड़ने के लिए आए। भीष्म पितामह के घायल होकर शरशय्या पर पड़ जाने के बाद से द्रोणाचार्य ही कौरवों के महासेनापति बना दिए गए थे। इसलिए वे बड़े मोर्चे की लड़ाई पर आप ही पहुँच गए।

धृष्टद्युम्न ने जब अपने पिता के शत्रु आचार्य जी को इधर बढ़ते देखा तो सोचा कि भीम भाई की मदद के लिए पहुँचना चाहिए। द्रोणाचार्य कुशल धनुर्धर हैं, उनकी चतुराई के आगे भीम की बहादुरी शायद मात भी खा सकती है। धृष्टद्युम्न ने आगे बढ़कर द्रोणाचार्य का रथ रोक लिया। दोनों वीर लड़ाई में गुँथ गए। इधर दुर्योधन भीम का सामना करने के लिए पहुँच गए। घमासान लड़ाई होने लगी। दुर्योधन को सहायता देने के लिए उसके आठ भाई उसके आस-पास लड़ रहे थे। भीम ने दुर्योधन से लड़ते हुए अचानक एक भाई पर आक्रमण किया और वह मरकर गिर गया। दुर्योधन ने इससे तड़पकर नया वार किया। भीम ने इस वार को निकम्मा कर दिया और लपककर उसके एक और भाई की जान भी ले ली। इस तरह दुर्योधन के वे आठों भाई मारे गए। दुर्योधन घबरा उठा।

अपने बेटों और उनके बहुत से सहायक वीरों के मारे जाने से महाराज धृतराष्ट्र व्याकुल हो उठे। उन्हें यह विश्वास हो गया कि श्री कृष्ण और पाण्डवों से लड़कर विजय पाना कठिन नहीं असम्भव भी है। उन्हें रह-रहकर इस बात का पछतावा होता था कि उन्होंने भीष्म, विदुर आदि की सलाह मानकर पाण्डवों को पाँच गाँव क्यों न दे दिए। उन्हें शकुनि आदि गलत सलाह देने वाले दुर्योधन के साथियों पर भी क्रोध आने लगा। ये मूर्ख और दम्भी राजे-महाराजे पाण्डवों की शक्ति को न पहचानकर अपनी घमण्ड भरी बातों से मेरे बेटों को उभार-उभार कर दिनोंदिन उन्हें युद्धोन्मत्त बनाते रहे और अब उनसे कुछ भी करते-धरते नहीं बन पड़ रहा है। महाराज धृतराष्ट्र के मन में इतना क्षोभ हुआ कि उन्होंने दुर्योधन को बुलाकर युद्ध बन्द करने की आज्ञा देने का निश्चय कर लिया।

दुर्योधन को अपने पिता की इस मनोदशा का पता चल गया, पर वह अब पाण्डवों से हरगिज-हरगिज समझौता नहीं कर सकता था। युद्ध में उसकी जितनी हानि अब तक हुई थी, उतनी ही घृणा भी उसके मन में भर चुकी थी। इस दुनिया में या तो पाण्डव ही रहेंगे या फिर हम लोग, यह सब सोचकर दुर्योधन अपने गुरु और प्रधान सेनापति द्रोणाचार्य के शिविर में जा पहुँचा। दुर्योधन ने उनसे कहा ''आचार्य! आप जानते हैं कि पिताजी पाण्डवों से समझौता कर लेने की इच्छा कर रहे हैं। उन्हें विश्वास हो गया है कि अर्जुन ने भीष्म पितामह को ऐसा घायल कर दिया है कि अब वे अपनी मृत्यु की प्रतीक्षा ही कर सकते हैं और यही वे कर भी

रहे हैं। आपकी वीरता पर भी लोग दबे मुँह से लांछन लगा रहे हैं। लोगों का कहना है कि आप जान-बूझकर अर्जुन आदि पाण्डवों को मारने में देर कर रहे हैं।"

दुर्योधन से यह सुनकर द्रोणाचार्य तड़प उठे। उन्होंने कहा—"हे कुरु नन्दन! तुम जब होता है तब मुझ पर यही लांछन लगाया करते हो। तुम लोग अपने पूज्य पितामह पर भी इसी प्रकार के छींटे कसा करते थे। जब तुम अपने दादा तक को कहनी-न-कहनी सुना सकते हो, तब फिर भला मेरी क्या बिसात है! पहले मैं तुम्हारे पिता का नौकर था अब तुम्हारा भी हूँ। दास अपने स्वामी के आगे भला क्या कह सकता है। कहो, तुम्हें और भी जो कुछ कहना हो, सब कह डालो।"

दुर्योधन ने देखा कि गुरु जी उसकी बातों का बुरा मान गए हैं तो तनिक विनम्रता का भाव दर्शाते हुए बोला—"आप यह क्या कह रहे हैं आचार्य? मैंने आपको आज तक नौकर के रूप में देखा ही नहीं है। मैं तो आपका शिष्य हूँ। मुझे शिकायत केवल इसी बात की है कि आपने अपने एक सौ पचास शिष्यों में अर्जुन को ही सबसे अधिक चाहा है।"

द्रोणाचार्य बोले—"देखने में पाँचों अँगुलियाँ कभी बराबर नहीं होतीं, सुयोधन! परन्तु पाँच में से यदि किसी एक भी उँगली में फाँस चुभ जाती है तो पीड़ा समान रूप से होती है। पाण्डव हों या कौरव, इनमें से यदि किसी का भी नाश होता है तो मुझे कष्ट होता है। जब तुम लोग बच्चे थे तो मैंने तुम सभी को बड़े प्यार से धनुष पकड़ना, निशाना साधना, तलवार और दूसरे अस्त्र-शस्त्र चलाना सिखलाया था। मैंने माना कि तुम सबमें अर्जुन की कुशाग्र बुद्धि और चतुराई मुझे बराबर मुग्ध करती रही, परन्तु इसका यह मतलब नहीं है कि मैं तुम लोगों को उससे कम चाहता हूँ।"

दुर्योधन ने देखा कि गुरु जी उसके मन मुताबिक ही तप गए हैं, इसलिए अपने मन-ही-मन में उन्हें और तपाने का निश्चय करके वह बोला—"आप बड़े हैं गुरु जी, इसलिए मैं तो कुछ भी नहीं कहता, किन्तु लोग-बाग मुझसे आ-आकर यही कहते हैं कि आप लोग खाते तो मेरा नमक हैं किन्तु...।"

द्रोणाचार्य ने तड़पकर कहा—"तुम मेरे मन की सच्चाई को चुनौतियाँ दे रहे हो। तुम लोगों का गुरु तथा कौरव दरबार का वेतनभोगी सेवक होने के अलावा मैं एक सत्यनिष्ठ मनुष्य भी हूँ, मेरी उस मनुष्यता को व्यर्थ चुनौती न दो। यों तो मैं नित्य ही जी-जान से लड़ रहा हूँ, परन्तु अपनी बात साबित करने के लिए कल के युद्ध में मैं तुम्हें चमत्कार करके दिखलाऊँगा।"

दुर्योधन सुनकर प्रसन्न हो गया। उन्हें मनाने के लिए ढोंग भरे भक्ति-भाव

से उनके चरण छूकर उसने कहा—"गुरु जी! भीष्म पितामह के घायल होने के बाद से मैं अब केवल आपके ही भरोसे से युद्ध कर रहा हूँ। आप ही न्याय कीजिए कि मेरे पिता के अन्धे होने के कारण उन्हें राजगद्दी पर तो विधिवत न बिठलाया गया, पर काम उनसे सदा राजा का ही लिया गया। यह भला कहाँ का न्याय है? वह हर तरह से राज्य के हकदार हैं। उनके बाद उनका बेटा होने के कारण मैं राजा बन सकता हूँ। फिर यह दाल-भात में मूसलचन्द जैसे धर्मराज युधिष्ठिर कहाँ से टपक पड़े? मुझे इस अन्याय का बदला चाहिए गुरु जी! अगर आप सचमुच मुझे चाहते हैं और मेरी सेवाओं से सन्तुष्ट हैं तो दया करके मुझे यह वचन दीजिए कि आप कल या परसों तक शीघ्र-से-शीघ्र युधिष्ठिर को उसके रथ समेत पकड़ लाएँगे। जब वह नकली राजा मेरी कैद में आ जाएगा, तब यह युद्ध भी आप-ही-आप समाप्त हो जाएगा।"

द्रोणाचार्य ने अपने जोश में आकर कहा—"मैं वचन देता हूँ पुत्र कि तुम्हें प्रसन्न करने के लिए मैं ऐसा ही करूँगा।"

द्रोणाचार्य की इस प्रतिज्ञा का समाचार चतुर जासूसों ने धर्मराज युधिष्ठिर को आकर सुना दिया। उन्होंने तुरन्त ही अपने भाई अर्जुन को बुलाया और गुरु जी की प्रतिज्ञा वाली बात सुनाकर कहा—"हे वीर! शत्रुनासन द्रोणाचार्य की इस अटल प्रतिज्ञा को केवल तुम ही भंग कर सकते हो। इसलिए कल तुम युद्ध में मेरी रक्षा करना, जिससे कि दुर्योधन मुझे बन्दी बनाने की चाल में सफल न हो सके।"

अर्जुन बोला—"पूज्य भैया! मेरे रहते गुरुवर द्रोणाचार्य ही क्या, यदि स्वयं देवता भी विष्णु और इन्द्र के साथ आपको पकड़ने आएँ तो निश्चय ही वह भी मुँह की खाकर वापस लौटेंगे।" रातोंरात कौरवों-पाण्डवों की छावनियों में महावीर गुरु-चेले की प्रतिज्ञाओं की खबर फैल गई। दोनों पक्षों में यह सनसनी भर उठी कि देखें कल क्या होता है। दोनों पक्षों के सिपाहियों और नायकों को यह बात स्पष्ट हो गई थी कि अब युद्ध में कोई भी किसी की मुरव्वत नहीं करेगा।

दूसरे दिन पौ फटते ही युद्ध के डंके बजे और घमासान युद्ध छिड़ गया। भीम और उसके बेटे घटोत्कच ने कौरव सेनाओं के धुर्रे उड़ा दिए। इन बाप-बेटों की मार से कौरवों की व्यूह-रचना टूटने लगी। यह देखकर दुर्योधन ने राजा भगदत्त को घटोत्कच से लड़ने के लिए भेजा और आप युधिष्ठिर को पकड़ने की तिकड़म में वहाँ पहुँचा, जहाँ गुरु द्रोण लड़ रहे थे। उस दिन युद्ध-क्षेत्र में भयंकर प्रलय मची थी। द्रोणाचार्य ने ऐसा युद्ध किया कि पाण्डव सेना त्राहि-त्राहि बोलने की स्थिति में पहुँच गई। यह होते हुए भी भीम-अर्जुन के रहते पाण्डव सेना का मनोबल टूट नहीं सकता था। द्रोणाचार्य जी के द्वारा बड़ी मेहनत से बनाई गई मोर्चेबन्दियाँ और दुर्योधन की सारी

कुटिल चालें धरी-की-धरी रह गईं, किन्तु युधिष्ठिर न पकड़े जा सके। खीझकर द्रोणाचार्य ने अगले दिन और भी अधिक घमासान मचाने की प्रतिज्ञा की।

अगले दिन घटोत्कच और भगदत्त नरेश ने बड़ा ही घमासान युद्ध मचाया। द्रोणाचार्य भी पाण्डव सेना रूपी घास-फूस को अपने बाणों की अग्नि से जलाते हुए इधर-उधर डोलने लगे। उनके धनुष की टंकारों से पाण्डव पक्ष के सिपाहियों के दिल दहल उठते थे। उस दिन जो भी द्रोणाचार्य के सामने आया वह अधिक देर तक टिक न सका। द्रुपद, भीम, सभी उनसे कतराकर निकल जाते थे और दूसरी ओर कौरव सेना के अधिकाधिक संहार में अपनी शक्ति लगाते थे। कहीं शल्य और नकुल यानी सगे मामा-भांजे आपस में जूझ रहे थे, तो कहीं शकुनि और जयद्रथ अपनी बहादुरी दिखला रहे थे। महाबली अर्जुन भी द्रोणाचार्य से डटकर लोहा ले रहे थे। सारा दिन मार-काट में बीत गया, परन्तु द्रोणाचार्य जी उस दिन भी युधिष्ठिर को पकड़ने की अपनी प्रतिज्ञा पूरी न कर सके। यह देखकर कौरवों ने आपस में तय किया कि किसी तरकीब से अर्जुन को कहीं दूर लड़ने के लिए भेज दिया जाए। जब तक अर्जुन युधिष्ठिर की रक्षा करते रहेंगे तब तक युधिष्ठिर को पकड़ पाना असम्भव है।

योजना के अनुसार ही संसप्तकों ने एक ऐसी जगह से पाण्डवों की व्यूह-रचना को तोड़ना आरम्भ कर दिया जहाँ कि एकाएक किसी वीर सेनानी के पहुँचने की आशा भी नहीं की जा सकती थी। ऐसे घात की खबर सुनकर अर्जुन को उधर जाना ही पड़ा। अर्जुन के दूर जाते ही द्रोणाचार्य युधिष्ठिर को पकड़ने की योजना पूरी करने के लिए पाण्डव सेना में वैसे ही धँसे जैसे सूर्य अन्धकार को चीरता हुआ आगे बढ़ता है। उनके युद्ध-कौशल को देखकर बड़े-बड़े वीरों के छक्के छूटने लगे, किन्तु द्रोणाचार्य उस दिन भी अपनी इच्छा पूरी न कर सके। भीम, घटोत्कच, अभिमन्यु और धृष्टद्युम्न आदि महारथी युधिष्ठिर की रक्षा कर रहे थे। उनके आगे किसी की दाल न गल सकी। उल्टे कौरवों के दुर्भाग्य से उस दिन उनका बहुत बड़ा शक्तिशाली साथी भगदत्त अर्जुन से लड़ते हुए मारा गया। उसके बाद अर्जुन ने कौरव सेना का इस बुरी तरह नाश किया कि कौरवों के सिपाही ही नहीं बड़े-बड़े सेनानायक तक यही मनाते थे कि जैसे-तैसे सूर्यास्त हो और हम अर्जुन के तीखे बाणों से कम-से-कम रात भर के लिए बच जाएँ।

शाम हुई लड़वैये अपनी-अपनी छावनियों में लौट गए। घायलों की मरहम-पट्टी होने लगी। बहुत से दिन-भर की थकान उतारने के लिए स्नान करने लगे। कोई आपस की गपशप में दिन-भर के युद्ध की समीक्षा करने लगा। लड़वैये अपने रिश्तेदारों से मिलने के लिए एक-दूसरे की छावनियों पर जाने लगे। कहीं भजन-मण्डली बैठ गई तो कहीं

हल्के-फुल्के नाच-गाने और हँसी-मजाक से दिन-भर की थकान को मिटाया जाने लगा।

अब तक के युद्ध-परिणामों से दुःखी होकर दुर्योधन फिर द्रोणाचार्य के पास जा पहुँचा। वह बोला—"हे महासेनापति! उस दिन आपने अपनी सत्यनिष्ठा का बड़ा दम भरा था और यह प्रतिज्ञा की थी कि युधिष्ठिर को पकड़कर मेरे हवाले कर देंगे, परन्तु मैं देखता हूँ कि आपकी उस प्रतिज्ञा और सत्य-निष्ठा के दावे का कोई मूल्य नहीं है। आप हम सबको बहलाने के लिए दिन-भर इधर-उधर तो बहुत घमासान मचाते फिरते हैं, परन्तु युधिष्ठिर को पकड़ने से कन्नी काटते हैं।"

"सुयोधन, तुम सचमुच अन्यायी हो। दुनिया देख रही है कि मैं कितने जी-जान से युद्ध कर रहा हूँ और फिर भी तुम ऐसी जली-कटी बातें मुझे सुनाते हो।"

दुर्योधन—"क्यों न सुनाऊँ गुरु जी, भला आप प्रतिज्ञा करें और वह पूरी न हो तो इसमें दोष किसका माना जाएगा? आप जिसे पकड़ना चाहें वह पकड़ाई में न आए तो लोग केवल दो तरह की ही बातें सोच सकते हैं, एक तो यह कि गुरु जी अब गुड़ हो गए हैं और उनके चेले शक्कर। या फिर जो प्रतिज्ञा आपने की है वह केवल एक रस्म अदायगी भर ही है। उसमें तनिक भी सच्चाई नहीं है। आप पाण्डवों को जिताना चाहते हैं।"

द्रोणाचार्य बोले—"सुयोधन, तुम बार-बार मुझ बूढ़े को ऐसी बात कहकर क्यों कष्ट देते हो? मैं लाख जतन करके भी श्रीकृष्ण और अर्जुन की युक्तियों को काट नहीं पा रहा हूँ। इसका कारण यही है कि सत्य उनके साथ है। फिर भी, मैं तुम्हारे आगे यह प्रतिज्ञा करता हूँ कि कल मैं युधिष्ठिर को पकड़ने के लिए सबसे कठिन व्यूह की रचना करूँगा। मेरे चक्रव्यूह को कोई न भेद सकेगा। तुम एक बार फिर इसी तरह से अर्जुन को युधिष्ठिर से दूर हटाने के उपाय करो। युद्ध की ऐसी कोई कला नहीं जिसे अर्जुन न जानते हों या न कर सकते हों। श्रीकृष्ण जैसा चतुर व्यक्ति उनका सारथी है। वे दोनों मिलकर युद्ध-क्षेत्र में इधर-उधर इतनी तेजी से डोलते हैं कि हमारे पक्ष का कोई भी लड़वैया उनके डर के मारे मन लगाकर लड़ नहीं पाता है। यदि अर्जुन और श्रीकृष्ण यहाँ से हट जाएँगे तो फिर देवता भी मेरा बनाया हुआ व्यूह बिगाड़ नहीं सकते। मैं अपने चक्र से शत्रु सेना को क्रमशः घेरते हुए अन्त में युधिष्ठिर को पकड़ने में अवश्य सफल हो जाऊँगा।"

दुर्योधन ने ऐसा ही करने का वचन दिया। अर्जुन को घेरने के लिए सबसे अच्छी तरकीब यही थी कि उन्हें फिर संसप्तकों से उलझवा दिया जाए। उनकी सेना बड़ी चालाक मानी जाती थी। वे भले ही अर्जुन को हरा न सकें, पर उन्हें देर तक उलझाए रखने में अवश्य ही सफल हो सकते थे। दुर्योधन के कहने से संसप्तकों

ने यह वचन दिया कि वे अर्जुन को घेरते हुए उसे कहीं दूर लड़ने के वास्ते ले जाएँगे। द्रोणाचार्य ने अपनी इस रचना की बात इतनी गुप्त रखी कि पाण्डवों के जासूस उसकी भनक तक न पा सके।

सबेरे ही से चालाक और बहादुर संसप्तकों ने युद्ध-भूमि के दक्षिण भाग में अर्जुन को घेर लिया और युद्ध के लिए ललकारने लगे। दोनों ओर से ऐसा भयानक संग्राम हुआ कि जैसा पहले किसी ने देखा भी न था।

अभिमन्यु का पराक्रम

इधर द्रोणाचार्य ने चक्रव्यूह की रचना कर डाली। चक्रव्यूह को देखकर पाण्डवों के छक्के छूटने लगे। युधिष्ठिर ने कहा–"चक्रव्यूह भेदना अर्जुन के सिवाय और किसी के बस की बात नहीं है और वह इस समय यहाँ से बहुत दूर हैं। यह निश्चय ही दुर्योधन और द्रोणाचार्य जी की गहरी चाल है। अर्जुन संसप्तकों से युद्ध करते ही रह जाएँगे और अपने चक्रव्यूह की मोर्चेबन्दी से हमारी सेना को जकड़कर द्रोणाचार्य जी निश्चय ही आज मुझे पकड़ने में सफल हो जाएँगे।"

भीम आदि सभी योद्धा युधिष्ठिर की बात सुनकर चुप रहे। सब जानते थे कि एक-से-एक बड़े वीर होने पर भी चक्रव्यूह तोड़ने में कोई सफल न हो सकेगा। शास्त्र को केवल शास्त्र ही काट सकता है और ऐसे कठिन व्यूह भेदने का विधान अर्जुन के सिवाय और कोई नहीं जान सकता।

मण्डली में उदासी देखकर सुभद्रा और अर्जुन का बेटा अभिमन्यु बोला–"तात, आप लोग चिन्ता क्यों करते हैं। मैं यद्यपि पूरी तौर से चक्रव्यूह भेदने की तरकीब नहीं जानता हूँ फिर भी एक बार पिता जी से उसे भेदने की कुछ बातें मैंने अवश्य सुनी थीं। आप विश्वास रखें मैं इस व्यूह का भेदन अवश्य कर सकूँगा।"

अपने 16 वर्ष के नौजवान भतीजे की बातें सुनकर युधिष्ठिर आदि को यह तो विश्वास न हो सका कि वह द्रोणाचार्य की कठिन व्यूह-कला की काट कर सकेगा। परन्तु उसके आत्मविश्वास से वे सभी बहुत प्रसन्न हुए। मरता क्या न करता वाली स्थिति में युधिष्ठिर ने अभिमन्यु को चक्रव्यूह भेदने की आज्ञा दे दी। इस व्यूह-रचना के कारण पाण्डव सेनाओं में उस दिन बड़ी ही निराशा फैली हुई थी। लेकिन अभिमन्यु अर्जुन का खरा बेटा था। उसने द्रोणाचार्य के बनाए हुए कठिन व्यूह को उस दिन कई जगह से भेदा। यह देखकर द्रोणाचार्य बहुत बौखलाए। वे स्वयं उससे लड़ने के लिए सामने आए। अभिमन्यु ने उन्हें आता देखकर उनके रथ के आगे भूमि पर पाँच बाण एक साथ मारे। इस प्रकार उसने अपने पिता के गुरु को प्रणाम किया और कहा–''महात्मन्! आपके प्रिय शिष्य अर्जुन का पुत्र आपको प्रणाम करता है।''

''यशस्वी हो बेटा, किन्तु मैं तुमसे अनुरोध करता हूँ कि मेरे सामने से हट जाओ। मैं दुधमुँहे बच्चों से नहीं लड़ना चाहता।''

''शेर के बच्चे को बच्चा नहीं समझना चाहिए आचार्य, उसमें भी उतना ही तेज होता है।''

द्रोणाचार्य ने अभिमन्यु को बार-बार समझाया, किन्तु वह अपनी ही आन पर अड़ा रहा। चक्रव्यूह तोड़ना सचमुच बच्चों का खेल नहीं था। बड़े-बड़े योद्धा इसकी रखवाली कर रहे थे। इसके अलावा चक्रव्यूह को तोड़ने की कला कौरवों या पाण्डवों के पक्ष में आमतौर से बड़े-बड़े वीरों को भी नहीं मालूम थी। भीष्म, द्रोणाचार्य, श्रीकृष्ण, अर्जुन और प्रद्युम्न आदि गिने-चुने महान् युद्धशास्त्री ही उसे बनाना और तोड़ना जानते थे। चक्रव्यूह या पद्मव्यूह की रचना कमल के समान होती थी। लाल कपड़े पहने और मारने की दृढ़ प्रतिज्ञा करके कमल की पंखड़ियों के समान एक-दूसरे से सटकर खड़े होते थे, उन पंक्तियों को तोड़कर प्रवेश करना अपने-आप में ही परम कठिन था, किन्तु उन चक्करदार पंक्तियों में एक बार फँस जाने पर बाहर निकलना अच्छे-अच्छे योद्धाओं के लिए भी बड़ा कठिन कार्य था। द्रोणाचार्य के बनाए हुए इस चक्रव्यूह के आगे दुर्योधन का बेटा लक्ष्मण खड़ा था। हर मोर्चे पर एक-एक महारथी डटा हुआ था और चक्र के बीचोंबीच दुर्योधन, कर्ण, कृपाचार्य, और दुःशासन आदि वीर लड़ने के लिए तैयार खड़े थे। सिन्धु देश का राजा जयद्रथ उनके पहरे पर खड़ा था और महावीर द्रोणाचार्य जी इस चक्रव्यूह की रक्षा के लिए सबसे आगे डटे हुए थे। लेकिन जब व्यूह तोड़ने के लिए अर्जुन का बेटा सामने आया तो आचार्य मोहवश होकर उसके सामने से हट गए। वीर अभिमन्यु ने द्रोणाचार्य के देखते-ही-देखते एक मोर्चे पर भारी हमला किया और व्यूह तोड़कर भीतर की कतारों में धँस गया।

अभिमन्यु के इस पराक्रम से दुर्योधन की सोची हुई चाल निकम्मी सिद्ध होने

लगी। अर्जुन को संसप्तकों से युद्ध में उलझाकर कौरव यह समझते थे कि अब पाण्डवों में कोई भी उनका सामना न कर सकेगा। भीम आदि जो भी वीर इस चक्रव्यूह में धँसने का प्रयत्न करेगा, वह निश्चय ही मारा जाएगा। परन्तु यह सारी योजना धरी-की-धरी रह गई। अभिमन्यु ने बिजली की-सी फुर्ती से इधर-उधर घूमकर व्यूह को उन ठिकानों से भेदना शुरू किया जहाँ मोर्चे कुछ कच्चे बँधे थे। अभिमन्यु की वीरता देखकर कौरव पक्ष के वीर चौंक उठे। उन्होंने यह समझ लिया कि अभिमन्यु को निरा बच्चा समझकर छोड़ देना घातक होगा; क्योंकि बड़े-बड़े योद्धा वीर अभिमन्यु के साथ युद्ध करने से हिचककर अपने प्राणों के मोह से भाग रहे थे। दुर्योधन यह देखकर कृपाचार्य, अश्वत्थामा, शकुनि, बृहदबल, आदि वीरों को लेकर अभिमन्यु से लड़ने के लिए आए। अभिमन्यु ने उन्हें भी अच्छी तरह से छकाया। लड़ते-लड़ते महाराज शल्य के छोटे भाई अभिमन्यु के हाथों से मारे गए। तब दुःशासन अभिमन्यु की ओर झपटा, लेकिन बहुत देर तक उसका सामना करना उसके लिए कठिन सिद्ध हुआ। जब वह कतराकर पीछे हटने लगा तो महारथी कर्ण सामने आ गए, लेकिन आज तो मानो नियति ने नौजवान के हाथों से बड़े-बड़े योद्धाओं की नाकें काटने का निश्चय कर लिया था। कर्ण और दुःशासन उससे कतरा गए। राजा बृहदबल लड़ने के लिए सामने आया तो मारा गया। दुर्योधन का बेटा लक्ष्मण जोश में आ गया। वह भी नौजवान था। अभिमन्यु की आतंक भरी तारीफों से तप कर वह भी यह दिखलाने के लिए आया था कि दुर्योधन का बेटा अर्जुन के बेटे से कम पराक्रमी नहीं है, किन्तु लक्ष्मण अपने चचेरे भाई का अधिक देर तक सामना न कर सका, वहीं मारा गया। दुर्योधन अपने पुत्र के मरने का समाचार पाकर क्रोध से बावला हो गया। उसने यह निश्चय कर लिया कि धर्म या अधर्म से जैसे भी हो, अभिमन्यु को समाप्त करना ही पड़ेगा। उसने बड़े-बड़े वीरों को साथ लेकर अभिमन्यु को चारों ओर से घेर लिया। यह देखकर आकाश के देवताओं को भी लज्जा आ रही होगी कि एक छोटे-से बालक को बड़े-बड़े नामी वीर घेरकर मारने का प्रयत्न कर रहे हैं। उन्हें यह देखकर भी आश्चर्य लग रहा होगा कि देर से लड़ता हुआ यह वीर नौजवान ताजे दम वाले बड़े-बड़े योद्धाओं से भी अधिक फुर्ती से लड़ रहा है, परन्तु बेचारा आखिर कहाँ तक अकेले लड़ता। दुःशासन के बेटे ने उसे अचानक गदायुद्ध में फँसा लिया, अभिमन्यु इस अचानक प्रहार से एकाएक बच न सका। वह घायल होकर अचेत होने लगा, लेकिन गिरते ही वह दुःशासन के बेटे पर अपनी गदा चला ही गया। दुःशासन-पुत्र ने भी लगभग उसी समय अभिमन्यु पर अपनी गदा फेंकी। बड़ी देर से लड़ते हुए वीर बालक अभिमन्यु का शरीर अब तक शिथिल पड़ चुका था और यह गदा प्रहार उसके लिए घातक सिद्ध हुआ। उसका सिर फट गया। वह बिजली जो शत्रुओं के प्राणों में भिन कर उन्हें घण्टों से तड़पा रही थी एकाएक बुझ गई। सूर्य देवता भी मानो यह देखकर दुःख से अपना मुँह छिपाकर अस्त हो गए।

अर्जुन के महावीर लाड़ले बेटे का मरण समाचार सुनकर पाण्डवों की छावनियों में हाहाकार मच गया। युधिष्ठिर फूट-फूटकर रोने लगे। वे बार-बार यही कहते थे कि अर्जुन आएगा तो क्या कहेगा। इस बच्चे को चक्रव्यूह भेदने के लिए भेजना ही हमारे लिए अनुचित था, किन्तु उस समय न जाने क्यों मेरी मति पर पत्थर पड़ गए, जो मैंने उस बच्चे की बात मान ली। हाय! महावीर मानने वाले वीरों को क्या तनिक भी अपने पर लज्जा न आई होगी कि उन्होंने एक साथ मिलकर उसे मारा और अपनी वीरता को कलंकित किया।

अभिमन्यु के घिरने का समाचार पाकर युधिष्ठिर आज उसकी रक्षा के लिए आगे अवश्य बढ़े थे, किन्तु जयद्रथ ने उन्हें बीच में ही अटका लिया था। इस समय शोकाकुल होकर धर्मराज युधिष्ठिर जयद्रथ को भी बार-बार कोस रहे थे।

दिन-भर की कठिन लड़ाई के बाद वीर संसप्तकों को भली-भाँति छकाकर अर्जुन श्रीकृष्ण के साथ जब अपनी छावनी को लौटने लगे तो सहसा उनकी बायीं आँख फड़क उठी और मन बिना किसी प्रत्यक्ष कारण के भी घबराने लगा। कुछ न समझ पाने से वे मौन हो गए। रथ हाँकते हुए श्रीकृष्ण ने कहा—"अर्जुन, इस तरह उदास क्यों बैठे हो?"

अर्जुन बोले—"हे कृष्ण! मैं भी यह नहीं जानता कि यह गहरी उदासी मुझ पर एकाएक क्यों छा गई है। बायीं आँख फड़क रही है और वज्रों की चोटें सहने वाला मेरा कलेजा इस समय धक-धक कर रहा है। मन में अमंगल के विचार आ रहे हैं।"

श्रीकृष्ण बोले—"हे सखा! थकान के कारण कभी-कभी मनुष्य के कोई-कोई अंग अपने-आप ही फड़क उठा करते हैं। थकान में ही कभी-कभी अकारण उदासी भी आ जाया करती है। तुम चिन्ता न करो। धर्मराज युधिष्ठिर आदि सब भाई-बन्धु सकुशल होंगे।"

रथ पाण्डवों की छावनी के पास पहुँच गया। अर्जुन ने देखा कि उनकी छावनी में आज रोज़ की तरह चहल-पहल नहीं दिखलाई देती। अधिकांश तम्बुओं में अब तक दीये भी नहीं जले थे। खाना पकाते हुए सैनिकों के चूल्हों में आज लपटें भी नहीं उठ रही थीं। चारों ओर गहरी उदासी छाई हुई थी। अर्जुन का मन और भी अधिक सशंकित हो गया।

श्रीकृष्ण और अर्जुन जब युधिष्ठिर महाराज के दरबार में गए तो देखा कि सब लोग उदास बैठे हैं। आज कोई भी उठकर उत्साह से उसका स्वागत नहीं कर रहा है, युधिष्ठिर जैसे परम धैर्यवान और भीम जैसे महाबली की आँखें आँसुओं से भर रही हैं।

धीरे-धीरे अर्जुन को दुःखद समाचार आखिरकार मिल ही गया। अभिमन्यु उनका बड़ा ही लाड़ला बेटा था। वह बचपन ही से ऐसा चतुर, कुशाग्र बुद्धिशाली और साहसी था कि अर्जुन उसकी इन विशेषताओं पर बराबर ही रीझा करते थे। वे अपने बेटे को जो भी बात सिखलाते या समझाते थे, वह उसे तुरन्त ही सीख जाया करता था। रह-रहकर अर्जुन को अभिमन्यु की बातें याद आने लगीं। जैसे-जैसे याद आती थीं, वैसे-वैसे ही अपने बेटे के निर्मम हत्यारों से बदला लेने के लिए उनका खून भी खौल उठता था। जब युधिष्ठिर ने उन्हें यह बतलाया कि जयद्रथ ने उनका रास्ता रोका था तो अर्जुन ने यह प्रतिज्ञा की कि कल सूर्यास्त से पहले मैं बदला लूँगा, और यदि न ले सका तो चिता सँजोकर मैं अपने शरीर को भस्मीभूत कर दूँगा।

अपने बेटे के मारे जाने से दुर्योधन भी यद्यपि शोकग्रस्त था, फिर भी उसे इस बात का सन्तोष था कि उसके बेटे का हत्यारा अभिमन्यु भी मार डाला गया है। जयद्रथ, शकुनि आदि नीच वृत्तियों वाले योद्धा तो ऐसे मगन हो रहे थे कि मानो उन्होंने आज कोई कमाल कर दिखलाया हो। लेकिन जैसे ही अर्जुन की प्रतिज्ञा की खबर उनके खेमों में पहुँची वैसे ही जयद्रथ की सारी खुशी गायब हो गई। उसके हाल पतले पड़ने लगे। वह डर के मारे पीला पड़ गया। घबराहट में और कुछ न सूझा तो सीधे द्रोणाचार्य जी के पास पहुँच गया। उनके पैर पकड़ कर गिड़गिड़ाता हुआ वह बोला—''आचार्य! मेरी रक्षा कीजिए। कुन्ती के बेटे ने अब मुझे मारने की प्रतिज्ञा कर ली है, तो उसे वह निश्चय ही पूरी करके मानेगा। मैंने कुछ नहीं किया। अभिमन्यु को तो दुःशासन के बेटे ने मारा था। फिर अर्जुन मुझे क्यों मारना चाहता है? हे गुरुजी! यदि आप मुझे शरण न देंगे तो मैं अभी मैदान छोड़कर सीधे अपने राज्य की ओर भाग जाऊँगा।''

द्रोणाचार्य उसे समझाते हुए कहने लगे, ''हे सिन्धु नरेश! जब एक नन्हें से बच्चे को तुम सब घेरकर मार रहे थे, तब तो तुम बहुत अकड़ रहे थे और अब इस समय मेरे आगे क्यों कायरों की तरह क्रन्दन करते हो। खैर, मैं वचन देता हूँ कि तुम्हारी सुरक्षा के लिए कल मैं और भी कठिन व्यूह-रचना करूँगा। व्यूह के बीचोंबीच मैं तुझे ऐसे सुरक्षित घेरे में रखूँगा कि अर्जुन तुम्हें मारने की अपनी सूर्यास्त वाली प्रतिज्ञा पूरी ही न कर पाएगा।''

वह रात कौरवों के लिए बड़ी सनसनी की थी। दुर्योधन आदि वीर अब तक लाख कोशिशें करके भी धर्मराज युधिष्ठिर को पकड़ नहीं पाए। उन्होंने सोचा कि यदि अपनी प्रतिज्ञा न पूरी कर पाने के कारण अर्जुन स्वयं ही जलकर भस्म हो जाए तो बहुत अच्छा होगा। अर्जुन के मरते ही पाण्डवों को हरा देना फिर बाएँ हाथ का खेल हो जाएगा।

अर्जुन सुभद्रा मिलन

भाइयों के सामने कठिन प्रतिज्ञा करने के बाद श्रीकृष्ण को साथ लेकर अर्जुन अपनी पत्नी सुभद्रा और पुत्रवधू उत्तरा से मिलने के लिए गए। सुभद्रा का विलाप देखा नहीं जाता था। दुःख के आवेश में सुभद्रा बार-बार अपने भाई श्रीकृष्ण पर यह लांछन लगाती थी कि तुमने अपने भांजे की रक्षा नहीं की। बेचारी उत्तरा तो काठ हो गई थी। बड़ों के सामने लज्जावश वह न कुछ कह सकती थी और न खुलकर रो ही सकती थी। उसके आँसू उसके कलेजे में समुद्र की तरह तूफान उठा रहे थे, किन्तु ऊपर से वह एकदम मौन थी। उत्तरा इस समय गर्भवती भी थी। इसलिए श्रीकृष्ण ने अपनी बहन को चेतावनी देते हुए कहा, ''सुभद्रा तुम परम धैर्यवान वसुदेव की पुत्री, मेरी और बलदेव की बहन हो, वीर अभिमन्यु की माता और वीर श्रेष्ठ अर्जुन की पत्नी हो। साधारण स्त्रियों के समान तुम्हारा यह विलाप करना मुझे अच्छा नहीं लग रहा है। अपने को सावधान करो और बहू को सँभालो। यह क्यों नहीं सोचती हो कि वह इस समय गर्भवती है। तुम बहू को कदापि सती मत होने देना। विश्वास रखो कि महावीर अर्जुन कल सूर्यास्त होने से पहले तुम्हारे पुत्र के हत्यारों से अपना बदला अवश्य ले लेंगे।''

इस प्रकार समझा-बुझाकर दोनों आदमी जब बाहर निकले तो अर्जुन ने श्रीकृष्ण से कहा–''भैया! मेरी प्रतिज्ञा का समाचार सुनकर कल कौरव लोग जयद्रथ को बचाने का कोई भी उपाय बाकी न रख छोड़ेंगे। वे लोग मेरा अधिक-से-अधिक समय छिट-पुट लड़ाइयों में इस तरह से नष्ट करवाएँगे कि मैं सूर्यास्त से पहले जयद्रथ को मारने की अपनी प्रतिज्ञा पूरी न कर पाऊँगा।''

श्रीकृष्ण बोले–''हे सखा! तुमने भी सुना होगा कि सनातन काल के प्रतापी रुद्रगण पाशुपत अस्त्र का प्रयोग किया करते थे। इस भयानक शस्त्र को चलाने से वायु में ऐसा प्रचण्ड विष फैलता था कि शत्रुओं को साँस लेना भी कठिन पड़ जाया करता था।''

अर्जुन बोले—"मैं पाशुपत अस्त्र के सम्बन्ध में कुछ जानता तो अवश्य हूँ, पर वर्षों पहले उसे चलाने का मन्त्र मैंने सीखा था। इस समय वह ठीक से मेरे ध्यान में भी नहीं आ रहा है।"

श्रीकृष्ण बोले—"हे सखा! यदि तुम एकाग्र होकर उस अस्त्र का ध्यान करोगे तो वह अवश्य ही तुम्हारे मन में उदित हो जाएगा। रुद्रगणों के देव पशुपतिनाथ योगेश्वर महादेव तुम्हारे ऊपर कृपा करेंगे।"

"अर्जुन, आसन पर बैठकर भगवान शंकर की प्रार्थना और पाशुपत विद्या का ध्यान करने लगे। बेटे का बदला लेने की तड़प और अपनी प्रबल निष्ठा से जब उन्होंने जमकर विचार करना आरम्भ किया तो उन्हें पाशुपत मन्त्र आखिर याद आ ही गया। अर्जुन ने रातोंरात उस अस्त्र को चलाने की चुपचाप तैयारी भी कर ली। दोस्त और दुश्मन दोनों ही श्रीकृष्ण और अर्जुन की इन तैयारियों से अपरिचित थे।"

सुबह होने पर भेदिए यह समाचार लाए कि द्रोणाचार्य ने शकट-व्यूह की रचना करके उसके बीचोंबीच राजा जयद्रथ को छिपा दिया है जिससे कि अर्जुन उसे मार न पाए। सुनकर अर्जुन उपेक्षा से मुस्कराए, उन्होंने सारथी सखा श्रीकृष्ण की ओर देखकर कहा—"शत्रुओं को यह नहीं मालूम कि जिस ओर श्रीकृष्ण होते हैं उसी ओर बुद्धि, युक्ति और शक्ति भी प्रबल होती है। आज संसार यह भली-भाँति देख लेगा कि पापियों की रक्षा करने वाले गुरु की अमोघ विद्या भी उनके शिष्य और श्रीकृष्ण के सखा अर्जुन की विद्या के आगे नितान्त निकम्मी और निस्तेज सिद्ध हो जाएगी।" यह कहकर अर्जुन रथ पर बैठ गए और श्रीकृष्ण कुशलतापूर्वक घोड़ों को हाँकते हुए रथ को आचार्य द्रोण के शकट-व्यूह के सामने ले गए। अर्जुन ने बड़ी ज़ोर से अपना शंख बजाया। श्रीकृष्ण ने भी अपने प्रसिद्ध पांचजन्य शंख को बजाकर शत्रुओं के दिल दहला दिए।

अर्जुन ने एक बार कौरव सेना की व्यूह-रचना को ध्यान से देखा, फिर कहा, "हे कृष्ण! तुम मुझे सेना के उस भाग की ओर ले चलो जिस ओर हाथी खड़े हुए हैं। मैं अपने बाणों की बौछार से इन्हीं हाथियों को अपनी जगह से डराकर व्यूह में घुस जाऊँगा।"

श्रीकृष्ण ने रथ को उसी ओर ले जाकर खड़ा कर दिया और अर्जुन ने इतनी फुर्ती से तीर बरसाने आरम्भ कर दिए कि कौरव सेना तैयार होते हुए भी एकाएक उनका सामना न कर सकी। सच पूछा जाए तो अर्जुन का नाम मात्र ही दुश्मनों के दिलों में आतंक उत्पन्न कर देता था। जैसे नारियल के ऊँचे वृक्षों से टूटकर गिरने वाले नारियल धरती पर टपाटप गिरते हैं, उसी प्रकार हाथियों पर सवार कौरव वीरों के मुण्ड अर्जुन के बाणों से कटकर धरती पर आने लगे। घड़ी-भर में ही युद्ध के

मैदान में लोथों पर लोथे बिछ गईं। कौरवों की सेना को हर जगह अर्जुन-ही-अर्जुन दिखलाई पड़ता था। कहाँ है अर्जुन, कहाँ है अर्जुन? वह रहा, वह रहा, बस यही शोर चारों ओर सुनाई पड़ता था। अर्जुन के जादू में बँधे कौरव सैनिक कभी-कभी घबराकर धोखे में अपने ही पक्ष के किसी लड़वैये को अर्जुन समझकर मार डालते थे। रथ मार्ग में शिव जी की तरह ताण्डव नृत्य करते हुए फुर्तीले अर्जुन के गाण्डीव धनुष से तीर ऐसे लगातार बरस रहे थे कि शत्रु ठगे से खड़े रह जाते थे। उन्हें आक्रमण करने का मौका ही नहीं मिल पाता था। कभी-कभी ऐसा भी होता था कि अर्जुन की बाण-वर्षा के चमत्कार को देखते हुए उसकी मोहनी शक्ति से बँधकर वे पीछे भागने के बजाय मृत्यु के मुँह में जाने के लिए स्वयं ही आगे बढ़ जाते थे। अपनी सेना की यह घबराहट देखकर दुर्योधन ने अपने भाई दुःशासन को मोर्चा सँभालने के लिए भेजा, किन्तु वह थोड़ी ही देर के बाद वहाँ से भागा, तब द्रोणाचार्य स्वयं लड़ने के लिए आए। गुरु चेले में ऐसा चमत्कारी युद्ध हुआ कि लोग-बाग बस खड़े देखते ही रह गए। दोनों में से एक भी कम नहीं था। दोनों ही वीर अपने-अपने स्थानों पर पहाड़ की तरह अचल थे। ऐसी जमकर लड़ाई हो रही थी कि जान पड़ता था कि आज का सारा दिन गुरु-चेले के इस चमत्कारी युद्ध में ही बीत जाएगा और अर्जुन अपनी प्रतिज्ञा पूरी न कर पाएँगे।

लेकिन श्रीकृष्ण बड़े ही चतुर थे, उन्होंने अर्जुन से कहा–"मित्र, द्रोणाचार्य तो तुम्हें यहाँ अटकाए रखने लिए ही आए हैं। इनसे कन्नी काटो और शत्रु सेना को इस तरह से तहस-नहस करो कि सूर्यास्त से पहले ही तुम्हारा जयद्रथ से सामना हो सके।" अर्जुन को श्रीकृष्ण की यह सलाह पसन्द आई। अपने गुरु जी को अपनी बाण-विद्या के एक चमत्कारी करतब से चकमा देकर अर्जुन जैसे ही आगे बढ़ने लगे वैसे ही द्रोणाचार्य जी ने ललकारकर कहा–"यह क्या अर्जुन, तुम युद्ध में मुझे हराए बिना ही भाग रहे हो?"

अर्जुन हँसकर बोला–"चेला गुरु से अगर जीत भी जाए तो अपनी विनय से उनके आगे सदा हारा है। लेकिन गुरु जी यहाँ बहुत से ऐसे लोग हैं जिनका लहू पीने के वास्ते मेरे तरकस के तीर उतावले हो रहे हैं।" अर्जुन की बात पूरी होते-होते तक श्रीकृष्ण ने गुरु-चेले के युद्ध में तमाशाई बनी खड़ी कौरव सेना के प्यादों के बीच से अपना रथ इतनी तेजी से निकाला कि उनमें कुछ टकराए, कुछ घायल हुए और बाकी में भगदड़ मच गई। गुरु जी अब यदि तीर बरसाते भी तो उन्हीं की सेना के आदमी मरते। वे विवश हो गए। कौरव सेना के दूसरे मोर्चों पर उथल-पुथल मचने लगी। कौरव पक्ष के कई वीर मारे गए। जब अर्जुन का सामना करने के लिए कोई भी तैयार न हुआ तब दुर्योधन झुँझलाकर गुरु द्रोण के पास

आया। उसने कहा, "आचार्य जान पड़ता है कि आज आप हम लोगों की मिट्टी पलीद करवा के अपने प्रिय शिष्य अर्जुन को ही विजय दिलाना चाहते हैं।"

द्रोणाचार्य खीझ उठे, बोले, "सुर्योधन, तुम लोग जब होता है तब मुझ पर ही ताने कसते हो। यह क्यों नहीं देखते कि अर्जुन स्वयं ही मुझसे जानकर लड़ने में बराबर कतराता है। मैं आखिर कहाँ-कहाँ तक उसका पीछा करूँ? तुम लोग क्या मिट्टी के पुतले हो जो उसका सामना नहीं कर पाते?"

दुर्योधन झुँझलाकर बोला–"राजा श्रुतायु और उनके सारे भाई-बन्धु मारे गए। कम्बोजो (कम्बोहों) की सेना अब तक पूरी तौर से उजड़ चुकी है। अर्जुन के तीरों की मार से बौखलाकर हमारे हाथी घबराहट में हमारे ही सिपाहियों को कुचल रहे हैं। श्रीकृष्ण इतनी कुशलता से अर्जुन का रथ हाँक रहे हैं कि कोसों तक फैली हुई हमारी सेना में हर तरफ यही भय समा गया है कि जाने कब किस पर अर्जुन का प्रचण्ड आक्रमण हो जाए। सभी अर्जुन से लड़ने में घबरा रहे हैं। मैं क्या करूँ?"

द्रोणाचार्य बोले–"मैं तुम्हें एक दुर्भेद्य कवच पहनाए देता हूँ। जाओ, स्वयं ही उस महारथी का सामना करके देख लो।"

कवच पहनकर दुर्योधन भी अर्जुन से लड़ने पहुँचा, लेकिन अपने बेटे के मारे जाने से शोक-सन्तप्त होकर बदला लेने के वास्ते अर्जुन उस दिन ऐसा प्रचण्ड युद्ध कर रहा था कि उसके सामने किसी के पैर ही नहीं जम पाते थे। चारों ओर आतंक मच जाने के बाद श्रीकृष्ण ने अर्जुन से कहा–"सखा! अब थोड़ी देर के वास्ते हमें अपने घोड़ों को विश्राम देना चाहिए। तुम्हारे युद्ध ने शकट-व्यूह को काफी नुकसान पहुँचा दिया है। भीम, घटोत्कच, सात्यकि आदि हमारे योद्धा इस समय ऐसी उठा-पटक मचा रहे हैं कि कौरव सेनाएँ उनसे पार नहीं पा सकतीं। आओ थोड़ी देर अपने रथ के घोड़ों को विश्राम दे लें और स्वयं भी ताजे हो लें। इसी बीच में हम लोग जयद्रथ को मारने की तरकीब पर भी विचार कर लें। तुम्हारी प्रतिज्ञा भंग कराने के वास्ते कौरव लोग सूर्यास्त तक जयद्रथ को बचाने के लिए कोई कसर उठा न छोड़ेंगे।" यह कहकर श्रीकृष्ण अर्जुन का रथ ऐसी कुशलता से युद्ध-क्षेत्र के बाहर एक तालाब के पास ले गए कि शत्रु सेना में किसी को अर्जुन के युद्ध-क्षेत्र से बाहर जाने के सम्बन्ध में कुछ पता ही न चल पाया।

थोड़ी देर तक युद्ध-भूमि में अर्जुन को न देखकर सात्यकि को बड़ा अचम्भा हुआ। सात्यकि अर्जुन का चेला था, इसलिए अपने गुरु को खोजने के वास्ते वह व्याकुल हो उठा। वह धर्मराज युधिष्ठिर के पास पहुँचा और कहा कि गुरु जी का पता नहीं चल रहा। लगता है, कि उनके साथ कोई घात हुई है। युधिष्ठिर बोले–"हे सात्यकि तुम चिन्ता न करो! अर्जुन के साथ स्वयं श्रीकृष्ण हैं। तुम्हारे गुरु का कोई

अमंगल न होने देंगे।" यह सुनकर सात्यकि को सन्तोष न हुआ। लड़ाई के मैदान का वातावरण ही ऐसा होता है कि मनुष्य जोश में अन्धा होकर कभी-कभी उचित-अनुचित का ध्यान नहीं रख पाता। अर्जुन की चिन्ता में सात्यकि इतने परेशान थे कि युधिष्ठिर से कहने लगे—"जिस भाई की बदौलत आपका साम्राज्य बनेगा उसी की चिन्ता आप नहीं कर रहे हैं। हे धर्मराज युधिष्ठिर! आपको धिक्कार है।"

युधिष्ठिर सात्यकि के मन का हाल जानते थे। इसलिए मन-ही-मन में उससे सन्तुष्ट होकर भी उन्होंने बनावटी क्रोध से उसे डाँटा—"सात्यकि युद्ध क्षेत्र में वीरों को अपना मन सदा पूरी तरह से सावधान रखना चाहिए। तुम यह भूल रहे थे कि मैं तुम्हारे गुरु का भी पूज्य हूँ। जाओ, मुझसे बेकार की बहस करने या अपने गुरु के सम्बन्ध में व्यर्थ की चिन्ता करने से यह कहीं अच्छा होगा कि युद्ध-क्षेत्र में पहुँचकर कुछ दुश्मनों का सफाया कर डालो। ध्यान रखो कि आज सूर्यास्त होने से पहले ही अर्जुन को अपनी प्रतिज्ञा पूरी करनी है और यह दुष्ट उसकी प्रतिज्ञा भंग कराने में कोई कसर उठा न रखेंगे।"

उस दिन ऐसा भयानक युद्ध हो रहा था कि दोनों पक्षों में से किसी भी पक्ष को अपने हर मोर्चे के सम्बन्ध में ठीक-ठीक खबर ही नहीं लग पाती थी। कभी यह घबराहट फैलती कि भीमसेन का पता नहीं लग रहा और कभी अर्जुन के सम्बन्ध में यही कहा जाने लगता था। कौरवों के पक्ष में तो बुरी-बुरी खबरों का अन्त ही नहीं था। उस दिन दुर्योधन के कई भाई एक साथ मारे गए। राक्षस राज अलम्बुष को घटोत्कच ने अपने सिर से ऊँचा उठाकर ऐसे ज़ोर से धरती पर पटका कि उसका सिर फूट की तरह खिल गया।

राजा कृतवर्मा की भी कपाल-क्रिया हो गई। मिनट-मिनट में महासेनापति द्रोण और दुर्योधन को यही समाचार मिलते थे कि हमारा अमुक मोर्चा या अमुक मोर्चा कमज़ोर पड़ रहा है। वहाँ किसी बड़े योद्धा को तुरन्त भेजा जाए। स्वयं द्रोणाचार्य, दुर्योधन, दुःशासन और कर्ण जैसे महाबली सेनापतियों को लपक-लपक कर इधर-उधर युद्ध करने के लिए भागना पड़ता था।

इधर अर्जुन और श्रीकृष्ण विश्राम करके तथा अपने घोड़ों को दाने-पानी से नया दम देकर शत्रु सेना के बीच में ऐसे पहुँच गए जैसे जूड़ी की फुरफुरी आती हो। उनका आक्रमण बहुत ही अचानक हुआ और साथ ही बड़ा प्रबल भी था। शत्रुओं के बड़े-बड़े महारथी तक एकाएक यह निश्चय न कर पाए कि आखिर उन्हें किस तरह से इस महाप्रलय का सामना करना चाहिए। दुर्योधन मैदान छोड़कर भागा।

दुःशासन बार-बार कमर कस-कसकर आता था, पर शीघ्र ही उसके छक्के छूट जाते और वह बस भागता ही दिखलाई देता था। अर्जुन के चेले सात्यकि ने

उस दिन ऐसा प्रचण्ड युद्ध किया कि महारथी कर्ण तक उसका सामना न कर सके। असल में सूर्यास्त तक जयद्रथ को बचाने की हड़बड़ी में शत्रु पक्ष के योद्धाओं का मन सुचित्त होकर काम नहीं कर पा रहा था। श्रीकृष्ण और अर्जुन की युद्ध-नीति भी यही थी कि हर एक को लगे कि अर्जुन जयद्रथ के पास अब पहुँचा और अब पहुँचा। बस इसी गड़बड़ी में शत्रुओं के महारथी फँसे रहे तथा व्यर्थ में इधर-उधर ऐसे भटकते-जूझते फिरे कि अर्जुन जब जयद्रथ के सामने पहुँचे तब दुश्मनों की शक्ति पूरी तरह से संगठित ही न रहने पाए। महाबली अर्जुन एक साथ दसों दिशाओं पर नजर रखते हुए और सभी तरह के हथियारों का प्रयोग करते हुए शत्रुओं का नाश कर रहे थे। उस समय उनकी अद्‌भुत फुर्ती के कारण लोगों को यह मालूम ही न पड़ने पाता था कि उन्होंने कब तरकस से नया तीर खींचा, कब उसे धनुष पर चढ़ाया और कब वह किसी शत्रु के कलेजे में विंध गया। साक्षात काल के समान अर्जुन के पराक्रम को देखकर सारे कौरव और उनके हिमायती राजे लोग बेहद डर गए। जयद्रथ का वध करने के लिए अर्जुन अपने शत्रुओं को अपनी बाण-वर्षा से सम्मोहित कर रहे थे। कहा जाता है कि मृत्यु भी बड़ी मोहक होती है। शेर अपने शिकार को अपनी आँखों की मोहनी से बाँध लेता है। ऐसी ही मृत्यु-मोहिनी से शत्रु-सेना को मुग्ध करके अर्जुन सीधे उस जगह पहुँचे जहाँ अश्वत्थामा, कृपाचार्य और शल्य जैसे बड़े-बड़े वीर जयद्रथ को घेरे हुए खड़े थे। जयद्रथ को देखते ही अर्जुन की आँखें क्रोध से लाल हो उठीं। उन्होंने एक बार आँख उठाकर सूर्य की ओर देखा। श्रीकृष्ण बोले, "देखते क्या हो अर्जुन? सूर्यास्त की बेला आ पहुँची है और जयद्रथ तुम्हारे सामने। हे मित्र! देखो मैं अपनी माया विद्या से सूर्य को छिपाता हूँ। तुम यह मत समझना कि सूर्य सचमुच अस्त हो गया है। फौरन ही जयद्रथ को मार डालना।"

अर्जुन ने ऐसा ही किया। वह इस तरह से युद्ध करता रहा कि जयद्रथ को बचाने वाले महारथी उससे तनिक दूर-दूर छिटक जाएँ। श्रीकृष्ण ने अपने रथ संचालन से सूर्य की ओर ऐसी धूल उड़ाई कि थोड़ी देर में यह लगने लगा कि मानो सूर्यास्त हो गया। पहले से सिखाए हुए श्रीकृष्ण के कुछ आदमियों ने छिपकर यह शोर मचाना आरम्भ किया कि सूर्यास्त हो गया है। अर्जुन अब प्रतिज्ञा पूरी करें। बौखलाहट में शत्रु लोग इन आवाज़ों से भयवश आकाश की ओर देखने लगे। जयद्रथ भी अपने जीवन की आशा से उत्साहित होकर अपने छिपाव के ठिकाने से निकलकर आकाश की ओर देखने लगा। अर्जुन इसी मौके की ताक में थे। उनका बाण इधर गाण्डीव से छूटा और उधर जयद्रथ का सिर उसके धड़ से अलग होकर गेंद की तरह हवा में उछल गया। कौरव सेना गहन निराशा के अन्धकार में डूब गई। पाण्डव-पक्ष में विजय दुन्दुभियाँ बजने लगीं।

अश्वत्थामा की प्रतिज्ञा

जयद्रथ के मारे जाने से कौरव सेना का मनोबल टूट गया। दुर्योधन को लगा कि अगर यही दशा रही तो हमारी सेना दो ही चार दिनों में मैदान छोड़कर भागने लगेगी। दुर्योधन को अपनी सेना का मनोबल उठाने के लिए शीघ्र ही कुछ-न-कुछ करना चाहिए, लेकिन वह क्या करे यह उसकी समझ में नहीं आता था। घबराहट में वह अपने परम मित्र कर्ण के पास गया और बोला—"हे सखा! पितामह और आचार्य ने हमें कहीं का नहीं रखा। वह लोग हमें दिखाने के लिए तो प्रबल युद्ध करते रहे, परन्तु हकीकत में वे लोग पाण्डवों को बचाने की चिन्ता भी बराबर करते रहे। पितामह तो खैर, जो करना था सो कर गुजरे, लेकिन वह बुढ़ऊ तो हमारी लुटिया ही डुबो देंगे। हे कर्ण! इसीलिए मैंने अब यह निश्चय किया है कि तुम हमारे सेनापति बनो। मैं अब इन बुड्‌ढों से ऊब गया हूँ।"

कर्ण ने समझाते हुए कहा—"हे मित्र! सुयोधन आज के युद्ध में निराशा हाथ लगने से यों अधीर होकर तुम अन्यायी न बनो। गुरु द्रोणाचार्य अर्जुन को भले ही प्यार करते हों, पर वे जी-जान से लड़ रहे हैं। उन्होंने अर्जुन को घेरने के लिए दोनों ही बार बड़ी कठिन व्यूह-रचना की थी, लेकिन दुर्भाग्य से हमारे दाव बेकार गए। न युधिष्ठिर ही पकड़ा जा सका और न अर्जुन ही को सताया जा सका। खैर, कोई हर्ज नहीं, अभी तो मैं मौजूद हूँ। तुम्हारे साथ बड़े योद्धा लड़ रहे हैं। तुम चिन्ता मत करो। लेकिन द्रोणाचार्य के रहते मैं सेनापति नहीं बनूँगा। आचार्य की इतनी महिमा है कि उन्हें हटाने से हमारी सेना में फूट पड़ने का भय भी उत्पन्न हो सकता है। तुम एक बार जाकर आचार्य को जोश दिलाओ।"

कर्ण की सलाह मानकर दुर्योधन द्रोणाचार्य के पास गया। उस दिन की हार से आचार्य बहुत उदास थे। दुर्योधन ने वहाँ जाकर उन्हें जो जली-कटी बातें सुनाई तो वे चिढ़ उठे, और कहा—"सुयोधन तुम्हारी विजय के लिए मैं जी-जान से लड़

रहा हूँ, परन्तु तुम मुझसे सन्तुष्ट नहीं हो। इसे मैं अपने दुर्भाग्य के सिवाय और क्या कहूँ। याद रखो, विजय केवल अस्त्र-शस्त्रों या बाहुबल से ही नहीं मिला करती, उसके लिए सत्य और न्याय का बल भी होना चाहिए। पाण्डवों के साथ सत्य भी है और न्याय भी। इसलिए तुम चाहे लाख जतन करो पर अन्त में विजय पाण्डवों को ही मिलेगी। जहाँ तक मेरी ईमानदारी का प्रश्न है, उसके प्रमाण मैं तुम्हें अपनी ओर से भरपूर दे चुका हूँ। इतना करने के बाद भी मैं यह प्रतिज्ञा करता हूँ कि कल ऐसा युद्ध करूँगा कि या तो मैं ही जीवित बचूँगा या फिर अर्जुन ही बचेगा।''

दूसरे दिन बूढ़े द्रोणाचार्य ने सचमुच ही प्रचण्ड पराक्रम दिखलाया। उस दिन राजा द्रुपद और राजा विराट-दोनों ही उनके हाथों मारे गए। दोपहर ढलते-ढलते तक द्रोणाचार्य ने ऐसा रण-ताण्डव मचाया कि हर मोर्चे पर पाण्डव सेना के पैर उखड़ने लगे। अद्‌भुत पराक्रम दिखलाकर के भी अर्जुन अपने गुरु से पार नहीं पा रहे थे। तब श्रीकृष्ण ने अर्जुन से कहा कि द्रोणाचार्य को धोखा देकर मारो। अर्जुन बोले—''हे कृष्ण! मैं अपने गुरु के साथ कभी छल नहीं करूँगा।''

अर्जुन की यह दृढ़ता देखकर श्रीकृष्ण ने दूसरी चाल चली। उन्होंने भीम को यह सन्देशा भिजवाया कि तुम लपककर मालवराज के अश्वत्थामा नामक हाथी को मार डालो और यह शोर मचाओ कि अश्वत्थामा मारा गया। साथ ही धर्मराज भी यदि तुम्हारी बात का समर्थन कर दें तो द्रोणाचार्य उसे सही मान कर निश्चय ही युद्ध से अपना मुँह मोड़ लेंगे।

भीमसेन के लिए अश्वत्थामा नामक हाथी को मारकर झूठ बोलना कठिन नहीं था, किन्तु युधिष्ठिर से झूठ बोलवाना बड़ा ही कठिन कार्य था। श्रीकृष्ण ने अपने सन्देशवाहक को यह समझाया कि शास्त्र के अनुसार युद्ध में, विवाह के बारे में, नौकरी पाने के लिए अथवा स्त्रियों के साथ हँसी-दिल्लगी करते हुए झूठ बोलना पाप नहीं है। फिर भी धर्मराज अगर पूरी तरह से झूठ न बोलें तो भीम के कहने पर इतना अवश्य ही कह दें कि अश्वत्थामा मारा गया, पता नहीं हाथी था या मनुष्य। उनसे कहना कि अर्जुन की जान बचाने के लिए इतना झूठ वे अवश्य बोलेंगे।

अपने भाई और अपनी सेना के प्राण बचाने के वास्ते धर्मराज श्रीकृष्ण का आदेश पाकर यह अर्द्ध-सत्य बोलने को राजी हो गए। भीमसेन ने तुरन्त ही मालवसेना में धँसकर अपनी गदा के प्रचण्ड वेग से अश्वत्थामा नामक हाथी को मार डाला। उसके बाद वह खुशी से दहाड़ने लगे कि अश्वत्थामा मारा गया। वीर अश्वत्थामा उस समय कहीं दूर लड़ रहा था, उसे इस चालबाजी की खबर न मिली।

द्रोणाचार्य के कानों में भी यह भनक गई। उनके हाथ-पैर ढीले पड़ने लगे। अपने पुत्र के मोह में पड़कर ही तो उन्होंने यह नौकरी की थी। उसी के स्वार्थ के

लिए ही तो वे दुर्योधन की जली-कटी बातें सुनकर भी उसका साथ निभा रहे थे। लेकिन उन्हें यह भरोसा नहीं होता था कि अश्वत्थामा सचमुच ही मारा गया होगा। तभी धर्मराज युधिष्ठिर की आवाज़ उनके कानों में पड़ी। "अश्वत्थामा मारा गया, नर या कुंजर मारा गया।" किन्तु युधिष्ठिर के कुंजर यानी हाथी शब्द कहते-कहते श्रीकृष्ण ने अपना शंख बड़ी ज़ोर से बजा दिया। शंख के स्वर में युधिष्ठिर की आधी बात डूब गई, लेकिन युधिष्ठिर के कहने से द्रोणाचार्य को यह विश्वास हो गया कि उनका बेटा मारा जा चुका है। बस, उन्होंने अपने हथियार पटक दिए और स्वयं भी मरने के लिए शान्त होकर बैठ गए। राजा द्रुपद का बेटा धृष्टद्युम्न अपने बाप का बदला लेने के लिए उन पर झपट पड़ा और निहत्थे गुरु का गला काट दिया। द्रोणाचार्य के मरने की खबर कौरव सेना के लिए महान वज्रपात के समान थी।

जिस समय झूठ का सहारा लेकर द्रोणाचार्य का वध किया गया था उस समय अश्वत्थामा चेदि पांचाल, प्रभद्रक आदि राज्यों की सम्मिलित सेनाओं से लड़ रहे थे। उन्हें पिता के मारे जाने की खबर उस समय न लग सकी। सूर्यास्त के बाद अपने शत्रुओं को बुरी तरह से छकाकर अपनी विजय से सन्तुष्ट अश्वत्थामा जब मस्त हाथी की तरह झूमते हुए अपनी छावनी के पास पहुँचे, और लोगों के चेहरों पर गहरी उदासी देखी तो एक व्यक्ति से कारण पूछा। अपने पिता की हत्या का समाचार सुनकर वे पहले तो ठगे से रह गए, परन्तु बाद में उन्हें भयंकर क्रोध चढ़ आया। वे सीधे दुर्योधन के निवास पर गए। कर्ण, कृपाचार्य, दुःशासन आदि सभी बड़े-बड़े महारथी शोक में मुँह लटकाए वहाँ बैठे हुए थे। अश्वत्थामा को देखकर दुर्योधन उठे और उन्हें कलेजे से लगा लिया। आँखों में आँसू भरकर दुर्योधन ने कहा—"गुरु जी के न रहने से केवल तुम्हीं अनाथ नहीं हुए सखा, हम सभी पर दुःख की गाज गिरी है। पापी पाण्डवों ने गुरु जी को धोखा दिया और कायर धृष्टद्युम्न ने असहायावस्था में उनका सिर काट डाला।"

सारी कथा सुनकर अश्वत्थामा गरज उठे, उन्होंने कहा—"इन गुरुघाती पाण्डवों को अब मैं कदापि जीवित नहीं छोड़ूँगा।" अश्वत्थामा के क्रोध को सभी महारथियों ने बल दिया। सभी ने अपने-अपने ढंग से यह प्रतिज्ञा की कि पाण्डवों से गुरु-हत्या का बदला अवश्य लिया जाएगा।

उधर पाण्डवों की छावनी में भी आचार्य के मारे जाने से गहरा दुःख प्रकट किया जा रहा था। अर्जुन खासतौर से बेहद दुःखी था। उसने दल द्वारा द्रोणाचार्य के मारे जाने की बड़ी निन्दा की। वह अपने बड़े भाई धर्मराज युधिष्ठिर से भी नाराज़ हुआ, कहा—"हे भाई! जैसे वानर राजा बालि को धोखे से मारकर रघुकुल तिलक, रामचन्द्र जी के निर्मल चरित्र पर अमिट धब्बा लगा था, वैसे ही सत्यपरायण गुरु द्रोणाचार्य के साथ झूठ बोलकर आपने भी अपने चरित्र को कलंकित कर दिया है।

अगर आपने वह न कहा होता कि अश्वत्थामा मारा गया, तो वे किसी की बात पर कभी विश्वास नहीं करते। अधर्मपूर्वक गुरु से शस्त्र त्याग करवा कर उनकी हत्या करने से बढ़कर नीच काम मेरी दृष्टि में और कोई नहीं है।"

सभा में बैठे हुए सभी लोग सिर झुकाए हुए अर्जुन की इन बातों को सुनते रहे, किन्तु भीमसेन से न रहा गया। अर्जुन को फटकारते हुए उन्होंने कहा—"व्यर्थ के उपदेश मत बघारो अर्जुन। हम लोग वनवासी साधु या सन्त नहीं हैं, हम क्षत्रिय हैं। युद्ध में कभी-कभी नीतिवश झूठा आचरण भी किया जाता है। हमने आज कोई नयी बात नहीं की है। जिन कौरवों ने हमारे साथ एक नहीं अनेक बार छल किया, लेकिन गुरु जी तब बराबर चुप रहे। उन्हें हम तुम्हारे कहने-भर से भला सत्यपरायण क्यों कर मान लें। मैंने माना कि द्रोणाचार्य जी हमारे गुरु थे, ब्राह्मण थे, परन्तु ज़रा यह तो बतलाओ कि द्रोणाचार्य ऐसा कौन-सा कार्य करते थे जिससे कि उन्हें ब्राह्मण माना जाए। वे अपना धर्म छोड़कर क्षत्रिय धर्म निभा रहे थे।"

कौरवों को विजय दिलाने के लिए उन्होंने भयंकर युद्धरत होकर धर्म-अधर्म की तनिक परवाह किए बिना हमारे पक्ष के ऐसे लोगों को भी मारा जो लड़वैये न होकर सैनिकों के सहायक मात्र थे। इस प्रकार जब उन्होंने ही अपना धर्म नहीं निभाया तो हमको ही किस प्रकार से दोषी ठहराया जा सकता है।"

भीमसेन की बातों को सुनकर जब द्रौपदी रानी के भाई धृष्टद्युम्न भी इसी तरह की बातें कहने लगे, तब आँखों में आँसू भरकर अर्जुन ने कहा—"धृष्टद्युम्न, तुम्हें धिक्कार है, एक बार नहीं हज़ार बार धिक्कार है। तेरे इस कायरता भरे काम से पांचाल कुल की चौदह पीढ़ियाँ नरक में चली गईं।"

अर्जुन का यह क्रोध देखकर उसका शिष्य सात्यकि भी धृष्टद्युम्न को फटकारने लगा। धृष्टद्युम्न अपने बहनोई अर्जुन की भली-बुरी बातें सुन सकता था, किन्तु उसके चेले-चपाटियों की नहीं। जब मारपीट की नौबत आई तो भीमसेन लपककर आगे बढ़े और दोनों का बीच-बचाव करा दिया। उन्होंने कहा—"लड़ना है तो कौरवों से लड़ो। आपस में लड़कर स्वयं अपनी ही हानि क्यों करना चाहते हो। हमको इस बात पर विचार करना चाहिए कि अश्वत्थामा के आक्रमण का मुकाबला कैसे किया जाए?"

श्रीकृष्ण बोले—"भीम भैया बिल्कुल ठीक कह रहे हैं। अश्वत्थामा अपने पिता की मृत्यु का बदला अवश्य लेंगे। वह महान् योद्धा हैं। इसके अलावा उसके पास अग्नि के समान तेजस्वी नारायणास्त्र भी है। मान लो कि पाण्डवों से कुपित होकर वह कल के युद्ध में उसी अस्त्र का प्रयोग करे, तो तुम्हें अपने बचाव का क्या प्रबन्ध करना चाहिए। इस बात पर पहले विचार करो।"

युधिष्ठिर ने श्रीकृष्ण की बात का समर्थन किया, लेकिन उस समय वातावरण ऐसा दुःख और रोष से भरा हुआ था कि किसी में विचार करने की शक्ति बची ही न थी। श्रीकृष्ण ने सोचा कि इस बात पर मैं स्वयं ही विचार करके पाण्डवों की भलाई के लिए कोई उपाय करूँगा।

अश्वत्थामा का प्रचण्ड युद्ध

दूसरे दिन युद्ध-क्षेत्र में शुरू से ही बड़ी तनातनी बढ़ने लगी। अश्वत्थामा ने गरजकर सबको अपनी प्रतिज्ञा सुनाई। उसने ललकार कर कहा—"झूठ बोलकर मेरे पिता से हथियार रखवाने वाला वह पाखण्डी धर्मराज युधिष्ठिर कहाँ है? मैं आज उसे दण्ड दिए बिना कदापि नहीं छोड़ूँगा। कहाँ है यह नीच धृष्टद्युम्न जिसने कल मेरे निहत्थे पिता का सिर काटने की कायरता दिखलाई थी। आज मैं एक-एक से गिन-गिनकर बदला ले लूँगा।"

युद्ध-भूमि में ऐसी ललकारों का जवाब प्रबल ललकारों से ही दिया जाता है, किन्तु श्रीकृष्ण के आदेश से उस समय कोई कुछ न बोला। अर्जुन आज यों भी बहुत दुःखी थे। लड़ाई में उनका जी नहीं लग रहा था। श्रीकृष्ण ने कहा—"हे अर्जुन! मोह में मत पड़ो, अपना कर्म करो। तुम्हारी उदासी देखकर पाण्डव सेना के हौसले पस्त हो जाएँगे। यह ठीक न होगा और मेरी कल की बात पर भी ध्यान रखना। मुझे लगता है कि अश्वत्थामा नारायणास्त्र का प्रयोग अवश्य करेंगे।"

अर्जुन बोला—"हे सखा! मैं बरसों पहले ही यह प्रतिज्ञा कर चुका हूँ कि ब्राह्मण, गाय और नारायणास्त्र के सामने अपना गाण्डीव कभी धारण नहीं करूँगा।"

यह सुनकर भीमसेन तड़प उठे। उन्होंने कहा—"तू भले मत कर, लेकिन मैं युद्ध की भूमि में ब्रह्मा, विष्णु और महेश तक की परवाह नहीं कर सकता। किसी देवता के नाम पर किसी हथियार का नाम रख देने से मैं धर्मभीरु होकर हथियार

न चलाऊँ, यह असम्भव बात है। यह कहकर युद्ध-भूमि में आगे बढ़ते हुए अश्वत्थामा के रथ पर उन्होंने तीखे बाणों की झड़ी लगा दी। दोनों पक्षों के बीच का मैदान भीम के तीरों से भर गया। वे एक साथ कई-कई बाण धनुष पर चढ़ाकर पूरी शक्ति के साथ छोड़ रहे थे। बेंत के बने लोहे के फलक वाले विष-बुझे तीखे बाणों की सनसनाहट से सारा युद्धक्षेत्र भर उठा।

"ठहर तो दुष्ट" कहकर अश्वत्थामा ने धनुष पर अपना नारायणास्त्र चढ़ाया। नारायणास्त्र उस समय का कोई ऐसा भयंकर अस्त्र होगा कि जिसकी हर नोक से आग के नाग सर-सर करके निकलते होंगे। तीर के छूटने से वायु में कड़कड़ाहट भरती थी और लोहे के हथियारों को यह चुम्बक की तरह छूकर उन्हें भड़का देता होगा। इसलिए जैसे ही नारायणास्त्र छूटा वैसे ही श्रीकृष्ण के आदेश से सबने अपने-अपने हथियार अलग रख दिए और रथों से कूदकर उतर आए। केवल भीम ही ऐसे थे जिन्होंने अभी तक अपने हथियार नहीं रखे थे। श्रीकृष्ण ने जब यह देखा तो अर्जुन से कहा–"तुरन्त वरुणास्त्र छोड़कर हवा में नमी पैदा करो नहीं तो यह नारायणास्त्र हम सबको जलाकर भस्म कर देगा।"

श्रीकृष्ण की बात सुनकर अर्जुन को भी एकाएक होश आया। उन्होंने तुरन्त ही वरुणास्त्र चलाकर नारायणास्त्र के तेज को निष्फल कर दिया। दुर्योधन और कौरवगण नारायणास्त्र का कमाल देखकर चकित और प्रसन्न हो रहे थे, लेकिन जब वह निष्फल हुआ तो दुर्योधन ने कहा, "हे गुरुपुत्र! तुम दुबारा यही अस्त्र फिर छोड़ो।"

अश्वत्थामा बोला–"नहीं, मुझे मालूम न था कि अर्जुन के पास इस अस्त्र की काट भी है। युद्ध अस्त्र केवल एक ही बार छोड़ा जा सकता है।"

दुर्योधन बोला–"यह न सही तो और जो अमोघ बाण तुम्हारे पास हों, आज इन सबकी वर्षा शत्रुओं पर करो। अपने पिता और मेरे गुरु का बदला अवश्य लो, अश्वत्थामा चूकना मत! आज तुम्हारी परीक्षा का दिन है।" दुर्योधन के जोश दिलाने से अश्वत्थामा और भी अधिक प्रबल हो उठे। वे अपना रथ बढ़ाकर सीधे पांचालों की सेना की ओर बढ़े। उन्हें धृष्टद्युम्न से बदला लेना था। दोनों ओर से प्रचण्ड बाण वर्षा होने लगी। भीमसेन, सात्यकि आदि बड़े-बड़े योद्धा द्रोपदी के भाई को बचाने के लिए दौड़े। इधर कर्ण आदि महारथी भी अश्वत्थामा की रक्षा के लिए आए। उस दिन दोनों ही ओर के वीरों ने ऐसा अद्‌भुत कौशल दिखलाया, जैसा पहले कभी नहीं देखा गया था।

यह सब कुछ होने के बाद भी अश्वत्थामा की प्रतिज्ञा अधूरी ही रह गई। श्रीकृष्ण की चतुराई के आगे अश्वत्थामा की प्रतिज्ञा भला जीत ही क्यों कर सकती थी। अपनी आज की इस असफलता से कौरवों की खीझ और भी अधिक बढ़ गई।

उनके पक्ष के दो महानतम् वीर योद्धा नष्ट हो चुके थे। भीष्म पितामह मृत्युशय्या पर पड़े थे और द्रोणाचार्य स्वर्ग सिधार गए थे। अश्वत्थामा की प्रतिज्ञा सुनकर दुर्योधन को यह आशा हुई थी कि वह अवश्य ही आज कोई ऐसा चमत्कार दिखलाएगा जिससे कि पाण्डवों के पक्ष में गहरा दुःख और पराजय का भाव फैलेगा, किन्तु वह भी न हुआ, उल्टे अश्वत्थामा के अमोघ हथियारों की असफलता से कौरव सेनाओं में पराजय की हीन भावना ही अधिक भर गई। अपनी सेना का यह हाल देखकर दुर्योधन बेहद चिन्तित हो उठा। उसकी घबराहट देखकर कर्ण और दुःशासन ने वह रात दुर्योधन के शिविर में ही बिताई। लेकिन तीनों वीर उस दिन ऐसे हतबुद्धि हो रहे थे कि कोई किसी को सलाह ही न दे सका। उनकी यह रात करवटें बदलते ही बीती। गहरे सोच में पड़ा हुआ दुर्योधन अपने ही किए हुए पुराने पापों का ध्यान आ जाने से बीच-बीच में सहम उठता था। उसने दो-दो बार छल करके युधिष्ठिर का राजपाट जुए में जीता, उसने महारानी द्रोपदी का ऐसा अपमान किया जैसा कि अच्छे कुल और संस्कार वाला कोई क्षत्रिय कभी नहीं कर सकता है। वारणावत में लाख का घर बनवाकर उसने पाण्डवों को उनकी माता समेत जला देना चाहा था। उन्हें वनवास देकर बेहद पीड़ित करने में उसने कोई भी कसर नहीं उठा रखी थी। वह सारी बातें इस समय रह-रह कर उसके ध्यान में आ रही थीं, और वह सोचता था कि अगर पाण्डव जीत गए और वह उनके द्वारा पकड़ा गया तो मेरा क्या होगा? पाण्डव गिन-गिनकर उससे अपने बदले लेंगे।

इन बातों को सोच-सोचकर दुर्योधन के मुख से गहरी साँसें निकल जाया करती थीं। यह देखकर कर्ण समझ गया कि दुर्योधन को गहरी चिन्तायें सता रही हैं। उसे ढाढ़स बँधाने के लिए कर्ण बोला—"हे मित्र! तुम यह लम्बी-लम्बी साँसें क्यों ले रहे हो? क्या तुम्हारे पास पितामह और आचार्य के रूप में केवल दो ही योद्धा थे कि जिनके मर जाने से तुम्हें अपनी हार दिखलाई देने लगी है?"

दुर्योधन उठकर बैठ गया। उसने कहा—"मैं घबरा अवश्य गया हूँ कर्ण, किन्तु यह नहीं मानता कि अब महावीर सेनानी नहीं हैं। मैं तुम्हें पितामह और द्रोणाचार्य से बढ़कर कुशल सेनापति मानता हूँ। पितामह कौरवों और पाण्डवों दोनों के पितामह थे। द्रोणाचार्य भी दोनों के गुरु रह चुके थे। इसलिए उनकी ममता बँटी हुई थी। पर तुम तो केवल मेरे हो, तुम्हारे ऊपर मुझे जैसा विश्वास है, वैसा किसी पर भी नहीं है। तुम्हारे ही भरोसे पर मैंने श्रीकृष्ण का सन्धि प्रस्ताव ठुकरा दिया था।"

कर्ण बोला—"तब फिर उदास क्यों होते हो? कल मैं युद्ध-क्षेत्र में अपने करतब दिखलाऊँगा।"

"मैं केवल तुम्हारे ही करतब नहीं देखना चाहता कर्ण, बल्कि तुम्हारे नेतृत्व

में अपनी सेना के करतब भी देखना चाहता हूँ। आज की रात के अपने मनमन्थन से मुझे केवल यही लाभ हुआ है कि तुम्हें प्रधान सेनापति का पद देने का निश्चय कर सका।''

कर्ण को सेनापति बनाना राजनीतिक दृष्टि से तनिक कठिन कार्य था। बात यह थी कि ऊँची जाति के क्षत्रिय लोग कर्ण को अपने से गिरा हुआ समझते थे, इसलिए उसके नेतृत्व में युद्ध करने से बहुत से लोग शायद इनकार भी कर सकते थे। अपने स्वयंवर के समय द्रोपदी ने भी भरी सभा में कह दिया था कि मैं सूत सारथी के बेटे को हरगिज इस प्रतियोगिता में भाग न लेने दूँगी। लेकिन इस समय दुर्योधन को लगा की भीष्म पितामह और द्रोणाचार्य के न रहने से पाण्डवों के आतंक के कारण मेरे पक्ष के क्षत्रिय राजा निःसंकोच कर्ण को अपना सेनापति मान लेंगे। कर्ण भले ही जाति में हीन हो, परन्तु वीरता और योग्यता में वह बहुत से बड़ों-बड़ों से कहीं अधिक बड़ा था। यह सब बातें सोचकर दुर्योधन ने कहा—''मैंने अच्छी तरह से सोचकर ही यह निश्चय किया है। अश्वत्थामा योद्धा तो बहुत ही अनुपम हैं, परन्तु महान् सेनापति होने की योग्यता उनमें नहीं है। मैं केवल सबेरे ही तुम्हें सेनापति बनाकर तिलक करूँगा। तुम मुझे अवश्य ही यश दिलाओगे।''

कर्ण के सेनापति बनने की बात सुनकर दुःशासन भी उल्लसित हो उठा।

दूसरे दिन दुर्योधन ने अपने पक्ष के बड़े-बड़े राजाओं और सरदारों के सामने कर्ण को महासेनापति बनाने का प्रस्ताव रखा। और कोई समय होता तो शायद कुछ ऊँचे कुल वाले राजे सरदार आपत्ति भी करते पर उन्हें कर्ण की सरदारी में लड़ने से ऊपरी तौर पर कोई आपत्ति नहीं हुई। उस समय हिन्दुस्तान में सात ही आदमी ऐसे माने जाते थे जो धनुर्विद्या में अपनी मिसाल आप ही थे—भीष्म, द्रोण, कृपाचार्य, अश्वत्थामा, कर्ण, श्रीकृष्ण और अर्जुन। इन सात महावीरों में भी युद्ध-कला और सेना-संगठन की कला को भली-भाँति समझने वालों में कर्ण की धाक ऊँची थी।

कृपाचार्य ने झटपट यह स्वीकार किया कि पाण्डव पक्ष के श्रीकृष्ण और अर्जुन को मात देने में कर्ण ही इस समय कौरवों की लाज रख सकते हैं। कृपाचार्य अश्वत्थामा के मामा थे, इसलिए उनकी बात सुनकर वह मौन रहे। यह देखकर दुर्योधन ने उसी समय कर्ण का अभिषेक करने के वास्ते तैयारी करने की आज्ञा दी। गूलर के काठ के सुन्दर आसन पर रेशमी गद्दी बिछाई गई। हाथी दाँत के बने बर्तनों में तथा गैंडे आदि कुछ शुभ शकुन वाले जानवरों की सींगों में जल भरकर तथा उनमें सुगन्धशाली पवित्र औषधियों को डालकर मन्त्र-पाठ के साथ राजा कर्ण का अभिषेक किया गया। दुर्योधन ने बहुत-सा सोना, हीरा, माणिक, मोती आदि भेंट करके महासेनापति कर्ण का सत्कार किया। उपस्थित महाराजों ने कर्ण को बधाइयाँ देते हुए उसकी विजय

की कामना की। सूत, बन्दी और मागध कर्ण की स्तुतियाँ गाने लगे। राजा कर्ण के जीवन में ऐसे बड़े सम्मान का यह दूसरा दिन था। वर्षों पहले दुर्योधन ने ही कर्ण को अंग देश का राजा बनाकर उसे पहली बार सम्मानित किया था। साधारण सूत के बेटे को राजाओं की बराबरी दी थी। तब कर्ण को यह नहीं मालूम था कि वह कुन्ती का बेटा और युधिष्ठिर, भीम और अर्जुन का भाई है, किन्तु आज के सम्मान के वास्ते वह फिर दुर्योधन का ही बेहद कृतज्ञ हुआ था। एक ओर वह मुँह से यह बात निकाल भी नहीं सकता था कि वह कुन्ती का बेटा है। परन्तु दूसरी ओर वह खुलेआम सगर्व यह कह सकता था कि वह सुयोधन आदि कौरवों को अपने सगे भाइयों की तरह प्यार करता है, नाता निभाने से गाढ़ा होता है मेरे कहने से नहीं। अभिषेक के बाद अपने परम मित्र को गले को लगाकर उसने कहा—"कौरव श्रेष्ठ इस जीवन में जितना उपकार तुमने किया है, उतना और किसी ने भी नहीं किया है। हे वीर! मैं तुम्हें, विजय दिलाने में तनिक भी कसर नहीं उठा रखूँगा। दुष्ट अर्जुन निश्चय ही मेरे हाथों मारा जाएगा।" कर्ण की इस प्रतिज्ञा को सुनकर सभी ने बड़े ज़ोर से हर्ष ध्वनि की। पाण्डव पक्ष के सरदारों को भी यह खबर मिल गई कि महारथी कर्ण कौरवों के नये सेनापति बने हैं।

महाराज युधिष्ठिर ने जब यह समाचार सुना तो वे मन- ही-मन में बड़े आतंकित हो उठे। कर्ण और अर्जुन की आपसी दुश्मनी को वे अच्छी तरह से जानते थे। उन्हें मालूम था कि कर्ण अर्जुन को ही अधिक अपने तीरों का निशाना बनाएगा। इसीलिए वे केवल उसी के बचाव की बातों पर गहराई से विचार करने लगे। उन्होंने सोचा कि कर्ण जब अर्जुन से लड़ने के लिए आएगा, तब उसका सारथी आखिर किसको बनाया जाएगा। कौरव पक्ष में ऐसा कौन-सा हुनरमन्द है जो युद्ध संचालक सारथी श्रीकृष्ण के काम से टक्कर ले सके। युद्ध-क्षेत्र में बड़े-बड़े वीरों के सारथी बनने का सौभाग्य किसी साधारण सारथी को नहीं दिया जाता था। कब रथ को शत्रु के सामने से हटाए और कब वह अपने रथ को कतराकर निकाल ले जाए, इन सारी बातों का विचार युद्ध-कला के अनुसार ही होता है। युधिष्ठिर ने सोचा कि कौरवों के पक्ष में इस कला में श्रीकृष्ण की टक्कर लेने वाले केवल शल्य मामा ही हैं। वैसे कृष्ण और शल्य का कोई मुकाबला न था। शल्य युधिष्ठिर की सौतेली माता माद्री के सगे भाई थे। ये अपने घर से चले तो थे युद्ध में पाण्डवों का पक्ष लेने, लेकिन दुर्योधन ने अपनी सेवा-चतुराई से इन्हें अपने पक्ष में मिला लिया। युधिष्ठिर ने सब बातों पर विचार करके यही निश्चय किया कि शल्य मामा से एक बार अवश्य मिलेंगे। परन्तु उस समय मिलने का अवकाश नहीं था। युद्ध में बाजे बजने लगे। अपने नये सेनापति की बनाई हुई योजना के अनुसार कौरव पक्ष के वीर अपने-अपने मोर्चे सम्हाल चुके थे। लोहे-से-लोहा बजने लगा था। ज्यों-ज्यों लड़ाई आगे बढ़ती जाती थी, त्यों-त्यों उसमें तेजी भी आती जाती थी। सेनाएँ

एक-दूसरे का बीज नाश करने पर तुली हुई थीं। विशाल युद्ध-भूमि हाथी-घोड़ों और मनुष्यों की लाशों से तथा आकाश चील-गिद्ध, कौवों से भरा हुआ था। यहाँ की चीख-पुकारें और जै-जै कारें सुनकर बड़े-बड़ों के कलेजे दहल उठते थे, करुणा से भर जाते थे। उस दिन की लड़ाई में सबसे अधिक कमाल कौरव पक्ष के अश्वत्थामा और पाण्डव पक्ष के पाण्ड्य राज ने दिखलाया। दक्षिण भारत के तमिल भाषी पाण्ड्य राजा मलयध्वज असीम पराक्रमी और युद्ध-कला में निपुण माने जाते थे। उन्होंने उस दिन अश्वत्थामा के साथ ऐसा चमत्कारी धनुर्युद्ध किया कि शत्रु-मित्र सभी एक मुँह से वाह-वाह करने लगे और जब वह महारथी अश्वत्थामा के हाथों से मारे गए, तब पाण्डव पक्ष में उदासी छा गई। उस दिन के युद्ध में कौरवों की अपेक्षा पाण्डवों को ही अधिक हानि हुई थी।

मामा-भांजे की भेंट

शाम हुई। लड़वैये अपनी-अपनी छावनियों में लौट गए। नहा-धोकर ताजे होने लगे। घायलों की मरहम-पट्टी होने लगी। वीरों की थकान उतारने के लिए चतुर नाऊ उनका बदन दबाने लगे और कौरव-पाण्डव पक्ष के वीर, एक-दूसरे से मिलने के लिए एक-दूसरे की छावनियों में आने-जाने लगे। चारों ओर नाच-गाने और हँसी-मजाक की महफिलें जुड़ गईं। युधिष्ठिर चुपचाप शल्य मामा से मिलने के लिए गए। मामा उन्हें देखकर प्रसन्न हुए, पूछा—''कहो कैसे आए।''

''आपसे एक भीख माँगने आया हूँ मामा, कर्ण युद्ध-क्षेत्र में अपना सारथी बनने के लिए यदि आपसे प्रार्थना करे तो इनकार मत कीजिएगा।''

शल्य बोले—''मैं एक सूत के बेटे का सारथी भला क्यों बनूँगा?''

''कर्ण अर्जुन से लड़ने के लिए आप ही को अपना सारथी बनाएगा मामा,

क्योंकि वह जानता है कि रथ चलाने की विद्या में आप ही श्रीकृष्ण से टक्कर ले सकते हैं।''

''आप केवल इतना ही कीजिएगा मामा कि रास्ते-भर अपनी बातों से कर्ण को निःतेज करते रहिएगा कि कर्ण सुनकर डाह के मारे तड़प उठे। अर्जुन की रक्षा के लिए मैं आपसे यही प्रार्थना करने आया हूँ।''

शल्य ने कहा—''वैसे तो यह बड़ा अनुचित कार्य है कि जिसका सारथी बनूँ उसी को निस्तेज करूँ, फिर भी अपने भांजों के लिए मैं ऐसा करने का वचन देता हूँ।'' धर्मराज युधिष्ठिर यह सुनकर बड़े ही प्रसन्न हुए और अपने शिविर में लौट आए। जासूसों ने दुर्योधन को यह खबर दे दी। वह तुरन्त ही घबराकर शल्य मामा के पास आया। उसने पूछा—''मामा! युधिष्ठिर क्यों आए थे?''

शल्य ने चतुराई भरा उत्तर दिया, वह बोला—''युधिष्ठिर यह कहने आया था कि यदि तुम मुझे कर्ण का सारथी बनाने का प्रस्ताव करो तो मैं उसे इनकार कर दूँ।''

''तो फिर आपने क्या उत्तर दिया मामा?'' दुर्योधन ने घबराकर पूछा।

''मैंने साफ कह दिया कि इस समय मैं कौरव पक्ष से लड़ रहा हूँ। दुर्योधन यदि मुझे कर्ण का सारथी बनाएगा, तो मैं बेझिझक होकर उसके प्रस्ताव को स्वीकार कर लूँगा।''

प्रसन्न होकर दुर्योधन ने शल्य मामा के पैर छू लिये और कहा—''मामा! आप धन्य हैं। अर्जुन वीर तो अवश्य हैं, पर इस युद्ध में उसे जो विशेष यश मिल रहा है उसका कारण श्रीकृष्ण की अद्‌भुत रथ-संचालन-कला ही है। श्रीकृष्ण का मुकाबला तो केवल आप ही कर सकते हैं मामा, और मेरी यह प्रार्थना है कि आप मुझसे भी ऐसा करना स्वीकार कर लें।''

शल्य तो यह चाहते ही थे। सोचने-विचारने के बहाने से ज़रा घमण्ड भरा नखरा दिखाकर एकाध दिन के बाद उत्तर देने की बात कहकर वे उस प्रसंग को टाल गए।

महाभारत के युद्ध में भी कर्ण और अर्जुन युद्ध-कला के नये-नये करिश्मे दिखला रहे थे।

कर्ण जब सेनापति बना तो पाण्डवों के पक्ष में भी गर्मी आई। अर्जुन का हौसला सचमुच युद्ध के लिए अब जागा। भीष्म पितामह और द्रोणाचार्य से बड़ी बहादुरी के साथ लड़ते हुए भी उसे इस बात का ध्यान रहता था कि वह अपने दादा जी और गुरु से लड़ रहा है। युद्ध में जी-जान से लड़कर भी वे अपना अदब नहीं छोड़

पाते थे, लेकिन कर्ण और अर्जुन की लाग-डाँट तो बचपन से ही चली आ रही थी। कर्ण अपने-आपको अर्जुन से बहुत बड़ा योद्धा मानता था और इसी तरह अर्जुन भी अपने-आपको कर्ण से अधिक शक्तिशाली मानता था।

अब दोनों की कमान में कौरव और पाण्डव सेनाएँ लड़ रही थीं, इसलिए हर आदमी यह विश्वास रखता था कि यह लड़ाई ही सबसे अधिक मार्के की होगी। कर्ण ने सेनापति बनते ही इस युक्ति से मोर्चेबन्दी की कि दूर-दूर तक घमासान लड़ाई होने की नौबत आ जाए। कर्ण ने पाण्डवों के जिस मोर्चे को कमजोर समझा वहाँ पर अपनी तगड़ी मोर्चा-बन्दी कर दी। बड़े-बड़े योद्धा जो अलग-अलग घूमकर हर मोर्चे पर लड़ते थे, इस चिन्ता में पड़ गए कि कहाँ-कहाँ जमकर युद्ध करें।

अग्निधारण अस्त्र आमतौर से गोलेनुमा होते थे। वे बड़ी ही मामूली किन्तु बड़े कमाल वाली वस्तुओं से बना करते थे। अग्निधारण गोले गधे, ऊँट, बकरे और भेड़ों की लीद और मेंगनियों को गूगल, लाख, तारपीन और दो-एक खास किस्म के पत्तों का चूरा मिलाकर बनाए जाते थे।

क्षेप्योअग्नियोग में भी ऊपर बतलाए गए पशुओं की लीद और मेंगनियों के अलावा कोयला, मोम और ऐसी ही कुछ और वस्तुएँ मिलाई जाती थीं।

विश्वासघाती सचमुच बहुत ही विश्वासघाती होता था। उसमें कई तरह के धातुओं का चूरा, कोयला, मोम और तारपीन आदि ऐसी चीज़ें मिली होती थी जो तीर के धनुष से छूटने पर तेज़ी से गरमाकर जल उठते थे और शत्रुओं के शरीर पर अंगारों की तरह लगते थे।

शतघ्निं नाम की एक बड़ी शक्तिशाली गुलेल भी हुआ करती थी जिससे पत्थर फेंके जाते थे। जलती हुई मशालें भी फेंकी जाया करती थीं। तलवार, कटार, त्रिशूल, फरसा, गदा तथा और भी इसी तरह के सैकड़ों हथियार हुआ करते थे। आमतौर से प्यादों और घोड़ों तथा हाथियों को शराब पिला दी जाया करती थी।

इन सेनाओं के साथ मारू बाजे भी बजा करते थे। इन बाजों और हुंकारों से लड़ने वालों में बड़ा जोश उत्पन्न होता था। इस जोश को शराब या भाँग का नशा और भी भड़का दिया करता था। इसलिए युद्धभूमि मनुष्यों और पशुओं का बूचड़खाना बन जाया करती थी। कर्ण ने अपनी सेनाएँ इस तरह से तैयार की थीं कि शत्रु को एकाएक यह पता ही न चले कि कौन-सी सेना कहाँ से आक्रमण करेगी।

लेकिन श्रीकृष्ण की रणनीति कुशलता ऐसी बड़ी-चढ़ी थी कि भीष्म पितामह जैसे बड़े अनुभवी लोग भी उनका लोहा मानते थे और आदर करते थे। उनके रथ हाँकने की कला में बड़ी सफाई थी। वे बाएँ हाथ से अपने घोड़ों की लगाम भी

पकड़े रहते थे और चाबुक भी। उन्हें पूरे युद्ध-क्षेत्र के नक्शे का ध्यान रहता था। घोड़ों को वह ऐसी सफाई से घुमाते-फिराते थे कि उन्हें शत्रुओं के फेंके हुए हर हथियारों से कोई घात न लगे।

उन्होंने देखा कि सेनापति बनकर कर्ण इस समय बड़े जोश में है, और वह कुछ ऐसा कमाल करके दिखलाना चाहता है कि सेनापति पद ग्रहण करने के पहले ही दिन उसकी धाक पितामह और आचार्य से अधिक जम जाए। कर्ण ने उस दिन पाण्डवों की सेना का बड़ा नाश किया। श्रीकृष्ण के जासूस पल-पल पर उन्हें युद्ध की खबरें देते जाते थे। उन्होंने सोचा कि कर्ण को अर्जुन से भिड़ा दिया जाए जिससे कि वह हमारी सेना का अधिक नुकसान न कर सके। वे अपना रथ उसी दिशा की ओर हाँकने लगे।

अर्जुन ने पूछा—"मुझे कहाँ लिये जा रहे हो सखा?"

श्रीकृष्ण बात बनाकर बोले—"हे अर्जुन! बड़ी देर से मैंने युधिष्ठिर भैया को नहीं देखा है। भीम भाई भी पता नहीं कहाँ लड़ रहे हैं। नकुल, सहदेव तो कर्ण के आगे से कन्नी काटकर भाग गए हैं और कर्ण इस समय बड़ा पराक्रभ दिखला रहा है। मैं सोचता हूँ कि तुम्हारे चारों भाइयों को कर्ण के आस-पास का सैनिक बल तोड़ने पर तैनात करके तुम्हारा कर्ण से आमना-सामना करा दूँ।"

अर्जुन बोला—"कर्ण को तो अभी समझ लूँगा। तुम पहले मुझे युधिष्ठिर भैया के पास ले चलो।"

युधिष्ठिर उस समय दुर्योधन से लड़ रहे थे। सहदेव की लड़ाई दुःशासन से, शकुनि की सुतसोम से घमासान बज रही थी। सहसा कर्ण और नकुल की मुठभेड़ हो गई। नकुल ने उसके सामने अपना रथ रोककर कहा—"अरे नीच कर्ण! ठहर तो सही, मैं बहुत दिनों से जिस दिन की प्रतिक्षा में था वह आज आ ही गया। आज तुम्हें समर में मारकर मैं अपना कलेजा ठण्डा करूँगा, क्योंकि तू ही इस सारे अनर्थ की जड़ है। तेरे ही कारण हमारे दुष्ट कौरव भाइयों को हमसे लड़ने का हौसला हुआ है।

बहुत बढ़-चढ़कर कही गई इन बातों को सुनकर कर्ण हँस पड़ा। इस हँसी का एक कारण यह था कि कुन्ती माँ से अपने जन्म की कथा सुन लेने के बाद से कर्ण केवल अर्जुन को छोड़कर युधिष्ठिर, भीम आदि अपने सभी छोटे भाइयों को मन-ही-मन प्यार करने लगा था। उसने कुन्ती माता को यह वचन भी दे रखा था कि अर्जुन के सिवाय अपने किसी भाई को जान से नहीं मारेगा। इन्हीं सब बातों के कारण उसे हँसी आ रही थी।

उसने बड़े भाई की तरह प्यार से कहा–"वाह नकुल, तुमने श्रेष्ठ राज-पुत्रों की तरह ही यह वचन कहे हैं। ठीक है, यदि तुम्हारी मुझसे लड़ने की इच्छा है तो अपनी इच्छा खुशी से पूरी करो। लेकिन एक बात कहे देता हूँ नकुल, तुमने मेरे सामने अभी ये जो घमण्ड के बोल बोले हैं, या तो उन्हें सच्चा करके दिखाओ नहीं तो चुपचाप भाग जाओ। वरना मैं तुम्हारे इस घमण्ड को मिट्टी में मिला दूँगा।"

नकुल ने अपने सोने से मढ़े हुए धनुष पर एक साथ सत्तर तीर चढ़ाकर कर्ण पर मारे। उसके सारथी को घायल किया और उसका धनुष भी काट डाला। इसके बाद तीर बरसाने में उनके हाथ बिजली बन गए।

कर्ण बोला–"शाबाश अब मेरी ओर से प्रहार झेलो।"

यह कहकर परम पराक्रमी कर्ण ने नकुल पर बाण चलाने प्रारम्भ किए। नकुल भी उस दिन हौंसले में आकर अपनी धनुष-विद्या का कमाल दिखलाने लगा। कर्ण पहले तो नकुल को मानो खिलाते रहे, परन्तु जब वह तेज पड़ता दिखलाई दिया तो कर्ण भी कुपित होकर प्रचण्ड बन गए।

उन्होंने नकुल के कई धनुष काटे। उनके सारथी और चारों घोड़ों को भी मार डाला। उनके रथ के अगले डण्डे भी काट दिए। नकुल ने गदा फेंकी सो उसे बीच रास्ते में ही तोड़ डाला। टूटे रथ से उतरते-उतरते खीझकर नकुल ने लोहे का बेलननुमा हथियार मारने के लिए हाथ में उठाया ही था कि कर्ण ने तीखे बाणों से वह बेलन भी मिट्टी में मिला दिया।

नकुल अपनी तलवार निकालकर वार करने के लिए झपटे पर कर्ण ने तलवार के उठते ही उसे भी एक तीर से काटकर दो कर दिया। नकुल निहत्थे हो गए। कर्ण ने हँसते-हँसते उनके चारों ओर ऐसे तीर बरसाने आरम्भ कर दिए कि उनसे बचने के लिए नकुल घबड़ाकर कर्ण के रथ के पास दौड़कर बढ़ गए।

कर्ण ने तुरन्त ही अपने धनुष की डोरी में उसका गला फँसा लिया और हँसकर कहा–"अब कभी बड़ों के सामने डींग मत हाँकना, बच्चू। जाकर अपने भाइयों से कह दो कि कौरवों से लड़ना बच्चों का खेल नहीं है। जाओ, भाग जाओ।"

नकुल बहुत लज्जित होकर वहाँ से चले आए।

अर्जुन उस समय संसप्तकों की सेना द्वारा अटका लिये गए थे। यह बड़ी शक्तिशाली सेना थी। इसके एक भाग को अर्जुन पहले ही खत्म कर चुके थे। अब दूसरा भाग सामने आया। बड़ी घमासान लड़ाई हुई। अर्जुन भी उस समय ऐसे ताव में आ गए थे कि शत्रुओं की लोथों-पर-लोथें गिरा दीं। बहे हुए खून की कीचड़ और

लाशों की भरमार के कारण उस दिन युद्ध के मैदान में श्रीकृष्ण को अपना रथ संचालन करने में बड़ी ही सावधानी बरतनी पड़ी।

अन्त में संसप्तकों को पराजित करके अर्जुन अब कर्ण की तलाश में बढ़े। उन्होंने उसे अपने शिष्य महावीर यादव सात्यकि से लड़ते हुए पाया। सात्यकि अकेला ही नहीं था बल्कि धृष्टद्युम्न, द्रोपदी के पाँचों पुत्र, सहदेव तथा और भी कई देशों के राजाओं के साथ कर्ण अकेले जूझ रहे थे।

पाण्डव दल के इतने वीर मिलकर भी कर्ण को पीड़ित नहीं कर पा रहे थे। उल्टे वही उन सब को छका रहे थे। अर्जुन के पहुँचते ही कर्ण ने हौसले में आकर एक शक्ति बाण उनके ऊपर भी फेंका। लेकिन अर्जुन ने उसे बीच में ही नष्ट कर दिया।

उस रणक्षेत्र में अर्जुन के पहुँच जाने से एकाएक बड़ी गर्मी आ गई। सारे पाण्डव पक्ष के लोग अब कर्ण की चिन्ता छोड़कर कौरव सेना पर टूट पड़े। कर्ण और अर्जुन एक-दूसरे को अपनी धनुर्विद्या और बाहुबल का चमत्कार जब तक दिखलाते रहे उतनी देर में तो कौरव सेना की चटनी बन गई।

हारे हुए लोग त्राहि-त्राहि करने लगे। उस दिन का भयानक युद्ध देखकर सूर्य देवता भी मानो थक गए। सूर्यास्त ने कौरवों की लाज रख ली। कर्ण और अर्जुन आमने-सामने आकर भी अपनी लड़ने की चाह पूरी न कर सके।

कर्ण बोला–"भगवान दैव की आज्ञा नहीं है कि आज थके हुए अर्जुन से युद्ध करूँ। कल नया बल लेकर आना। देखूँगा कि तुम कितने बड़े वीर हो। मैं तुम्हें कल थका मारूँगा।"

अर्जुन ने भी तप कर जवाब दिया–"अर्जुन, थकना नहीं जानता सूतपुत्र। वह तुम पर तरस खाता है। अर्जुन तुम्हें एक दिन का जीवन जीने के लिए और दे रहा है। अपनी जो कुछ साधें पूरी करनी हों, इस बीच कर डालो।"

धमकियों और ललकारों के साथ दोनों वीर अपनी-अपनी छावनियों में लौट गए।

दुर्योधन और कर्ण की सलाह

उस दिन कौरवों की छावनी में सैनिकों का मनोबल बहुत ही गिरा हुआ था। जो सिपाही अर्जुन और पाण्डव की सेना से करारी मार खाने के बाद भी जीवित लौट आए थे, वे अपने भाग्य सराह रहे थे। लेकिन दुबारा ऐसी मार खाने की उनकी हिम्मत नहीं रह गई थी। दुर्योधन और कर्ण को उस समय सबसे बड़ी चिन्ता यही थी कि अपनी सेना के इस गिरे हुए मनोबल को कैसे उठाया जाए।

दोनों मित्र आपस में बैठकर बातें करने लगे। दुर्योधन ने कहा–"मेरे गुप्तचर खबर लाए हैं कि हमारे सिपाहियों में इस समय अर्जुन की बड़ी धाक जमी हुई है। उसने दो मोर्चों पर आज हमारी सेनाओं को बहुत तहस-नहस किया है।"

यह सुनकर कर्ण को ईर्ष्या हुई। उसने कहा–"इन बातों के पीछे जो भावना काम कर रही है उसे मैं अच्छी तरह से समझता हूँ। मेरे भी गुप्तचर हैं। वे जो कुछ खबरें लाए हैं उन्हें सुनकर मुझे यह लगता है कि शत्रु पक्ष के चतुर प्रचारक तुम्हारे बाबा बुढ़ऊ भीष्म की उस बात को जगह-जगह दोहरा रहे हैं, जो उन्होंने दो वर्ष पहले कही थी। सेना के निस्तेज होने का दोष मेरा नहीं बल्कि उस बुड्ढे का है, जो तुम्हारा होकर भी सदा तुम्हारे साथ विश्वासघात करता हुआ अब मरणशय्या पर पड़ा है।"

कर्ण की क्रोध और घृणा भरी बात सुनकर दुर्योधन चुप रहा। लड़ाई छिड़ने से पहले जब श्रीकृष्ण समझौते का प्रस्ताव लेकर हस्तिनापुर आए थे तब भीष्म पितामह ने दुर्योधन और कर्ण के सामने ही दोनों पक्षों की ताकत पर विचार करते हुए अर्जुन को रथ यूथ-यूथप बतलाया था और कर्ण को अर्धरथी।

इस पर कर्ण उस समय भी पितामह पर बहुत लाल-पीले हुए थे और आज अपनी सेना में जगह-जगह अर्जुन की प्रशंसा दोहराए जाने की सूचना पाकर वह

एकदम तप उठे थे। रथ यूथ-यूथप योद्धाओं की सबसे बड़ी डिगरी मानी जाती थी और अर्धरथी का दर्जा उससे काफी छोटा होता था।

कर्ण को यही तो जलन थी। वह इस सारे दोष की जड़ अपनी माँ कुन्ती को मानता था कि उन्होंने सर्व गुण-सम्पन्न होते हुए भी उन्हें पाप की सन्तान के रूप में जन्म दिया। लेकिन कर्ण इस बात को न तो अपने मुँह से निकाल सकते थे और दूसरी ओर बड़ा न्यायी तथा उदारमना होने के कारण न वह अपनी जन्म देने वाली कुन्ती माता को ही दोष दे पाते थे, इसलिए वह अपने जी की सारी जलन अर्जुन और भीष्म पितामह पर ही डाल दिया करते थे।

उन्होंने बिफरकर कहा—"तुम्हारे बूढ़े मेरा जो मूल्यांकन कर गए हैं उसका जवाब तो मैं कल दे दूँगा, पर मैं अपने वास्ते श्रीकृष्ण जैसा कुशल सारथी कहाँ से ले आऊँ। अर्जुन की आधी जीत तो श्रीकृष्ण ही हैं। यह कहकर कर्ण हाथ मलने लगा।

दुर्योधन गम्भीर हो गया, उसने पूछा—"तुम्हारी राय में हमारे पक्ष में सबसे अच्छा अश्व-विशारद कौन है?"

कर्ण सोचकर बोला—"श्रीकृष्ण से मजे की टक्कर लेने वाला एक ही राजा अपने यहाँ है। मगर, वह ऊँचे क्षत्रिय कुल वाला भला मुझ सूतपुत्र का रथ क्यों हाँकने लगा—।"

दुर्योधन ने कहा—"तुम मद्रराज शल्य की बात कर रहे हो न? मैं जानता हूँ कि शल्य मामा बड़े अभिमानी हैं, पर वे दिल के बड़े भोले भी हैं। मैं मनाऊँगा तो मान जाएँगे। आओ, हम लोग इसी समय उनसे मिलकर बात कर लें और वहीं तुम अपने कल के युद्ध की व्यूह-रचना पर भी सोच-विचार कर लेना।"

यह कहकर दुर्योधन चटपट उठ खड़ा हुआ। कर्ण भी चलने के लिए तैयार हुआ, लेकिन एकाएक ठहरकर बोला—"सुयोधन, मद्रनरेश से मिलने के पहले तनिक इस दृष्टि से भी विचार कर लो कि वे नकुल और सहदेव के सगे मामा हैं।"

दुर्योधन ने कहा—"अरे तुम इस बात की चिन्ता मत करो, मित्र मैं शल्य मामा को सदा से जानता हूँ इसीलिए तो मैं उन्हें अपने पक्ष में पटा लाया। तुम देखना मैं बात-की-बात में तुम्हारे सामने ही मामा जी को मूँड़ लूँगा।" यह कह कर कर्ण का हाथ पकड़कर वह खेमे से बाहर निकल आया।

शल्य सारथी बने

युद्धक्षेत्र से लौटने के बाद मद्रराज शल्य अपने मन की किसी लहर में आज सीधे भीष्म पितामह के दर्शन करने चले गए थे। लौटने लगे तो युधिष्ठिर ने अकेले में घेर लिया। कहा—"मामा तुम्हें पुराने वचन की याद दिलाने आया हूँ। कर्ण के सारथी बनकर उसे खूब—करना।"

युधिष्ठिर को वचन देकर देर से लौटे तो नहा-निबटकर ताजे होकर मामा आराम से बैठे ही थे कि नौकरों ने कर्ण और दुर्योधन के आने का समाचार दिया। शल्य को उनका आना अखर गया। भीष्म से हुई बातों पर विचार करते हुए वे इस समय एकान्त में रहना चाहते थे।

खैर, दोनों जने आए। दोनों का यथोचित् स्वागत-सत्कार हुआ। फिर शल्य ने आने का कारण पूछा। दुर्योधन ने यद्यपि बड़ी चतुराई से अपनी बात पेश की फिर भी प्रस्ताव सुनकर शल्य मामा भड़क गए।

आँखें निकालकर गरजते हुए बोले, "सुयोधन, तुम्हें लाज नहीं आती कि तुम अपने मामा से इस पेशेवर सारथी के बेटे का सारथी बनने की बात मुँह से निकालते हो? यह भला अर्जुन के सामने ठहर सकता है? इसके जन्म का ठिकाना नहीं है; न जाने किसकी सन्तान है, कहाँ से बहकर आया और तुम्हारे सारथी ने इसे अपना बेटा बनाकर पाल-पोस लिया। तुम बेकार ही इसका पक्ष लिया करते हो, सुयोधन! मैं इस आदमी को अर्जुन के सामने वैसा ही मानता हूँ जैसा कि सिंह के सामने सियार माना जाता है।"

कर्ण सुनकर जल उठे, परन्तु अपने ऊपर अनुशासन रखते हुए उन्होंने मुँह से एक शब्द न निकाला। गम्भीर पत्थर जैसा चेहरा बनाकर वह बैठे रहे। दुर्योधन कान दबाए चुपचाप सुनता रहा। बड़ा काइयाँ था।

मामा जब अपने जी की भड़ास निकाल चुके तो ठण्डे-मीठे शब्दों में बोला—''मामा, आप बड़े हैं। आपकी बातों को काटने का साहस भी मैं नहीं कर सकता। लेकिन, इस बात पर भी तो विचार करो कि परशुराम जी के शिक्षाश्रम में जिसे भरती किया जाए वह भला किसी ओछे कुल का होगा? ऊपर से आप भले ही गुस्सा हो लें पर भीतर से आप अन्यायी तो नहीं ही हैं, यह मैं बहुत अच्छी तरह से जानता हूँ। आपके ऐसा विशाल हृदय वाला महान राजनीतिज्ञ और महावीर पुरुष तो मैंने कहीं देखा ही नहीं।

''आप खुद ही बिचारिए मामा कि मुंजवान पर्वत (आधुनिक मुंजान) पर स्थापित परशुराम जी का सदियों से प्रतिष्ठित शिक्षाश्रम रण-विद्या सिखाने में क्या हमारे परम पूज्य स्वर्गवासी गुरु द्रोणाचार्य जी के आश्रम से किसी मामले में कम है? वहाँ के आचार्यों ने भीष्म पितामह के बाद मेरे मित्र कर्ण को ही अपने शिक्षाश्रम का सर्वश्रेष्ठ विद्यार्थी घोषित किया था।

''और फिर मामा, सच पूछिए तो कर्ण से भी कहीं अधिक इस बात पर ध्यान रखकर मैं आपके पास आया हूँ कि योद्धाओं में तो कौरव-पाण्डव पक्ष के बहुत से लोगों के नाम आदर के साथ लिये जा रहे हैं। परन्तु राजनीतिक सारथियों में केवल देवकी नन्दन कृष्ण का नाम ही सबकी ज़बान पर सुनाई पड़ता है। मैं कल से सोच रहा था मामा, कि यहाँ से लेकर मिस्र और कश्यप सागर तक आपसे बढ़कर अश्व-विद्या-विशारद कोई नहीं माना जाता फिर भी हमारा दुर्भाग्य है कि इस महायुद्ध में आपका केवल एक ही गुण अर्थात् वीरता सराही जा रही है। मैं चाहता था कि यहाँ के लड़वैये भी ज़रा यह जान लें कि श्रीकृष्ण आपकी सारथी कला के आगे कितने फीके पड़ जाते हैं।''

दुर्योधन की चिकनी-चुपड़ी, मीठी बातों से तो दिखावे के रूप में, लेकिन सच पूछा जाए तो युधिष्ठिर की दी हुई प्रतिज्ञा याद करके शल्य मामा ने बड़े मान-मनोबल के बाद कर्ण का सारथी बनना स्वीकार कर लिया।

युद्ध में भाग लेने के लिए आते समय आरम्भ में जब दुर्योधन ने अपने मोहनी जाल में मामा को फँसा लिया था तब युधिष्ठिर ने उनसे कहा कि युद्ध में यदि कभी कर्ण-अर्जुन की मुठभेड़ का मौका आए तो आप किसी युक्ति से कर्ण के सारथी बन जाइएगा और उन्हें अपनी बातों से बराबर निस्तेज करते रहिएगा।

आज शाम को भीष्म पितामह से बातें होने पर भी शल्य ने उनसे वही सुना कि जीत हर हालत में पाण्डवों की ही होगी। क्योंकि सच्चाई उन्हीं के साथ है। इन सब बातों को मन में विचारकर शल्य राजी हो गए। इस तरह बेचारे कर्ण ने अनजाने में ही अपने एक शत्रु को अपना सारथी बना लिया।

कर्ण परम तेजस्वी, अद्‌भुत बलशाली और रण कुशल, अति उदार और परम दानी थे। एक-से-एक बढ़िया गुण उसके व्यक्तित्व में होते हुए भी वे बेचारे अभागे थे। अपने जन्म की कहानी के कारण उन्हें जीवन-भर घुटना और जलना पड़ा। उन्होंने जितना आत्मदान किया उतना और कोई न कर पाया, पर इस आत्मदान करने का सन्तोष बेचारे को जन्म-भर न मिल सका। वह केवल घुटते और जलते ही रह गए।

दूसरे दिन सबेरे अपने नियम के अनुसार ही सूर्य भगवान को अर्घ्य देकर उन्होंने प्रार्थना की–"हे परम पिता! तुम मेरे साथ न्याय करना। मैं तुमसे हार-जीत का वरदान नहीं माँगता, केवल यही चाहता हूँ कि आज रण में मेरे पराक्रम को देखकर संसार यह मान ले कि अर्जुन मेरे आगे ओछा योद्धा है। माँ कुन्ती के बेटों में अर्जुन के सौभाग्य ने ही मुझे सदा ही चिढ़ाया है। दुनिया मेरी इस चिढ़ का सच्चा कारण जान ले। जिसे वह सर्वश्रेष्ठ वीर मानती है वह कर्ण के आगे कच्चा है।

युद्ध के ढोल, दमामे, तुरही, नरसिंघे आदि बाजे बज उठे। कर्ण ने बड़ा ही तगड़ा व्यूह रचाया था। शल्य को सारथी बनाकर कर्ण रथ पर ऐसे बैठे थे मानो मेघ के ऊपर सूर्य बैठा हो, तब कर्ण का रथ युद्धक्षेत्र की ओर चला। रास्ते में मद्रराज को सम्मानित करते हुए कर्ण ने कहा–"हे महाबली! आपका सहयोग पाकर आज मैं अपने को धन्य मानता हूँ। आज मैं दुनिया को यह दिखला दूँगा कि अर्जुन मेरे आगे पानी भरता है। आपको पाकर आज मेरा हौसला बहुत ही बढ़ गया है।"

किन्तु शल्य मामा अपनी घात में थे। वे उसे निस्तेज करने के लिए ठण्डे-ठण्डे स्वर में बोले–"देखो भैया, मैं तो यह बात मान लूँगा कि तुम अर्जुन से बड़े वीर हो, मगर अर्जुन के बाण ही जब तुम्हारे छक्के छुड़ा देंगे तो मैं दुनिया से यह कैसे मनवाऊँगा कि तुम्हीं सबसे बड़े वीर हो?"

इस शहद लिपटी छुरी के घाव से कर्ण तिलमिला उठे। उन्होंने तड़पकर कहा–"सूर्य भगवान साक्षी हैं मामा, मैं आज यह सिद्ध कर दूँगा कि अर्जुन मेरे आगे कुछ भी नहीं है। मैं आज पाण्डव सेना के चिथड़े उड़ा दूँगा। एक बार कहीं अर्जुन दिख भर जाए फिर मैं प्रलय मचा दूँगा।"

शल्य बड़ी सामन्ती ठसक से बोले–"अरे सूत के बेटे! तुम भला राजपुत्रों का क्या मुकाबला कर सकोगे? तू जिसके घर में पला है वह अर्जुन के पिता का नौकर था। तेरी हस्ती क्या है जो तू महाबली अर्जुन का मुकाबला करे।"

कर्ण सुनकर एकदम से चिढ़ उठा। उसने कहा–"मामा युद्ध में सारथी लड़वैये को हौसला बँधवाते हैं। तुम्हारी सारथी कला की मैंने बड़ी-बड़ी तारीफें अब तक

सुन रखी थीं। अगर उसका पहला नमूना यही है तो फिर क्या कहूँ? खैर, इस विपरीत स्थिति में भी मैं अपना पराक्रम श्रेष्ठ सिद्ध करके दिखला दूँगा।''

शल्य इस बात को सुनकर मन-ही-मन लज्जित हो गए। किन्तु एक बार जो ढंग उन्होंने अपना लिया था उसे बराबर निभाते रहना ही वह अब आन की बात समझते थे, बोले–''हे सारथी के बेटे! मैं चूँकि इस समय राजनीतिक कारणों से तेरा सारथी बना हूँ, इसलिए तुझे सही स्थिति का अनुमान कराना मेरा कर्तव्य है। तुमने कौवे और हंस वाली कथा सुनी है? न सुनी हो तो मैं सुनाए देता हूँ।''

कौवे और हंस की कहानी

एक बड़े धनी सौदागर के यहाँ एक कौवे का बच्चा कहीं से आकर गिर गया। सौदागर के बच्चों ने उसे दया करके पाल लिया। घर में कई बच्चे थे, इसलिए वह कौवे का बच्चा सभी का लाड़ला हो गया। जो कुछ वे खाते थे वही उस कौवे के बच्चे को भी खिलाते थे।

देखते-ही-देखते कौवा बहुत मोटा हो गया। उसका काला रंग और चमक उठा। सौदागर के बच्चों ने उसके गले और पैरों में सोने के गहने भी डाल दिए जिससे कि कौवा अपने को सब कौवों में श्रेष्ठ समझने लगा। वह अपने सौदागर की हवेली की मुँडेरों पर किसी भी कौवे, चील या चिड़िया को बैठने तक न देता था। जब किसी कौवे ने जलन में आकर उससे लड़ाई ठानी तो वह इस कौवे से हार जाता था।

एक दिन बच्चे छत पर खेल रहे थे कौवा भी मुँडेर पर बैठा था तभी ऊपर से कुछ हंस उड़ते हुए दिखाई दिए। हंस काफी ऊँचे उड़ रहे थे। लड़कों में बहस होने लगी कि हमारा कौवा इतनी दूर उड़ सकेगा या नहीं?

कौवा शेखी में आ गया, उसने कहा—"उड़ान भरने में मैं इन हंसों को अभी पछाड़ता हूँ।"

यह कह कर कौवा उड़ा। उड़ते-उड़ते उसने हंसों को पकड़ लिया। एक हंस से उसने कहा—"मैं तुम्हारे साथ उड़ान में होड़ लगाना चाहता हूँ। क्या तुम मुझे अपने साथ उड़ने दोगे?

हंस ने मुस्कराकर बड़ी विनम्रता से कहा—"हाँ-हाँ भाई, अवश्य उड़ो। यह आकाश सब पखेरूओं के लिए है। जिसके पंखों में जहाँ तक शक्ति हो उड़ ले।"

हंस उड़ते चले, उड़ते चले। कौवा भी उनके साथ मजे-मजे में उड़ता चला। बल्कि कभी-कभी तो वह हंसों से भी ऊँची उड़ान भरकर वाह-वाही लूट लेता था। लेकिन हंस जब उड़ते हुए पश्चिम दिशा में आए तो हज़ारों मील लम्बा समुद्र नीचे दिखाई दिया। तब कौवे के पंखों ने जवाब दे दिया।

हंस जब थकते थें तो समुद्र में तैरने लगते थे लेकिन कौवा यह नहीं कर सकता था। कौवा अपनी मूर्खतावश थोड़ी ही देर के बाद हवा में लड़खड़ा कर समुद्र में गिर गया और बेचारा लहरों की चपेट में आ गया। हे कर्ण, कौवे की कहानी से पाठ सीखो।

कर्ण मद्रनरेश की बातें सुनकर क्रोध से भड़क उठा लेकिन ऊपर से शान्त रहकर बड़े पैने ढंग से बोला—"मद्रनरेश मैंने आपकी जाति के गन्दे आचरणों की बातें बहुत सुन रखी हैं। उन्हें यहाँ दुहरा कर मैं अपना मुख अपवित्र नहीं करना चाहता। आप लोग जो धन लेकर अपनी कन्या बेचते हैं भला मेरे मनोबल को क्या गिरा सकेंगे। आप चाहे कुछ कहें लेकिन आज मैं अर्जुन को मारकर ही दम लूँगा। मेरे पराक्रम और रणकौशल से पाण्डव और उनके पक्षधर मेरे आगे गिड़गिड़ा कर त्राहि-माम् बोल उठेंगे।"

शल्य ने जब इस पर भी गहरा ताना कसा तो कर्ण अपना क्रोध रोक न सका। इनकी बातें आगे ऊँचे स्वर में होने लगी थीं। सेना के लोग चकित होकर सुनने लगे थे। कौरव दल के महासेनापति और उनके सारथी की तू-तू मैं-मैं की खबर दुर्योधन के पास बहुत शीघ्र ही पहुँच गई। वह दौड़ा हुआ आया। उसने घबराहट में दोनों से गिड़गिड़ाकर कहा—"एक मेरे मामा हैं और दूसरा मेरे बचपन से लेकर अब तक का सबसे अधिक घनिष्ठ साथी है। आप लोगों की बातों में मैं भला किसका पक्ष लूँ और किसका न लूँ? मेरी तो आप दोनों से यही प्रार्थना हैं कि इस समय अपनी लड़ाई को भूलकर अपना कर्तव्य देखिए। पाण्डव सेना की व्यूह-रचना हो चुकी है और हमारी सेना अभी तक अपने महासेनापति के आदेश की प्रतीक्षा ही करती रह गई है।"

उसने आँखों में आँसू भरकर शल्य से कहा—"मामा, आज मेरे परम मित्र और परम शत्रु की लड़ाई का दिन है। आज के युद्ध को असफल न कराइए। मेरी लाज रखिए।"

मामा ने सिर हिलाकर 'एवमस्तु' कह दिया और रथ के घोड़ों को बिजली बनाकर मैदान की तरफ दौड़ा दिया। हवा में गर्मी आ गई। सामने पाण्डवों की सेना को देखते ही महावीर कर्ण सब कुछ भूलकर युद्ध के महा भावावेश में आ गए।

उन्होंने आनन-फानन में ही अपनी सेना की तगड़ी व्यूह-रचना की और भगवान सूर्य देव की ओर देखते हुए अपना शंखघोष सूर्य से पृथ्वी तक ऐसे उतारा कि जैसे भगवान सूर्य नारायण ही जयघोष करते हुए अपनी सुनहली धूप के साथ-साथ धरती पर उतर आए हों।

युधिष्ठिर और अर्जुन की मन्त्रणा

लड़ाई आरम्भ होने से पहले धर्मराज युधिष्ठिर अपने भाई अर्जुन को लेकर ऐसी जगह खड़े हुए जहाँ से वे कौरव सेना की मोर्चेबन्दी का अच्छी तरह से निरीक्षण कर सकें।

सब देख-भाल कर अर्जुन ने अपने भाई से कहा—"उन्होंने आज महाव्यूह बनाया है। ऐसा मालूम पड़ता है कि कर्ण और दुर्योधन ने मिलकर आज हमें इतने मोर्चों पर उलझाने और नष्ट करने की योजना बनाई है कि जिससे मैं कर्ण का मुकाबला ही न कर पाऊँ। किन्तु मैं इनकी सारी योजना को आँधी बनकर पतझड़ के गिरे पत्तों की तरह बिखरा दूँगा।"

युधिष्ठिर बोले—"जीते रहो मेरे भाई, भगवान् तुम्हारी बाँहों को अमोघ शक्ति दे और तुम्हारा हर अस्त्र-शस्त्र शत्रुओं पर प्रहार करके तुम्हारे लिए यश लाए। देखो अर्जुन, मैं समझता हूँ कि कर्ण पुत्र वृषसेन का मुकाबला नकुल से करवा दिया जाए। सहदेव को शकुनि मामा से, सात्यकि को कृतवर्मा से लड़वाओ। मैं कृपाचार्य का

सामना करने जाता हूँ। भीम दुर्योधन से निपटें और तुम कर्ण को मारने का यश पाओ। बाकी सारी शत्रु सेना से द्रोपदी के पाँचों बेटे तथा शिखण्डी आदि दूसरे वीर निपट लेंगे। आज इन्हें इस तरह से घेरो अर्जुन, कि इनका बनाया हुआ व्यूह खुद इन्हीं के लिए जाल बन जाए।''

अर्जुन ने अपने बड़े भाई की सलाह को उचित माना और उसी के अनुसार अपनी सेना की मोर्चेबन्दी की। अपनी सेना के मोर्चे इन्होंने कुछ इस तरह से साधे कि दुश्मनों को इनकी चालों का सही अनुमान ही न लग सका। कौरवों ने जहाँ यह सोचा था कि शत्रु दल का राम हमारे श्याम से लड़ेगा वहीं लड़ाई शुरू होने पर उन्होंने देखा कि पाण्डवों की मोर्चेबन्दी के कारण राम श्याम के बजाय किसी तीसरे के ऊपर झपट मार रहा है। कौरव सेना पाण्डवों की चालों को समझ ही न सकी। लड़ाई गरमा गई। रथों से रथ, हाथी-घोड़ों से हाथी-घोड़े और प्यादों से प्यादे गुँथ गए।

इसी समय प्रलय मचाते हुए महाबली अर्जुन मद्रराज शल्य को दिखलाई पड़ गए। उन्होंने कर्ण से कहा–''तुम बड़ी देर से जिसकी प्रतीक्षा कर रहे थे, वह तुम्हारा काल देखो सामने आ रहा है। वह देखो, सफेद घोड़ों वाला रथ जिसके दौड़ने की घरघराहट से लगता है कि मानो मेघ गरज रहे हों। तुममें हौसला हो तो उनसे लड़ो और डर लगता हो तो मुझे चुपके से बतला दो मैं तुम्हें किसी सुरक्षित स्थान में छिपा आऊँगा।''

कर्ण बोला–''रे नीच शल्य, अपनी बक-बक बन्द कर। तेरा भांजा अर्जुन अभी थोड़ी ही देर में मेरे आगे अपने घुटने टेक देगा। मगर अभी तो उसकी ठुकाई करने के लिए यह देखो संसप्तक सेना के बचे-खुचे योद्धा ही आगे चले आ रहे हैं। अर्जुन ने भले ही पहले दो बार इनकी सेनाओं को हराया हो, पर इस बार स्वयं उसी के छक्के छूट जाएँगे। वह देखो, कैसे पैंतरे के साथ ये लोग अर्जुन पर वार कर रहे हैं।''

शल्य हँसकर बोला–''कोरे मन के गुल्ले न पकाओ कर्ण, अर्जुन के हाथ से आज कोई तुम्हें बचा नहीं पाएगा। वह देखो, उसने तुम्हारे संसप्तकों की दुर्गति बनानी शुरू कर दी है। अभी घड़ी-आध घड़ी के अन्दर ही अर्जुन तुम्हारे संसप्तकों के भुट्टे भूनकर रख देगा।''

कर्ण ने अब शल्य की बातों की परवाह करना ही छोड़ दिया। उन्होंने पाण्डव सेना पर ऐसा ज़ोरदार हमला किया कि बड़े-बड़े वीर उसकी मार से बचने के लिए कतराने के उपाय सोचने लगे। कर्ण जब-जब पाण्डव सेना पर करारे वार करते थे तब तब कौरव सेना जोश में आकर उनकी जय-जयकार कर उठती थी। कर्ण ने

प्रभद्रक; पांचाल और चेदि देश की सेनाओं को एक-एक करके ऐसा छकाया कि वे लोग घबराहट में हतुबुद्धि होकर इधर-उधर भागने लगे।

उधर अर्जुन भी अपने दुश्मनों को दहला रहे थे। कोसों तक फैला हुआ विशाल युद्धक्षेत्र देखते-ही-देखते सिपाहियों और पशुओं की लाशों से भर गया। कर्ण इस समय प्रचण्ड बने हुए थे। दुश्मनों को मिट्टी में मिलाते हुए कर्ण वहाँ पहुँचे जहाँ युधिष्ठिर दुर्योधन को छका रहे थे।

कर्ण के आते ही लड़ाई का पैंतरा बदल गया। दुर्योधन अलग हट गए। कर्ण तथा युधिष्ठिर आमने-सामने आ गए। युधिष्ठिर को देखते ही कर्ण के सामने एकाएक कुन्ती माता का चेहरा झलक उठा। उसके मन में विचार आया, कि अरे यह युधिष्ठिर तो मेरा छोटा भाई है और मैंने माँ को वचन दे रखा है कि अर्जुन को छोड़कर अपने किसी भी भाई की हत्या नहीं करूँगा।

इस बात का ध्यान आते ही महारथी कर्ण ने युधिष्ठिर को भी वही सबक सिखलाने का निश्चय किया जो उन्होंने कुछ ही दिन पहले नकुल को सिखलाया था। वे युधिष्ठिर पर इस तरह से प्रहार करने लगे कि उसके हरबे-हथियार नष्ट हों, रथ-सारथी और घोड़े मरें, पर युधिष्ठिर की जान को कोई नुकसान न पहुँचे।

कर्ण जहाँ युधिष्ठिर को अपना छोटा भाई समझकर उससे बच-बचकर लड़ रहे थे, वहीं धर्मराज युधिष्ठिर कर्ण को अपने छोटे भाई अर्जुन का घोर शत्रु मानकर उससे पूरी घृणा और क्रोध के साथ लड़ रहे थे।

उन्होंने कर्ण को मारने के लिए बड़ा ही विषधर बाण अपने धनुष पर चढ़ाया और धनुष की डोरी को कानों तक खींचकर पूरी शक्ति के साथ छोड़ दिया। वह तीर कर्ण की पसली में लगा। कर्ण को बड़ी पीड़ा हुई। उनका शरीर शिथिल पड़ गया। धनुष हाथ से छूटकर गिर गया और वे बेहोश होकर अपने रथ पर ही गिर गए।

यह देख कौरव सेना में हाहाकार मच गया। पाण्डव सेना उल्लास में भर कर किलकारियाँ मारने और सिंहनाद करने लगी। लेकिन पाण्डव सेना की यह खुशी अधिक देर तक न टिक सकी। कर्ण जल्दी ही होश में आ गए और अपने शरीर में लगे हुए तीर के विष को नष्ट करने के लिए उन्होंने अपने घाव पर एक औषधि मली तथा झटपट अपना धनुष उठाकर उन्होंने भयानक बाण बरसाने आरम्भ कर दिए।

कर्ण का क्रोध देखकर युधिष्ठिर की रक्षा के वास्ते पाण्डव पक्ष के कई वीर साथ मिलकर कर्ण से लड़ने लगे। ऐसा भीषण आक्रमण होने पर महातेजस्वी कर्ण

ने ब्रह्मास्त्र का प्रयोग किया। उनके असंख्य बाणों से दसों दिशाएँ सनसना उठीं। पाण्डव वीरों के बीच में कर्ण ऐसे शोभित हो रहे थे जैसे अनेक साँड़ों से लड़ता हुआ सिंह शोभित होता है।

इस तरह सब शत्रुओं को अपने तीरों के जादू से बाँधकर कर्ण ने युधिष्ठिर को दण्ड देने के लिए सताना आरम्भ कर दिया। युधिष्ठिर का एक धनुष कटा, दूसरा कटा, तीसरा भी कट गया, वह जैसे ही नया धनुष अपने हाथ में उठाते थे कर्ण का तीर वैसे ही उनके धनुष को काट डालता था। यही नहीं, कर्ण ने युधिष्ठिर का कवच भी काट डाला और उनके शरीर पर कई घाव किए। तब युधिष्ठिर ने झुँझलाकर एक शक्ति छोड़ी, मगर कर्ण ने हँसते-हँसते ही उसे बीच में काट डाला।

इसके बाद कर्ण फिर इस तरह से युधिष्ठिर के पीछे पड़े कि उसका सारथी, तरकस-तीर, रथ–कुछ भी न छोड़ा।

युधिष्ठिर घबराकर मैदान से भागे। कर्ण ने शल्य से अपना रथ भी उधर ही भगाने को कहा। वह युधिष्ठिर को जीवित पकड़कर उसे दुर्योधन को सौंपना चाहता था। वह अपने मित्र को यह दिखला देना चाहते थे कि जो काम द्रोणाचार्य न कर सके वह चुटकी बजाते कर दिखाया।

परन्तु शल्य अपने प्रिय भांजे युधिष्ठिर की दुर्गति होते हुए नहीं देखना चाहते थे। उन्होंने फिर कर्ण पर तीखा ताना कसा, वह बोले–"तू सचमुच ही, किसी छोटे कुल में जन्मा है, सूतपुत्र! युधिष्ठिर तेरी तरह से कायर नहीं है जो मैदान छोड़कर भाग रहा हो। वे तनिक-सा दम लेने के लिए पीछे की तरफ जा रहे हैं। अभी दम-भर में ही वह तेरा कचूमर निकाल देंगे।

शल्य की इस बात से जलकर कर्ण ने पाण्डव पक्ष के दूसरे वीरों को अपने नुकीले बाणों से धराशायी करना आरम्भ कर दिया। वह अब शल्य से कम बोलते थे। उन्हें इस बात का गहरा दुःख था कि अनजाने में उन्होंने अपने एक शत्रु को ही अपना सारथी बनाया।

युधिष्ठिर का रथ फिर लौट पड़ा। धर्मराज ने अपने बहादुरों को ललकारा और कर्ण पर आक्रमण करने का आदेश दिया। इतने में ही भीमसेन भी वहाँ पहुँच गए। लड़ाई में नये सिरे से गर्मी आ गई। भीम विकराल काल बनकर शत्रु-सेना का दमन करने लगा। दुर्योधन के कई भाई उसके हाथों से मरे। भीम ने कर्ण को भी ऐसा घायल किया कि वह बेहोश हो गए। शल्य झपटकर उनके रथ को युद्धक्षेत्र से हटा ले गए।

कौरव सेना के हौसले पस्त होने लगे। इसी बीच में भीम ने दुर्योधन के चार

भाई और मार डाले। दुर्योधन को सूचना मिली तो वह भी अपना रथ दौड़ाता हुआ वहीं पहुँच गया। वह ललकार-ललकारकर अपनी सेना में जोश भरने लगा।

कर्ण थोड़ी देर के बाद ही फिर होश में आ गए। नौकरों ने उनके घावों पर दवा लगाकर उन्हें फिर से शक्ति दे दी। वे चैतन्य होकर तुरन्त अपने मोर्चे पर लौट आए। लड़ाई फिर ऐसी गरमाई कि लगता था कि आज युद्ध के क्षेत्र से पक्ष-विपक्ष की कोई भी सेना लौटकर अपनी छावनी में न पहुँच सकेगी। कर्ण ने उस दिन ऐसा अद्‌भुत युद्ध किया कि शत्रु और मित्र दोनों एक मुँह से उन्हें भीष्म पितामह और द्रोणाचार्य से भी अधिक बड़ा योद्धा कहने लगे।

अर्जुन ने भी आज संसप्तकों की बची-खुची शक्ति का पूरी तरह से नाश कर डाला। जो सैनिक जीवित बचे वे मैदान छोड़कर भागने लगे। अर्जुन कृष्ण से बोले–"छुट्टी पाई इन संसप्तकों से भी। इनकी आड़ लेकर दुर्योधन मुझे बार-बार असली युद्धक्षेत्र से अलग भटका देता था। मगर कुछ भी कह लो कृष्ण, संसप्तक गण के सिपाही बड़े ही चीमड़ लड़वैये निकले। वे लोग उस चींटी के समान हैं जो बार-बार ऊँची दीवार से गिरकर भी अपनी हिम्मत नहीं हारी थी।"

कृष्ण बोले–"चलो अब अपने परम शत्रु कर्ण से निपटो। उसकी मृत्यु तुम्हारे पहुँचने की प्रतीक्षा कर रही है।"

अर्जुन बोले–"मित्र, एक बार तुम मुझे मेरे भाइयों की सूरतें दिखला दो। उन्हें सकुशल देखते ही मेरा जोश दुगुना-चौगुना बढ़ जाएगा।"

कृष्ण बोले–"घबराते क्यों हो भइया, हमारे भाई तुम्हें सकुशल मिलेंगे। यह कहकर कृष्ण ने अपना रथ आगे बढ़ाया।

ये लोग थोड़ी ही दूर तक बढ़ पाए थे कि सामने से महारथी अश्वत्थामा शेर की तरह दहाड़ते हुए आ पहुँचे। उन्होंने अर्जुन को ललकारकर कहा, "हे मेरे पिता के प्रिय शिष्य! ठहर, और तनिक मेरे पंचबाणों का पंचामृत भी पीता जा। आज तुझे यह मालूम पड़ जाएगा कि गुरु का बेटा भी गुरु ही होता है। वह चेलों से कहीं अधिक चतुर होता है।"

अर्जुन यह सुनकर हँस पड़े, बोले–"मेरे प्यारे गुरु भाई, तुझे भी आज यह सिद्ध हो जाएगा कि गुरुवर द्रोणाचार्य जी के शिष्य से उलझना हँसी-ठठ्ठा नहीं है। तुम क्या, इन्द्र भी यदि मेरे सामने आएँ तो इस समय मात खाकर ही जाएँगे।"

अश्वत्थामा ने अर्जुन की बात पूरी होते-न-होते कृष्ण और अर्जुन पर तीर बरसाने आरम्भ कर दिए। श्रीकृष्ण दुश्मनों के तीरों से अपने घोड़ों तथा अपने-आपको बचाने

में बड़े ही कुशल माने जाते थे, लेकिन अश्वत्थामा से अपना बचाव करने में उन्हें विशेष मेहनत करनी पड़ी। अर्जुन ने अश्वत्थामा को तंग करने के लिए सबसे पहले उनके रथ के सारथी को ही निशाना बनाया। सारथी के मरने पर अश्वत्थामा ने तुरन्त ही अपने रथ के घोड़ों की बागडोर सम्हाल ली। रथ के घोड़े और तीर वह एक साथ चलाने लगे। उनकी फुर्ती देखकर शत्रु और मित्र दोनों ही पक्षों के लोग दंग हो रहे थे।

अर्जुन ने भी यह कमाल दिखलाया। उन्होंने अश्वत्थामा के घोड़ों की रास काट दी और ऐसे तेज़ तीर बरसाए कि अश्वत्थामा के रथ के पीड़ित घोड़े रास कट जाने के कारण मुक्त होकर इधर-उधर भागने लगे। बेचारे अश्वत्थामा के लिए यह नयी मुसीबत आ गई।

अर्जुन अपने गुरुभाई को मारना नहीं चाहते थे। इसलिए उसे परेशानी में छोड़कर वह कौरव सेना का संहार करने में जुट गए। जैसे महारथी अश्वत्थामा के घोड़े भागे थे वैसे ही कौरव सेना भी अर्जुन की मार से घबराकर इधर-उधर भागने लगी। कौरव सेना के लड़वैये ऐसे दहल गए थे कि महासेनापति कर्ण आदि के हिम्मत दिलाने पर भी वे अर्जुन के सामने एक पल भी ठहरने को राजी न हुए।

दुर्योधन आदि कौरव सरदारों के उतरे हुए चेहरे और कौरव सेना की भगदड़ देखकर पाण्डव सेना हर्ष और उत्साह से भरकर सिंहनाद करने लगी। यह देखकर कर्ण ने शल्य से कहा–"हे मद्रराज! आप मुझे अब सीधे अर्जुन के सामने ही ले चलिए। अपनी सेना को हौसला देने के लिए मुझे अब अर्जुन से ही निपटना पड़ेगा।"

उधर श्रीकृष्ण भी यह समझ रहे थे कि कौरव सेनाओं की यह मार देखकर कर्ण अब जल्द-से-जल्द ही इधर आने का प्रयत्न करेगा। कृष्ण के रथ के घोड़े उस समय कुछ थक गए थे, इसलिए श्रीकृष्ण ने अर्जुन से कहा, "मित्र, बहुत देर से युधिष्ठिर भइया नहीं दिखलाई दिए। एक बार हमें उनकी खोज कर लेनी चाहिए। ज़रा घोड़ों को भी सुस्ताने का अवसर मिल जाएगा।"

अर्जुन ने कहा–"नहीं सखा, सामने देखो, कर्ण हमारे पक्ष की ओर से लड़ रही पांचालों और संजयों की सेनाओं को मथे डाल रहा है। तुम मुझे एक बार इससे दो-दो हाथ करने दो।"

इसी समय भीमसेन उधर आए। उनसे अर्जुन को यह पता चला कि कर्ण के साथ लड़ते हुए धर्मराज युधिष्ठिर बहुत घायल हो गए हैं और इस समय वे अपने शिविर में लेटे हैं। श्रीकृष्ण ने कहा–"अर्जुन चलो पहले हम उन्हें देख आएँ।"

अर्जुन ने दूसरी बार भी कर्ण से जूझ लेने की बात कही, परन्तु श्रीकृष्ण बोले

कि भीम भैया युद्ध सम्हालेंगे तुम एक बार यहाँ से चले चलो। असल में अश्वत्थामा के साथ युद्ध करते हुए अर्जुन के शरीर में कई घाव लग चुके थे। श्रीकृष्ण चाहते थे कि अर्जुन और उनके रथ के घोड़े दोनों ही एक बार नया दम पा लें तथा कर्ण युद्ध करते-करते थोड़ा और थक जाए इसके बाद ही इन दोनों की लड़ाई होने से हमारे पक्ष को लाभ पहुँचेगा।

चतुर कृष्ण अर्जुन को समझा-बुझाकर युद्ध के क्षेत्र से निकाल लाए और सीधे महाराज युधिष्ठिर की छावनी पर पहुँच गए। उन्होंने नौकरों को आदेश दिया कि घोड़ों को दाने-पानी से सन्तुष्ट करके तथा उन्हें मल-दल कर जल्दी-से-जल्दी ताजा किया जाए। यह आदेश देकर वे अर्जुन के साथ युधिष्ठिर के शिविर में गए। उस समय वैद्य लोग धर्मराज के घावों की मलहम-पट्टी कर रहे थे।

अर्जुन को लहूलुहान देखकर युधिष्ठिर ने समझा कि वह कर्ण को मार कर उन्हें खुशखबरी सुनाने को आया है, लेकिन जब उन्हें दूसरी बात मालूम हुई तो अपनी पीड़ा के कारण धर्मराज मन का सन्तुलन खो बैठे। उन्होंने झिड़ककर कहा कि "दुष्ट कर्ण हमारी सेनाओं का मनोबल तोड़ रहा है और तुम उससे लड़ना छोड़कर मुझे देखने के बहाने से यहाँ भाग आए हो? तुम कायर हो अर्जुन, तुम्हें अब गाण्डीव त्याग कर देना चाहिए।

गाण्डीव त्याग की बात सुनकर अर्जुन का चेहरा एकाएक लाल हो गया। उनका हाथ अपनी कमर की मूठ पर जा पहुँचा। वह बोले—"मेरी यह प्रतिज्ञा है कि गाण्डीव का अपमान करने वाले का सिर कभी उसके धड़ पर नहीं रहने दूँगा।"

श्रीकृष्ण ने तुरन्त ही अर्जुन का हाथ पकड़ लिया और बोले—"यह क्या करते हो सखा? बड़े भाई की डाँट-फटकार में तुम्हारी प्रतिज्ञा वाली बात भला लगती ही कहा हैं। अरे, ये बेचारे तो अपनी झुंझलाहट में कह रहे हैं और तुम एकाएक लाल-पीले हो गए—"

फिर धर्मराज युधिष्ठिर की ओर देखकर उन्होंने कहा—"इस समय इन्हें यहाँ लाने का मैं दोषी हूँ, धर्मराज! मैं चाहता था कि घोड़े तनिक ताजे हो लें और अर्जुन के घावों पर औषधि लग जाए। तब यह कर्ण से रण लड़े। आप तनिक भी न घबराएँ युधिष्ठिर भैया, यदि कर्ण ने आपको तथा आपकी सेनाओं को सताया है तो अर्जुन भी अभी-अभी अश्वत्थामा और उसकी सेनाओं को ऐसा छकाकर आ रहे हैं कि इस समय तक भी उन लोगों को अपनी छठी का दूध याद आ रहा होगा। अब यहाँ से जाते ही अर्जुन फिर प्रलय मचाना आरम्भ कर देंगे। भीम भैया इस समय भी रण-क्षेत्र में भयंकर ताण्डव मचा रहे हैं, घबराहट की कोई बात नहीं है।

युधिष्ठिर और अर्जुन का क्रोध शान्त करके कृष्ण ने वैद्यों से कहा कि वे अर्जुन तथा स्वयं उनके शरीर पर लगे हुए घावों का उपचार करें। इससे अर्जुन के भीतर फिर नयी शक्ति आ गयी और वे युद्ध-क्षेत्र में आने के लिए मचलने लगे।

भीम दु:शासन युद्ध

जिस समय अर्जुन युधिष्ठिर के शिविर में बैठे थे उस समय भीम रण-क्षेत्र में दु:शासन के साथ उलझ रहे थे। दोनों एक-दूसरे पर कठिन-से-कठिन प्रहार कर रहे थे। भीम के तीरों से उत्तेजित होकर दु:शासन ने एक करारी शक्ति भीम पर खींच मारी। भीम अचेत होकर अपने रथ पर गिर पड़े। सारथी घबराकर उनका रथ लेकर भागने लगा, किन्तु भीमसेन भला क्या देर तक बेहोश रह सकते थे? उन्हें तुरन्त ही होश आ गया और वे दहाड़ते हुए उठ खड़े हुए।

उन्होंने एक डाँट अपने सारथी को लगाई। और फिर दु:शासन पर गरजे, "अरे नीच, भागा कहाँ, ठहर तो सही।" यह कहकर उन्होंने अपने धनुष पर तीर चढ़ाया। दु:शासन ने भीम को जो इस तरह से आक्रमण करते हुए देखा तो दस भयानक शक्ति बाण एक साथ धनुष पर चढ़ाकर मारे।

लेकिन भीम ने उन्हें रास्ते में ही काट दिया और कहा—"अरे अन्धे के बेटे, तू ने जी भरकर मुझ पर प्रहार कर लिये। मेरी गदा का एक प्रहार तू भी झेल।" यह कहकर ज्यों ही भीमसेन ने अपनी गदा उठाई त्यों ही दु:शासन भी अपनी गदा उठाते हुए लपका। भीमसेन ने अपनी गदा की चोट से धृतराष्ट्र के बेटे की गदा को तोड़ डाला और भीम ने फिर दूसरा वार करते हुए कहा—"अरे दुष्ट, भगवान का नाम ले और मरने को तैयार हो जा। आज तेरी छाती का खून पीकर मैं अपनी प्रतिज्ञा पूरी करूँगा।"

भीम की गदा सीधे जाकर दुःशासन की खोपड़ी पर ही लगी। उसका सिर फूट की तरह से खिल गया और वह अपने रथ से लुढ़ककर धरती पर गिर गया। भीम ने तुरन्त ही अपने रथ से उतरकर उसकी छाती में अपनी तलवार घुसेड़ दी। उससे निकलने वाली खून की दो अंजुली भरकर वह अपने होंठों तक ले गए और फिर दहाड़ने लगे।

जब द्रोपदी का चीर दुःशासन ने उतारा था तब भीम ने दुःशासन की छाती का खून पीने की प्रतिज्ञा भरी सभा में की थी, लेकिन इस समय भयंकर क्रोध में होते हुए भी वे वीभत्स न हो सके। उन्होंने लहू पान न किया केवल होंठों से छुआकर अपनी प्रतिज्ञा पूरी कर ली। पर उनके दहाड़ने और होंठ-ठोढ़ी के लाल हो जाने से लोग यही समझे कि लहू पिया है।

भीम के इस भयानक रूप को देखकर केवल कौरव ही नहीं पाण्डव सेनाएँ भी दहल उठीं। दुःशासन के मरने से कौरव सेना में बड़ी ही निराशा फैल गई।

जब दुर्योधन को अपने भाई की मृत्यु का समाचार मिला तो वह भी एकाएक स्तब्ध हो गया। अब तक दुर्योधन के कई भाई मारे जा चुके थे, लेकिन आज दुःशासन के मारे जाने से बड़ी ही पीड़ा हुई। दुःशासन दुर्योधन का बड़ा ही आज्ञाकारी भाई था। उसके मरने से दुर्योधन को ऐसा लगा कि मानो उसके हाथ-पाँव ही टूट गए हों। वह बेहोश हो गया। सरदारों में घबराहट फैल गई। काफी उपचार के बाद जब वह होश में आया तो विलाप करता हुआ बोला—"कर्ण से जाकर कहो कि आज पाण्डव भाइयों में से किसी को मारकर वह मेरा कलेजा ठण्डा करे। हाय इन दुष्टों ने मेरे बेटे और इतने भाइयों को मार डाला पर इनका एक भी अब तक नहीं मर पाया।"

जब कर्ण के पास यह सन्देश पहुँचा तो वह पाण्डव सेनाओं को बुरी तरह से छकाकर नये मोर्चे की ओर बढ़ रहे थे। दुःशासन की मृत्यु का समाचार पाते ही उन्होंने कहा, "हाय! दुःशासन मारा गया? वह मुझे अपने सगे भाई की तरह ही प्यारा था। सुयोधन से कहना कि वह निश्चिन्त रहें, आज मैं एक-न-एक पाण्डव का वध करके दुःशासन की मौत का बदला अवश्य लूँगा।"

कर्ण के सारथी शल्य मामा हँसने लगे। फिर कहा—"अरे सूत के बेटे! तू भला किसी पाण्डव को क्या मारेगा। अपनी कुशल मना, कहीं ऐसा न हो कि आज तेरा ही राम-नाम-सत्य हो जाए।"

कर्ण बोले—"मामा, मैंने आज तक जितनी प्रतिज्ञा की हैं उन सभी को पूरा

करके दिखलाया है। फिर तुम मुझ पर ऐसा शक क्यों करते हो। मैं आज सूर्यास्त तक या तो कुन्ती माँ के तीसरे पुत्र को मारूँगा या फिर अपनी ही जान दे दूँगा।"

शल्य ने कहा—"तो तुम्हारी अन्तिम इच्छा को पूरी करने के लिए अर्जुन स्वयं इसी ओर आ रहा है।"

श्रीकृष्ण द्वारा संचालित अर्जुन का रथ दूर से देखते ही कर्ण का सारा शरीर, उसके मन और प्राण युद्ध के उत्साह से भर उठे। उसका जी चाहता था कि उसके रथ के घोड़ों के पंख उग आएँ और वह एक क्षण में ही दो कोस की दूरी पार करके अर्जुन के सामने पहुँच जाए। परन्तु रथ ज्यों ही टीले से उतर कर ढलान पर आने लगा त्यों ही पांचाल देश की सेना उसकी राह में आ अटकी। कर्ण अर्जुन से युद्ध करने की उतावली में था, लेकिन धृष्टद्युम्न के तीर की चुनौतियों का उत्तर दिए बिना चले जाना उसके लिए असम्भव हो गया था। क्रोध में आकर उसने अपना धनुष टंकारा।

उधर अर्जुन भी कर्ण से युद्ध करने को मचल रहे थे, लेकिन बीच में कूद पड़ा कर्ण का बेटा वृषसेन। उसने अर्जुन को ललकारना आरम्भ कर दिया, अर्जुन भी इस समय कर्ण के सिवाय किसी से लड़ना नहीं चाहते थे। परन्तु जब राजकुमार वृषसेन ने उनकी राह रोककर बाण-वर्षा आरम्भ कर दी तो मजबूर होकर अर्जुन को भी अटकना पड़ा।

कर्ण का बेटा वृषसेन भी अपने पिता से कुछ कम वीर नहीं था। जैसे अर्जुन के बेटे अभिमन्यु ने चक्र भेदते समय अर्जुन जैसा पराक्रम दिखलाया था वैसे ही वृषसेन ने भी अपने पिता के सबसे बड़े शत्रु से युद्ध करने में कमाल दिखलाया। अर्जुन उसकी वीरता से प्रसन्न हो गए। वह उसे खिला-खिलाकर लड़ाने लगे। वृषसेन कमाल-पर-कमाल दिखलाता और अर्जुन हँस-हँसकर उसके कमालों को काटते चले जाते थे।

उत्तेजित होकर वृषसेन ने अति भयंकर बाण बरसाने आरम्भ किए। अर्जुन की सेना परेशान हो उठी। तब अर्जुन ने लड़ाई को गहरा रंग दिया। कर्ण का बेटा उस महावीर अर्जुन की युद्ध कला के घेराव में आ गया।

कृपाचार्य, अश्वत्थामा और दुर्योधन, कर्ण और अर्जुन की लड़ाई होने के गलत समाचार पाकर भागे हुए उधर आए। दुर्योधन अपने साथ मध्य एशिया के कई भयंकर लड़ाकुओं की सेनाओं को भी इसी ओर बढ़ा लाया था। शक, कम्बोज, तुषर और पनव सिपाही उसके साथ थे। यह शक उस देश के रहने वाले थे जो पुराने समय में सीस्तान और आजकल दक्षिणी ईरान तथा उज्बेकिस्तान कहलाता है। कम्बोज

को अब कबोह कहते हैं। तुषर ही बाद में चल कर कुषाण भी कहलाने लगे थे। यह शक और कुषाण ईरान से लेकर आज के सोवियत यूनियन के अनेक देशों तक फैले हुए थे। पनव योन टापू निवासी थे जिसे अब यूनान कहा जाता है। इन सब जातियों के लोग आर्य ही थे, और उस समय हमारे तथा उनके धर्म संस्कारों में भी कोई खास बड़ा अन्तर नहीं था। लेकिन ठण्डे देशों के ये लड़वैये हमारे यहाँ के शूरवीरों से अधिक जल्लाद होते थे।

दुर्योधन ने देखा कि कर्ण के बजाय उसका बेटा युद्ध में फँसा हुआ है तो जल्दी से उसने शकों, कुषाणों और पनवों को लड़ने के लिए बढ़ाया। एक ओर से कृपाचार्य ने, दूसरी ओर से अश्वत्थामा ने तथा वृषसेन के पास खड़े होकर दुर्योधन ने अर्जुन से लड़ने के लिए मोर्चे सम्भाले। इतने दुश्मनों सें अपने-आप को घिरा हुआ पाकर अर्जुन का पराक्रम अलौकिक बन गया। उसने भयंकर युद्ध किया। औरों को चीं बुलाने वाले शक-पनव योद्धा अर्जुन के आगे खुद भी बोल उठे। दुर्योधन भी अर्जुन के तीखे बाणों का सामना अधिक देर तक न कर सका। अश्वत्थामा और कृपाचार्य तक इस समय अपने-आपको अर्जुन के आगे थका हुआ अनुभव करने लगे थे।

लेकिन वृषसेन, अर्जुन पर अब भी नौजवानी का जादू चढ़ा रहा था। युद्ध करते हुए अर्जुन अब इतना गरमा गया था कि वह अधिक देर तक वृषसेन की वीरता से खिलवाड़ भी नहीं कर सकता था। उसे कर्ण से लड़ने की ललक थी। इसलिए जब वृषसेन ने गरमाकर उस पर एक शक्ति बाण छोड़ा तो अर्जुन ने इस बाण को काटते हुए वृषसेन को भी मार डाला।

कौरवों के चेहरे पर मुर्दनी छा गई। उनकी सेनाएँ हिम्मतपस्त हो जाने के कारण इधर-उधर भागने लगीं। उनकी भाग-दौड़ के कारण ही आनन-फानन में यह खबर दूर-दूर तक दौड़ गई कि अर्जुन ने वृषसेन को मार डाला है।

यह अशुभ सूचना कर्ण के कानों तक भी जा पहुँची। मद्रराज शल्य भी यह सुनकर दुःखी हुए। आज दिन-भर उन्होंने हर तरह से कर्ण को नीचा दिखाने के लिए लाख जतन किए, पर उसने बार-बार अपने ऊँचे दर्जे के पराक्रम के अनोखे प्रमाण देकर उन्हें मुग्ध कर लिया था। बेटे की मौत पर कर्ण का आँसू भरा उदास मुख देखकर राजा को बड़ी दया आई। उन्होंने कहा, "वीर शोक नहीं जानता, कर्ण! चलो, और अर्जुन को मारकर अपना बदला लो।"

दिन-भर में पहली बार शल्य के मीठे वचन सुनकर कर्ण को सचमुच बड़ी सान्त्वना मिली। उसने कहा—"मामा, मान लो, अर्जुन मुझे भी युद्ध में मार डाले, तब तुम क्या करोगे?"

शल्य बोले—"मैं वचन देता हूँ कि कृष्ण और अर्जुन से तुम्हारा बदला लूँगा।"

एक ओर से हाथी के निशान वाला हाथी के ही चमड़े से मढ़ा कर्ण का रथ बढ़ा चला आ रहा था और शल्य उसे हाँक रहा था। दूसरी ओर से वानर ध्वजाधारी और शेर के चमड़े से मढ़ा हुआ अर्जुन का रथ बढ़ा आ रहा था और सारथी श्रीकृष्ण थे। बड़े-बड़े योद्धाओं में यह खबर फैल गई कि वह युद्ध जिसे देखने के लिए लोग महीनों से आतुर थे अब होने वाला है। दुर्योधन के चेहरे पर हवाइयाँ उड़ रही थीं कि देखे कौन जीतता है। अश्वत्थामा उनके साथ थे, उन्होंने कहा, "सुयोधन, मैं तुम्हारा गुरुभाई और मित्र हूँ। मेरी बात मान लो और पाण्डवों से अब भी समझौता कर लो।"

दुर्योधन को इस सुझाव से चिढ़ हुई वह बोला—"घबराओ मत मित्र, आज सूर्यास्त होते-होते पाण्डवों का सौभाग्य सूर्य भी अस्त हो जाएगा। तुम देख लेना हमारा कर्ण आज अपने बेटे और अपने सब भाइयों की हत्या का बदला अवश्य ले लेंगे।"

अश्वत्थामा बोले—"सम्भव है ऐसा ही हो, मगर मान लो कि बात उल्टी सिद्ध हुई तो फिर क्या होगा? भीष्म पितामह और मेरे पिता के बाद यदि कर्ण भी न रहा तो तुम्हारा अमंगल होगा।"

दुर्योधन इस समय ऐसी बातें सोचना या सुनना नहीं चाहता था। उसने कहा—"कल की चिन्ता कल होगी। गुरुपुत्र आज का मंगल मनाओ। वह देखो, मेरा मित्र, मेरे परम शत्रु के सामने आ गया।"

कर्ण और अर्जुन आमने-सामने आ चुके थे। कर्ण ने अर्जुन से कहा—"आज तो जीवन और यश का अन्तिम दिन है अर्जुन, आज से दुनिया यह कहेगी कि विश्व का सबसे बड़ा वीर एकमात्र कर्ण ही है।"

अर्जुन ने उत्तर दिया—"धनुष सम्भालो कर्ण! वीरों को डींगें हाँकने का अवकाश नहीं होता, लो वार झेलो।"

दोनों में लड़ाई छिड़ गई। इतने दिनों से चल रहे महायुद्ध में ऐसी टक्कर की लड़ाई अभी तक नहीं हुई थी। दोनों ही अद्भुत धनुर्धर थे। दोनों ही के पास एक-से-एक अनोखा बाण और दूसरे हथियार थे और दोनों ही महाबलशाली थे। शल्य बड़े चतुर सारथी थे लेकिन कृष्ण की चतुराई के आगे वे फीके पड़ जाते थे।

लगभग ढाई-तीन घण्टे के भयंकर युद्ध में शल्य, कर्ण, कृष्ण और अर्जुन में से किसी का शरीर भी घावों से बच न सका। उनके अंगों से बहने वाला रुधिर आभूषणों की चमक-दमक को फीका कर देता था। वीरों के लहू से अधिक आबदार

और कोई वस्तु नहीं होती। कर्ण अर्जुन से कहीं तगड़ा पड़ रहा था। उसके हाथ मानो बिजली हो रहे थे। अर्जुन अब चिढ़-चिढ़कर अपने शत्रु पर प्रहार कर रहा था।

सूर्यास्त होने में अधिक देर नहीं थी, इसलिए कर्ण आज युद्ध का फैसला कर देने पर तुल गया था। उसने ललकार कर अर्जुन से कहा—"आज तुझे मैं युद्धभूमि में समाप्त करके ही लौटूँगा। यह कहकर उन्होंने एक भयंकर तीर अपने धनुष पर चढ़ाया। चालाक श्रीकृष्ण की पैनी दृष्टि ने उसे पहले ही देख लिया और तीर के छूटते-छूटते उन्होंने अपने रथ के घोड़े उस तरह से मोड़े कि तीर कतरा के निकल जाए। उनकी योजना सफल तो हुई पर रथ की छत उड़ गई।

अर्जुन ने भी शक्ति छोड़ी। शल्य ने भी श्रीकृष्ण की नकल में अपनी चतुराई दिखलानी चाही और अपने घोड़ों को मोड़ दिया। वे अपने रथ को अर्जुन के प्रहार से तो बचा ले गए, पर उनकी एक चूक के कारण उनका रथ एक लहू के कीचड़ भरे गड्ढे में धँसकर कुछ इस तरह से टेढ़ा हो गया कि घोड़े उसे खींच कर निकाल न सके।

उधर अर्जुन ने अपने गाण्डीव पर एक अमोघ अस्त्र चढ़ा लिया था। उसे देखकर कर्ण बोले—"एक क्षण के लिए युद्ध रोको, अर्जुन! मैं रथ को दलदल से...।" उसकी बात पूरी भी न हो पाई थी कि अर्जुन का तीर तब तक छूट गया। उस हालत में भी कर्ण ने अपनी धनुष विद्या का कमाल दिखला दिया। उस टेढ़े रथ पर ही उसने ऐसा अन्दाज़ साधा कि अर्जुन का तीर इसके रथ से आर-पार निकल गया, किन्तु कर्ण का तीर अर्जुन के कवच से सीधा जा टकराया। कवच की धातु में बिजली पैदा हो जाने से अर्जुन को मूर्छा आने लगी। लेकिन श्रीकृष्ण की ललकार से वे होश में आ गए। कर्ण तब तक अपने रथ के पहिए को गड्ढे से निकालने के लिए धरती पर उतर पड़े थे। श्रीकृष्ण ने तुरन्त ही होश में आए हुए अर्जुन से धीरे से कहा—"हे मित्र! कर्ण अब अपने रथ पर चढ़ने न पाए उसका सर काट डालो।"

कर्ण ने अपने रथ को जैसे ही गड्ढे से निकालकर समतल पर खड़ा किया वैसे ही अर्जुन के तीर बरसने लगे। रथ की ध्वजा और उसके डण्डे कट गए। कर्ण अर्जुन के तीरों की तीखी बौछारों के बीच से रास्ता निकालकर अपने रथ पर चढ़ जाना चाहता था लेकिन उसे मौका न मिला। अर्जुन के एक बाण ने कर्ण को मुर्दा कर दिया। कर्ण के मरते ही कौरव सेना हाहाकार कर उठी। दुर्योधन, शल्य आदि सबने अपनी सेनाओं को जमाना चाहा पर तब तक कौरव सेना के पाँव उखड़ चुके थे। पाण्डव सेना में अपार उल्लास था। अर्जुन जब अपनी छावनी में पहुँचा तो युधिष्ठिर, भीम आदि सब भाइयों ने उन्हें कलेजे से लगा लिया। युधिष्ठिर ने आँखों में आँसू भरकर आकाश की ओर हाथ उठाकर कहा—"भगवान को लाख धन्यवाद है कि

कुन्ती माँ के बेटे अभी तक जीवित हैं जब कि गान्धारी चाची के कई बेटे अब तक स्वर्ग सिधार चुके हैं।

युधिष्ठिर को भला क्या मालूम था कि आज के युद्ध में मरने वाला महारथी वीर भी कुन्ती का ही बेटा था।

दुर्योधन और कृपाचार्य की वार्ता

जब कर्ण मर गया तो कौरव सेना हताश हो गई। यह बात मैं तुम्हें कल ही बतला चुका हूँ। अपनी सेनाओं का यह हाल देखकर दुर्योधन और भी अधिक दुःखी हो रहा था। आज उसकी छावनियों में बड़ा ही सन्नाटा था। हजारों सिपाही और योद्धा अब तक मारे जा चुके थे और सैकड़ों आज मैदान छोड़कर भाग गए थे। उत्तर भारत के सभी युद्ध मोर्चों से लगभग ऐसी खबरें आ रही थीं। पाण्डव सेना कौरव साम्राज्य के बहुत बड़े हिस्से को अब तक जीत चुकी थी। दुर्योधन के पास अब हस्तिनापुर के आस-पास का ही कुछ क्षेत्र बच रहा था। वह मुँह लटकाए हुए बहुत ही उदास भाव से अपने डेरे में बैठा था।

कृपाचार्य और अश्वत्थामा, दुर्योधन से मिलने आए। उन्हें देखकर दुर्योधन रो पड़ा, कहने लगा—"मैं लुट गया आचार्य, मेरे बहादुर भाई और साथी एक-एक करके चले गए। लड़ाई के इन सत्तरह दिनों में तो दुनिया ही उजड़ चुकी है। मैं बड़ा दुःखी हूँ।"

कृपाचार्य बोले—"दुर्योधन, दुःखी होने से मनुष्य को कोई लाभ नहीं हो सकता। दुःख के कारणों को समझो और उन्हें दूर करने के उपाय सोचो। मैं समझता हूँ कि यदि तुम अब भी समझदारी से काम लो तो तुम्हारे और पाण्डवों के बीच में समझौता हो सकता है। मेरे समझाने से युधिष्ठिर अवश्य मान जाएगा। अभी तो भीष्म महाराज भी जीवित हैं। उनका कहना तो युधिष्ठिर कभी टाल ही न सकेंगे।"

दुर्योधन चुपचाप सुनता रहा फिर बोला—"नहीं आचार्य, अब तो हार-जीत का फैसला मेरे या पाण्डवों के मरने के बाद ही होगा। पाण्डवों की तरफ से जब स्वयं श्रीकृष्ण समझौता कराने के लिए आए थे, मैंने तब समझौता नहीं किया तो अब मैं क्या करूँगा। मेरी इस समय की चिन्ता तो यह है कि कल की लड़ाई के लिए सेनापति किसे बनाया जाए?"

अश्वत्थामा बोले—"मेरी राय में तो अब हमारे बीच में शल्य ही ऐसे बचे हैं जिन्हें सेनापति बनाया जा सकता है।"

"शल्य मामा के बजाय हम यदि अश्वत्थामा को अपना सेनापति बनाएँ तो कैसा रहेगा?" दुर्योधन ने पूछा।

अश्वत्थामा बोले—"भाई मैं कुशल संगठन नहीं करता। फिर इस समय तो मेरा मन शान्त भी नहीं रहा। मैं यह प्रतिज्ञा तो करता हूँ कि आज के युद्ध में कोई आश्चर्यजनक करिश्मा मैं अवश्य दिखलाऊँगा, लेकिन सेनापति तुम्हें शल्य को ही बनाना चाहिए। उनके सेनापति बनने से हमारे बचे-खुचे क्षत्रिय राजा एक बार फिर जी-जान से लड़ने के लिए जुट जाएँगे। क्योंकि यह बात अब सबको मालूम पड़ चुकी है कि शल्य ने पाण्डवों से कर्ण की मौत का बदला लेने की प्रतिज्ञा कर रखी है।"

कृपाचार्य ने भी जब अश्वत्थामा के प्रस्ताव का ही समर्थन किया तो दुर्योधन शल्य मामा से मिलने के वास्ते उनके डेरे पर गए। प्रस्ताव सुनकर शल्य बोले—"हे दुर्योधन! मैंने कर्ण से जो प्रतिज्ञा की थी उसे आज अवश्य पूरी करूँगा, परन्तु तुम्हारे लिए मेरी यही सलाह है कि पाण्डवों से समझौता कर लो।"

"नहीं मामा, मेरा समझौता तो अब केवल मौत से ही हो सकता है। जिन पाण्डवों को मैंने अपने मनमाने ढंग से अब तक नचाया उनके आगे अब मैं स्वयं हरगिज नहीं नाच सकता। अब तो जो होना है सो होकर ही रहेगा।" दुर्योधन ने कहा।

शल्य बोले—"हमारे पास अब जितनी सेना बची है उसे देखते हुए मैं समझता हूँ कि अधिक-से-अधिक हम लोग एक या दो दिन तक ही पाण्डवों से लड़ पाएँगे। किन्तु मान लो कि आज यदि मेरी भी मृत्यु हो गई तो फिर कल से तुम्हारी रक्षा कौन करेगा?"

दुर्योधन बोला—"फिर मुझे रक्षा की आवश्यकता ही न रह जाएगी। आज मेरा आखिरी दाँव होगा मामा, या तो आज मेरे, आपके, कृपाचार्य जी और अश्वत्थामा के बल-पौरुष से पाण्डव मारे जाएँगे और या फिर हम ही न रहेंगे।"

शल्य और युधिष्ठिर का युद्ध

ढोल ढमाके बजने लगे। उन्हें सुनकर भी कौरव सिपाहियों को युद्धभूमि में जाने का साहस न हुआ। तब दुर्योधन बहुत घबराया। उसने सब लोगों को ललकारकर कहा–"तुम लोग घबराते क्यों हो? अर्जुन के पैने तीरों का जवाब देने के लिए अभी तो हमारे पास अश्वत्थामा और कृपाचार्य जी जैसे महारथी मौजूद हैं और भीमसेन की गदा का जवाब मेरी गदा देगी। हम दोनों ही ने स्वयं बलराम जी से गदा युद्ध की शिक्षा पाई है। जिन तरकीबों को भीम जानता है उन्हें मैं भी जानता हूँ। इसके बाद बचे पाण्डवों के बाकी वीर सो शल्य मामा के आगे वे घड़ी-भर भी न टिक सकेंगे। मद्रों का पराक्रम प्रसिद्ध है। उन्होंने अपने सेना-संगठन और तलवार के ज़ोर से आधी दुनिया को अपने वश में कर रखा है। विश्वास रखो वीरो, आज तुम्हें ही युद्ध में विजय मिलेगी। बोलो, कौन मेरे साथ आगे बढ़ने को तैयार है?"

कर्ण के तीनों बेटे छाती फुलाए हुए दुर्योधन के सामने आए और कहा–"चाचा जी जब तक हम लोग जीवित हैं तब तक आप यह न समझें कि हमारे पिता मर चुके हैं। आज के युद्ध में हम तीनों भाइयों का पराक्रम देखकर शत्रु तो क्या भगवान भी थर्रा उठेंगे।

कर्ण के बेटों का जोश देखकर बाकी वीरों में भी उल्लास भर उठा। एक बार फिर कुरुक्षेत्र का मैदान लाशों से पटने लगा। कौरव और पाण्डव दोनों ही पक्षों की सेनाएँ अब बहुत थोड़ी बच रही थीं। फिर भी पाण्डव पक्ष में अधिक लड़वैये थे। कौरवों के कई साथी भाग भी चुके थे। यह होने पर भी कौरव लोग उस दिन खूब जमकर लड़े। कर्ण के बेटों ने बड़ा घमासान मचाया, लेकिन वे तीनों मारे गए। कर्ण के वंश में कोई पानी देने वाला न रहा।

यह देखकर मद्रराज शल्य बहुत ही दुःखी और क्रोधित हुए। पहले तो उनकी

लड़ाई अपने सगे भांजे नकुल से ही हुई, पर बाद में नकुल को थकते हुए देखकर भीमसेन लड़ने के लिए आ गए। दोनों ओर से घमासान युद्ध हुआ। दूसरी ओर शल्य मामा ने पाण्डव पक्ष के अनेक वीरों को मार डाला।

तब कृष्ण ने युधिष्ठिर से कहा—"भैया जैसे मेरा मामा मेरे हाथों से मरा था वैसे ही तुम्हारा मामा भी तुम्हारे ही हाथों से मुक्ति पाएगा। जाओ और उसे युद्धभूमि में सुला दो।"

युधिष्ठिर को शल्य के साथ युद्ध करने में संकोच था। इस संकोच के बावजूद कृष्ण ने अपनी बातों से उन्हें शल्य से लड़ने के लिए प्रेरित कर ही दिया। बड़ी घमासान लड़ाई हुई। विजय पाण्डवों को ही मिली। धर्मराज युधिष्ठिर ने मद्रराज शल्य को अन्त में वीरगति को पहुँचा ही दिया।

अभी लड़ाई आरम्भ हुए आधा दिन भी नहीं बीता था कि शल्य सेनापति के मारे जाने की खबर से युद्ध के मैदान से कौरवों के बहुत से सिपाही अपनी जान बचाने के लिए भाग खड़े हुए।

यह देखकर अश्वत्थामा अर्जुन से भयंकर युद्ध करने लगे। अर्जुन ने अश्वत्थामा को छकाया तो बहुत लेकिन उन्हें मारने में वे बराबर ही संकोच करते रहे। अपने गुरु-भाई की हत्या का पाप अर्जुन अपने सिर पर नहीं लेना चाहते थे। जब अश्वत्थामा ने यह देखा कि अर्जुन उन्हें केवल छका भर ही रहा है और उधर भीम आदि पाण्डवगण बची-खुची कौरव सेना का कचूमर निकाले डाल रहे हैं तो वे अर्जुन से लड़ते-लड़ते कतराकर निकल गए।

दोनों पक्षों के एक-से बढ़कर एक वीर योद्धा युद्धभूमि में खेत रहे। द्रौपदी के भाई धृष्टद्युम्न मारे गए। शिखण्डी, उतमोजा आदि भी शहीद हुए। युद्धभूमि में जीवितों से अधिक मुर्दे ही दिखलाई पड़ रहे थे। इधर-उधर छिटपुट लड़ाइयाँ तो ज़रूर हो रही थीं पर मैदान अधिकतर खाली हो चुका था। अब पाण्डव लोग बचे-खुचे कौरव सेनानियों को बीन-बीनकर मार रहे थे। दुर्योधन अपनी जान बचाने के लालच में युद्धभूमि से हटकर कहीं भाग जाना चाहता था, लेकिन उसे राह मिल ही नहीं पा रही थी। पाण्डव भाई अब दुर्योधन को ही पकड़ने के लिए इधर-उधर दौड़ रहे थे।

दुर्योधन बुरी तरह से घायल हो चुका था। उसमें लड़ने की शक्ति अब तनिक भी बाकी न बची थी। जब उसने देखा कि पाण्डव भाई उसे ढूँढ़ते हुए पास आ पहुँचे हैं तो वह चुपके से तालाब में डुबकी मारकर छिप गया।

युधिष्ठिर आदि पाण्डव भाई शीघ्र ही वहाँ पहुँच गए। नकुल कहने लगा कि उस दुष्ट को होना तो यहीं कहीं चाहिए। अधिक दूर तक वह भागकर जा ही नहीं सकता।

अर्जुन बोले–"देखो, इस झाड़ी की आड़ में वह काफी देर तक छिपकर बैठा रहा था, क्योंकि उसके पाँवों से बहा हुआ लहू इस धरती पर जम गया है। और देखो, यहाँ से लेकर उसके पैरों के निशान सरोवर के किनारे तक गए हैं। पानी पर जमी उस सेवार घास के आस-पास जो काली-काली-सी वस्तु लहरा रही है वह दुर्योधन के सिर के बाल हैं।"

भीमसेन की आँखें चमक उठीं। उत्साह में भरकर वे बोले–"ठीक कहते हैं। अर्जुन, वह दुर्योधन ही है। मैं अभी उसे खींचकर लाता हूँ।"

युधिष्ठिर बोले–"अरे यदि वह ज़रा भी अपने को वीर मानता है तो मेरी इस बात पर तुरन्त बाहर निकल आएगा। और अगर वह कायर है तो तुम उसे पशु की तरह से फिर घसीट लाना।"

दुर्योधन यह तीखी बातें सुन न सका। तुरन्त ही उसने अपना सिर उठाया और पानी में खड़ा हो गया। वह बोला–"मैं कायर नहीं हूँ युधिष्ठिर, केवल अपनी थकान उतारने के लिए मुझे कुछ देर विश्राम चाहिए।"

भीमसेन तड़पकर बोले–"अरे दुष्ट, तेरे कारण हमें अब तक विश्राम नहीं मिला है और एक तू है कि अठारह दिनों की लड़ाई में ही थक गया? तुझे विश्राम चाहिए तो मैं अभी तुझे इसी जगह युद्ध में मारकर सदा के लिए सुला दूँगा।"

ये बातें सुनकर दुर्योधन भी ताव में आ गया। पानी से बाहर निकलते हुए उसने कहा–"भीम अगर तेरा यह हौसला है तो मेरा भी कुछ हौसला अभी बाकी है। मैं तुझे धन्यवाद देता हूँ कि तेरी तीखी बातों से मेरे शरीर की सारी थकान उतर गई है और मुझमें नयी शक्ति आ गई है। बोलो तुम लोगों में से कौन मुझसे लड़ेगा? या पाँचों भाई मिलकर मुझसे लड़ेंगे?

श्रीकृष्ण ने कहा–"सुयोधन और भीमसेन दोनों ने ही श्री बलराम से गदा युद्ध सीखा है। श्री बलराम तीर्थाटन से लौटते हुए इस समय संयोग से मेरे ही शिविर में ठहरे हुए हैं। मैं समझता हूँ कि दुर्योधन भाई के घावों का औषधि उपचार हो जाए। वे गीले वस्त्र उतारकर नये धारण कर लें तब युद्ध हो। अभी तो सूर्यास्त होने में बहुत समय बाकी है तब तक बलराम भैया भी यहाँ आ जाएँगे। उनकी आँखों के सामने उनके दोनों शिष्य अपना कौशल दिखाएँ और अपने जी के अरमान निकालें।"

श्रीकृष्ण की सलाह के अनुसार ही थोड़ी देर विश्राम करके भीम और दुर्योधन का गदा-युद्ध आरम्भ हुआ। दुर्योधन अब अपना अन्तिम बदला लेने के लिए लड़ रहा था। इसलिए उसमें अपार आसुरी शक्ति आ गई थी। उसकी गदा भीम की गदा से इतनी जोर से टकराती थी कि लोहे में से चिनगारियाँ फूट-फूट पड़ती थीं। गदा चलाने में सदा से बेजोड़ माने जाने वाले भीम इस समय दुर्योधन से कच्चे पड़ रहे थे। दुर्योधन में ऐसी फुर्ती थी कि भीमसेन एक-दो बार तो गहरी चोटें खाने से बचे, मगर फिर गरमा उठे। उन्होंने भी दुर्योधन पर भयानक प्रहार किए।

दो घड़ी तक एक-सी लड़ाई चलती रही। न यह हारे न वह हारा। इतनी देर में बड़े-बड़े योद्धा भीम और दुर्योधन का गदा युद्ध देखने के लिए जुड़ आए थे। उनके मुखों में जब तब "वाह भीम" या "शाबाश सुयोधन" के उत्साहवर्द्धक नारे फूट पड़ते थे।

दिन ढलने लगा था। श्रीकृष्ण ने सोचा कि आज सूर्यास्त के साथ ही यह अठारह दिनों का महायुद्ध समाप्त हो जाना चाहिए। इसलिए वे ऐसी जगह पर खड़े हुए जहाँ से उनकी आवाज सुनकर भीम उनकी ओर एक बार अवश्य देखें।

लड़ाई के बीच में दो-एक बार जब दुर्योधन ने शास्त्र विरुद्ध गदा के प्रहार किए तब बलराम ने आगे बढ़कर उसे टोका था। बलराम की टोक पर गदा युद्ध बीच में एक बार कुछ देर के लिए रुका भी था। कृष्ण ने दुर्योधन की एक साधारण-सी बेईमानी को लेकर बलराम के कान भरे। श्री बलराम में वैसे तो बड़ी-बड़ी अच्छाइयाँ थीं, पर एक बुराई यह थी कि वह बेहद सुरापान करते थे श्रीकृष्ण ने उनको इस ढंग से भरा कि वे एकदम उखड़ गए और दुर्योधन को डाँटने लगे।

इसी बीच श्रीकृष्ण ने आवाज़ लगाई "वाह भीम भैया!" भीम ने मुड़कर उनकी तरफ देखा तो उन्होंने अपनी जाँघ पर हाथ मारकर उसे अपनी प्रतिज्ञा की याद दिलाई। जब सभा में द्रोपदी घसीटकर लाई गई थी और दुर्योधन ने बड़ी निर्लज्जता से उसे अपनी जाँघ पर बैठने के लिए बुलाया था तब भीम ने भरी सभा में यह प्रतिज्ञा की थी कि हे दुष्ट दुर्योधन। द्रोपदी नहीं मेरी गदा एक दिन तेरी जाँघ पर बैठेगी। श्रीकृष्ण के संकेत देने से उन्हें अपनी प्रतिज्ञा याद आ गई। वे और भी जोश में लड़ने लगे।

उधर दुर्योधन भी दो बार गुरु के द्वारा टोके जाने के कारण उत्तेजित हो गया था। दोनों में अब नये सिरे से लड़ाई आरम्भ हुई तो कुछ ही मिनटों में वे एकदम प्रलयंकर बन गए। ऐसा लगता था कि दो पहाड़ उछल-उछलकर एक-दूसरे से टकरा रहे हैं।

एक बार जैसे ही दुर्योधन गदा मारने के लिए उछला वैसे ही भीम ने ऐसा निशाना साधकर अपनी गदा फेंकी कि उसकी बाईं जाँघ की हड्डी टूट गई और वह लड़खड़ाकर धरती पर आ गिरा। कौरव पक्ष के लोग हाहाकार कर उठे। श्री बलराम भीम के ऊपर बिगड़े। उन्होंने कहा–"तूने बेईमानी की है भीम, कमर के नीचे प्रहार करना शास्त्र के विरुद्ध है। तूने दुर्योधन की जाँघ पर गदा क्यों मारी?"

भीम बोला–"इसकी जाँघ पर अपनी गदा बैठाने की प्रतिज्ञा तो मैंने भरी सभा में की थी। द्रोपदी को अपनी जाँघ पर बैठाने की सदाचार-विरुद्ध बात जब इस दुष्ट के मुँह से निकली थी तभी मुझे भी वह शास्त्र-विरुद्ध प्रतिज्ञा करनी पड़ी थी। इसलिए दोष दुर्योधन का है मेरा नहीं। अपनी बात का टका-सा जवाब पाकर शराबी बलराम जी का नशा तड़क गया। वे बोले–"तू अपने गुरु से जबान लड़ाता है? ठहर तो सही मैं अभी तुझे इसी युद्धभूमि में मार-काटकर बिछाए देता हूँ।"

श्रीकृष्ण ने तुरन्त ही आगे बढ़कर अपने बड़े भाई को दोनों हाथों से दबोच लिया और समझाकर कहा–"भैया आपकी बात बिल्कुल ठीक है कि भीमसेन ने शास्त्र के विरुद्ध काम किया, मगर भीम की प्रतिज्ञा और उस प्रतिज्ञा के कारणों को ध्यान में रखते हुए हम यह कभी नहीं कह सकते कि भीम ने अन्याय किया है। अब तो जो होना था सो हो चुका। कौरव साम्राज्य के सपने देखने वाला यह दुर्योधन अपने ही लहू की कीचड़ में लथपथ होकर बेसुध पड़ा है। पाण्डव भाई अपना आधा जीवन संकटों से जूझकर बिताने के बाद आज अपने लिए न्याय पा सके हैं। हमें उनके साथ सहानुभूति होनी चाहिए। कुन्ती बुआ के बेटों के प्रति भी आपका प्रेम होना चाहिए।"

बहुत कहने-सुनने से श्री बलराम का क्रोध शान्त हो गया और वे लोग छावनी में वापस पहुँच गए। जहाँ दुर्योधन घायल पड़ा हुआ था वहाँ पाण्डव सरकार की ओर से पहरा लगा दिया गया जिससे कि वह शान्तिपूर्वक दम तोड़ सके। जीते-जी उसे चील, कौवे, गीदड़ और पशु न खा सकें।

धृतराष्ट्र और गान्धारी का विलाप

हस्तिनापुर के राजमहलों में जब यह समाचार पहुँचा तो भारी कोहराम मच गया। राजा धृतराष्ट्र खबर सुनते ही पछाड़ खाकर गिर पड़े और बेसुध हो गए। रानी गान्धारी तो एकदम पत्थर की मूर्ति बन गईं। इस रनिवास में पिछले अठारह दिनों में रोज़ ही दो-चार राजवधुएँ विधवा होती रही थीं। अब दुर्योधन की रानी के विधवा बनने के बानक भी बन चुके थे। बस घड़ी-दो घड़ी में यह खबर आना ही चाहती थी कि युद्धक्षेत्र में दुर्योधन की अन्तिम साँस छूट गई।

राजा धृतराष्ट्र सौ बेटों के बाप थे, लेकिन आज एकदम अनाथ हो चुके थे। विलाप करते हुए वे बार-बार यही कहते कि हाय! मैंने भीष्म काका और विदुर काका जैसे सयानों की सूझ का लाभ न उठाया इसीलिए आज यह दिन देखना पड़ रहा है। हाय मैं अगर दुर्योधन को जुआ खेलने की आज्ञा न देता तो आज यह दिन मुझे न देखना पड़ता। वनवास के बाद जब पाण्डवों ने पाँच गाँव माँगे थे तब मैंने यदि दुर्योधन की बात न मानी होती तो मुझे आज का यह दिन न देखना पड़ता। मुझसे बड़ा अभागा आज दुनिया में कौन है। अरे ये प्राण कैसे कठोर हैं कि ऐसे अशुभ समाचार पाकर भी वे अभी तक शरीर से बाहर नहीं निकलते। मैं बहुत पापी हूँ।

हस्तिनापुर के रनिवास में उस दिन ऊपर से नीचे तक चारों ओर अँधेरा था। पिंजरों में लटके हुए पंछी भी एकदम मौन थे। पशुओं ने चारे में मुँह नहीं डाला था। नौकर-चाकर सब जहाँ-तहाँ निढाल से पड़े हुए थे। किसी को किसी की सुध नहीं थी।

दुर्योधन और अश्वत्थामा की भेंट

ऐसी घनघोर उदास रात में अश्वत्थामा अपने मित्र सुयोधन से मिलने के लिए पहुँचे। पहले तो सिपाहियों ने ललकारा पर जब मशाल के उजाले में गुरु महाराज के बेटे को देखा तो आदर से अलग हट गए। अश्वत्थामा दुर्योधन के पास पहुँचे। उस समय वह आधी बेहोशी में आँखें बन्द किए धीरे-धीरे कराह रहा था। अश्वत्थामा ने उसके सिर पर हाथ फेरते हुए धीरे-से उसके कान में कहा—"मित्र, मैं अश्वत्थामा तुम्हारे पास आया हूँ। तुम्हारे मन में अगर कोई अभिलाषा बाकी रह गई हो तो बताओ मैं उसे अवश्य पूरी करूँगा।"

दुर्योधन ने आँखें खोलीं, अपने मित्र को देखा और कहा—"पाण्डवों को मार डालो। बचने न पाएँ।"

अश्वत्थामा ने कहा—"मैं अभी जाकर तुम्हारी कामना पूरी करने के लिए वह काम करता हूँ जो वीरों को कभी नहीं करना चाहिए। मैं सोते में उनके सिर काटकर अभी तुम्हारे पास लाता हूँ।"

अपने परम मित्र को सन्तोष देने के लिए अश्वत्थामा कायरों जैसा काम करने के लिए भी सहमत हो गए।

जब कोई दुर्घटना हो जाती है तो हर आदमी अपने-अपने ढंग से प्रभावित हुए बिना नहीं रह सकता। अपने पिता की छल भरी हत्या के कारण अश्वत्थामा मन से कभी पाण्डवों को क्षमा नहीं कर पाए थे। दुर्योधन की सहानुभूति की आड़ में उनके मन में भी यह आया कि अपना बदला लेने के लिए मैं भी क्यों न छल करूँ। वे तुरन्त उठकर चल दिए।

आधी रात बीत चुकी थी। पाण्डव सेना जीत की खुशी में आज उतनी चौकस नहीं थी जितनी रोज रहा करती थी। सिपाही अधिकतर किसी नशे में धुत्त सोए

हुए थे या फिर ऊँघ रहे थे। अश्वत्थामा चोरों की तरह चुपचाप उस जगह गए जहाँ बड़े-बड़े लोगों के डेरे पड़े थे।

पाण्डवों का डेरा पहचानने के लिए अश्वत्थामा ने एक तम्बू के आगे भाला लेकर घूमते सिपाही को जाकर दबोच लिया। उसके कान में कहा, ''बड़े सरकारों के तम्बू किधर हैं, बतलाओ।'' सिपाही ने घबराहट में हाथ बढ़ाकर दिखलाया। 'वह' कहते ही उसका गला घुट गया। अश्वत्थामा इस समय उसे शोर मचाने के लिए जीवित नहीं छोड़ सकते थे। तलवार लेकर वे उन तम्बुओं की ओर बढ़े। चोर की तरह छिपकर प्रवेश कर गए। एक-एक कर पाँचों तम्बुओं में उन्होंने पाँचों पाण्डवों के सिर काट डाले और चले आए।

वे सीधे दुर्योधन के पास पहुँचे और उसके कान में उत्साह भरे स्वर के साथ कहा–''मैं पाँचों पाण्डवों को मार आया मित्र, तुम अब सुख से मरो।'' दुर्योधन ने सुनकर एक बार आँखें खोलीं और मुस्कराया। उसका दाहिना हाथ सरककर अश्वत्थामा को प्यार से छूने लगा, किन्तु उसके मुँह से कोई बोल नहीं निकल सका। वैसे ही उसके प्राण छूट गए।

पाण्डवों के मरने का हाल सुनकर दुर्योधन तो चैन से मरा, लेकिन दूसरे दिन अश्वत्थामा को यह जानकर बड़ी ही निराशा हुई कि उसने कुन्ती के बजाय द्रोपदी के पाँच बेटे मार डाले थे।

इस दुःखद समाचार से पाण्डवों के शिविर में तहलका मच गया। यह सच है कि इस महायुद्ध में जहाँ सब पाण्डव भाई बच गए थे वहीं उनकी अनेक सन्तानें नष्ट भी हुई थीं। अर्जुन का होनहार पुत्र अभिमन्यु मारा गया। हिडिम्बा राक्षसी से उत्पन्न भीम का परम पराक्रमी पुत्र घटोत्कच मारा गया और अब अश्वत्थामा ने द्रोपदी से उत्पन्न पाँचों भाइयों के पाँच बेटे भी छल से मार डाले। रनिवास में जब यह समाचार पहुँचा तो द्रोपदी शोक के मारे बावली हो गई। उसे कोई किसी तरह से धीरज बँधा ही नहीं पाता था।

पाँचों पाण्डव भी अपने बेटों के मारे जाने से बड़े ही दुःखी थे। उन्होंने किसी तरह से यह टोह पा ली कि गुरु द्रोण का बेटा अश्वत्थामा ही उनके बेटों का हत्यारा है। अर्जुन अपनी प्रिय रानी को सन्तुष्ट करने के लिए भयंकर बदला लेने की भावना से अश्वत्थामा की खोज में गए। जब युधिष्ठिर को यह मालूम हुआ तो उन्होंने श्रीकृष्ण और भीम को भी उनके पीछे-पीछे रवाना किया। युधिष्ठिर ने श्रीकृष्ण से कहा–''हे केशव! देखना अर्जुन कहीं अश्वत्थामा की हत्या न कर डाले। कुछ भी हो वह हमारे गुरु का बेटा है। बुरे लोगों की संगत में पड़कर उसके मन में भले-बुरे कामों का विवेक नष्ट हो गया है।''

भीमसेन बोले—"कुछ भी हो भैया, अश्वत्थामा को दण्ड तो दिया ही जाएगा। उसने ऐसा नीच कार्य किया है जैसा कि कोई वीर पुरुष कभी कर ही नहीं सकता।"

अश्वत्थामा आखिर पकड़ा गया। अर्जुन और भीम ने उसको खूब अपमानित किया। उसके सिर की मणि छीन ली। कृष्ण के कहने पर उसके प्राण बच गए। चलते-चलते अश्वत्थामा हँसकर बोला—"तुम लोग जीत तो अवश्य गए, पर अब तुम्हारे यहाँ भी कोई राजपाट भोगने वाला नहीं रहा। तुम्हारे सब बेटे मारे गए हैं।"

यह कहकर वह बड़ी ज़ोर से हँस पड़ा।

श्रीकृष्ण ने उसे झिड़ककर कहा—"अरे नीच! तू अपने मन के गुलगुले पकाना छोड़ दे। तेरी इच्छा कभी पूरी न होगी। युधिष्ठिर के बाद पाण्डवों की गद्दी पर स्वर्गीय अभिमन्यु की सन्तान बैठेगी।"

यह सुनकर अश्वत्थामा निस्तेज हो गया। श्रीकृष्ण ने फिर कहा—"अश्वत्थामा, तुम बार-बार यह कहते हो कि भीम और युधिष्ठिर भाई ने मेरे कहने से छल करके तुम्हारे पिता की हत्या करवाई थी। तुम यह क्यों नहीं देखते कि द्रोणाचार्य जी ने स्वयं अपने ही साथ छल किया था। उन्होंने तुम्हारे मोह में पड़कर धर्म और अधर्म का विवेक खो दिया। तुम्हें राजकुमारों की तरह शान से रखने के लिए वे मन से न चाहते हुए भी दुर्योधन के पास बने रहे। क्या उन्होंने अपने साथ यह कम छल किया था? पुत्र का मोह सभी को होता है। परन्तु तुम्हारे पिता ने इस मोह को इतना बढ़ाया कि तुम्हारे लिए ही जीने और मरने की प्रतिज्ञा करके वे अपनी कर्तव्यनिष्ठा से भी गिर गए। भला यह कोई बात हुई कि एक पक्ष का महासेनापति होने पर भी तुम्हारे मरने की झूठी खबर सुनकर वे सारे युद्ध की चिन्ता छोड़कर तथा हाथ-पाँव ढीले करके बैठ गए। अर्जुन का बेटा अभिमन्यु मरा, भीम का बेटा घटोत्कच मरा, दुर्योधन का बेटा भी उसके सामने ही मरा और कर्ण ने भी मरने से पहले अपने एक बेटे की मौत का समाचार पाया, पर इनमें से किसी ने भी अपने कर्तव्यपालन से मुँह न मोड़ा। परन्तु तुम्हारे पिता तुम्हारे गलत मोह में पड़कर ऐसा न कर सके। शठ को शठता से मारना पाप नहीं होता। अश्वत्थामा, कृष्ण कभी किसी को अनुचित काम की सलाह नहीं दिया करता। जाओ, और अपने किए का दण्ड भोगो। अब तुम इस संसार में अकेले हो। निस्तेज हो और तपोभ्रष्ट भी हो चुके हो। अब जीवित रहना और पुराने पापों को याद कर-करके दुःख भोगना ही तुम्हारे लिए सबसे बड़ा दण्ड है। महाभारत के इस कठिन युद्ध में तुमसे बढ़कर अभागा और कोई भी नहीं था।"

अश्वत्थामा अपमानित होकर सिर झुकाए हुए चला गया।

महाविलाप

लड़ाई का मैदान बड़ा ही मनहूस लग रहा था। पिछले अठारह दिनों में जिस भूमि पर बड़े-बड़े योद्धाओं के चमत्कारी कारनामे देखे गए थे वहीं अब चीलों, गिद्धों, कौवे, गीदड़ों और कुत्तों की लड़ाइयाँ मच रही थीं। मरे हुए लोगों का मांस खाने के लिए ये पशु-पक्षी आपस में नोच-खसोट मचाते हुए भयंकर शोर कर रहे थे। युद्धभूमि की मनहूसियत को देखकर बड़े-बड़े वीरों के कलेजे भी भर उठते थे। वह युद्ध जिसमें भाग लेने के लिए लाखों सिपाही और योद्धा आए थे, अपनी समाप्ति पर और भी भयंकर लग रहा था। दुर्योधन के तथा उसके सलाहकार लोगों के पाप से इतना बड़ा महानाश हुआ। मनुष्य अगर अपने कर्मों के नतीजों पर भी पहले से ही विचार कर लिया करते तो इसे ऐसे बुरे दिन कभी देखने को न मिलें।

युद्ध बीत जाने पर रिवाज के अनुसार रनिवास की औरतें तथा छोटे-छोटे राजे-सरदारों की पत्नियाँ अपने स्वर्गवासी प्रियजनों का शोक मनाने के लिए आईं। द्रोपदी, गान्धारी, कुन्ती तथा धृतराष्ट्र के बेटों की विधवा पत्नियाँ ऐसा विलाप कर रही थीं कि सुनने वालों के कलेजे हिल-हिल उठते थे।

राजा युधिष्ठिर ने युद्धभूमि की लाशों को जलाने तथा मरने वालों का श्राद्ध इत्यादि करने की आज्ञा दी। जिस दिन सब पित्रों को पिण्डदान देना था उस दिन कुन्ती माता अचानक युधिष्ठिर के पास आईं और गम्भीर स्वर में कहा—"बेटा, कर्ण का कर्म तुम्हीं करना।"

यह सुनकर युधिष्ठिर बहुत चौंके। कुन्ती माता ने कहा—"कर्ण मेरे कुँवारेपन में पैदा हुआ था। सामाजिक डर के मारे मैंने उसे डलिया में गद्दी-तकिए बिछाकर नदी में बहा दिया था। अधिरथ सारथी उसे उठा ले गया, इसीलिए वह सूत का बेटा कहलाया, किन्तु वास्तव में वह तेरा सगा बड़ा भाई था।"

यह कथा सुनकर युधिष्ठिर तथा दूसरे भाइयों को भी बड़ा दुःख हुआ। श्रीकृष्ण ने उन्हें समझाया कि जो होना था सो हो गया। बीती हुई बात के लिए शोक करना बुद्धिमानी का कार्य नहीं है। कर्ण युद्धभूमि में मारे गए, इसलिए वीरों की मृत्यु का शोक नहीं मनाया जाना चाहिए। युधिष्ठिर भैया, आप प्रेम से अपने बड़े भाई का श्राद्ध कीजिए।''

श्राद्ध इत्यादि निपट जाने पर रनिवास की स्त्रियों तथा अपने भाइयों के साथ युधिष्ठिर हस्तिनापुर की ओर चले। बचे-खुचे राजे, सामन्त और सिपाही भी बाजे-गाजों के साथ इस विजययात्रा में सम्मिलित हुए। हस्तिनापुर पहुँचकर युधिष्ठिर सबसे पहले अपने अन्धे चाचा धृतराष्ट्र से मिलने के लिए गए।

श्रीकृष्ण ने इसी अवसर के लिए लोहारों से भीमसेन के डील-डौल वाली एक लोहे की मूर्ति बनाने की आज्ञा पहले ही दे रखी थी। जब पाण्डव भाई धृतराष्ट्र से मिलने के लिए चले तो वह मूर्ति भी छिपाकर उनके साथ-ही-साथ भेजी गई। युधिष्ठिर ने अपने चाचा के चरण छुए। उनके गले से लिपटकर रोते हुए धर्मराज ने कहा—''चाचा जी आप जानते हैं कि मेरा कोई अपराध नहीं, मैं युद्ध नहीं करना चाहता था। मैंने समझौता करने के लिए हर उपाय किया। पर सुयोधन और उसके सलाहकार अपनी-अपनी उल्टी मति पर ही अड़े रहे।''

धृतराष्ट्र बोले—''बेटा युधिष्ठिर! मैं इस समय भला क्या कहूँ। मेरे ही पापों के कारण इस समय मेरे कलेजे में मेरे बेटों की चिताएँ दहक रही हैं। क्या कहूँ इस जनम के अन्धे को बाहरी दुनिया का कभी कोई भी दृश्य देखने को न मिला। पर अपने मन के भीतर की दुनिया का यह प्रलय ताण्डव मुझे इस समय ऐसा साफ दिखलाई पड़ रहा है कि न तो मुझसे रोते ही बनता है और न चुप ही रह पाता हूँ। सौ बेटों का बाप आज अकेला है। वह अब तुम्हारे ही अधीन है। तुम चाहो तो अब उसे कुत्तों की तरह से जीवन बिताने के लिए मजबूर कर सकते हो।''

युधिष्ठिर बोले—''चाचा जी, आप अपने मन में भी इस तरह की बातें न लाएँ। यह राजपाट अब भी आपका ही है। हस्तिनापुर दरबार में अब भी जो काम होंगे वे आप से पूछकर ही किए जाएँगे। चाचा जी, आप हमें अपने भतीजे न समझकर अपने पुत्र ही मानें।''

धृतराष्ट्र रोने लगे। उन्होंने आगे बढ़कर युधिष्ठिर को कलेजे से लगा लिया और कहा—''पाण्डु बड़ा भाग्यवान था जो उसके बेटे धर्मात्मा, सुशील और आज्ञाकारी हुए। सच कहते हो अब तुम्हीं लोग मेरे बेटे हो। कहाँ हैं भीम, अर्जुन, नकुल और सहदेव? मैं एक बार अपने सब बच्चों को कलेजे से लगाकर धैर्य पाना चाहता हूँ।''

अर्जुन, नकुल और सहदेव ने अपने चाचा के पैर छुए और उनसे गले मिले, परन्तु जब भीम आगे बढ़ने लगे तो कृष्ण ने कहा, "पैर छू के तुरन्त ही हट जाना।" भीम ने ऐसा ही किया। श्रीकृष्ण की आज्ञा से धृतराष्ट्र के सामने भीम की लोहे वाली मूर्ति तुरन्त ही ले आई गई। जैसे ही भीम पैर छूकर उठे वैसे ही धृतराष्ट्र ने लोहे की मूर्ति को असली भीम समझकर अपनी बाँहों में कस लिया। देखते-ही-देखते उनका चेहरा हिंसा से भर उठा और उन्होंने मूर्ति को इतने ज़ोर से दबाया कि वह टूट गई। अब पाण्डवों की समझ में आया कि श्रीकृष्ण ने भीम की मूर्ति क्यों बनवाई थी। मूर्ति गिरने का धमाका सुनकर धृतराष्ट्र एक बार चौंके और फिर 'हाय भीम, हाय भीम' कहते हुए फूट-फूटकर रो पड़े। उन्हें दुर्योधन के हत्यारे पर बड़ा क्रोध था, लेकिन उसे मरा जानकर उन्हें डर लगा कि कहीं युधिष्ठिर-अर्जुन आदि अपने भाई का बदला लेने के लिए उन्हें मार न डालें। तो पछतावा करने लगे। श्रीकृष्ण ने तुरन्त ही कहा फूफा जी व्याकुल न हों, भीम जीवित हैं।

यह सुनकर धृतराष्ट्र बड़े लज्जित हुए और चुप हो गए।

भीष्म पितामह से भेंट

हस्तिनापुर की राज्य-व्यवस्था एक बार अपने हाथ में लेकर तथा नये सिरे से राजकाज चलाने का चौकस प्रबन्ध करके पाण्डव भाई भीष्म पितामह के दर्शन करने गए। अपने अन्तकाल की प्रतीक्षा में पितामह तीरों की सेज पर लेटे हुए तप कर रहे थे। पुराने समय में हमारे भारत देश में ऐसे अनेक तपस्वी साधु हुआ करते थे जो नुकीली कीलें गड़े तख्त पर बैठे या लेटकर तपस्या किया करते थे। भीष्म पितामह भी राजकाज में रहते हुए ऐसे ही तपस्वी थे। इसीलिए अपने अन्तकाल में वे बाणों की शय्या पर ही लेटे।

पितामह के सामने जाने में अर्जुन को बड़ी लज्जा मालूम हो रही थी। अर्जुन

की आत्मा धिक्कारती थी कि तूने शिखण्डी की आड़ लेकर अपने बाबा को मारा। पर पितामह के कहने से उन्हें यह मालूम हुआ कि खुद उन्होंने ही श्रीकृष्ण के पास यह गुप्त सन्देश भेजा था कि अब मैं अधिक दिनों तक जीवित नहीं रहना चाहता, इसलिए आप शिखण्डी को मेरे सामने ले आइएगा। उसे देखते ही मैं अपने हथियार डाल दूँगा। इस प्रकार निरन्तर बरसते अर्जुन के बाण अपनी काट न किए जाने पर मुझे अवश्य ही मार डालेंगे। शिखण्डी के बाणों से घायल होकर पितामह यदि मरते तो उनकी आत्मा को शान्ति नहीं मिल सकती थी। इसलिए अर्जुन अनजाने ही में अपने निहत्थे पितामह पर बाण चला गए। अर्जुन ने कहा, "हे सखे! तुमने आज तक मुझे यह भेद क्यों नहीं बतलाया था?"

भीष्म पितामह बोले–"मुझ पर कृपा करने के लिए ही तुम्हें यह भेद नहीं बतलाया। मैं अपने जीवन से ऊब उठा था। केशव ने ऐसी माया रची कि तेरे बाणों से युद्ध में घायल तो अवश्य हुआ, किन्तु मर न सका। मुझे तो अपने वंश का महानाश देखना बदा था। अस्तु इस शरशय्या व्रत से मैंने निश्चय ही आत्मज्ञान और शान्ति पाई है। अब तो भगवान सूर्य नारायण के उत्तरायण होने की बाट देखते हुए रामनाम जप रहा हूँ।"

श्रीकृष्ण ने कहा–"हे परम पूज्य महावीर! आपके समान तपोनिष्ठ ब्रह्मचारी बड़े-बड़े ऋषि, मुनियों में भी कम दिखाई देते हैं। हमारी नगर सभ्यता में तो आपके समान एक भी व्यक्ति आज ढूँढ़े से नहीं दिखलाई पड़ता। आपके दर्शन करके तथा आप से बातें करने का अवसर पाकर हम सब अपने-आपको परम सौभाग्यशाली समझते हैं। आपने अपने पिता, सौतेली माता, सौतेले भाइयों और उनके बच्चों तक के लिए जैसा अनुपम त्याग किया है वैसा कोई नहीं कर सकता। महात्यागी राजर्षि आपको यदि कष्ट न हो तो हमें अपने उपदेशों का लाभ दें।"

भीष्म हँसे और कहा–"कष्ट? नहीं। मेरा शरीर क्षत्रिय संस्कारों में पला है, इसे केवल बाणों की चुभन ही प्यारी लगती है। और रहा मेरा मन, वह अब ब्रह्मलीन है। मुझे भला कष्ट कहाँ? यह अनुभव और विचार भगवान ने मुझे दूसरों को राह सुझाने के लिए ही दिए हैं। उन्हें तुम सबको दे जाना मेरा कर्तव्य है।"

भीष्म की कथाएँ

बाणों की शय्या पर लेटे हुए तपस्वी और ब्रह्मचारी महावीर भीष्म पितामह शान्त स्वर में सुनाने लगे। हे पुत्र! हज़ारों वर्ष पहले एक समय ऐसा भी था जब कि हमारी मनुष्य जाति और पशु जाति के आचरण में कोई खास भेद नहीं था। मनुष्य तब तक सही ढंग से सोचना-विचारना भी नहीं सीख सका था। सब लोग पशुओं की तरह ही एक-दूसरे से लड़ते और आपस में मारकाट मचाया करते थे। उन्हीं के बीच में एक ऐसा मनुष्य भी हुआ जिसने सही ढंग से सोचना-विचारना सीखा। उसने मनुष्यों को सभ्यता का पहला पाठ पढ़ाया। वह मनुष्य जाति का नेता था। इसीलिए लोगों ने उसे मनु कहा है। यह मनु चूँकि स्वयं ही अपने तप से ज्ञानी और संस्कारवान बने हुए थे, इसलिए लोगों ने उन्हें स्वयंभूव मनु कहकर पुकारा।

उस ज़माने में मनुष्य जाति में रिश्ते-नाते नहीं होते थे। जैसे और जानवर बच्चे के पैदा होने के बाद उसके बड़े होने तक ही बच्चे की रखवाली करते हैं और बाद में अपना रिश्ता-नाता भूल जाया करते हैं, उसी तरह मनुष्य भी किया करता था। लेकिन स्वयंभूव मनु की स्त्री का नाम शतरूपा था। शतरूपा के दो बेटे थे, एक का नाम प्रियव्रत था और दूसरे का नाम उत्तानपाद। मनु और शतरूपा ने अपने बेटों को केवल पाल-पोसकर बड़ा ही नहीं किया वरन् उन्होंने उन्हें अपने बाद मनुष्य जाति के नेता बनने लायक अच्छी शिक्षा भी दी।

उस ज़माने में खेती-बारी तो होती नहीं थी। लोग या तो शिकार करके मांस खाते थे अथवा जंगलों में अपने-आप पैदा होने वाले स्वादिष्ट फलों को खाकर जीवित रहते थे। शिकार आसानी से नहीं मिला करते थे, लेकिन फलों से वृक्ष सदा लदे रहते थे। इसीलिए वे लोग पेड़ों को कल्पवृक्ष कहा करते थे। मनु महाराज के पहले तक कोई अपना शरीर ढकना जानता ही न था। मनु महाराज ने ही उन्हें अपने अंगों को ढकना सिखलाया। अलसी के रेशों से अथवा मूँज घास से रस्सी बटकर

वे अपनी कमर में बाँध लेते और उस पर पत्तों की लँगोटी लगा लिया करते थे। उन्होंने पत्थरों और हड्डियों के नुकीले हथियार बनाना, शत्रुओं पर सफल आक्रमण करने की तरकीब बतलाना, संकट के समय एकजुट होना आदि अच्छी-अच्छी बातें सिखलाईं। बहुत दिनों तक मनुष्य जाति के नेता पद को सुशोभित करके मनु और शतरूपा जंगल को चले गए। उन्होंने अपना राज-पाट अपने दोनों लड़कों को सौंप दिया। प्रियव्रत और उनके बेटे तो अपने पिता के स्थान में ही रहे, मगर उत्तानपाद वहाँ से चलकर उस जगह आ पहुँचे जहाँ आजकल परास्य, गान्धार आदि देश बसे हुए हैं। उन्होंने इस इलाके में रहने वाली मनुष्य जाति को सभ्य बनाकर उनके ऊपर राज्य करना आरम्भ कर दिया। उत्तानपाद ने धीरे-धीरे अपना राज्य बढ़ाकर उस जगह तक फैला लिया, जिसे आज हम मथुरा कहते हैं।

ध्रुव की कथा

राजा उत्तानपाद ने विवाह के मामले में अपने पिता की नीति नहीं अपनाई। उन्होंने दो रानियाँ बनाईं, एक का नाम सुनीति और दूसरी का नाम सुरुचि था। सुनीति बड़ी थी, उसके एक बेटा भी था जिसका नाम ध्रुव था। सुरुचि के भी एक बेटा था, उसका नाम उत्तम था। तपस्वी मनु महाराज ने अपने बेटे उत्तानपाद से कहा–"हे पुत्र! तुम अपनी दोनों रानियों के बेटों को एक-सा प्यार देना। ध्रुव बड़ा है इसलिए वही तुम्हारे बाद अपने समाज का चौधरी बनेगा। अगर तुमने इस नीति में कोई फेर-फार किया तो याद रखना उसका नतीजा सदा बुरा ही होगा।" उत्तानपाद यों तो बड़े समझदार थे, मगर वे अपनी दूसरी रानी सुरुचि को इतना अधिक चाहते थे कि उसके इशारों पर नाचने वाली कठपुतली हो जाते थे। वे मन-ही-मन में तो ध्रुव को भी उत्तम की ही तरह बहुत चाहते थे, पर सुरुचि रानी के सामने वे उसे अपना प्यार देने का साहस भी नहीं कर पाते थे। एक दिन उत्तानपाद अपने दोनों बेटों को चुपचाप साथ लेकर अपने रहने के स्थान से दूर एक नदी के किनारे चले

गए। वहाँ उन्होंने जी भरके अपने दोनों बेटों को खेलाया और उनका मनोरंजन किया। बालक ध्रुव को अपनी दाहिनी गोद और बालक उत्तम को बाईं गोद में बैठाकर प्यार से एक जगह कहानी सुनाने लगे, तभी आईं सुरुचि रानी। अपने बेटे के साथ सौत के भी बेटे को बैठा हुआ देखकर ईर्ष्या और क्रोध के कारण सुरुचि कुरुचि बन गई। अपने पति को लाल-लाल आँखें दिखाकर उसने कहा—"मैं तो तुम्हें चारों ओर ढूँढ़ते-ढूँढ़ते थक गई और तुम निकम्मे आदमी की तरह यहाँ बैठे हुए बच्चों से खिलवाड़ कर रहे हो।"

बेचारे उत्तानपाद खिसिया गए, तभी सुरुचि ने आगे बढ़कर ध्रुव का हाथ पकड़कर खींचा और कहा—"पिता की गोद में तू नहीं मेरा बेटा ही बैठेगा। चल हट?" सुरुचि ने बच्चे को इतनी ज़ोर से झटकारा कि वह बेचारा अपने पिता की गोद से धरती पर आ गिरा। उत्तानपाद बालक ध्रुव को चोटिल और भयग्रस्त देखकर भी कुछ बोल न सके। उनकी सिट्टी-पिट्टी गुम हो गई।

सौतेली माँ से यह निरादर पाकर ध्रुव थोड़ी देर तक तो स्तब्ध रह गया, लेकिन जब सौतेली माँ उसे लात मारने के लिए झपटी तो वह सर्र से उठकर भाग गया। अपने ही झटके से सुरुचि रानी का पाँव मुड़ गया और उसे मोच आ गई। वह हाय-हाय चिल्लाने लगी और उत्तानपाद जोरु के गुलाम बने उसका पैर सहलाते हुए डाँट खाने लगे।

उधर बालक ध्रुव दौड़ता हुआ सीधा अपनी माँ सुनीति रानी के पास गया। वह अपनी माँ से चिपककर फफक-फफककर रो उठा। उसका इस प्रकार बिलखना देखकर सुनीति रानी घबरा गईं कि जाने क्या आफत आ पड़ी जिससे यह बच्चा इतना रो रहा है। सुनीति रानी ने अपने बेटे को बार-बार दुलराया और कलेजे से लगाया। जब बच्चे के मन में कुछ धीरज बँधा तो उसने सारी घटना अपनी माँ को सुनाकर आँखों में आँसू भरकर पूछा—"माँ, क्या तुम्हारा बेटा अपने पिता की गोद में बैठने का अधिकारी नहीं? तुम भी तो मेरे पिता की रानी हो, बल्कि पटरानी। मेरे दादा जी और दादी एक बार जब आए थे तब उन्होंने कितना प्यार किया था मुझे। माँ! सौतेली माता मुझे अपने पिता का प्यार तक नहीं पाने देती?"

सुनकर बेचारी सुनीति रानी की आँखें छलछला उठीं। वह बड़ी सीधी और नेक थी। उन्होंने कहा—"बेटा तू अपनी सौतेली माँ के व्यवहार को बुरा मत मान। मैं तो तुझे प्यार करती हूँ और तेरे पिता जी भी तुझे दिल से बहुत चाहते हैं।"

"मैं अपने पिता की गोद में कभी नहीं बैठूँगा। वे मुझे चाहते अवश्य हैं, पर वे मेरी सौतेली माता से डरते भी हैं।"

सुनीति रानी ने बच्चे के क्रोध को शान्त करने के लिए समझाकर कहा—"हे पुत्र! तू अभी नासमझ है। सुरुचि रानी के द्वारा इस तरह तेरा अपमान करने के पीछे उसकी एक स्वार्थ भावना है। वह चाहती है कि बड़ा होकर उसका बेटा ही नया नेता बने। वह उत्तम को पिता की गद्दी पर बिठाना चाहती है।"

माँ की बात पूरी भी न हो पाई थी कि ध्रुव आवेश से बोल उठा, "मुझे नहीं चाहिए अपने पिता की गद्दी। मुझे तो उनकी गोद में बैठने का अधिकार चाहिए। अकेले में वे मुझे जो प्यार देते हैं, मुझे उस प्यार का अधिकार चाहिए।"

बेटे की बात सुनकर माँ ने एक ठण्डी साँस भरी और कहा—"गोद और गद्दी का अधिकार स्वार्थियों की दृष्टि में एक ही होता है। बेटा तू उसे भूल जा। भगवान तुझे उससे ऊँचा आसन देगा।"

बालक ध्रुव आश्चर्य से अपनी माँ का मुख देखने लगा। उसने पूछा, "पिताजी की गोद से ऊँचा आसन कौन सा है माँ?"

"परमपिता परमेश्वर की गोद। जिसे परमात्मा प्यार करने लगता है वह सारी दुनिया का प्यारा हो जाता है। वह लोगों के मन में आप-ही-आप श्रेष्ठ आदर का स्थान पा जाता है।"

"तब माँ मैं अपने-आपको परमपिता की गोद में बैठने का अधिकारी बनाऊँगा। मुझे परमपिता का ठिकाना बताइए।"

"वह कठिन तपस्या से मिलते हैं मेरे लाल!"

"तब मैं तपस्या करूँगा। वह कैसे होती है माँ!"

पाँच वर्ष के नन्हें बालक की बात माँ के कलेजे में मुक्का मार गई। सुनीति रानी मन-ही-मन विचार में पड़ गईं। एक ओर जहाँ अपने पुत्र की आत्म-प्रतिष्ठा का सवाल उनके मन में आता था, वहाँ तो वह मन से यही चाहती थीं कि मेरे बेटे को सबसे ऊँचा पद, परमपिता के दर्शन, वरदान और उनका अपार स्नेह मिले। परन्तु दूसरी ओर माँ का ममता भरा कायर मन डरता भी था कि मेरा सुकुमार नन्हां-मुन्ना तपस्या की कठिनाइयों को कैसे झेल सकेगा। लेकिन सुनीति रानी अपने नाम के अनुसार ही सदा सुनीति पर ही चलने वाली थीं। उन्होंने सोचा कि बच्चे की परीक्षा लेने के लिए हम अपने मन का भय चित्रित करेंगे। अगर वह भय से तप का मार्ग छोड़ देगा तो अच्छा ही है, और यदि न माने तो फिर आगे के उपायों पर विचार किया जावेगा। माँ ने बच्चे को डराया, कि तपस्या में भूखे रहना पड़ता है, प्राणायाम सीखना पड़ता है। और प्राणायाम में कोई गलती हो गई तो आदमी

पागल हो जाता है। इसके अतिरिक्त जंगल के जानवर शेर, भालू आदि सताते हैं। काले नाग और अजगर चींटियों की तरह धरती पर डोला करते हैं। तपस्या करना और भगवान के दर्शन करना आसान काम नहीं है।

परन्तु जितना ही अधिक सुनीति रानी ने अपने बच्चे को डराना चाहा उतना ही बच्चे का हठ प्रबल होता गया। उसने कहा—"माँ तुमने बहुत अच्छा किया जो सारी कठिनाइयाँ मेरे आगे बखान कीं। लेकिन मैं तुम्हें विश्वास दिलाता हूँ कि इन सारी कठिनाइयों को जीत लूँगा और परमपिता की गोद में बैठूँगा। तुम मुझे आशीर्वाद दो और किसी अच्छे गुरु की सेवा में डाल दो, जिससे योग-मार्ग से परमपिता को पा लूँ।"

रानी बोली—"बेटा मैं तुम्हें दूर देश में तुम्हारे पितामह के तपोवन में लिये चलती हूँ। उनसे बढ़कर सच्चा मार्ग तुम्हें और कोई न दिखला सकेगा।"

माँ-बेटा चलते-चलते स्वयंभूव मनु महाराज के तपोवन में जा पहुँचे। मनु महाराज ने अपनी पुत्रवधू से सारा हाल सुना और ध्रुव को उचित शिक्षा दी तथा कहा—"तुम मधुवन में जाकर तप करो। तुम्हें संसार में सबसे ऊँचा पद मिलेगा।" बाबा के पैर छूकर और माँ से आशीर्वाद लेकर बालक ध्रुव दृढ़ निश्चय के साथ प्रभु का नाम जपता हुआ मधुवन पहुँच गया। उसने वहाँ सारे नियम साधने शुरू किए और जी लगाकर भगवान का नाम जपने लगा। उसने इतनी सच्चाई के साथ योग के नियमों का पालन किया कि उसकी ज्ञान शक्तियाँ जागे बिना रह न सकीं। ध्रुव अनुभव करने लगा कि अब जंगल के जानवर भी उसे प्यार करने लगे है। उसे शेर से भी उतना प्यार था जितना मामूली कीड़े से। ध्रुव ने देखा कि सब लोग उसकी बात सुनते और मानते हैं। ध्यान से बुद्धि सधने लगी, दृष्टि पैनी हुई और धीरे-धीरे रात के तारों भरे आकाश में अपनी नजर साधते-साधते देखा कि और सब तारे तो चलते हैं, मगर एक नन्हां-सा तारा अपनी जगह पर अटल है। बस, इसी नन्हें तारे से योग रचाकर उसने अपनी तपस्या और बढ़ाई। लगन और मेहनत से धीरे-धीरे वह दिन भी आ पहुँचा जब कि उसने परमपिता परमात्मा का प्रकाश अपने अन्दर देख लिया। बालक ध्रुव की ख्याति अब चारों ओर फैलने लगी। आकाश के उस नन्हें अटल तारे का नाम भी ध्रुव रख दिया गया।

भीष्म पितामह बोले कि जब किसी के मन में किसी अच्छे काम के लिए सच्ची लगन लग जाती है तो वह अवश्य सफलता सिद्ध करता है, चाहे वह बच्चा हो या बूढ़ा। ध्रुव की कथा सुनाकर भीष्म पितामह ने स्वयंभूव मनु के दूसरे बेटे प्रियव्रत के वंश के सम्बन्ध में बतलाना आरम्भ कर दिया।

प्रियव्रत के वंश की कथा

प्रियव्रत का परिवार अपने पिता के मूल स्थान, कश्यप सागर से कुछ दूर ऋषिकुल और बलाकाश नामक झीलों के आस-पास की उपजाऊ भूमि में रहा करता था। प्रियव्रत के बेटे अभिनेत्र के समय में सब ठीक-ठीक रहा। परन्तु उनके बेटे नाभिराज के ज़माने में बहुत-सी प्राकृतिक हलचलें आरम्भ हुईं। चूँकि वह काल हमारी पृथ्वी के निर्माण के लिए नया था, इसलिए उसमें जल्दी-जल्दी परिवर्तन हो रहे थे। नाभिराज के ज़माने में धरती पर जमी हुई बर्फ ही सूर्य की गर्मी से पिघलकर पृथ्वी सींचती थी, किन्तु अब आकाश पर काले बादल भी मँडराने लगे और कुछ ही दिनों बाद मनुष्य जाति ने ऐसी प्रबल वर्षा के दर्शन किए कि वह भय से भर उठे। बिजलियाँ कड़कने लगीं, बादल गरजने लगे और मूसलाधार पानी बरसने लगा। ताल-तलैया, बर्फीली नदियाँ आदि उफन उठीं। चारों ओर एक प्रलय-सी मच गई। आँधी, बिजली और बाढ़ के पानी से सारे कल्पवृक्ष सूख गए। बहुत-सी जानें भी गईं। इसलिए नाभिराज अपनी प्रजा को लेकर वहाँ से किसी सुरक्षित स्थान की ओर चलने लगे। उन्हें पता लगा कि उनके कुल के महान पुरुष मनु महाराज ने कश्मीर में तपस्या की थी। इसलिए वे उधर ही जा पहुँचे।

कहा जाता है कि राजा नाभि ने ही कश्मीर से लेकर मगध तक की भूमि अपने अधिकार में कर ली और अपने राज्य रूपी शरीर की नाभि स्थल में अयोध्या बसाई। राजा नाभि के समय में ही धनुष का आविष्कार हुआ। उन्होंने ही पहली बार विधिवत हल से खेती कराई। उनके समय में औजार और हथियार यद्यपि हड्डियों और पत्थरों से बनते थे, परन्तु वे अपने पहले वाले ज़माने से मजबूत और नुकीले बनते थे। धातुओं की जान-पहचान भी राजा नाभि के ज़माने में आरम्भ हुई।

ऋषभ की कथा

नाभि के बेटे ऋषभ अपने समय के बहुत बड़े बुद्धिमान और ज्ञानी महापुरुष थे। उन्होंने देखा कि मनुष्य अब तरह-तरह का काम करना जान तो गया है, परन्तु सब काम एक साथ करने के हौसले में वह कोई भी काम ढंग से नहीं कर पाता था। राजा ऋषभ ने समाज में कामों का बँटवारा किया। कुछ लोग केवल खेती ही करने लगे और कुछ लड़ने और राज-काज चलाने की विद्या में निपुण हुए, कुछ लिखने-पढ़ने के काम में और कुछ तरह-तरह के व्यवसाय-वाणिज्य के धन्धों में लगे। इस प्रकार समाज में व्यवस्था आने से मनुष्य समाज की सामूहिक उन्नति हुई।

यह ऋषभ देव एक बार अपने राज दरबार में बैठे हुए नर्तकी का नाच देख रहे थे। वह नर्तकी जैसी अनुपम सुन्दरी थी वैसी ही अनोखी नाचने वाली भी थी। राजा ऋषभ देव उसकी कला और व्यवहार से बहुत खुश थे। एकाएक नाचते-नाचते वह नर्तकी धड़ाम से धरती पर गिर पड़ी। घबराकर बहुत से लोग उसे उठाने के लिए आए, लेकिन देखा कि वह तो निष्प्राण हो चुकी है। सभा में उपस्थित हर आदमी के मन को गहरा धक्का लगा। मगर राजा ऋषभ देव की मानो दुनिया ही बदल गई। वह सोचने लगे कि कितनी सुन्दर काया थी और उससे कितनी ऊँची कला का सुन्दर प्रदर्शन हो रहा था। काया तो अब भी सामने पड़ी हुई है, पर उसके अन्दर प्रदर्शन करने वाला जीव कहाँ गया? मैं राजा हूँ, मुझसे पूछे बिना कोई काम नहीं होता है, परन्तु इस काया के भीतर रहने वाला जीव राजाज्ञा की परवाह किए बिना ही निकल गया। क्या राजा से भी बड़ी कोई सत्ता है?

इस प्रश्न ने राजा ऋषभ देव को तपस्वी बना दिया। उन्होंने अपना राजपाट अपने बेटे भरत को सौंपकर मगध देश की राह पकड़ी और एक ऊँची पहाड़ी पर जाकर एकान्त में कठोर तपस्या करने लगे। वे अपने समय के श्रेष्ठ सिद्ध पुरुष हुए। उनकी प्रशंसा में वेद में ऋचाएँ तक लिखी गईं और बाद में उनकी तपस्या-पद्धति को ही जैन धर्म माना गया। ऋषभ देव आदिनाथ भगवान के नाम से भी पुकारे जाते हैं।

भरत की कथा

भरत विद्या और पराक्रम में अपने पिता से भी बढ़-चढ़कर निकले। उन्होंने उस सारी भूमि को अपने पराक्रम से जीत लिया, जिसे अब हम भारतवर्ष कहते हैं। उन्होंने बाल्हीक, ऐलम अथवा ऐलवर्त से लेकर यौन द्वीप तब सबको हराया। उनके राज्य का सारा इलाका उस समय भरतखण्ड कहलाता था।

इन्हीं राजा भरत ने समाज में ऋषिकर्मी ब्राह्मणों को पहली बार एक वर्ग के रूप में प्रतिष्ठा दी। उन्होंने ऋषियों की संगति में बैठ-बैठकर ऊँचा ज्ञान लाभ किया। अब वे सोचने लगे कि मैं भरतखण्ड का सम्राट् हूँ। मुझ में बड़ी शक्ति है, पर मैं अपनी मृत्यु तक को नहीं टाल सकता। मेरे बिना चाहे भी मौत किसी दिन आकर मुझे धर दबोचेगी और बेबस होकर अपनी इस काया से निकल जाऊँगा। इन विचारों से राजा भरत के मन में वैराग्यभाव उत्पन्न हो गया। वे तपस्या करने लगे और तपस्या करते-करते वे इतने बड़े सिद्ध हुए कि उनके लिए सर्दी, गर्मी, बरसात, सुख-दुःख आदि सब भाव एक समान हो गया। वे अपनी काया से बिल्कुल अलिप्त होकर भगवान में लीन रहते थे। उन्हें न कपड़ों की आवश्यकता थी और न भूख, प्यास ही अधिक लगती थी। वे इतने सीधे थे कि लोग उन्हें जड़ भरत तक कह देते थे। एक बार प्रतापी राजा नहुष ने उन्हें कोई मामूली जंगली समझकर अपने कहार के बीमार पड़ने पर अपनी डोली उठाने की आज्ञा दे दी और वे बिना किसी प्रकार की चिन्ता के सरल भाव से डोली के कहार बन गए। बाद में जब राजा नहुष को यह मालूम हुआ कि यह तो प्रतापी चक्रवर्ती महाराज मनु भरत हैं और अपनी तपस्या के कारण जड़ भरत कहलाते हैं, तो उन्हें बड़ा पश्चाताप हुआ। उन्होंने भरत से क्षमा माँगी। जब तक यह पृथ्वी रहेगी और उसमें भारतवर्ष रहेगा तब तक महाराज भरत जी की कीर्ति सदा अमर रहेगी।

वेद की कथा

वेदों का आरम्भ सम्राट भरत ने ही नहीं बल्कि उनके पुरखे स्वयंभूव मनु के समय से भी पहले आरम्भ हो चुका था। स्वयंभूव मनु के पुरखे जब उत्तरी ध्रुव में रहते थे, तभी वेद की ऋचाएँ रची जाने लगी थीं। हमारी पृथ्वी में उत्तरी ध्रुव ही ऐसा भू-भाग है जहाँ लम्बे-लम्बे दिन और रातें होती हैं। दिन और रात की लम्बाइयाँ केवल कुछ घण्टों तक ही सीमित नहीं रहतीं बल्कि महीनों तक चलती हैं। ऐसी दिन रात वाली प्राकृतिक शोभा के गीत हमारे वेद में गाए गए हैं। इस तरह महाराज भरत के समय तक वेद की काफी ऋचाएँ बन गई थीं और उन्हें श्रद्धा से पढ़ने वालों का समाज भारत से बाहर उत्तरी ध्रुव तक फैला हुआ था। ऋग्वेद की ऋचाएँ रचने वालों में भरतवंशी परमेष्ठी भी थे जिन्होंने नासिधीय सूत्र रचा।

वेन और पृथु की कथा

जिस समय हमारे देश में महाराज नाभि शासन चला रहे थे, उसी समय भारतवर्ष से बाहर किन्तु भरतखण्ड के अन्दर ही वेन नामक पराक्रमी राजा राज्य कर

रहा था। वह जैसा प्रतापी था वैसा ही लालची और दुष्ट था। उसे यहाँ तक घमण्ड हो गया कि अपने-आप ही अपने को ईश्वर मानने लगा। राजा ही ईश्वर है, उसके मुख से निकला हुआ वाक्य ही वेदवाक्य है। समाज पर इन ऋषियों-फिसियों का प्रभाव नहीं होना चाहिए। यह सोचकर राजा वेन ने ऋषियों का अपमान करने की नीति बरती। ऋषिगण राजा के घमण्ड और मूर्खता से तंग आ गए। राजा वेन की सेना भी जनता के क्रोध के आगे ठहर न सकी और अन्त में वेन राजा भी मार डाला गया।

वेन जैसा निर्बुद्ध था वैसा ही उसका बेटा पृथु प्रबुद्ध और ज्ञानी था। उसने भी उसी तरह अपने क्षेत्र में पहली बार पृथ्वी को हल से जुतवाया जैसा राजा नाभि ने किया था। पृथु ने भी भरत की तरह ही बहुत-सी भूमि जीती। जैसे भरत के नाम पर भरतखण्ड और भारतवर्ष नाम पड़े वैसे ही पृथु के नाम पर इस धरती को पृथ्वी कहा जाने लगा। यह पृथु वैन्य भी राजा भीम परमेष्ठी के समान ही ऋग्वेद के मन्त्रद्रष्टा ऋषि हुए।

मनुष्य के आदि पुरखों की कथाएँ सुनाते हुए पितामह भीष्म बोले, ''हे युधिष्ठिर! जो अपने पुरखों के इतिहास को सही ढंग से पहचानता, जानता और समझता है, वह मानव सभ्यता के विकास को सफलतापूर्वक आगे बढ़ाकर यश पाता है। हे युधिष्ठिर! हमारी यह आर्य सभ्यता बड़े-बड़े योद्धाओं और ऋषि-महर्षियों ने बड़े परिश्रम, बड़ी सूझ-बूझ और लगन से सारी दुनिया में बैठाई थी। उन्होंने जंगली जातियों से जंगलीपन छुड़वाकर उन्हें सभ्य बनाया। खानों से सोना-चाँदी, हीरे मानिक-मणियाँ आदि का वैभव खोद निकाला। समुद्र के गर्भ से मोती निकाले। यह सुन्दर-सुन्दर भवन और सुखद जीवन जो आज हम भोग रहे हैं वह इन्हीं पुरखों की कृपा का फल है। हमारे इन्द्र, वरुण और आदित्य जैसे प्रतापी राजा और भृगु, अत्रि, वशिष्ठ, पुलह, पुलस्ति, विश्वामित्र आदि महर्षियों ने दुनिया में ज्ञान और सुशासन का उजाला कर दिया।

भीष्म पितामह सुनाने लगे, ''हे युधिष्ठिर! मानव सभ्यता को विकास देने में जैसे पहले मनुओं की परम्परा ने हमें राह दिखलाई वैसे ही उनके बाद इन्द्रों की परम्परा ने भी हमारा बड़ा उपकार किया। उनके समय में मनुष्य जाति का जो वर्ग सभ्य और संस्कारवान् बना वह देव जाति कहलाया। देव लोग शुरू में तो बड़े सभ्य और धार्मिक लोग रहे। बाद में दूसरी जातियों पर शासन करते-करते उनमें घमण्ड, स्वार्थपरता और क्रूरता जाग उठी, वे अत्याचारी भी हो गए। अपने कर्मों और व्यवहार में उन्होंने नीति-अनीति का विचार करना छोड़ दिया। हे युधिष्ठिर! शासक वर्ग के लोग जब-जब अन्यायी और अत्याचारी हो जाते हैं तब-तब उनके अन्याय को दबाने के लिए मनुष्य

जाति अपने भीतर से एक नयी और न्यायशील चेतना जागृत करती है। इस सामाजिक चेतना को बल देने के लिए नियति भी मानो अदृश्य से दृश्यमान होकर सहायक बनती है।

हे पुत्र! मनुष्य अर्थात् नेताओं का अत्याचार जब अति पर पहुँच गया तब समाज से एक नया नेता जागा। वह आगे चलकर इन्द्र कहलाया।

इन्द्र की कथा

देव जाति में कश्यप कुल सिरमौर था। उसके एक कुशिक नामक सरदार ने अपने ओहदे एवं शारीरिक शक्ति के घमण्ड में अत्याचारों को सीमा तक पहुँचा दिया। एक अदिति नाम की किसी प्रजानन की बेटी थी। वह बड़ी ही रूपवती थी। उसका स्वभाव भी सीधा और सच्चा था। दुष्ट कुशिक ने अदिति की सुन्दरता को बड़ी लालच भरी गन्दी नज़र से देखा। वह उसे बराबर घेरने लगा। अदिति बेचारी दिन-रात डर के मारे सहमी-सहमी-सी रहने लगी। उसके माँ-बाप भी दुखित और चिन्तित रहने लगे। बहुत बचाव करते हुए भी शासक की बुरी निगाह से भला कौन बच सकता। अदिति बेचारी एक दिन वैसे ही कुशिक की दबोच में आ गई जैसे सिंह की दबोच में बेचारी हिरनी आ जाती है। कुशिक के इस पाप-परिणाम से बेचारी अदिति को मजबूरन माँ बनना पड़ा। लेकिन जब वह माँ बन गई तो उसने निश्चय किया कि अत्याचारी कुशिक को मैं उसी के बेटे से दण्ड दिलवाऊँगी।

अदिति माता ने अपने बेटे को बहुत लाड़-प्यार और साथ-ही-साथ कठोर अनुशासन में पाल-पोसकर बड़ा किया। उसने अपने बेटे को कसरत, कुश्ती एवं अपने समय के श्रेष्ठ हथियार चलाना सिखलाया। वह अच्छे-अच्छे ज्ञानवान गुरुओं के पास ले गई और उनसे उसे श्रेष्ठ शिक्षा दिलवाई। बेटा जब माँ के पास रहता तो वह उसे यही शिक्षा बार-बार देती थी कि हे पुत्र! तुम श्रेष्ठ विद्वान, ज्ञानी और न्यायी

बनो। न्याय की रक्षा के लिए अपने शरीर और मन में इतनी शक्ति पैदा करो कि महाबली दुष्ट भी तुम्हारी शक्ति के आगे घुटने टेक दे। शक्ति के बिना न्याय का पालन हो ही नहीं सकता। न्याय का पालन ज्ञान के बिना नहीं होता।

बालक जब धीरे-धीरे बड़ा हुआ तो अपने देशकाल के शासक वर्ग का अन्याय और अत्याचार देख-देखकर उसका जी बार-बार विद्रोह करने के लिए मचल उठता था। अदिति माँ ने सोचा कि बेटे को उसकी जन्म की कथा सुनाने का समय आ गया। एक दिन माँ ने अपने बेटे को उसके बाप का नाम बतलाया। जब बेटे ने यह जाना कि उसके इलाके का अत्याचारी शासक ही उसका पिता है तब वह क्षोभ और क्रोध से भर उठा। अपने जन्म की कथा जानकर उसे बड़ी लज्जा आने लगी। वीर की आँखों में आँसू छलछला उठे।

माँ बोली—"हे पुत्र! इस निकम्मी लज्जा से अपने को निकम्मा मत बना और तुम्हारे पिता को अपनी अपार शारीरिक शक्ति और प्रतापी सेना का घमण्ड है। गाँव-भर के सारे लड़के तुम्हें चाहते हैं। तुमसे प्रेरणा पाते हैं, उनको सेना के रूप में संगठित करो और जाओ अपने अत्याचारी पिता का वध करके मुझे शीघ्र-से-शीघ्र विधवा बनाओ। यही मेरे दूध का मूल्य होगा। हे पुत्र! तुम जनजाति के इन्द्र बनो और देवों के घमण्ड को चूर करो। हे पुत्र! तुम भी देव हो। तुम अपनी जाति के सिरमौर बनो, यह मेरा आशीर्वाद है।"

अपनी माँ के द्वारा इन्द्र पद की लालसा लेकर बेटा उसका चरण छूकर बाहर आया। उसने गाँव के सयाने लड़कों और मित्रों के सामने निःसंकोच भाव से अपने जन्म का इतिहास बतलाया। सुनकर उसके कई साथियों ने दबी जबान से अपने-अपने जन्म की सच्चाई को प्रकट कर दिया। जहाँ-जहाँ देवों का राज्य था, वहाँ-वहाँ आमतौर से ऐसे ही अत्याचारों की सैकड़ों कहानियाँ भरी पड़ी थीं। एक युवक कहने लगा, "यह देव शासक लोग, हम से कड़ी मेहनत लेकर सोना, चाँदी आदि धातुएँ एवं मणि-माणिक खुदवाते हैं। अपने गुलछर्रे उड़ाते हैं, हमें सताते हैं। उनकी स्त्री की मर्यादा बहुत बड़ी है। हम दीन-हीनों की स्त्रियों का उनकी दृष्टि में कोई मूल्य नहीं। हे मित्र! तुम्हारी तपस्वी माता ने तुम्हें इन्द्र बनने का वरदान दिया है। हम भी यह मानते हैं कि तुम हमारे इन्द्र बनने के सच्चे अधिकारी हो। चलो देवों की अकल ठिकाने लगा दो। इन्द्र ने कहा—"वह यदि देव हैं तो हम असुर हैं, यानी हम प्रणापन है। हम प्राणव से यह प्रतिज्ञा करते हैं कि अपनी संगठित शक्ति से शत्रुओं की कुमति को कुचल देंगे।"

भीष्म कहने लगे—"हे पुत्रो! जो इन्द्र बाद में देवों का राजा बना उसी ने पहले असुर पद धारण किया था। इन्द्र और उसके साथियों ने सचमुच अपने असुर का प्राणवान होने का प्रत्यक्ष चमत्कार दिखाया। गाँव-गाँव के विद्रोही लड़कों ने इन्द्र के

झण्डे के नीचे इकट्ठे हो देव सरदारों की अकल ठिकाने लगानी शुरू कर दी। देव लोग घबड़ाए। उन्होंने अपने हाकिम कुशिक के दरबार में गोहार लगा दी। कुशिक ने घमण्ड से कहा–"मैं, मैं इन नालायक लड़कों की अकल ठिकाने लगा दूँगा, चलो सेना सजाओ और इन दुष्टों के गाँव-के-गाँव उजाड़ दो।"

सरदार कुशिक कश्यप की यह चुनौती युवक विद्रोहियों के जासूसों ने आनन-फानन में ही इन्द्र के कानों तक पहुँचा दी। इन्द्र तो इस मौके की तलाश में पहले ही बैठा था। देवों की सेना सजकर मैदान में जम भी न पाई थी कि लड़के उन पर अचानक बिजली की तरह टूट पड़े। बचे-खुचे लोग किले में दुम दबाकर भाग गए।

किले मिट्टी के बनते थे उनकी दीवारें खूब चौड़ी-चौड़ी होती थीं और उनके चारों ओर पानी से भरी हल्की खाई होती थी। देव लोग अपनी नदियों पर मिट्टी के पक्के बाँध भी बाँधा करते थे, जिससे नदी उनके आदेशानुसार उनके किले के किनारे से होकर उन इलाकों में बहती थी जिसे देव सींचना चाहते थे। इन्द्र ने अपने बहादुरों से कहा–"मित्रो, अगर हम इस बाँध की दीवार को तोड़ दें तो जमा किया हुआ पानी सीधे इनके किले की दीवारों से टकराएगा और इन्हें तोड़ देगा। मित्रो, तुम्हारे इन्द्र का यह नारा है कि बाढ़ लाओ। देवों के नगरों को जला दो और बिजली बनकर इन पर अचानक टूटो। इन तीन नारों को यदि तुम बराबर याद रखोगे और चूक नहीं करोगे तो अत्याचारी शत्रु तुम्हारे आगे घुटने टेककर धरती पर अपनी लम्बी नाकें घिसने लगेंगे।"

इसके बाद बड़ा युद्ध हुआ। किला ध्वस्त हुआ। देव लोगों के परिवार डूबे। बचे-खुचों को इन्द्र की सेना ने लूटा और इन्द्र की आज्ञा से उनकी बस्तियों को जला डाला।

कुशिक को मारते ही इन्द्र का नाम सारी देव जाति में सूरज की धूप-सा फैल गया। सब लोग उससे डरने लगे। फिर तो इन्द्र और उसकी सेना जगह-जगह बाँधों को तोड़कर देव-जातियों की बस्तियों पर बाढ़ लाने लगी। जगह-जगह उनकी बस्तियाँ जलाई जाने लगीं। देवों में त्राहि-त्राहि मचने लगी। उस समय देवों के मुखिया आदित्य विष्णु बड़े समझदार और बड़े परम आचरण के थे। उन्होंने इन्द्र को बुलाया और बड़े प्यार से समझाया और कहा–"हे पुत्र! मैं तुम्हारी न्यायबुद्धि की प्रशंसा करता हूँ और तुम्हारी शक्ति से भी प्रभावित हूँ। बेटे अपने क्रोध को विवेकयुक्त बनाओ। तुम देवों की अन्यायवृत्ति के शत्रु हो, उनके शत्रु मत बनो। इन्द्र तुम भी अपने पिता के कारण हमारे कश्यप कुल के देवपुत्र हो। इसलिए स्वजाति का संहार मत करो। तुम मनु शासन के महासेनाधिकारी बनो।" इन्द्र ने विष्णु भगवान की आज्ञा के आगे अपना सिर सादर झुका दिया। इस प्रकार पाण्डवों को बहुत उपदेश देते हुए भीष्म

पितामह ने अपने अन्तिम दिन बिताए और सर्दी के दिनों में सूर्य उत्तरायण हुए तब उन्होंने अपनी इहलीला समाप्त कर दी।

हस्तिनापुर में युधिष्ठिर का राज्याभिषेक

हस्तिनापुर आकर युधिष्ठिर का नये सिरे से राज्याभिषेक हुआ। श्रीकृष्ण और सात्यकि धर्मराज के सामने बैठे थे। भीमसेन और अर्जुन युधिष्ठिर के अगल-बगल सोने से मढ़ी और नगीने जड़ी चौकियों पर विराजमान थे। नकुल और सहदेव कुन्ती माता के सिंहासन के आस-पास बैठे थे। गान्धारी, धृतराष्ट्र, विदुर और पाण्डव के पुरोहित धौम्य ऋषि भी श्रेष्ठ आसनों पर विराजमान थे।

धर्मराज ने अक्षत, सफेद फूल, मिट्टी, सोना, चाँदी और जवाहरात का स्पर्श किया। तब प्रजा के लोग और पुरोहित जी अनेक मंगल वस्तुएँ लेकर नये राजा का अभिषेक करने के लिए आगे बढ़े। रानी द्रौपदी और महाराज युधिष्ठिर ने अग्नि में आहुति दी। पुरोहित धौम्य जी ने मन्त्र पढ़े। फिर चाचा धृतराष्ट्र के साथ श्रीकृष्ण उठकर आगे आए। प्रजा के प्रतिनिधि उनके पीछे हो लिये। सब ने शंख के जल से धर्मराज युधिष्ठिर को अभिसिक्त किया। फिर महाराज और महारानी सिंहासन पर बैठे। उनके बैठते ही तुरही, नरसिंघे, भेरी, नगाड़े आदि बजने लगे। ब्राह्मणों ने वेद-पाठ करना आरम्भ किया और इसके तुरन्त बाद ही युधिष्ठिर ने अपना राजकाज सम्हाल लिया।

राज्याभिषेक होने के कुछ दिन बाद श्रीकृष्ण ने युधिष्ठिर से द्वारका जाने के लिए आज्ञा माँगी। जीवन के सारे सुख-दुःखों में श्रीकृष्ण ही पाण्डवों के अनन्य साथी थे। उनकी रणनीति कुशलता के कारण ही सच पूछो पाण्डवों को विजय मिली थी। हर आड़े मौके पर श्रीकृष्ण की सूझ-बूझ काम आई। इसलिए उन्हें विदा करते समय पाँचों भाइयों और द्रौपदी, सुभद्रा आदि रानियों के दिल भर आए। कुन्ती माता ने भी भरे मन से अपने भतीजे श्रीकृष्ण को असीसा।

धृतराष्ट्र आदि का संन्यास ग्रहण करना

श्रीकृष्ण के द्वारका जाने के कुछ ही दिनों बाद एक दिन महात्मा विदुर युधिष्ठिर के पास आए। उन्होंने कहा–"धर्मराज तुम्हारे पूज्य चाचा और चाची अब संन्यास लेना चाहते हैं। मैं भी अब अपना जीवन सुधारने के लिए तप करना चाहता हूँ। तुम हमारे राजा हो मैं तुमसे तीनों की ओर से आज्ञा माँगने आया हूँ।"

धर्मराज ने हाथ जोड़कर कहा–"चाचा जी अपने मोहवश तो मैं यह आज्ञा नहीं देना चाहता पर धर्म को समझते हुए मैं आप लोगों को वन जाने से रोक भी नहीं सकता। मैं पण्डितों से शुभ मुहूर्त सुझवाकर आप लोगों के वन जाने की व्यवस्था करूँगा।"

जब कुन्ती माँ ने यह समाचार सुना तो वह भी युधिष्ठिर के पास आई और अपनी वन जाने की इच्छा प्रकट की। युधिष्ठिर ने उन्हें बहुत तरह से समझा-बुझाकर रोकना चाहा, पर उन्होंने कहा–"मैं अब अपना अन्त समय ईश्वर के ध्यान में लगाना चाहती हूँ।"

इस तरह माँ, चाची तथा विदुर काका को वनवास के लिए विदा देने का दिन आ पहुँचा। सारा शहर बूढ़े महाराज और महारानियों तथा लोकप्रिय महामन्त्री जी को विदा देने के लिए उमड़ पड़ा। रनिवास की सभी छोटी-बड़ी रानियों, बाँदियों तक की आँखों से आँसुओं की अविरल धारा बह रही थी। नौकर-चाकर उदास थे। प्रजा के लोग विलाप कर रहे थे। बहुत से भावुक लोग तो सीमा के बाद भी इन बूढ़े राज-पुरुषों के पीछे-पीछे तपोवन तक चले गए। बाकी लोग उदास मन से नगर में लौट आए।

दुनिया का कारोबार फिर से चलने लगा। हस्तिनापुर में बहुत कुछ नया बनने लगा और पुराना गायब होने लगा। धीरे-धीरे माघ का महीना आया। सूर्य के उत्तरायण

होने के दिन आए। सब लोग जानते थे कि तपस्वी भीष्म पितामह अब अवश्य ही अपनी देह त्याग करेंगे, इसलिए दर्शनार्थी उनके आस-पास जमा होने लगे। सूर्य उत्तरायण हुए और महर्षि, तपस्वी, वीर-व्रतधारी भीष्म पितामह ने अपने प्राण त्याग किए। एक युग का मानो अन्त हो गया। बड़े राजकीय समारोह के साथ उनका दाह-संस्कार हुआ। केवल घर के लोगों ने ही नहीं बल्कि हज़ारों प्रजाजनों ने भी नदी में खड़े होकर पितामह को तर्पण दिया। मन्त्र पढ़कर हज़ारों-लाखों लोग तब से लेकर आज तक भीष्म पितामह को तर्पण दिया करते हैं। जिस वीरव्रती के कोई बेटा न था उसके करोड़ों बेटे तब से लेकर आज तक उसे श्रद्धा से तर्पण करते हैं। आत्मदानी महाव्रतियों का यश पृथ्वी पर सदा अमर रहता है।

अश्वमेध यज्ञ

हस्तिनापुर आकर पाण्डव बन्धु अपना राज-काज सम्हालने लगे। पर युधिष्ठिर का मन पूरी तरह से काम-काज में नहीं लगता था। अपने और अपने भाइयों के पुत्रों का नाश हो जाने से उन्हें अपनी दुनिया बहुत ही सूनी लगती थी। अभिमन्यु की विधवा पत्नी उत्तरा गर्भवती थी। सब लोग दिन-रात यही मनाया करते थे कि बेटा हो जिससे पाण्डव वंश में कोई राज-पाट सम्हालने के लिए पैदा हो जाए।

उत्तरा की ओर से सभी को बहुत चिन्ता रहा करती थी। बेचारी बहुत कच्ची उमर में विधवा हो गई थी और कुछ ही दिनों के हेर-फेर में उसका पति, भाई और पिता आदि परम प्रियजन मारे गए थे। उत्तरा का कोमल मन इतना भीषण आघात सह नहीं पाता था। वह बार-बार बेहोश हो जाया करती थी। सूखकर काँटा हो गई थी और उससे खाते-पीते भी नहीं बनता था। उसकी सासें द्रोपदी, सुभद्रा आदि इस बात से बेहद चिन्तित रहती थीं कि बहूरानी यदि अपना तन-मन न सम्हालेगी तो होने वाली सन्तान के जीवन पर भी उसका बुरा असर पड़ सकता है।

एक ओर तो यह चिन्ता थी और दूसरी ओर राज खजाना खाली हो जाने के कारण धर्मराज दिन-रात बराबर यही सोचा करते थे कि उनके साम्राज्य की यह झँझरी नाव आखिर कैसे चलेगी? दैव संयोग से ऐसे समय में महर्षि वेदव्यास जी हस्तिनापुर पधारे। उनके आने से सबको ऐसा लगा कि मानो मरुभूमि में हरियाली आ गई हो। युधिष्ठिर ने अपनी चिन्ताएँ महर्षि को बतलाईं।

महर्षि बोले—"हे युधिष्ठिर! तुम ज्ञानी, सुविचारक और धैर्यवान होते हुए भी व्यर्थ में अपने आपको दुःखी कर रहे हो। हे धर्मराज!, दुनिया में जो पैदा होता है वह एक-न-एक दिन मरता भी अवश्य है। न किसी व्यक्ति के जन्म लेने पर ही किसी का वश है और न उसके मरने पर। सब अपने-अपने कर्मों के अनुसार जीते हैं। अपने हिस्से का कर्तव्य पालन करते हैं और चले जाते हैं। तुम लोग तथा दुर्योधन आदि कौरव अगर पैदा न होते तो भारतीय प्रजा को भले-बुरे शासन का ज्ञान भला कैसे हो सकता था। यह युद्ध हमने तुमने नहीं लड़ा बल्कि परिस्थितियों ने नियति का विधान बनकर यह महायुद्ध करवाया था। यह युद्ध तुम्हारा और कौरवों का न होकर न्याय-अन्याय का युद्ध था। इसलिए तुम यह मत समझो कि तुम जीते हो बल्कि यह समझो कि न्याय जीता है। अपने इस राज-पाट को न्याय रूपी भगवान का समझकर तुम लगन से इसकी सेवा करो।"

युधिष्ठिर विनयपूर्वक बोले—"एक सबसे बड़ी कठिनाई हमारे सामने धन की भी है। राजकोष खाली पड़ा है। इतने बड़े साम्राज्य का काम आखिर यों तो चल नहीं सकता दादा जी।"

व्यास जी बोले—"हे पुत्र! ऐसे समय में चतुर लोग अश्वमेघ यज्ञ किया करते हैं। मैं तुम्हें एक सुझाव देता हूँ। मुंजवान पर्वत पर राजा मरुत ने एक बार अश्वमेघ यज्ञ करने के लिए ही सोने का बड़ा भण्डार जमा किया था। फिर कारणवश वह यज्ञ न हो सका। राजा मरुत मारा गया और वह खजाना ज्यों-का-त्यों छिपा पड़ा है। मुझे वह ठिकाना मालूम है। तुम भीम को भेजकर वह खजाना मँगवा लो और अश्वमेघ यज्ञ आरम्भ करो। फिर अश्वमेघ का घोड़ा लेकर तुम्हारे प्रतापी भाई अर्जुन जब देश-विदेश की यात्रा पर सेना लेकर निकलें तो लक्ष्मी आप-ही-आप बरसने लगेंगी।"

व्यासदेव का यह प्रस्ताव सुनकर भीम, अर्जुन आदि सब भाइयों को बड़ा उत्साह आया, किन्तु युधिष्ठिर उत्फुल्ल न हो सके। वे बोले—"अश्वमेघ होगा, न्याय के साम्राज्य का संगठन होगा, कर्म की महिमा बढ़ेगी। ये सब बातें एकदम ठीक हैं, लेकिन कर्म करने वाला जो मनुष्य है उसके मन में कुछ-न-कुछ सहज हौसला तो होना ही चाहिए। यहाँ हम सबके आगे सूनापन है। बहू इतनी शोकाकुल है कि किसी

के समझाने-बुझाने से मान ही नहीं पाती। ऐसी दशा में उसके गर्भ का जीव सुरक्षित भी रह सकेगा या नहीं, सबसे बड़ी चिन्ता तो मुझे यही है।"

महर्षि व्यासदेव ध्यान-मग्न हो गए। फिर कहा—"हे युधिष्ठिर! रनिवास में यह सूचना भेजो कि मैं उत्तरा से मिलने के लिए आ रहा हूँ।"

तुरन्त ही इन्तज़ाम हुआ। रनिवास में हलचल मच गई कि महर्षि उत्तरा को समझाने के लिए महल में पधार रहे हैं। महर्षि पधारे, उन्होंने उत्तरा को समझाया। बोले—"अरी पगली, पुत्र के रूप में पति ही फिर पत्नी के पास लौट कर आता है। क्या तू स्वर्गीय अभिमन्यु से इतनी घृणा करती थी कि उसे अब अपने पास नहीं आने देना चाहती।"

सुनकर उत्तरा तड़प उठी। वह फूट-फूटकर रोने लगी। महर्षि व्यास ने बड़ी सावधानी से उसका मन पकड़कर अपने शब्दों से बाँध दिया। उत्तरा की समझ में अब यह आ गया कि उसे अपने लिए नहीं बल्कि उस होने वाले बच्चे के लिए जीना है जो कि उसके स्वर्गीय पति का प्रतिरूप होगा। वह उसके बाद से ठीक तरह से खाने-पीने लगी, और ठीक समय पर उसने एक पुत्र को जन्म भी दिया।

परीक्षित के दो जन्म

जिन दिनों उत्तरा को बच्चा होने वाला था उन्हीं दिनों में शुभ-संयोग से श्रीकृष्ण भी हस्तिनापुर आ गए थे। अश्वमेघ यज्ञ की तैयारियों के सम्बन्ध में उचित सलाह देने के लिए ही उन्हें यहाँ बुलाया गया था।

जिस दिन उत्तरा को बच्चा होने वाला था उस दिन रनिवास में हर लौंडी-बाँदी से लेकर द्रोपदी महारानी और सुभद्रा महारानी तक हर एक का ध्यान बस उत्तरा की ओर ही लगा हुआ था। बड़ी-बड़ी कुशल दाइयाँ वहाँ पहले से ही मौजूद थीं।

बाहर दरबार में पल-पल पर नौकर महाराज को सन्देश देता रहता था। राम-राम करके बालक के जन्म की घड़ी आई। काँसे की परात बजने का और खुशियाँ मनाने का उत्साह अभी उमगा ही था कि महलों में एकाएक रोना-पुकारना मच गया। दरबार में घबराहट फैल गई। भीतर से यह खबर आई कि बच्चा पैदा तो हुआ है किन्तु शीघ्र ही मर जाएगा। उसके हृदय की धड़कन ठीक तरह से संचालित नहीं हो रही है और वह अभी तक रो भी नहीं पाया है। युधिष्ठिर ने घबराकर कुशल वैद्यों को बुलाने की आज्ञा दी। श्रीकृष्ण बोले–''प्राण गति को साधने की एक युक्ति मैं भी जानता हूँ जब तक वैद्य लोग आएँ तब तक मैं अपना प्रयोग सफल करके देखूँगा।''

बचपन में कृष्ण स्वयं पूतना रोग के शिकार हो चुके थे। गले में जाली पड़ जाने से पूतना रोग में बच्चा घुट-घुटकर मर जाता है। कृष्ण चूँकि दैव-संयोग से ही उससे बच गए थे, इसलिए उन्होंने इस प्रकार के रोगों की कुछ जानकारी भी केवल अपने शौक में प्राप्त की थी।

श्रीकृष्ण की प्राण संजीवनी विद्या के प्रताप से थोड़ी ही देर में बालक कुवाँ-कुवाँ करके अपना गला फाड़ने लगा। शिशु का रोना सुनकर औरों की रोती आँखें खुशी के जादू से चटपट सूख गईं। श्रीकृष्ण की कृपा से पाण्डव कुल में नया उजाला आया, शोक मिटा और मंगल बधावे बजने लगे।

खजाने की खोज

पौत्र के जन्म की खुशी में नाच-गाने और बड़ी-बड़ी ज्यौनारें हुईं। कुन्ती माता भी अपने पड़पोते का मुख देखने के लिए कुछ दिन के वास्ते जंगल से रनिवास पधारीं, कुछ दिनों तक बड़ी चहल-पहल रही। फिर कृष्ण से सलाह करके महाराज ने शुभ मुहूर्त में व्यासदेव के बतलाए हुए खजाने की खोज में स्वयं जाने का निश्चय किया। राज-काज की कुशल व्यवस्था मन्त्रियों के ऊपर छोड़कर पाँचों भाई मुंजवान

पर्वत पर गए। वे अपने पुरोहित को भी साथ ले गए थे।

मुंजवान पर्वत पहुँचकर धर्मराज ने पहले शंकर जी की पूजा की। इस समय आज के मुंजान, बल्ख, बुखारा और तुर्किस्तान आदि देशों में शंकर जी ही महादेव मानकर पूजे जाते थे। इसलिए धर्मराज युधिष्ठिर ने मुंजवान पर्वत पर शंकर जी की पूजा-अर्चना बड़ी धूमधाम से की। पूजा करके गन्ध आदि पूजा की सामग्री लेकर धर्मराज फिर व्यासदेव के बतलाए हुए स्थान पर गए।

व्यास जी की बताई हुई सारी निशानियाँ देखकर उन्होंने उस भूमि की पूजा कराई। फिर दो-दो, चार-चार फावड़े मिट्टी हर पाण्डव ने अपने हाथों से खोदी। फिर यह काम मजदूरों को सौंप दिया। मजदूरों के सामूहिक कार्य से थोड़ी ही देर में वह स्थान निकल आया जहाँ गुप्त खजाने का द्वार था। पत्थर की चट्टियाँ हटाकर तहखाने का द्वार खोला और वहाँ से उन्होंने सारा सोना हस्तिनापुर लाद कर लाने के लिए कई हज़ार ऊँटों, घोड़ों और न जाने कितने हाथियों आदि जानवरों का इस्तेमाल किया। राजा मरुत हेतिकुल या हिट्टी कुल का बड़ा प्रतापी राजा हुआ था। उसने मिस्र और अल्ताई (सुमेरु) की सोने की खानें अपने अधिकार में कर रखी थीं, उसका जमा किया हुआ धन उसके काम न आकर बड़े आड़े समय में पाण्डवों को मिला था। विधि का विधान भी कभी-कभी बड़ा ही विचित्र और चमत्कारी लगता है।

हस्तिनापुर पहुँचते ही यज्ञ की तैयारियाँ होने लगीं। बड़े-बड़े यज्ञकर्ता ऋषि न्यौते गए। महर्षि व्यास जी ने यज्ञ का मुहूर्त विचारा। यज्ञ में काम आने वाली कुशा वगैरह साधारण चीज़ें भी अश्वमेघ यज्ञ में सोने की हुआ करती हैं। वे सब बनीं। विधिवत यज्ञ आरम्भ हुआ और यज्ञ का घोड़ा छोड़ा गया। महाबली अर्जुन इस घोड़े की रक्षा के लिए तैनात थे, जहाँ यह घोड़ा जाएगा वहीं वे भी जाएँगे। अगर कोई यज्ञ के घोड़े की राह रोकेगा तो उसे महाबली अर्जुन और उनकी परम प्रतापी सेना का सामना करना पड़ेगा।

इस प्रकार अर्जुन दिग्विजय करने और राजकोष के लिए धन बटोरने निकले। धर्मराज युधिष्ठिर ने भीमसेन को सारे साम्राज्य का राजकाज देखने पर नियुक्त किया। नकुल को राजधानी के सारे कचहरी-कार्यालयों पर निगरानी रखने का भार सौंपा। अपने सबसे छोटे भाई सहदेव को उन्होंने सबसे कठिन ज़िम्मेदारी सौंपी। उनका काम यह था कि वे राजकुल के हर व्यक्ति को सन्तुष्ट रखें। सबके साथ न्याय हो, और वे लोग आपस में कोई षड्यन्त्र करने का मौका न पा सकें। इस तरह सारा प्रबन्ध करके स्वयं धर्मराज ने यज्ञ की दीक्षा लेने के कारण अब निश्चिन्त होकर यज्ञशाला में ही नियमपूर्वक रहना शुरू कर दिया।

यज्ञ का घोड़ा

पाण्डवों का घोड़ा पहले उत्तर दिशा की ओर गया। आमतौर से तो राजे लोग यज्ञ के घोड़े और उसके संरक्षक महाबली अर्जुन का सत्कार करने के लिए हाथ बाँधे खड़े ही मिला करते थे, पर किसी-किसी से लड़ाई भी हो जाती थी। उत्तर में किरातों और मलेच्छों से उन्हें लड़ना पड़ा। थोड़ी ही देर में उन बर्बर जंगलियों ने भी घुटने टेक दिए।

घूमते-घूमते घोड़ा त्रिगर्त (काँगड़ा) पहुँच गया। काँगड़े के वीर बड़े ही बाँके थे। पहले कुरुक्षेत्र के मैदान में भी त्रिगर्तों से अर्जुन का सामना हो चुका था। एक बार मात खा चुकने पर भी स्वाभिमानी त्रिगर्त नरेश अपने राज्य से पाण्डवों का घोड़ा मनमाने ढंग से कदापि नहीं जाने दे सकता था। राजकुमारों ने घोड़ा पकड़ लिया। अर्जुन ने हँसकर राजकुमारों से कहा—''पुत्रो, मुझे धर्मराज की यह आज्ञा है कि जिन राजे-रजवाड़ों से हम कुरुक्षेत्र में लड़े थे उनके बेटों-पोतों से जहाँ तक बने युद्ध न करूँ। मैं इसीलिए तुम लोगों से युद्ध नहीं करना चाहता। घोड़े को छोड़ दो। उसे जाने दो।''

राजकुमारों ने अपने पिता महाराज सूर्य वर्मा से जाकर पूछा। सूर्य वर्मा कड़ककर बोले—''जाकर अर्जुन से यह कह दो, हम त्रिगर्त के निवासी पीढ़ियों तक अपने शत्रु. से लगातार मोर्चा लेने का हौसला रखते हैं। हम दोनों में हार-जीत का फैसला हुए बिना यह घोड़ा लौटाया नहीं जाएगा।''

त्रिगर्तों ने अर्जुन से जमकर युद्ध किया। एक बार तो राजा सूर्य वर्मा का तीर सीधा आकर उसकी कलाई में ही घुस गया। जिससे अर्जुन अपना धनुष पकड़े हुए थे। झटका लगने से गाण्डीव हाथ से छूटकर गिरने लगा। यह देखकर राजा सूर्य वर्मा खिलखिलाकर हँसने लगे। परन्तु अर्जुन ने वैसे ही फुर्ती से सर्व-विषहरण औषधि की बुकनी मुट्ठी में उठाई। तीर निकाला, घाव पर दवा बुरकी और

बात-की-बात में उनका गाण्डीव फिर वैसा ही टकारने लगा। एक दिन में त्रिगर्तों ने हार मान ली। दोनों ही एक-दूसरे की शूरवीरता के प्रशंसक बन गए और उनमें मित्रता हो गई।

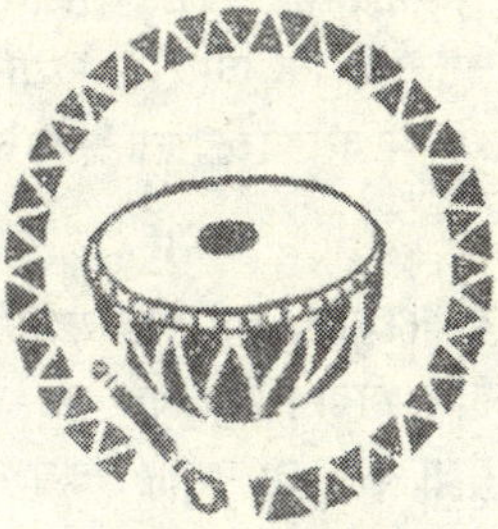

सिन्धु देश में

पंजाब की सैर करता हुआ घोड़ा सिन्धु देश में पहुँच गया। जयद्रथ का बेटा ही वहाँ का राजा था। उसे उसकी माँ तथा और सब शुभचिन्तकों ने बहुत समझाया कि तुम अर्जुन का स्वागत भले ही न करो पर घोड़े को अपने राज्य से चुपचाप निकल जाने दो। पर वह अभागा अपने पिता को मारने वाले अर्जुन से बदला लेने के जोश में ऐसा आया कि उसने किसी की एक न सुनी।

घोड़ा पकड़े जाने पर अर्जुन ने फिर वही धर्मराज का सन्देश दोहराया। इस पर जयद्रथ का बेटा बोला—"घोड़ा अब मेरे किले से वैसे ही बाहर नहीं निकलेगा जैसे कि मेरे राज्य में आकर मेरे पूज्य पिता का हत्यारा अर्जुन अपना सिर अपने धड़ पर न रख सकेगा।"

सिन्धु के फुर्तीले घोड़े और बहादुर लड़वैये बड़ी आन और शान से लड़े, पर अर्जुन के आगे वे टिक न सके। स्वर्गीय जयद्रथ की विधवा पत्नी के सिर फिर अभागा दिन आया। जिस अर्जुन के हाथों से पिता की मृत्यु हुई थी उन्हीं से बेटे ने भी वीर-गति पाई। राजधानी में ऐसा आतंक बना कि सब लोग सन्न रह गए, किसी के मुँह से बात तक न फूटती थी। हर एक यही सोचता था कि महाबली अर्जुन अभी राजधानी में प्रवेश करेंगे और यदि दुर्भाग्य से उनका विरोध हुआ तो यह अलकापुरी-सी सुन्दर नगरी दिन-भर में तहस-नहस हो जाएगी।

जयद्रथ की विधवा पत्नी ने बड़ी सूझ-बूझ और समझदारी से काम लिया। बेटे की मौत पर रोना-धोना भूलकर वह तुरन्त अपने पोते को लेकर पालकी पर

बैठी और अर्जुन के पास आई। जयद्रथ की पत्नी धृतराष्ट्र की पुत्री और अर्जुन की चचेरी बहन थी। अर्जुन उसके आने का समाचार सुनकर स्वयं आगे बढ़ गए। रानी अपने पोते को अर्जुन के पैरों में डालने लगी तो अर्जुन ने उसे चटपट अपनी गोद में लेकर बड़े प्यार से उसका मुख चूमा। बच्चे के सिर पर हाथ फेरकर फिर आँखों में आँसू भरकर अर्जुन ने कहा—''भांजे को मारकर मैं स्वयं भी बहुत दुःखी हूँ बहन। मैंने उसे बहुत समझाया था। लगता है कि विधि के विधान से हम दोनों ही मजबूर थे। तुम घोड़ा वापस कर दो और मैं इस बच्चे का अपने हाथों से राजतिलक करके यहाँ से चला जाऊँ।''

कच्छ—गुजरात में पाण्डवों का घोड़ा बड़े माल खाता हुआ मौज से घूमा। फिर मध्य प्रदेश से भी सकुशल निकल गया। धीरे-धीरे वह आज के असम प्रदेश की पुरानी राजधानी प्रागज्योतिषपुर के पास जा पहुँचा। वहाँ के राजा से भी अर्जुन को लड़ना पड़ा। लेकिन शीघ्र ही वह काबू में आ गया। पहाड़ी नागा अर्जुन के तीरों की बौछार से ऐसे काँप उठे कि उन्होंने अपने राजा से कहा—''हम मनुष्यों से लड़ सकते हैं देवता से नहीं। ऐसा पराक्रम देवता के अलावा और कोई दिखला नहीं सकता।''

अपनी सेना का यह दुर्बल मन देखकर राजा वज्रदत्त ने भी समझदारी से काम लेकर घुटने टेक दिए। अर्जुन ने उससे बड़ा ही मैत्रीपूर्ण व्यवहार किया।

बाप-बेटे की लड़ाई

घोड़ा जब वहाँ से चला तो अर्जुन भगवान से यही मना रहे थे कि भगवान करे यह घोड़ा मणिपुर की ओर निकल जाए तो वह अपनी परमप्रिय रानी चित्रांगदा से मिलने का अवसर भी पा जाएँ। अर्जुन को उसकी याद आने लगी। वर्षों पहले चित्रांगदा से उनकी भेंट हुई थी। बड़ा प्रेम-भाव बढ़ा था, ब्याह किया,

और पति-पत्नी ने हँसी-खुशी के दिन एक साथ बिताए। फिर विदा होने की घड़ी आई, चित्रांगदा के सुन्दर मुख की उदासी अर्जुन को याद आ रही थी। अर्जुन बार-बार यही मनाने लगे कि राम जी घोड़ा उधर ही चले। संयोग से घोड़ा मणिपुर की ओर ही बढ़ गया। अर्जुन ने खुशी के मारे पहले से ही रानी चित्रांगदा के पास यह सन्देश भिजवा दिया कि वे आ रहे हैं। घोड़े के स्वागत की तैयारी करो। सन्देशियों ने लौटकर अर्जुन को यह समाचार दिया कि रानी चित्रांगदा इस समाचार से बड़ी प्रसन्न हैं और इस समय मणिपुर का राजा भी सौभाग्य से और कोई नहीं बल्कि स्वयं महाबली अर्जुन और चित्रांगदा का बेटा वभ्रुवाहन ही है। अर्जुन यह समाचार सुनकर बड़े प्रसन्न हुए। उन्होंने कुछ दिन अपने बेटे की राजधानी में टिककर विश्राम करने की योजना भी अपने मन में बना ली। उधर हुआ यह कि वभ्रुवाहन की सौतेली माँ उलूपी अकस्मात महल में पहुँच गई। नाग महिला उलूपी ने अपने सौतेले बेटे से कहा वभ्रुवाहन तुम महाबली अर्जुन के बेटे हो और रानी चित्रांगदा के होते हुए भी तुम मन से मेरे ही बेटे हो, मैंने तुम्हें बड़े-बड़े आचार्यों से धनुर्विद्या सिखलाई है। आज उन सबकी परीक्षा का अवसर आया है।"

बभ्रुवाहन बोला—"माँ, तुम मेरे लिए क्या आज्ञा करती हो?"

उलूपी बोली—"मेरी यह इच्छा है कि पाण्डवों का घोड़ा जब तुम्हारे राज्य में आए तो तुम अवश्य ही उसको पकड़ लो।" रानी चित्रांगदा घबराकर बोली—"बहन, यह तुम क्या शिक्षा दे रही हो, क्या बाप-बेटे में लड़ाई करवाओगी।"

उलूपी तड़पकर बोली—"कैसा बाप री। इतने वर्षों से कभी झूठ भी न पूछा कि तुमसे मेरा कोई बाल-बच्चा भी हुआ है या नहीं। हमारे पति ने हमारे साथ क्या सम्बन्ध रखा? मैं तो कहती हूँ कि वे हम दोनों को ठगकर चले गए और फिर मन से एकदम उतार दिया। हम भले ही उन्हें अपने मन में याद करती रहें, पर उन्हें हमारी कभी सुधि भी आती होगी? तू घोड़ा ज़रूर रोकना बेटा! मैं एक बार महाबली अर्जुन को भी यह बतला दूँगी कि मेरा बेटा उनसे भी बड़ा वीर है।"

कहाँ तो अर्जुन खुशी से भरे आ रहे थे। और कहाँ उन्हें एकाएक दूसरा ही रूप देखने को मिला। घोड़ा आगे-आगे चल रहा था। मणिपुर की सेना पत्थर की दीवाल बनी खड़ी थी। घोड़ा दो सैनिक टुकड़ियों के बीच खुली जगह के भीतर घुस गया तो अर्जुन ने देखा कि उस खुली जगह पर भी तुरन्त ही सैनिकों की कतारें खड़ी हो गईं और युद्ध के बाजे बजने लगे। अर्जुन पहले तो चौंके फिर मन में सोचा क्यों न हो वीर बाप का बेटा पहली बार अपने पिता से भेंट करने के अवसर पर उसका वीरोचित स्वागत ही करना चाहता हो। अर्जुन ने कहलाया कि मैं अपने पुत्र के इस विचार मात्र से ही बड़ा प्रसन्न हुआ हूँ। मेरा हृदय इतना गदगद है कि मैं

अपने बेटे को कलेजे से लगाने के लिए उतावला हो रहा हूँ। उसका बल-पराक्रम देखने की इच्छा अभी नहीं होती।

परन्तु अर्जुन के इस भाव भरे मीठे सन्देश का उत्तर वीर वभ्रुवाहन ने शंखघोष करके दिया। बाप-बेटे में लड़ाई छिड़ गई। अर्जुन बेटे का युद्ध कौशल, फुर्ती और पराक्रम देखकर बार-बार ऐसे मुग्ध हो उठते थे कि उनका लड़वैया मन उनके हाथ से छूट जाता था। पहले तो वे शाबाश-शाबाश कहते रहे और बेटे के बाणों के घाव भी हँस-हँसकर अपने शरीर पर झेलते रहे, पर फिर युद्ध के जोश ने महाबली के मोह को आखिरकार परास्त ही कर दिया। अर्जुन ने ऐसे घनघोर तीर बरसाए कि वभ्रुवाहन का रथ टूटा, सारथी मरा, और फिर घोड़े भी न बच सके। बस युद्ध के सारे जोश में मन के मोह ने इतनी चतुराई अवश्य कर रखी कि वभ्रुवाहन को खरोंच भी न आए और वह बाप के सामने निहत्था होकर घुटने टेक दे।

परन्तु वभ्रुवाहन अपने बाप का बेटा तो था ही, उसे अपनी एक माँ की भक्ति और दूसरी माँ से शक्ति मिली हुई थी। रथ टूटा, घोड़े मरे, कोई बात नहीं। शेर के बच्चे ने भूमि पर ही खड़े होकर महाबली अर्जुन के छक्के छुड़ा दिए। अर्जुन उसके आघातों से छक-छक गए। एक अवसर तो ऐसा भी आ गया था जबकि क्रुद्ध होकर वे अपने बेटे को घायल करने पर भी तुल गए थे। परन्तु बेटे ने बाप के सारे क्रोध को अपनी शक्ति से काटकर निकम्मा साबित कर दिया। अर्जुन झुँझला उठे। वह कोई भयानक अस्त्र का प्रयोग नहीं करना चाहते थे। फिर भी क्रोध चूँकि उबल उठा था, इसलिए वह किसी शक्ति का प्रयोग करने की बात भी सोचने लगे थे। क्रोध और मोह के इस आधे पल के मनोसंघर्ष में अर्जुन ठिठक गए। उधर अपने बचाव के लिए सतर्क योद्धा बेटे के धनुष से एक ऐसी शक्ति भी छूट चुकी थी कि जिसके आघात से अर्जुन मूर्छित होकर गिर पड़े।

सारी पाण्डव सेना और मणिपुर की प्रजा को मानो साँप सूँघ गया। वभ्रुवाहन ने मूर्छित होकर गिरते ही अपने पिता को सम्हाल लिया और अपनी गोद में उनका सिर रखकर धरती पर बैठ गया। प्रारम्भिक उपचारों के लिए लड़वैयों के आस-पास रहने वाले चतुर वैद्य दौड़े। बड़े उपचार हुए, लेकिन शक्ति तेज लगी थी और मूर्छा गहरी थी।

मणिपुर वालों को यह दुःख था कि हमारे राज्य का दामाद हमारे ही यहाँ मारा गया। सब लोग उलूपी को कोस रहे थे कि यह न जाने कहाँ से आ टपकी और बाप-बेटे में ठनवा दी। चित्रांगदा और उलूपी दोनों ही रानियाँ युद्धक्षेत्र में पहुँचीं। चित्रांगदा तो बेचारी फूल-सी कुम्हलाई हुई एकदम बेजान संगमरमर की मूर्ति बन गई थी। रास्ते-भर यह रथ पर वैसे ही बैठी रही, लेकिन उलूपी रानी का चेहरा तेज

और आनन्द से दमक रहा था। दोनों जब रथ से उतरकर उस जगह के पास पहुँचीं जहाँ अर्जुन पड़े थे तो चित्रांगदा ऐसे लड़खड़ाकर गिरने लगी जैसे सूर्य की तपन से मोम की पुतली पिघलने लगी हो। उलूपी ने तुरन्त ही अपनी दोनों बाँहों का सहारा देकर उसे सम्हाला और फिर झिड़ककर कहा, "सावधान हो पगली, मेरे पहुँचते ही पाव-घड़ी के भीतर पतिदेव हम लोगों से बोलते हुए दिखलाई पड़ेंगे।"

सचमुच ऐसा ही हुआ। उलूपी रानी अपने साथ एक औषधि लाई थी कि जो किसी प्रकार के विष को तुरन्त उतार दे। दस-पन्द्रह मिनट के भीतर ही दोनों रानियों के सौभाग्यनाथ अर्जुन ने आँखें खोल दीं। फिर तो मणिपुर आनन्द से उमग उठा।

अपनी रानियों और बेटे वभ्रुवाहन के साथ महाबली अर्जुन ने सुखपूर्वक कुछ समय बिताया, फिर उन सबको अश्वमेघ यज्ञ में आने का निमन्त्रण देकर वे आगे बढ़े।

इस समय असम से लेकर गान्धार तक सारे उत्तर भारत के राजा उनके काबू में आ गए थे। दक्षिण भारत उस समय जहाँ तक आबाद था, पाण्डवों का पक्षधर था। अश्वमेघ यज्ञ के बहाने सारा भारतवर्ष एक बार फिर से संगठित हो गया। जिन राजे-महाराजाओं ने तब तक किसी शक्तिशाली सम्राट की अधीनता नहीं स्वीकार की थी वे भी पाण्डवों के आगे विनत हो गए।

उस समय भारतवर्ष में कई तरह की राज-प्रणालियाँ चलती थीं। कहीं राजा राज करता था तो कहीं पंचायत। कहीं दो कबीलों की सम्मिलित पंचायत मिलकर राज करती थी तो देश के कुछ भाग इतने सभ्य भी थे कि वहाँ कोई राजा या मन्त्री होता ही न था। लोग इतने सभ्य और संगठित थे कि कभी फूट ही नहीं पड़ती थी। मनुष्य अपना सोना चाहे उछालता चले, किन्तु दूसरा मनुष्य कभी उसके सोने को छीनने तथा चोरी करने का विचार तक अपने मन में नहीं लाता था। इस तरह राज्य, वैराज्य, द्वैराज्य और अराजक राज्य जैसी बहुत-सी शासन-प्रणालियों वाले भारतीय समाज की अच्छी परम्पराओं को तनिक भी नुकसान पहुँचाए बिना पाण्डव साम्राज्य के रूप में एक ऐसे भारत का निर्माण हुआ जो विभिन्न होते हुए भी एक जगह पर अभिन्न था।

निश्चित समय पर महाराज युधिष्ठिर का अश्वमेघ यज्ञ हुआ और हस्तिनापुर में कुछ महीनों तक बड़ी चहल-पहल रही। इस प्रकार महानाश के बाद नये निर्माण का आरम्भ होने लगा।

यादवों का अन्त

छत्तीस वर्षों तक पाण्डवों ने भारतवर्ष पर राज्य किया। श्रीकृष्ण की सहायता से उन्होंने पहली बार इस देश को राजनीतिक रूप से संगठित किया। व्यापार के लिए बड़ी-बड़ी सड़कें बनवाईं, आपसी लड़ाइयाँ रोकीं। सब तरह से प्रजा को न्याय देकर देशवासियों को खुशहाल और मेहनती बनाया।

लेकिन समय जब पलटता है तो उसके कुछ बुरे प्रभाव भी अवश्य ही पड़ते हैं। उदाहरण के लिए, अनेक गणतन्त्र जो पहले किसी मजबूत और सुसंगठित बड़े साम्राज्य के अभाव में अपने बचाव के लिए मजबूत और एक बने रहते थे, अब सुरक्षा पाकर धीरे-धीरे बिखरने भी लगे। उस समय यादवों का बृष्णि अन्धक गणतन्त्र बड़ा ही मजबूत माना जाता था। कच्छ और गुजरात के सारे बड़े-बड़े बन्दरगाह उनके अधिकार में थे, इसलिए धन-वैभव की कमी न थी। बड़े-बड़े सरदारों के पास ज़िम्मेदारी का कोई काम तो रह नहीं गया था, इसलिए वे लोग अधिकतर खाने-पीने और मौज उड़ाने में ही मगन रहने लगे।

श्रीकृष्ण को अपनी जाति का यह पतन देखकर बड़ा कष्ट होता था, लेकिन वे बेचारे कुछ नहीं कर पाते थे। कहने को तो कृष्ण यादवों की पंचायत के मुखिया थे, उनके राष्ट्रपति थे, पर लोग-बाग अब उनकी भी नहीं सुनते थे।

श्रीकृष्ण उदास हो गए। उन्होंने कहा—"मैंने बहुत चाहा था भैया, कि हमारा समाज बाहरी उन्नति पाने के साथ-साथ अगर अपनी आत्मा की उन्नति की दिशा में भी बराबर बढ़ता रहे तभी सदा वह सुखी और मुक्त रह सकता है। बाहर की समृद्धि आत्मा को दरिद्र बना देती है। किसी भी सरकार को यह चाहिए कि वह अपनी प्रजा की सदा दोहरी उन्नति करने का ही प्रयत्न करे। मैंने यही करना भी

चाहा था, किन्तु दम्भी सरदारों के आगे एक नहीं चल पाई। जो हो मैं जब तक जिऊँगा तब तक यह प्रयत्न तो करता ही रहूँगा।''

बलराम बोले—''तुम्हारी इच्छा। तुम संसार को तो मोह-मुक्त करते हो कृष्ण, और स्वयं अपने भक्तों के मोह में इतने लिप्त हो कि जानकर भी अनजाने बने रहे हो। अस्तु, मैं तो जाता हूँ। समुद्र तट पर बैठकर समाधि लूँगा और इस पृथ्वी पर शेष हो जाऊँगा।''

श्री बलराम चले गए। श्रीकृष्ण ने भी कुछ दिनों के बाद अपने यादव भाइयों का बुरा अन्त आखिर देख ही लिया। प्रभास तीर्थ का वार्षिक मेला लगा था, बड़ी चहल-पहल थी। लखपति-करोड़पति यादव सरदारों के यहाँ दिन-रात दावतें होती थीं। शराब की नदियाँ बहती थीं और उनमें यादवों के नौजवान और नवयुवतियाँ मच्छों और मछलियों की तरह मगन मन तैरा करते थे। उनका विवेक तो नष्ट हो चुका था।

एक दिन बड़े-बड़े सरदार बैठे खा-पी रहे थे। सहसा महाभारत की लड़ाई का प्रसंग बातों-बातों में उठ आया। सब लोग अपनी-अपनी बहादुरी की डींगें हाँकने लगे। इस पर ईर्ष्या की दूसरी लहर भी स्वाभाविक रूप से उठी। शराब के नशे में सबने एक-दूसरे की डींग को काटना और अपनी घमण्ड भरी डींगों को ज़ोर-ज़ोर से हाँकना आरम्भ कर दिया। डींगों की कट्टम-कट्ट से सरदारों का क्रोध एक-दूसरे पर भड़कने लगा। होते-करते लोग इतने मुँहफट हो गए कि कृष्ण को महाभारत के युद्ध में सबसे नीच राजनीतिक व्यक्ति बतलाकर उनकी कुटिलताओं का बखान करने लगे। सात्यकि ने क्रोध में आकर निन्दा करने वाले सरदार का सिर काट डाला।

एक सिर कटना था कि शराब के नशे और क्रोध की झोंक में सिर-ही-सिर कटने लगे। फिर कहाँ का मेला और कहाँ का रंग। सारा प्रभास क्षेत्र यादवों के लहू से रँग गया। श्रीकृष्ण ने जब यह हाल देखा तो हस्तिनापुर को यह सन्देश भेजा कि अर्जुन आकर हमारी स्त्रियों और बच्चों को सुरक्षित रूप से हस्तिनापुर ले जाएँ। यहाँ अब सब कुछ नष्ट होकर ही रहेगा।

श्रीकृष्ण की बात सच होकर रही। अर्जुन जब द्वारका पहुँचे तो यादव कुल नष्ट हो चुका था। श्रीकृष्ण भी जंगल में व्याध द्वारा मारे जा चुके थे। आस-पास की जंगली जातियों के लोग जो अब तक यादवों की शक्ति से घबराकर छिपे-छिपे रहते थे, अब खुलेआम आकर उनके नगरों को लूटने लगे और उनकी स्त्रियों तथा धन आदि को छीनकर ले जाने लगे थे। अर्जुन इस दुर्दशा को देखकर इतने दुःखी

हुए कि उनकी शक्ति ही बुझ गई। उनके देखते-देखते भील लोग यादव स्त्रियों को उठा ले गए और गाण्डीवधारी अर्जुन उनका कुछ भी न बिगाड़ सके।

श्रीकृष्ण, बलराम और यादवों के अन्त का दुःखद समाचार पाकर पाँचों भाई अपने मन के भीतर-ही-भीतर टूट गए। युधिष्ठिर ने कहा—''परीक्षित अब बड़ा हो गया है। उसे राजतिलक दो, और चलो हम पाँचों भाई द्रोपदी सहित हिमालय में अपने-आपको गला दें, इस दुनिया में हमारा काम अब पूरा हो चुका।''

❑ ❑ ❑

अमृतलाल नागर की अन्य चर्चित पुस्तकें

मानस का हंस
(उपन्यास)

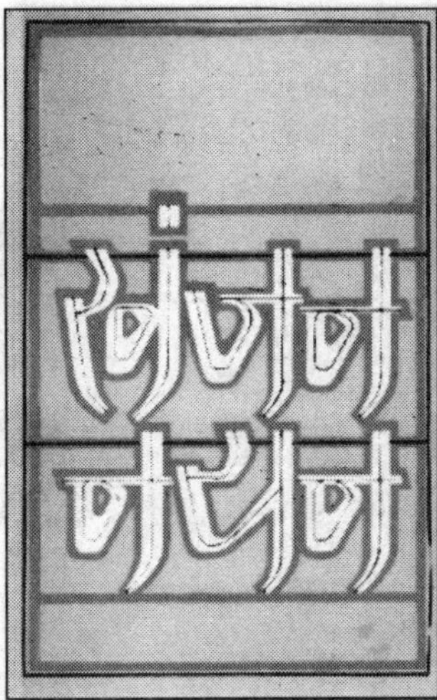

खंजन नयन
(उपन्यास)

नाच्यौ बहुत गोपाल
(उपन्यास)

सात घूंघट वाला मुखड़ा
(उपन्यास)

सभी प्रमुख पुस्तक विक्रेताओं पर उपलब्ध या
इस वेबसाइट से मंगवाएं
www.rajpalpublishing.com

अमृतलाल नागर की अन्य चर्चित पुस्तकें

पीढ़ियां

टुकड़े-टुकड़े दास्तान

हम फ़िदा-ए-लखनऊ

बिखरे तिनके

करवट

आँखों देखा ग़दर

अग्निगर्भा

सेठ बांकेमल

चकल्लस